mtb

Zum Buch:

Rebecka hat alle Hände voll zu tun mit ihrem Job als Journalistin und ihrer Familie. Als berufstätige Frau und Mutter von zwei kleinen Kindern bleibt wenig Zeit für ihren Mann Anton. Kein Wunder, dass es zwischen ihr und Anton kriselt. Dafür läuft es im Job umso besser: Sie bekommt einen Tip, deckt einen Skandal auf und schreibt eine Reportage, die ihr den angestrebten Chefredakteursposten näherbringt. Doch sie bekommt Konkurrenz – ausgerechnet von ihrer Jugendliebe Sam, der vor Kurzem nach Stockholm zurückgekehrt ist. Und Rebecka merkt, dass die alten Gefühle nie ganz abgekühlt sind.

Zur Autorin:

Geschichten hatten immer schon einen großen Einfluss auf Jenny Fagerlund. Bereits als Kind gab es nichts Spannenderes für sie, als sich in neue Gedankenwelten zu begeben. Sie machte das Schreiben zu ihrem Beruf und lebt heute als Journalistin und Mutter von drei kleinen Kindern in Stockholm. Dies ist ihr erster Roman.

Jenny Fagerlund

Triff das Glück auf halbem Weg

Roman

Aus dem Schwedischen von
Ulla Ackermann

mtb

MIRA® TASCHENBUCH
Band 26022

1. Auflage: Mai 2017

Deutsche Erstveröffentlichung

Titel der schwedischen Originalausgabe:
Drömstigen

Umschlaggestaltung: bürosüd, München
Umschlagabbildung: Carina Gran / GettyImages, www.buerosued.de
Redaktion: Friderike Baum
Satz: GGP Media GmbH, Pößneck
Printed in Germany
Dieses Buch wurde auf FSC®-zertifiziertem Papier gedruckt.
ISBN 978-3-95649-709-4

www.mira-taschenbuch.de

Für Alexander, Isabelle & Vilhelm

März

„Nimm doch endlich die Schatulle", sagte Rebeckas Mutter und blickte auffordernd auf das Kästchen mit Messingbeschlägen, das Arvid Ström ihr mit zitternden Händen entgegenhielt.

Das zerfurchte Gesicht des Notars hatte eine leicht rötliche Färbung angenommen, und an seinen Schläfen bildeten sich Schweißtropfen. Schnell beugte Rebecka sich vor und befreite ihn von der Last, die eigentlich nicht mehr als ein paar Hundert Gramm wog. Zum zweiten Mal innerhalb von wenigen Minuten kam ihr der Gedanke, ob der Notar nicht besser seinen Lebensabend in einem Seniorenstift genießen sollte, anstatt in einer dunklen Kanzlei am Mariatorget in Stockholm zu sitzen. Rebecka nieste und wedelte mit der Hand, um den muffigen Geruch zu vertreiben, der ihr schon beim Betreten des Raums entgegengeschlagen war. Die abgestandene Luft wurde mit jedem Moment unangenehmer.

„Ich verstehe immer noch nicht", sagte sie schniefend. „Wer ist tot?" Als Ingela neben ihr hörbar nach Luft schnappte, bereute sie ihre Wortwahl. „Ich meine, ist es ein Angehöriger, der … äh … entschlafen ist?", fuhr sie fort, um ihre Mutter zu beschwichtigen, die alles verabscheute, was mit dem Tod zusammenhing.

Allerdings war Ingela selbst schuld. Schließlich hat sie gewusst, dass es bei diesem Termin nicht um einen Lottogewinn, sondern um ein Testament ging, dachte Rebecka und spielte ungeduldig mit einem losen Holzsplitter auf der Armlehne ihres Stuhls.

Der Notar hustete und griff nach dem Wasserglas, das vor ihm auf dem Schreibtisch stand. Nachdem er ein paar große Schlucke getrunken hatte, richtete er seinen Blick auf einen unbestimmten Punkt hinter Rebeckas Kopf und begann.

„Wie ich bereits gesagt habe, kann ich nur so viel verraten, dass Sie und Ihre Mutter Erben eines Nachlasses sind. Sie haben das Recht, das Erbe abzulehnen, aber …“

Rebeckas Gedanken schweiften ab. Soweit ihr bekannt war, hatte sie keine Verwandten, die kürzlich verstorben waren. Ihre Großeltern mütterlicherseits wie auch ihre Großeltern väterlicherseits waren schon seit vielen Jahren tot, und da ihre Eltern beide Einzelkinder gewesen waren, gab es auch keine Tanten oder Onkel, von denen sie etwas hätte erben können.

„… eine Geldsumme.“ Die angenehme Stimme des Notars drang wieder zu ihr durch, und sie blickte ihn schuldbewusst an.

„Verzeihung, könnten Sie den letzten Satz bitte noch einmal wiederholen?“, fragte Rebecka und lächelte strahlend, als wollte sie sagen, dass sie natürlich mitbekommen habe, was er gesagt hatte, es aber noch ein weiteres Mal hören müsse. „Ich meine, der letzte Punkt war nicht ganz leicht zu verstehen. Das klang ein bisschen kompliziert.“

„Sie meinen, dass Sie eine Geldsumme geerbt haben?“, fragte Arvid Ström erstaunt.

Rebecka nickte und sah aus den Augenwinkeln zu ihrer Mutter hinüber, die in gerader Haltung mit übereinandergeschlagenen Beinen und im Schoß gefalteten Händen neben ihr saß. Ingelas langjähriges Engagement im Ballettensemble an der Königlichen Oper in Stockholm hatte ihr eine Anmut verliehen, die nur wenigen Menschen vergönnt war. Auch Rebecka hätte diese Haltung haben können, wenn sie nicht mit dem Ballett aufgehört hätte. Aber seit sie zwölf Jahre alt gewesen war, hatte sie nur noch davon geträumt, Journalistin zu werden.

„Nun, wie ich schon sagte, möchte die verstorbene Person –“ Arvid Ström hielt in seinen Ausführungen inne und musterte Ingela, die ihre Lippen zu einem schmalen Strich zusammengepresst hatte, „äh, die entschlafene Person Ihnen ebenfalls einen Geldbetrag in Höhe von hunderttausend Kronen hinterlassen. Selbstverständlich anonym“, erläuterte er weiter.

Hunderttausend, das ist eine Menge Geld, dachte Rebecka. Aus den Augenwinkeln sah sie, wie sich Ingela auf ihrem Sitz wand, und drehte sich zu ihr um. „Was weißt du darüber?“, fragte sie.

Eine leichte Röte zog über Ingelas Hals, sie riss ihre blauen Augen auf, bevor sie Rebeckas Blick schnell wieder auswich. Sie sah aus wie Rebeckas Labradorhündin Lollo, wenn Rebecka sie dabei erwischte, wie sie im Komposthaufen der Nachbarn nach etwas Fressbarem wühlte. Ein typisches Zeichen, dass irgendetwas nicht stimmte, und eine typische Reaktion von Ingela, wenn ihr etwas unangenehm war.

„Nicht viel mehr als du. Oder … jedenfalls nichts, was ich erzählen dürfte“, antwortete sie nach einer Weile, noch immer ohne ihre Tochter anzusehen.

„Du weißt also, worum es geht? Wer uns dieses Geld vermacht hat?“, fragte Rebecka, die immer neugieriger wurde. „Was hast du denn geerbt?“

„Die gleiche Summe wie du, hunderttausend Kronen. Das Geld kommt von einer Person, die entfernt mit uns verwandt war und die nicht viel Aufhebens um ihren Nachlass machen wollte. Anscheinend sind wir die einzigen Erben."

„Ihre Mutter war letzte Woche hier und ist alles mit mir durchgegangen", erklärte der Notar und kratzte sich an der Nase.

„Bei dem Termin, den du in letzter Minute abgesagt hast", präzisierte Ingela.

„Weil Anton nicht wie versprochen die Kinder abholen konnte, ja. Ich musste ein Taxi zur Vorschule nehmen."

„Na ja, jetzt sind Sie ja hier", unterbrach der Notar. „Wie gesagt, die Schatulle und hunderttausend Kronen sind für Sie."

Rebecka ließ langsam Luft durch die Lippen entweichen. Diese ganze Geheimniskrämerei ist so was von frustrierend, dachte sie und sah den Notar und ihre Mutter an, bevor ihr Blick wieder auf die Schatulle fiel. Sie machte Anstalten, den Deckel zu öffnen, aber die dunkle Stimme des Notars ließ sie innehalten.

„Ich schlage vor, dass Sie das Kästchen in aller Ruhe zu Hause öffnen. Wir können in ein paar Wochen einen neuen Termin anberaumen. Wenn Sie alles durchgesehen haben."

Wieso das denn? dachte Rebecka und wollte gerade protestieren, als ein warnender Blick von Ingela sie davon abhielt.

„Gut, also wenn es dann nichts mehr zu besprechen gibt?", fragte sie stattdessen und stand auf. Sie wollte hier weg. Die Kinder abholen und nach Hause fahren.

„Im Moment nicht", antwortete Arvid Ström.

Rebecka war nicht sicher, ob es das Lächeln oder der warme Blick war, der sie nach Luft schnappen ließ. Eine Sekunde lang glaubte sie, ihren Vater in den freundlichen nussbraunen Augen des Notars zu erkennen. Erst jetzt fiel ihr auf, wie ähnlich sich die beiden sahen. Unwillig schüttelte sie den Kopf. Natürlich war der Notar nicht ihr Vater. Ihr Vater war tot, und wenn er noch am Leben wäre, dann wäre er gut fünfundzwanzig Jahre jünger als der Notar. Sie hatten nicht einmal die gleiche Gesichtsform.

Rebecka schloss kurz die Augen. Sie hatte lange nicht mehr an ihren Vater gedacht. Hatte nicht an ihn erinnert werden wollen. Der Stress und die Schlaflosigkeit in der letzten Zeit sind schuld daran, dass ich mir Sachen einbilde und anfange, Gespenster zu sehen, dachte sie und fuhr sich über die Stirn.

Plötzlich fiel ihr auf, dass der Notar die ganze Zeit weitergeredet hatte.

„Das hätte ich fast vergessen", sagte er gerade und hielt ihr ein paar Papiere entgegen. „Sie müssen unterschreiben, bevor wir Ihnen das Geld auf Ihr Bankkonto überweisen können."

Rebecka nahm die Dokumente und legte sie auf den Schreibtisch, der genauso dunkel gehalten war wie die übrige Einrichtung der Kanzlei. Während ihr Schwindelgefühl langsam nachließ, überflog Rebecka die Unterlagen und setzte ihre Unterschrift darunter. Als sie fertig war, stand sie auf und griff nach ihrem taillierten dunklen Mantel, der über der Stuhllehne hing. Sie warf einen Blick auf ihre Armbanduhr und realisierte, dass sie in einer Stunde in der Vorschule sein musste. Wenigstens ein Mal wollte sie ihr Versprechen einhalten, Julia und Trevor nicht als Letzte abzuholen.

Hektisch zog sie den Mantel an und ging in Richtung Tür. Als sie gerade die Hand auf die Klinke gelegt hatte, hörte sie die Stimme des Notars hinter sich und drehte sich um.

„Vergessen Sie das hier nicht", sagte er und reichte ihr die Schatulle. „Und wie gesagt, melden Sie sich wieder, wenn Sie den Inhalt durchgegangen sind. Den ganzen Inhalt."

Als Rebecka vor der Notarkanzlei auf die Straße trat, atmetete sie die kühle Luft tief ein, bevor sie sich fröstelnd ihren Schal um den Hals wickelte. Kurz darauf kam auch Ingela aus dem Gebäude und stellte sich neben sie. Einem Außenstehenden wäre sofort aufgefallen, wie ähnlich sich die beiden Frauen sahen, obwohl Rebecka die dunklen Haare und grünen Augen ihres Vaters geerbt hatte und Ingela blond und blauäugig war. Mit ihrer geraden Nase, ihrem vollen Mund und ihren mandelförmigen Augen war Rebecka trotzdem das Ebenbild ihrer Mutter.

Außerdem waren sie fast gleich groß, ungefähr einen Meter fünfundsechzig, und hatten eine schlanke Figur.

„Das ist ja gut gelaufen", sagte Ingela und strich mit den Händen über ihren taupefarbenen Mantel, bevor sie ihre ohnehin schon tadellose Frisur zurechtzupfte.

„Findest du? Ich finde, dass der Termin mehr Fragen aufgeworfen als beantwortet hat", entgegnete Rebecka und ging mit der Schatulle unter dem Arm in Richtung U-Bahn. Obwohl das Kästchen nicht besonders groß war, passte es nicht in ihre Handtasche, die bis obenhin mit Dingen vollgestopft war, von denen man nie wusste, wann man sie einmal brauchen könnte. Ingela passte sich ihrer Schrittgeschwindigkeit an, und eine Weile gingen sie schweigend nebeneinander her, jede versunken in ihre eigenen Gedanken.

„Willst du nicht rangehen?", fragte Ingela plötzlich.

„Was?", sagte Rebecka.

„Dein Telefon klingelt", erklärte Ingela und zeigte auf Rebeckas Tasche.

Erst jetzt hörte Rebecka den gedämpften Klingelton. Hektisch griff sie in ihre Tasche und fing an, darin herumzukramen. Sofort machte sich der Stress wieder bemerkbar. Es könnte die Vorschule sein oder, schlimmer noch, ihre Chefin. Rebecka wusste aus Erfahrung, dass Ann-Katrin wahnsinnig wurde, wenn sie ihre Mitarbeiter nicht erreichte. Weil das verflixte Handy einfach nicht auftauchen wollte, leerte Rebecka ihre Handtasche kurzerhand auf dem Bürgersteig aus. Glücklicherweise war das Wetter in den letzten Tagen schön gewesen und der Matsch der vergangenen Wochen mittlerweile verschwunden. Jetzt landete der Tascheninhalt auf trockenem, knisterndem Kies. Erstaunt erblickte Rebecka Trevors Badehose. Hier hatte sie sich also versteckt. Nachdem sie Haargummis, Bürste, Portemonnaie, Aufnahmegerät, ungefähr ein Dutzend Stifte und einen einzelnen Nylonstrumpf beiseite geschoben hatte, fand sie endlich das Handy, das eifrig zwischen den Seiten eines Collegeblocks blinkte.

„Heute Morgen um elf war der Abgabetermin, und ich habe noch keine Zeile von deinem Text gesehen!“ Ann-Katrins wütende Stimme durchschnitt die Luft.

Hektisch senkte Rebecka die Lautstärke auf die niedrigste Stufe, damit niemand hörte, wie ihre Chefin am Telefon tobte. „Der Text ist fertig und eingereicht“, antwortete sie übertrieben fröhlich.

„Bei mir ist er nicht angekommen“, zischte Ann-Katrin mit ihrer vom jahrelangen Zigarillo-Qualmen heiseren Stimme.

„Ich habe ihn heute Vormittag ageschickt.“ Oder etwa nicht? Sie war sich sicher, dass sie ihn abgeschickt hatte. Auf jeden Fall fast. Konnte es sein, dass sie vorgehabt hatte, den Text in der Publikationsplattform der Redaktion zu hinterlegen, und es dann vergessen hatte? Rebecka spürte, wie sich ihr Magen zusammenzog. In der letzten Zeit hatte sie das Gefühl, allmählich die Kontrolle zu verlieren. Ein Gefühl, das sie gleichzeitig ängstigte und frustrierte.

Sie hörte, wie Ann-Katrin auf ihrer Tastatur herumtippte, ehe sie den Hörer wieder in die Hand nahm.

„Der Text ist da, aber du musst einige Änderungen einfügen.“

Keine Entschuldigung, nichts. Trotzdem durchfuhr Rebecka eine Woge der Erleichterung. Sie hatte es nicht vergessen.

Rebecka fing an, ihre Sachen einzusammeln und wieder in ihre Tasche zu räumen, gleichzeitig drückte sie mit der Schulter das Handy gegen das Ohr. Noch bevor sie Ann-Katrin antworten konnte, kam schon die nächste Frage.

„Wann bist du hier?"

„Ich hatte nicht vor, heute noch einmal reinzukommen. Es ist fast vier Uhr. Sind das Sachen, die du selbst ändern könntest?", antwortete Rebecka so ruhig, wie sie nur konnte. Sie wollte nicht noch einmal in die Redaktion fahren. Sie musste die Kinder abholen. Hatte es ihnen versprochen. Hatte ihnen versprochen, nicht schon wieder jemand anderen zu schicken. Außerdem würde Anton sauer werden, wenn sie ihren Job über die Kinder stellte. Allein der Gedanke, Anton zu bitten, Julia und Trevor abzuholen, sorgte dafür, dass sich ihr der Magen erneut umdrehte.

„Du musst sofort herkommen. Du hast eine Stunde, bevor der Artikel in die Schlussredaktion geht."

Ehe Rebecka protestieren konnte, teilte ihr das Tuten in der Leitung mit, dass Ann-Katrin aufgelegt hatte. Mit einem müden Seufzer hob Rebecka die Schatulle und ihre Tasche vom Boden auf. Sie zögerte einen kurzen Moment, bevor sie sich entschied.

„Julia und Trevor haben dich vermisst. Sie würden sich riesig freuen, wenn du sie heute abholen kommst", sagte sie und drehte sich zu ihrer Mutter um.

„Aber wir haben uns doch gestern erst gesehen", entgegnete Ingela erstaunt. „Ich kann mir nicht vorstellen, dass ich so wichtig bin."

„Sei froh, dass sie mit dir zusammen sein möchten. Die Kinder einer Kollegin wollen ihre Großmutter nicht mehr sehen, weil sie sie nie abgeholt hat, als sie klein waren", argumentierte Rebecka und hielt die Luft an, während sie auf die Reaktion ihrer Mutter wartete.

Ingela kniff die Lippen zusammen und schnaubte: „War das eben deine Chefin am Telefon?"

Rebecka biss sich auf die Lippe. „Ich muss noch mal in die Redaktion."

„Musst du wirklich, oder kannst du einfach nicht Nein sagen?"

„Komm schon. Wenn jemand weiß, wie wichtig es ist, hart zu arbeiten, um ans Ziel zu kommen, dann du", murmelte Rebecka und sah, wie ihre Mutter sich langsam beruhigte.

„In Ordnung, aber die Kinder werden enttäuscht sein, dass du nicht kommst – schon wieder", antwortete sie.

Rebecka umarmte ihre Mutter fest. „Danke. Bald wird alles ein bisschen ruhiger, da bin ich mir sicher", sagte sie, bevor sie in Richtung U-Bahn davoneilte.

Rebecka hatte kaum mit einer Schulter die Eingangstür des Redaktionsgebäudes aufgedrückt und Fredrik an der Rezeption begrüßt, als Elise aus der Cafeteria kam und direkt auf sie zuschoss. Sie war eine der neuen Reporterinnen, frisch von der Uni. Rebecka schlug eine Duftwolke aus Kaffee und blumigem Parfüm entgegen.

„Wow, was für eine schöne Schatulle. Ist das Art déco?", fragte Elise und lächelte so strahlend, dass tiefe Lachgrübchen auf ihren Wangen sichtbar wurden. Sie hatte große blaue Augen und blonde Locken, die ihr herzförmiges Gesicht wie eine Wolke umrahmten, und soweit Rebecka wusste, war mindestens die Hälfte der männlichen Redaktionsmitarbeiter in sie verliebt.

Schwärmereien, die nicht erwidert werden würden, da Elise bereits seit fünf Jahren in festen Händen und verlobt war.

„Wie ist es bei dem Termin gelaufen?“, fragte Elise weiter, ohne Rebeckas Antwort abzuwarten, und begleitete sie in Richtung der großen offenen Bürolandschaft, wo sie ihre Arbeitsplätze hatten.

Rebecka trat einen Schritt zur Seite, als die Tasse in Elises Hand leicht kippte und ein bisschen Kaffee über den Rand schwappte. „Ganz gut, würde ich sagen. Ich habe Geld und diese Schatulle hier geerbt.“

Sie wollte eigentlich nicht über den Notartermin reden. Auf dem ganzen Weg zur Redaktion hatte sie darüber nachgedacht, wer ihnen etwas hinterlassen haben könnte. Bei nächster Gelegenheit musste sie ihre Mutter noch einmal danach fragen.

Rebecka und Elise näherten sich der Feature-Redaktion, die zwischen Sportredaktion und Gesundheitsressort eingeklemmt lag. Obwohl es schon fast fünf Uhr nachmittags war, herrschte fieberhafte Betriebsamkeit: Reporter, Fotografen und Redakteure legten letzte Hand an ihre Artikel, bevor sie in den Druck gingen. An Rebeckas Platz setzte sich Elise auf den Schreibtisch und ließ ihre langen Beine über die Tischkante baumeln. Als die Zeitung aus den alten Redaktionsräumen auf Södermalm in die Stockholmer Innenstadt umgesiedelt war, hatte Rebecka sich den besten Platz gesichert. Von ihrem Schreibtisch aus konnte sie die gesamte Redaktion überblicken und brauchte nur den Kopf zu heben, um einen Blick auf den Newsdesk und die TV-Monitore zu werfen, die ständig die neuesten Nachrichten aus unterschiedlichen Medien anzeigten.

„Okay, jetzt musst du die Schatulle aufmachen“, sagte Elise und ignorierte Steven, einen der Fotografen, der versuchte, ihre Aufmerksamkeit auf sich zu ziehen. „Ich komme gleich rüber“, sagte sie abweisend, und Steven schlurfte davon.

„Wird er eigentlich nie sauer auf dich?“ Rebecka stellte ihre braune Ledertasche auf den Boden und legte die Schatulle auf den Schreibtisch.

„Ach, wenn es was Wichtiges war, muss er sich eben durchsetzen“, entgegnete Elise und schlug die Beine übereinander. „Außerdem weiß ich, dass er über einen Auftrag in der nächsten Woche reden will, den wir schon sieben Mal besprochen haben. Wie schwer kann es sein, einen Trendforscher zu fotografieren? Abdrücken und ein Bild machen, mehr ist das doch nicht.“

„Toll, dass du den Artikel bekommen hast. Ich habe Ann-Katrin gesagt, dass es dir bestimmt Spaß machen würde, über die Trends des nächsten Jahres zu schreiben.“ Rebecka hängte ihren Mantel über die Stuhllehne und setzte sich auf ihren Platz.

„Obwohl es ja nicht ganz dasselbe ist, wie die Titelstory zu schreiben“, seufzte Elise und fuhr fort: „Ich habe gehört, dass du das große Interview für nächste Woche machen sollst.“

Rebecka nickte. Sie hatte lange genug gebraucht, um Ann-Katrin zu zeigen, dass sie die beste Reporterin für die Titelreportagen war. Aber mittlerweile gehörten sie zu ihren festen Aufgabenbereichen.

„Wolltest du heute nicht eigentlich deine Kinder abholen? Ich dachte, du hättest gesagt, dass du heute nicht noch mal herkommst?“, fragte Elise.

„Dein Gedächtnis ist einfach zu gut“, murmelte Rebecka und schaltete ihren Computer ein. Obwohl sie ihrer Mutter dankbar war, dass sie die Kinder abholte, war ihr klar, dass sie sich früher oder später wieder Kommentare über ihr Arbeitspensum würde anhören müssen.

„Wer holt die Kinder ab?“

„Meine Mutter“, antwortete Rebecka und verscheuchte die Bilder von Julias und Trevors enttäuschten Gesichtern, die vor ihrem inneren Auge vorbeiflimmerten. Aber sie wussten ja, dass sie einen wichtigen Job hatte, und sobald Ann-Katrin auf der Karriereleiter den nächsten Schritt nach oben machte und sie selbst zur Leiterin des Reportage-Ressorts ernannt wurde, würde ihr Familienleben wieder anders werden. Bis es so weit war, musste sie beweisen, dass sie die Beförderung verdient hatte.

„Hast du Ann-Katrin gesehen?“, erkundigte sie sich, um Elise abzulenken und nicht weiter über ihre Familie und die Schatulle reden zu müssen.

„Schon eine Weile nicht mehr. Aber ich gehe ihr zurzeit auch aus dem Weg, damit ich nicht noch mehr langweilige Aufgaben übertragen bekomme. An meiner Stelle würdest du dasselbe tun. Ich habe den halben Tag in einer stinklangweiligen Pressekonferenz zum Thema Grasanbau gesessen.“

„Grasanbau? Meinst du Cannabis?“, fragte Rebecka, während sie das Passwort für die Publikationsplattform eingab, in der sämtliche Artikel bearbeitet wurden. Sie rief die Reportage über Amanda Samuelsson auf, eines von Schwedens neuen, aufstrebenden Schauspieltalenten. Es war ein gutes Interview geworden. Amanda war präsent und schlagfertig gewesen und hatte dieses kleine Detail ausgeplaudert, von dem jeder Reporter träumte. Rebecka überflog den Text und suchte nach Ann-Katrins Markierungen.

„Nein, ich meine Grasanbau und sechzehn Tipps für einen schönen grünen Rasen“, antwortete Elise düster.

Rebecka lachte. „Da waren wir alle mal“, sagte sie tröstend und fügte schnell die Änderungen in ihren Artikel ein.

„Ja, wahrscheinlich“, entgegnete Elise und beugte sich vor. „Jetzt darfst du mich aber nicht länger auf die Folter spannen“, sagte sie und warf einen vielsagenden Blick auf die Schatulle.

Rebecka folgte ihren Augen. „Eigentlich habe ich jetzt gar keine Lust hineinzuschauen“, sagte sie gespielt gleichgültig.

Obwohl sie neugierig war, hatte sie auch ein bisschen Angst. Was, wenn der Inhalt mit ihrem Vater zusammenhing? Mit Dingen, von denen sie nichts wissen oder an die sie nicht erinnert werden wollte? Allerdings war ihr Vater schon lange tot, und außerdem hatte er keinen Pfennig Geld besessen, den er hätte vererben können. Demzufolge war die Wahrscheinlichkeit, dass er hinter der Sache steckte, ziemlich gering.

„Bist du gar nicht neugierig?"

„Nicht besonders", log Rebecka und runzelte die Stirn. „Das ist bestimmt irgendein Müll, den niemand haben möchte", sagte sie, um Zeit zu gewinnen.

„Wer weiß. Es könnten alte Liebesbriefe sein, eine Schatzkarte oder … jetzt hab ich's: Du hast ein Haus geerbt, und alle Papiere liegen in der Schatulle. Du musst doch wenigstens ein biiiiisschen neugierig sein."

Rebecka blickte erst auf die Schatulle, dann auf Elise, die auf ihrem Platz fast auf und ab hüpfte.

Vielleicht sollte sie wirklich jetzt in die Schatulle schauen, obwohl Elise dabei war, und nachsehen, ob sie dort irgendwelche Hinweise fand. Vorausgesetzt, sie wollte überhaupt welche finden.

„Okay, ich guck rein. Aber nur, weil du so nervst."

„Ach, du willst doch auch wissen, was drin ist." Elise beugte sich über Rebecka, um besser sehen zu können.

„Du musst mir dabei aber nicht gleich auf dem Schoß sitzen."

„Ups, entschuldige. Ich bin vielleicht ein bisschen ungeduldig."

Im selben Augenblick rief Ann-Katrin nach Elise. „Ich hör sie nicht. Ich hör sie nicht", murmelte Elise und duckte sich. „Wie schön es sein wird, wenn der neue Mitarbeiter anfängt. Vielleicht stalkt Ann-Katrin dann ihn."

„Welcher neue Mitarbeiter?“, fragte Rebecka und erstarrte.

„Anscheinend ein Typ, der ziemlich lange im Ausland gearbeitet und eine steile Karriere hingelegt hat. Ich hoffe, es ist jemand Cooles und kein überambitionierter Streber.“

Rebecka sah Elise an, die immer noch nach vorn gebeugt dasaß, damit Ann-Katrins Argusaugen sie nicht entdeckten. „Das kann man nur hoffen ... woher weißt du denn davon? Und hast du eine Ahnung, in welches Ressort er kommt?“, fragte sie und versuchte, sich nicht anmerken zu lassen, wie sehr sie die Antwort interessierte.

„Zu uns in die Feature-Redaktion. Ich habe mitgekriegt, wie Ann-Katrin und Margareta vor ein paar Tagen darüber geredet haben.“

„Du hast also gelauscht?“

„Na ja, es war eher so, dass ich mich durch Zufall am gleichen Ort aufgehalten habe, und sie haben mich nicht gesehen.“ Elise zuckte grinsend mit den Schultern.

Ann-Katrins wütende Stimme kam näher, und Elise sprang elegant vom Schreibtisch. „Ich muss jetzt leider gehen, aber was das hier angeht, *musst* du mich auf dem Laufenden halten“, sagte sie und zeigte auf die Schatulle.

Rebecka nickte abwesend. „Das mache ich“, murmelte sie und sah Elise nach, die sich eilig davonmachte. Ein neuer Mitarbeiter. Das war an sich nichts Ungewöhnliches. Leute kamen und gingen die ganze Zeit, aber auf einen neuen Starreporter konnte sie gerne verzichten. Das kann ich gerade gar nicht gebrauchen, dachte sie und fingerte zerstreut an dem rostigen Verschluss der Schatulle herum.

In ihrem großen Einfamilienhaus mit den hellgrauen Giebeln im Stockholmer Vorort Bromma brannte kein Licht, als Rebecka aus dem Taxi stieg und die Tür zuschlug. Sie blieb am

Gartentor stehen und betrachtete die Hausfassade. Es kam ihr immer noch unwirklich vor, dass sie genau hier wohnte – in ihrem alten Viertel –, obwohl sie sich über viele Jahre lang nichts sehnlicher gewünscht hatte.

Sie schloss die Haustür auf und betrat den Flur. Sofort hörte sie das Geräusch von vier trappelnden Hundepfoten auf dem Parkett, als Lollo sich schläfrig hochrappelte, um sie zu begrüßen.

„Hallo, meine Süße." Rebecka beugte sich vor und kraulte sie hinter den Ohren.

Die große schwarze Labradorhündin wedelte eifrig mit dem Schwanz und versuchte, Rebecka ihre Zuneigung zu demonstrieren, indem sie ihr übers Gesicht leckte. Rebecka drehte den Kopf zur Seite, um Lollos nasser Zunge zu entgehen. Sosehr sie ihren Hund auch liebte, auf Küsse von jemandem, der seine Nase mit derselben Begeisterung in den nächstbesten Komposthaufen steckte, mit der er sich am Hinterteil leckte, konnte sie gerne verzichten. Nach einer Weile richtete sie sich auf, zog Mantel und Stiefeletten aus und bewegte vorsichtig ihre schmerzenden Füße. Schließlich ging sie ins Wohnzimmer, Lollo blieb ihr dicht auf den Fersen. Es war spät geworden. Die große Wanduhr in der Rezeption hatte kurz vor Mitternacht gezeigt, als sie die Redaktion schließlich verlassen und auf der Straße ein Taxi ergattert hatte. Irgendwann zwischen neun und zehn Uhr hatte Anton angerufen, aber sie hatte ihr Handy auf lautlos gestellt und weitergearbeitet. Wenn sie rangegangen wäre, hätte sie erklären müssen, warum ihre Mutter die Kinder abgeholt hatte, und Anton hätte vermutlich erzählt, wie traurig und enttäuscht die beiden gewesen seien. Informationen, die sie nicht unbedingt hören wollte.

Anton lag mit geschlossenen Augen auf ihrem kürzlich

erworbenen Sofa vom schwedischen Designunternehmen Svenskt Tenn. Der Fernseher lief leise, und im offenen Kamin glühten ein paar Holzscheite. Rebecka nahm die Fernbedienung in die Hand und stellte den Fernseher aus, bevor sie sich auf die Sofakante setzte und ihren Mann betrachtete. Seine dunklen Haare waren wirrer als üblich, sie folgte seinen markanten Gesichtszügen, bis ihr Blick an seinem resoluten Kinn und den vollen Lippen hängen blieb. Obwohl sie seit vierzehn Jahren ein Paar und seit zehn Jahren verheiratet waren, war er in ihren Augen immer noch der attraktivste Mann, den sie jemals getroffen hatte. Auch wenn ihr Herz nicht mehr aus der Brust springen wollte, sobald sie ihn sah: Er war der stabile Punkt in ihrem Leben, seit sie sich auf einem Fest bei ihrer besten Freundin Anna, die mittlerweile im Haus nebenan wohnte, das erste Mal begegnet waren.

Rebecka strich mit der Hand über Antons Kinn, beugte sich nach unten und küsste ihn zärtlich auf den Mund. Anton schlug die Augen auf, und bevor Rebecka zurückweichen konnte, schlang er seine Arme um sie und zog sie an seine Brust.

„Hallo“, begrüßte er sie schläfrig.

„Hallo“, erwiderte Rebecka und drückte ihr Gesicht in sein weiches Hemd. Sie atmete den Duft von Aftershave und Kaminfeuer ein.

„Die Kinder haben dich heute vermisst“, murmelte Anton, während seine Hände gleichzeitig den Weg unter ihre Bluse fanden und ihren Rücken streichelten.

Rebecka erstarrte und wand sich aus seiner Umarmung. „Sie haben mir auch gefehlt, aber du weißt, wie viel ich momentan zu tun habe“, antwortete sie und stand auf. Sie ging ans Fenster und starrte hinaus auf die Straße, die durch die Straßenlaternen in weiches goldenes Licht getaucht war.

„Vielleicht solltest du langsam mal darüber nachdenken, ob dir deine Arbeit wirklich guttut. Du bist ja fast gar nicht mehr zu Hause."

„Diese Diskussion haben wir schon tausendmal geführt", entgegnete Rebecka. „Warum musst du immer auf meiner Arbeit rumhacken?"

„Es ändert sich ja nichts. Obwohl du es immer wieder versprichst. Ich frage mich langsam wirklich, ob wir dir überhaupt wichtig sind. Früher standen die Kinder bei dir immer an erster Stelle, und ..."

Rebecka konnte es nicht mehr hören. Die Arbeit und die Kinder. Das waren ihre ständigen Gesprächsthemen. Ihr permanentes schlechtes Gewissen. Ihre ewigen Schuldgefühle. Es gab immer etwas, was sie erledigen musste. Irgendjemand oder irgendetwas blieb immer auf der Strecke: die Kinder, ihre Beziehung mit Anton, die Arbeit, das Haus, der Sport oder der Freundeskreis. Ehrlich gesagt war es ihr schleierhaft, wie andere ihr tägliches Pensum meisterten. All die perfekten Mütter, die tagaus, tagein auf Instagram oder Facebook von ihren fantastischen Jobs, Kindern, Männern, Haustieren, ihren durchtrainierten Traumfiguren und großartigen Backkünsten schwärmten. Wie schafften sie das alles?

„Meine Mutter hat sich um die Kinder gekümmert, sie sind gerne mit ihr zusammen", sagte sie schließlich und nestelte an ihrer Halskette herum.

„Das ist nicht der Punkt. Julia und Trevor haben gedacht, dass du sie heute abholen kommst. Ingela musste sie zwanzig Minuten lang trösten. Ich bin der Meinung, dass dich deine Arbeit viel zu sehr in Anspruch nimmt." Anton setzte sich auf.

Zwanzig Minuten. Ganz sicher nicht. Wahrscheinlich hat Mama die Kinder mit irgendetwas bestochen und sie im Handumdrehen nach Hause bekommen, dachte Rebecka und wollte zu einer entsprechenden Entgegnung ansetzen, aber Anton kam ihr zuvor.

„Außerdem siehst du müde und erschöpft aus, und ich möchte, dass es dir gut geht."

„Wenn man rund um die Uhr arbeitet, ist es ganz normal, dass man müde ist. Gerade du solltest das wissen", erwiderte Rebecka und biss die Zähne so fest zusammen, dass ihr Kiefer schmerzte.

„Ich tue so, als hätte ich das nicht gehört."

„Weil für dich andere Bedingungen gelten als für mich, oder warum?"

„Hör auf. Ich versuche, fair zu sein und dir zu zeigen, dass ich mir Sorgen um dich mache, und du hast nichts Besseres zu tun, als mir meine Arbeitsbelastung vorzuhalten. Findest du das etwa gerecht?"

„Du versuchst nicht, fair zu sein. Du willst mir Schuldgefühle einreden", entgegnete Rebecka und sah wieder aus dem Fenster. Sie spürte, wie Ärger in ihr hochstieg. In ihrem Innern hatte sich eine Wut angestaut, die unter der Oberfläche lauerte und sich immer häufiger ein Ventil suchte, indem sie Anton und den Kindern gegenüber barsch und ungeduldig wurde. Und hatte sie etwa kein Recht, wütend zu sein? Vor ein paar Jahren war Anton in derselben Situation gewesen. Als die Kinder klein waren, hatte er bis zum Umfallen gearbeitet. Wer hatte damals die volle Elternzeit genommen? Wer war mit den Kindern zu Hause geblieben und hatte seine Karriere auf Eis gelegt? Obwohl das gänzlich gegen ihre Prinzipien gewesen war und gegen alles verstoßen hatte, woran sie glaubte. Aber sie hatte dieser Lösung zugestimmt. Ihm zuliebe.

„Ich will dir keine Schuldgefühle einreden", sagte Anton nach einer Weile, und als er fortfuhr, klang seine Stimme deutlich weicher: „Müssen wir uns deswegen streiten? Ich habe nur gesagt, dass die Kinder dich vermissen, dass ich dich vermisse."

„Weißt du, wie hart ich kämpfe, damit unser Alltag funktioniert? Ich bin ständig unter Druck, und ich mache es, so gut ich kann", erwiderte Rebecka, aber sie spürte, wie sich ihre Wut langsam legte. Es hatte keinen Sinn zu streiten. Sie hatte weder die nötige Kraft noch die Nerven, und es würde sowieso zu keinem Ergebnis führen. Ihre ewigen Diskussionen hatten noch nie zu irgendetwas geführt.

Sie hörte, wie die Bodendielen unter Antons Gewicht knarrten, bevor sie seine Wärme an ihrem Rücken und seine Arme um ihren Körper spürte.

„Ich mache mir nur Sorgen um dich. Das ist alles", murmelte er in ihr Haar. „Wie ist es eigentlich heute bei dem Notartermin gelaufen?"

„Ich bin immer noch genauso schlau wie vorher", antwortete Rebecka und machte einen Schritt zur Seite, um sich aus Antons Umarmung zu lösen. Sie konnte seine Nähe gerade nicht ertragen. Sie musste Distanz zu ihrem Gespräch bekommen.

Sie drehte sich um. „Es ist eine anonyme Erbschaft. Wenn man jemandem etwas hinterlässt, sollte man doch wenigstens den Grund dafür angeben und sagen, wer man ist." Sie kniff die Augen zusammen und blickte in Antons amüsiertes Gesicht. „Findest du das etwa lustig?"

„Nein, auf keinen Fall! Wie kommst du denn darauf?", erwiderte er mit ernster Stimme, obwohl es in seinen Mundwinkeln zuckte.

„Und was amüsiert dich dann so sehr?"

Anton lächelte sie an. „Dass meine blitzgescheite und kluge Frau zur Abwechslung einmal keine Antworten hat", antwortete er und zog sie an sich.

„Haha, sehr witzig", schnaubte Rebecka, aber anstatt sich ein zweites Mal aus seiner Umarmung zu befreien, lehnte sie ihren Kopf an Antons Brust und ließ die letzte Wut verdampfen. Diese ständigen Streitereien waren unnötig und zehrten an ihren Kräften. Bestimmt würde alles einfacher werden, sobald die Kinder älter und selbstständiger waren.

„Was hast du geerbt?", fragte Anton und fuhr mit den Fingern durch ihre Haare.

„Hunderttausend Kronen und eine Halskette", antwortete Rebecka und versuchte sich zu entspannen, als Anton anfing, ihre Kopfhaut zu massieren.

„Hunderttausend, das ist nicht gerade wenig! Und was ist das für eine Kette?", fragte Anton gedämpft und küsste sie auf die Stirn.

„Ich habe sie mir noch nicht so genau angesehen. Sie ist aus Gold und hat ein paar Anhänger. Ann-Katrin war gestresst und hat so eine Hektik verbreitet, dass ich nur einen kurzen Blick in die Schatulle werfen konnte."

„Kannst du sie nicht holen? Dann können wir sie uns gemeinsam anschauen."

Rebecka wand sich aus seiner Umarmung. „Ich verstehe gar nicht, warum alle so einen Wirbel um diese Erbschaft machen. Erst Elise und jetzt du", entgegnete sie, lächelte aber, um ihm zu zeigen, dass sie nicht mehr sauer war, und ging dann aus dem Zimmer, um die Schatulle zu holen.

Glaube, Liebe und Hoffnung. Dafür stehen also die Anhänger, dachte Rebecka und betrachtete die Halskette genauer, die Anton in den Händen hielt. Die Anhänger waren erlesen, und man musste kein ausgewiesener Schmuckkenner sein, um zu sehen, dass sie mit großem handwerklichen Können und Liebe zum Detail angefertigt worden waren. Kleine eingearbeitete Diamanten verliehen der Kette noch mehr Lebendigkeit.

„Ein sehr schönes Stück. Und teuer. Deine Mutter weiß wirklich nichts über die Hintergründe der Erbschaft?“, fragte Anton und gab Rebecka die Kette zurück.

„Sagt sie“, antwortete Rebecka. „Eigentlich weiß sie eine ganze Menge, will aber nicht darüber sprechen. Zumindest nicht jetzt. Und ehrlich gesagt habe ich keine Zeit für komplizierte Ratespiele. Sie wird sich schon melden. Ich habe wichtigere Dinge zu tun.“

Sie gähnte laut. „Ich muss jetzt wirklich ins Bett. Wir können ja morgen weiter darüber reden“, fügte sie hinzu und sah Lollo an, die unruhig hin und her lief. Ein typisches Zeichen, dass sie vor die Tür musste. „Schnick-Schnack-Schnuck?“

„Ich gehe mit ihr raus“, erwiderte Anton und küsste Rebecka zärtlich auf den Mund.

Rebecka überlegte, ob sie schon jetzt die Organisation der kommenden Woche ansprechen sollte. Auch wenn ihr nicht nach einer weiteren Auseinandersetzung mit Anton war, konnte sie die Karten ebenso gut gleich auf den Tisch legen. Mit einem unguten Gefühl in der Magengegend holte sie Luft:

„Du, so wie es aussieht, wird die nächste Woche bei mir auch ziemlich hektisch. Kannst du die Kinder abholen, oder soll ich meine Mutter oder Anna fragen?“ Rebecka hielt den Atem an und wartete auf Antons Reaktion.

„Schon wieder! Ich dachte, nach dieser Woche sollte es ruhiger werden?“

Rebecka sah, wie sich Antons Kiefermuskeln anspannten. „Es wird auch ruhiger werden, nur nicht gerade jetzt, weil Ann-Katrin Panik hat, dass die Auflagenzahlen nicht so stark steigen wie erwartet. Ich werde es am Wochenende wiedergutmachen, versprochen“, antwortete sie mit so viel Überzeugungskraft in der Stimme, wie sie aufbringen konnte.

Anton seufzte resigniert. „Okay, ich schaue, was ich tun kann.“ Er hantierte mit Lollos Leine herum.

„Ich könnte mich an eine Babysitter-Agentur wenden. Ich meine … dann müssten wir nicht mehr so viel organisieren“, schlug Rebecka mit gespielter Unbekümmertheit vor. Sie wusste nur zu gut, dass Anton strikt dagegen war, dass sich eine fremde Person um die Kinder kümmerte, auch wenn das ihren Alltag erheblich erleichtern würde.

„Kein Babysitter. Darüber waren wir uns einig. Schließlich springen deine Mutter und Anna schon oft genug ein. Außerdem ist deine Arbeitsbelastung ja nur vorübergehend, oder etwa nicht?“

Rebecka gab keine Antwort. Wenn er erfuhr, wie häufig Anna und ihre Mutter tatsächlich aushalfen, würde er an die Decke gehen. Darüber hinaus war sie sich ganz und gar nicht sicher, *wann* und *ob* es bei der Arbeit ruhiger werden würde.

Während Anton Lollo die Leine anlegte, ging Rebecka mit der Schatulle hoch in ihr Arbeitszimmer, das ganz oben im Dachgiebel lag. Auf dem Weg ins oberste Stockwerk warf sie durch den Türspalt einen Blick in Trevors Kinderzimmer. Er lag mit einer Hand unterm Kinn im Bett und hatte die Decke von sich gestrampelt. Seine Haare waren verschwitzt. Mit einem tiefen Atemzug drehte er sich um und wandte Rebecka den Rücken zu. Rebecka betrachtete ihn eine ganze Weile. Ihr kleiner Sohn, im Herbst würde er schon in die Schule gehen. Sie widerstand dem Impuls, an sein Bett zu treten. Sie wollte nicht riskieren, dass er aufwachte. Stattdessen schloss sie behutsam die Tür und ging weiter die Treppe hoch. In ihrem Arbeitszimmer stellte sie die Schatulle auf den Schreibtisch, ließ sich in einen der roten Samtsessel fallen – die einzigen Möbelstücke, die sie aus ihrem Elternhaus mitgenommen hatte, weil sie sie so sehr an ihren Vater erinnerten – und genoss die Aussicht über die Dächer von Bromma. Sie lehnte ihren Kopf an den weichen Bezug und versuchte, sich zu entspannen. Obwohl sie müde war und zu Anton gesagt hatte, dass sie ins Bett gehen wollte, wusste sie, dass sie jetzt nicht einschlafen könnte. Meistens wälzte sie sich im Bett stundenlang von der einen Seite auf die andere, bevor sie in einen unruhigen Schlaf fiel, aus dem sie viel zu früh wieder erwachte.

Rebecka betrachtete das gelbe Nachbarhaus auf der anderen Straßenseite. Dort brannte kein einziges Licht. Wahrscheinlich schlafen Anna und David schon seit Stunden, dachte sie. Bei ihnen schien alles so perfekt zu sein. Nie ein Zeichen von Stress oder Hektik. Aber sie hatten auch keine zwei Kinder und keinen Hund, die sie versorgen mussten, und Annas Job als Kunstlehrerin konnte man wohl kaum als anstrengend bezeichnen. Als sie noch keine Kinder hatten und Rebecka noch nicht beim Telegrafen arbeitete, waren Anton und sie regelmäßig essen gegangen, übers Wochenende weggefahren oder hatten anderweitig Zeit miteinander verbracht, nur sie beide. So wie die Dinge jetzt lagen, mussten sie schon froh sein, wenn sie ein paar Worte miteinander wechseln konnten, sobald die Kinder im Bett waren. Vorausgesetzt, sie waren zur selben Zeit zu Hause. Rebecka sank tiefer in den Sessel und machte die Augen zu. Bald würde sie wieder genug Zeit für die Kinder und die Familie haben. Nur nicht gerade jetzt.

***

Anna und Rebecka machten einen Spaziergang um den Judarn, den See im Naturreservat Judarskogen in Bromma, was sich nach dem Regen der letzten Tage als schlammige Angelegenheit entpuppte. Sie wichen den größten Pfützen aus und versuchten, auf den trockensten Stellen zu gehen. Lollo lief fröhlich vor ihnen her, der Hündin schien der morastige Untergrund nicht das Geringste auszumachen. Obwohl sich die Sonne am Himmel zeigte, waren ihre Strahlen noch nicht warm genug. Es würde bestimmt noch mindestens einen Monat dauern, bis man im T-Shirt draußen herumlaufen konnte. Sowohl Anna als auch Rebecka trugen Jogginghosen und Kapuzenjacken. Rebecka war direkt nach dem Aufstehen in ihre Sportsachen geschlüpft, hatte die Füße in ihre quietschrosa Joggingschuhe gesteckt, ein Glas Wasser getrunken und Anna vor dem Haus getroffen. Es war ein schönes Gefühl, so früh am Morgen draußen in der Natur zu sein, bevor alle anderen aufwachten. Es war schön, die kalte Luft in den Lungen zu spüren und zu atmen. Einfach nur zu sein, im Hier und Jetzt. In einer Stunde würde sie auf dem Weg zur Arbeit sein, verschwitzt und kurzatmig, nachdem sie die Kinder mit den üblichen Quengeleien bei der Vorschule abgeliefert hatte.

„Ihr wohnt jetzt fast ein halbes Jahr in Bromma. Wie fühlt sich das an?", wollte Anna wissen, als sie über eine kleine Holzbrücke gingen.

„Gut. Anders. Nicht so wie in unserer Kindheit", antwortete Rebecka, während sie versuchte, eine riesige Schlammpfütze zu umgehen.

„Ja, die Zeiten haben sich geändert. Ein bisschen mehr Volvo XC90, Ferienhäuser in den nördlichen Schären und Designerlampen", sagte Anna und kicherte.

„Und die Hälfte der Nachbarn ist schon in Bromma aufgewachsen und bringt im Herbst ihre Apfelernte aus dem heimischen Garten zur Mosterei. Ganz zu schweigen von der Kinderzahl. Mindestens drei. Da kann ich nicht ganz mithalten", lachte Rebecka. Dann stockte sie und warf Anna einen fragenden Blick zu. Sie hatte nicht nachgedacht. „Wie ist es gestern gelaufen?“, erkundigte sie sich schnell. Sie war unsicher, wie sie das Thema ansprechen sollte: Anna und David hatten keine Kinder. Seit vier Jahren sah sie dabei zu, wie sich ihre Freundin mit Fruchtbarkeitsuntersuchungen und In-vitro-Behandlungen abplagte. Und immer häufiger fragte sie sich, wie Anna das aushielt.

„Wir sind zuversichtlich. Es fühlt sich wirklich gut an. Als ob es diesmal klappen könnte“, erzählte Anna.

„Wie schön.“ Rebecka gab sich Mühe, aufmunternd zu klingen, und zwang sich ein Lächeln ins Gesicht. Dasselbe Lächeln wie bei den vorigen In-vitro-Fertilisationen.

„Dieses Mal fühlt es sich wirklich anders an. Das ist mein Ernst“, redete Anna fröhlich weiter und ging schneller.

Rebecka gab keine Antwort. Anna hatte jedes Mal beteuert, wie optimistisch sie sei. Um dann einige Wochen später in Tränen aufgelöst und am Boden zerstört zu sein, wenn der Schwangerschaftstest negativ ausfiel. Rebecka wusste nie, was sie sagen sollte, wenn das passierte. Sie ließ ihren Blick über den See schweifen. Dachte an Trevor und Julia, die hoffentlich mittlerweile am Frühstückstisch saßen. Falls Anton sie nicht vor dem Fernseher geparkt hatte, damit er sich selbst in Ruhe fertigmachen konnte.

„Anton und ich haben Freitag wieder gestritten“, sagte sie, um das Gesprächsthema zu wechseln. Eigentlich hatte sie den Streit nicht erwähnen wollen, aber die Worte flogen ihr förmlich aus dem Mund.

„Über die Kinder?“

„Nein, weil ich seiner Meinung nach zu viel arbeite.“ Rebecka spielte an ihren Haaren herum, sodass sich ein paar dunkelbraune Strähnen aus ihrem Haarknoten lösten. „Er scheint mich wirklich nicht zu verstehen. Ich meine, Anton hat sich komplett seiner Arbeit widmen können, seit die Kinder auf der Welt sind. Da ist es doch nur gerecht, wenn ich das jetzt auch tue."

„Ich dachte, ihr teilt euch die Verantwortung", sagte Anna, als sie aus dem Waldgebiet kamen und in Richtung Wohnsiedlung gingen.

„Das tun wir eben nicht. Das meiste lastet auf mir, und ich versuche gleichzeitig, in meinem Job weiterzukommen. Jetzt habe ich zu allem Überfluss auch noch gehört, dass ein neuer Mitarbeiter in der Redaktion anfängt."

Rebecka lief automatisch schneller. Anna hatte sichtlich Mühe, mit ihr Schritt zu halten, und keuchte angestrengt. Lollo verfiel in einen leichten Trab.

„Aber das muss doch keine Auswirkungen auf deinen Job haben?"

„Laut meiner Kollegin Elise ist dieser Typ ein absoluter Starreporter. Er soll mit uns in der Feature-Redaktion arbeiten. Jetzt muss ich mich noch mehr ins Zeug legen."

„Aber warum denn?" Anna sah so verständnislos aus, dass Rebecka nur mit Mühe ein Schnauben unterdrücken konnte. Sie hätte Anna nichts davon erzählen sollen. Sie konnte es nicht verstehen. Wie sollte sie auch, wenn ihr sehnlichster Wunsch war, endlich schwanger zu werden. Für Anna war die Arbeit ein notwendiges Übel, das man auf sich nahm, um seine Rechnungen bezahlen zu können, nicht, um Karriere zu machen. Auch Anton schien sie nicht zu verstehen. Für ihn zählten einzig und allein *seine* Arbeit und *sein* beruflicher Erfolg. An die Zeit, bevor sie die Stelle beim Telegrafen angenommen hatte, dachte er vermutlich mit Wehmut zurück. Für ihn war die Rollenverteilung damals perfekt gewesen. Sie hatte den Alltag der Familie gemanagt, und er hatte sein Architekturbüro zum Laufen gebracht.

„Wenn ich mich nicht anstrenge und Einsatz zeige, werde ich ausgetauscht. So läuft das in meiner Branche, und ehrlich gesagt bin ich der Meinung, dass Anton jetzt an der Reihe ist, mehr Verantwortung zu übernehmen. Wenn er nur verstehen würde, wie meine Lage momentan aussieht. Dass ich tatsächlich die Möglichkeit habe, bald befördert zu werden", sagte sie und nahm Lollo an die Leine. „Und dann behaupten alle, dass wir in einer gleichberechtigten Welt leben. Schafft euch ein paar Kinder an, dann seht ihr, wie es um die Gleichberechtigung in Wahrheit bestellt ist", redete sie sich in Rage, als sie in ihre Straße einbogen.

„Aber ganz so ist es doch wohl auch nicht", protestierte Anna.

Rebecka biss sich auf die Lippen. Es war sinnlos, darüber zu diskutieren.

„Vergiss es. Am Ende löst sich immer alles irgendwie. Für dich und für mich", sagte Rebecka und blieb an ihrem Gartentor stehen. „Danke für den Spaziergang. Und mach dir keine allzu großen Gedanken wegen des Babys, das wird schon werden."

Als Rebecka durch den Vorgarten zum Haus ging, dachte sie über ihre Unterhaltung nach. Sie hatte nicht erzählt, dass die derzeitige Chefredakteurin Margareta bald in Rente gehen und Ann-Katrin mit allergrößter Wahrscheinlichkeit ihre Nachfolgerin werden würde. Das bedeutete, dass die Position des Reportage-Leiters neu besetzt werden musste. Eine Position, auf der mein Name steht, dachte sie und schloss die Haustür auf.

„Hast du Nina Stemme erreicht?", fragte Ann-Katrin und stellte sich neben Rebeckas Schreibtisch.

Rebecka blätterte in ihren Aufzeichnungen und Notizen. Sie war gerade aus der Mittagspause zurückgekommen und hatte noch hunderttausend Dinge zu erledigen, bevor sie die Kinder von der Vorschule abholen musste. Eine Diskussion darüber, warum sie Nina Stemme auf keinen Fall im Stockholmer Opernhaus interviewen wollte, passte definitiv nicht in ihren Zeitplan für diesen Nachmittag. Außerdem hatten sie schon darüber gesprochen.

„Hallo?!“, rief Ann-Katrin ungeduldig und sah aus, als wollte sie mit ihren schwarzen Wildlederpumps jeden Augenblick auf den Boden stampfen.

„Ich schaffe es zeitlich nicht, ein Interview mit Stemme zu führen. Du musst jemand anderen finden“, antwortete Rebecka nach einem kurzen Zögern. Sie blickte starr auf ihren Schreibtisch, um Ann-Katrin nicht ansehen zu müssen.

„Ich möchte, dass *du* das Interview machst. Ich verstehe nicht, wo das Problem liegt. Wenn ich sage, dass du das Interview führen sollst, dann musst du einfach nur zum Telefon greifen und einen Termin vereinbaren.“

„Ich möchte sie auf keinen Fall in der Oper interviewen. Das habe ich dir schon gesagt. Und ich habe dir auch den Grund dafür genannt.“ Obwohl Rebecka sich Mühe gab, gefasst und unbekümmert zu klingen, zitterte ihre Stimme.

Ann-Katrin seufzte laut. „Ich glaube, ich habe mich nicht klar genug ausgedrückt. Ich will, dass du Nina Stemme interviewst. Das Interview soll in der Oper stattfinden, weil ich Bilder und eine atmosphärische Beschreibung des Opernhauses möchte. Am liebsten wäre es mir, wenn du in ihrer Loge mit ihr sprichst. Das verleiht dem Ganzen eine persönliche Note. Ich will, dass du sie interviewst, weil ich weiß, dass du deine Arbeit gründlich und gut machst. Das ist keine Bitte! Habe ich mich klar ausgedrückt?“, zischte Ann-Katrin so scharf, dass sich die Kollegen, die in Rebeckas unmittelbarer Nähe saßen, noch tiefer über ihre Schreibtische beugten.

Als Rebecka noch neu in der Zeitungsredaktion war, hatte man sie vor Ann-Katrin gewarnt. Sie duldete keinen Widerspruch, und es konnte passieren, dass sie aus heiterem Himmel einen Mitarbeiter oder eine Mitarbeiterin anschrie, wenn sie der Meinung war, dass die betreffende Person keine gute Arbeit leistete. Bei den morgendlichen Redaktionsbesprechungen machte sie sich nicht selten über Kollegen und Kolleginnen lustig, die sich nicht gründlich genug vorbereitet hatten. Bislang war Rebecka von Ann-Katrins Attacken verschont geblieben. Aber das Interview mit Nina Stemme wollte sie auf keinen Fall machen. Sie weigerte sich, auch nur einen Fuß in die Oper zu setzen. Die Erinnerungen waren zu schmerzhaft. Die Schuldgefühle zu stark. Sie hatte die Tür zu ihrer Vergangenheit zugeschlagen, und sie hatte nicht vor, sie wieder zu öffnen. Egal, was Ann-Katrin sagte.

„Hast du gehört, was ich gesagt habe?"

„Ja, ich habe dich gehört. Klar und deutlich", fauchte Rebecka. Gleich darauf bereute sie ihren Tonfall. „Ich habe einfach zu viel zu tun. Kann Elise nicht das Interview machen?", fragte sie freundlicher, als sie sah, dass Elise auf sie zukam.

„Was? Was soll ich machen?", wollte Elise wissen und blieb an Rebeckas Platz stehen.

„Nina Stemme interviewen", sagte Rebecka und sah ihre Kollegin an. Das war die perfekte Lösung. Elise war eine ausgezeichnete Reporterin. Neu und ehrgeizig. Sie würde eine gute Reportage abliefern.

Einen Augenblick lang schien es so, als würde Ann-Katrin Rebeckas Vorschlag zustimmen. Dann änderte sich ihr Gesichtsausdruck plötzlich und sie kniff die Lippen zusammen.

„Du wirst das Interview machen", sagte sie und fixierte Rebecka mit einem eisigen Blick, bevor sie sich auf dem Absatz umdrehte und mit entschlossenen Schritten davonging.

Rebecka seufzte erschöpft. Wie um alles in der Welt sollte sie um dieses Interview herumkommen?

„Was für eine Giftschlange“, konstatierte Elise fröhlich.

„Das kann man wohl sagen“, erwiderte Rebecka und musterte den riesigen Poststapel, den Elise in den Händen hielt. „Hat dir Fredrik auch in den Ohren gelegen, dass du das Postfach leeren sollst?“

Elise trat einen Schritt zurück. „Ja, genau“, murmelte sie, ihr Blick flatterte nervös. „Du, ich muss unbedingt noch jemanden anrufen“, sagte sie und machte sich hastig aus dem Staub.

Rebecka stand auf. Wenn sie den restlichen Tag überstehen wollte, brauchte sie jetzt eine Tasse Kaffee. Bevor sie ihren Plan in die Tat umsetzen konnte, hörte sie die Stimme der Chefredakteurin, die auf dem Weg zu Rebeckas Schreibtisch war. „Hast du einen Augenblick Zeit?“

Rebecka nickte. Der Chefredakteurin konnte sie keine Bitte abschlagen, egal, wie gestresst sie war.

„Ich soll Montag den indischen Präsidenten interviewen. Er absolviert gerade einen Staatsbesuch in Schweden“, erzählte Rebecka Anton beim Abendessen. Eigentlich hatte sie mit ihrer Neuigkeit warten wollen, bis die Kinder im Bett lagen und Anton und sie allein waren, aber sie konnte sich nicht mehr länger zurückhalten.

„Das ist der Wahnsinn. Margareta hat mich heute gefragt. Manne, unser Asienreporter, ist krank, und ich soll für ihn einspringen.“

„Glückwunsch, das ist –“, setzte Anton an, wurde aber von Julias ungeduldiger Frage unterbrochen: „Wer ist das, Mama? Kennen wir den Mann, den du interviewen sollst?“

Rebecka lachte und wollte gerade antworten, als Trevor sein

Milchglas umkippte. Statt wütend zu werden, stand sie auf und holte das Spültuch. Automatisch wischte sie die verschüttete Milch auf, war mit ihren Gedanken aber ganz woanders. Schon allein die Tatsache, dass Margareta bei so einem wichtigen Interview an sie dachte, zeigte, dass sie auf dem richtigen Weg war und dass ihre Vorgesetzten ihr vertrauten. Die Kinder durften sich nach dem Abendessen noch eine Kindersendung im Fernsehen angucken. Rebecka ging zum Weinregal und nahm eine Flasche Rotwein heraus. „Das müssen wir feiern!“

Als die Kinder später in ihren Betten lagen, setzten sich Rebecka und Anton wieder an den Küchentisch und öffneten eine zweite Flasche. Rebecka spürte, wie sich ihre innere Anspannung durch den Alkohol langsam löste, mit einem zufriedenen Seufzen lehnte sie sich zurück.

„Es ist lange her, dass wir das letzte Mal so zusammengesessen haben“, murmelte Anton und streichelte Rebeckas Hand mit dem Daumen.

„Viel zu lange“, erwiderte sie, zog aber ihre Hand zurück und griff nach ihrem Weinglas. Sie trank einen großen Schluck und sah Anton dabei an. Sie versuchte etwas zu fühlen, aber das Kribbeln im Bauch wollte sich nicht einstellen. Nach vierzehn Jahren ist das wahrscheinlich ganz normal, dachte sie. Aber wenn sie ehrlich zu sich selbst war, dann hatte es die große, auflodernde Leidenschaft zwischen ihnen nie gegeben. Natürlich war es Liebe, das stand außer Zweifel, aber eher eine ruhige, verlässliche Liebe ohne Überschwang, ohne Höhen und Tiefen.

„Das sollten wir öfter machen“, meinte Anton. „Gemütlich in der Küche sitzen, ein Glas Wein zusammen trinken und uns unterhalten.“

„Ja, aber das ist nicht immer so einfach, wenn beide arbeiten und man zwei Kinder hat“, entgegnete Rebecka.

Anton seufzte. „Das ist wohl so. Ich bin es einfach nicht gewohnt, dass du so viel arbeitest. Es war so schön, als du in Elternzeit warst. Anders.“ Er lächelte in sich hinein.

„Anders?“, fragte Rebecka. Sie trank hastig einen Schluck Wein, ohne ihn zu schmecken. „Du meinst, dass ich immer zu Hause war und Tag und Nacht für die Familie gesorgt habe?“

Anton schüttelte den Kopf. „Jetzt übertreibst du aber“, erwiderte er, wurde jedoch von einem lauten Klingeln im Flur unterbrochen. Rebecka stand auf, aber Anton machte eine abwehrende Geste, murmelte, dass es sein Handy sei, und verließ die Küche, um das Gespräch anzunehmen.

Rebecka räumte den Tisch ab. Als sie die Gläser ausgespült und in die Spülmaschine gestellt hatte, streckte sie sich und gähnte. Vielleicht muss ich mir zu Hause einfach nur ein bisschen mehr Mühe geben, dachte sie und warf einen Blick in den Flur, wo Anton immer noch telefonierte. Ich kann es zumindest versuchen. Sie fing an, den Küchentisch abzuwischen. Gerade als sie damit fertig war, kam Anton in die Küche zurück. Ohne sie anzusehen ging er an die Spüle, goss sich ein Glas Leitungswasser ein und trank es in ein paar Zügen aus. Er sah so bedrückt aus, dass Rebecka ihm am liebsten die tiefen Sorgenfalten von der Stirn gestrichen hätte.

„Sollen wir hochgehen?“, fragte sie und schmiegte sich in seine Arme.

„Ich muss verreisen“, antwortete Anton und streichelte ihren Rücken. Rebecka spürte seine Wange in ihren Haaren.

„Verreisen?“, fragte sie und sah Anton ins Gesicht. „Warum?“

„Es geht um dieses Projekt in Deutschland. Du weißt schon. Von dem ich abgeraten habe, das Hasse aber unbedingt machen wollte. Bei den Zeichnungen ist irgendetwas schiefgelaufen, und ich muss Montag nach Deutschland fliegen, um den

Schaden zu beheben. Sonst steht das ganze Bauvorhaben auf der Kippe."

„Aber das geht nicht, meine Arbeit … Ich habe doch Montagabend dieses Interview mit dem indischen Staatspräsidenten. Das dauert mehrere Stunden, und –"

„Glaub mir, wenn ich könnte, würde ich zu Hause bleiben. Aber das ist ein absoluter Notfall", fiel ihr Anton ins Wort und ließ sie los, um sich noch ein Glas Wasser einzuschütten.

Rebecka runzelte die Stirn. „Wie lange wirst du weg sein?"

„Ich weiß nicht. Wenn es richtig schlimm ist, muss ich die ganze Woche bleiben", antwortete Anton und sah Rebecka müde an. „Es tut mir leid, dass das ausgerechnet jetzt passiert ist."

Rebecka wusste, dass es nicht Antons Schuld war, konnte ihren Unmut aber nicht verbergen. „Ich bin nächste Woche bei der Zeitung komplett eingespannt, dazu kommt noch das Interview. Kann Hasse nicht selbst fahren?"

„Nein, das geht nicht. Ich habe die Zeichnungen gemacht, und wenn da etwas falsch ist, muss ich die Sache in Ordnung bringen. Kannst du nicht deine Mutter fragen, ob sie die Kinder am Montag betreuen kann? Oder Anna?"

„Mama hat ihren Yogakurs, und Anna gibt zusätzlichen Kunstunterricht. Was ist mit deinen Eltern?"

„Die sind gerade erst aus ihrem Mallorca-Urlaub zurückgekommen, und meinem Vater geht es nicht gut. Mir wäre es lieber, wenn wir sie nicht fragen." Anton seufzte. „Wenn ich zu Hause bleiben könnte, dann würde ich es machen. Aber wenn ich nicht fahre, dann verlieren wir womöglich mehrere Millionen."

„Aber –"

„Ernsthaft, Rebecka. Ich habe gerade nicht die Nerven, mit dir darüber zu streiten", schnitt Anton ihr das Wort ab.

Rebecka biss die Zähne zusammen und zögerte, bevor sie weiterredete: „Du, wir müssen das irgendwie lösen. Das Interview mit dem indischen Präsidenten ist für meine Karriere sehr wichtig. So eine Chance bekommt man nicht alle Tage. So etwas lehnt man nicht ab. Vor allem jetzt nicht, wo Margareta wahrscheinlich bald in Rente geht."

„Du wirst bestimmt noch andere Gelegenheiten bekommen."

„Das kann man nie wissen. Das ist vielleicht meine einzige Chance. Hast du eine Ahnung, wie hart es in meiner Branche zugeht? Wenn du keine Leistung bringst, wirst du aussortiert. Es gibt Tausende Journalisten, die nur auf einen Job warten. Ich habe hart dafür gearbeitet, um da zu stehen, wo ich heute bin. Und ich habe nicht vor, das aufs Spiel zu setzen." Rebecka grub ihre Fingernägel in die Handflächen. In ihrem Kopf pochte es. Sie spürte, wie das Blut in ihren Ohren pulsierte.

„Also ehrlich, Rebecka. Glaubst du, ich sehe zu, wie meine Firma pleitegeht, damit du bei deinen Vorgesetzten Eindruck schinden kannst?", erwiderte Anton und sah sie lange an, bevor sein Gesicht weich wurde. „Du, mir ist sehr wohl bewusst, wie wichtig dieses Interview für dich ist. Ich habe dafür vollstes Verständnis, und wenn ich dir irgendwie helfen könnte, dann würde ich es tun. Aber ich habe wirklich keine andere Wahl. Ich muss nach Deutschland", sagte er und streichelte ihre Wange.

„Du sagst doch ständig, dass wir planen müssen. Dass ich planen muss. Aber wenn es um dich geht, gelten plötzlich andere Regeln." Rebecka schossen die Tränen in die Augen. Wütend wischte sie sie ab. Sie hasste es, vor Anton Schwäche zu zeigen. „Was passiert bei der nächste Krise? Soll ich dann auch einfach alles stehen und liegen lassen?"

„Wahrscheinlich wirst du das tun müssen. Das haben wir doch besprochen." Anton machte Anstalten, aus der Küche gehen, Rebecka lief ihm nach.

„Was haben wir besprochen? Dass dein Job an erster Stelle steht?"

Anton seufzte laut und drehte sich so abrupt um, dass Rebecka fast in ihn hineingelaufen wäre. „Ich habe nicht jahrelang in meine Firma investiert, um beim ersten Problem alles hinzuschmeißen. Unsere Familie lebt von meinem Geld. Wenn du ein bisschen mehr verdienen würdest, dann sähe die Sache vielleicht anders aus."

Rebecka trat einen Schritt zurück. „Ich bekomme ja nie die Chance, mehr Geld zu verdienen. Deine Arbeit ist immer wichtiger." Anton und Rebecka starrten sich unnachgiebig an, bis Rebecka schließlich beschwörend eine Hand auf Antons Arm legte. „Können wir nicht wenigstens ein Kindermädchen engagieren, das in solchen Situationen einspringen kann?"

„Das ist doch nicht dein Ernst?!"

„Was ist so falsch an einem Kindermädchen? Viele Familien haben eins." Rebecka merkte, wie die Wut wieder in ihr zu brodeln begann, und zog ihre Hand zurück. Dieses Mal konnte sie sich nicht beherrschen: „Du hättest wohl gern, dass ich als Hausfrau und Mutter das Heimchen am Herd spiele. Am liebsten wäre es dir, wenn ich den ganzen Tag hier herumsitzen und Däumchen drehen würde, bis du dich bequemst, nach Hause zu kommen."

„Werd bitte nicht albern. Ich bin stolz auf dich und das, was du erreicht hast, aber die Kinder brauchen ihre Mutter, kein x-beliebiges Kindermädchen."

„Hast du mal daran gedacht, dass die Kinder ihre Eltern brauchen? *Beide Eltern!*", schrie Rebecka. Eine Welle der Enttäuschung durchfuhr sie.

„Sprich leiser, verdammt noch mal. Denk an die Kinder –“ Weiter kam Anton nicht, Rebecka stürzte aus der Küche, griff nach ihren Joggingschuhen, riss die Haustür auf und verschwand in der Dunkelheit.

***

„Wo habt ihr denn eure Rucksäcke gelassen, Kinder?“, begrüßte Majvors muntere Stimme Rebecka und die Kinder, als sie in Rufweite der Vorschule kamen.

„Wir haben keine dabei“, antwortete Trevor fröhlich und lief zum Zaun, der die Vorschule von der Straße abgrenzte.

Rebecka sah, wie das Lächeln der älteren Frau erstarrte, bevor sie die Pforte für Julia und Trevor öffnete, die schnell an ihr vorbei zu ihren Spielkameraden liefen.

Rebecka strich sich eine braune Haarsträhne aus dem Gesicht. „Ich bin ein bisschen spät dran, ich schaffe es nicht mehr –“

„Sie wissen doch, dass wir heute mit den Kindern einen Ausflug machen?“, fragte Majvor und zog den Reißverschluss ihrer dunkelblauen Windjacke hoch.

„Ausflug?“ Rebecka versuchte, sich den Wochenplan der Vorschule in Erinnerung zu rufen. „Geht es in den Wald?“, fragte sie zögernd. Sie dachte, Dienstag sei Waldtag. Oder war es doch Montag? Sie hatte nicht die geringste Ahnung, was in der Vorschule zurzeit los war. Vor allem nicht heute, nachdem Anton gerade nach Deutschland geflogen war – immer noch sauer und kurz angebunden nach ihrem Streit am Wochenende – und sie immer noch nicht wusste, wer heute Abend auf die Kinder aufpassen würde.

„Nein, wir fahren heute in die Stadt und gehen ins Naturhistorische Museum. Wir hatten darum gebeten, dass die Kinder Lunchpakete mitbringen", antwortete Majvor, während sie einem Jungen eine gelbe Weste anzog.

Erst jetzt fielen Rebecka die bunten Rucksäcke auf, die in einem Bollerwagen neben einer Gruppe von Kindern mit gelben Westen lagen. „Ach so, das muss ich übersehen haben. Ich bin diese Woche mit den Kindern allein, und es ist ein bisschen viel, alles unter einen Hut zu kriegen."

Rebecka sah die Erzieherin hilfesuchend an, aber Majvors Blick war ausdruckslos. „Wie regeln wir das jetzt am besten?", fragte Rebecka gestresst. Sie blickte zu Julia und Trevor hinüber, die ebenfalls gelbe Westen über ihre Jacken zogen, sich Hand in Hand in die Reihe der wartenden Kinder stellten und aufgeregt mit ihren Freunden redeten. Sie werden todtraurig sein, wenn ihnen klar wird, dass ihre Mutter den Ausflug vergessen hat, dachte Rebecka panisch.

„Das weiß ich auch nicht. Wir haben im Elternbrief der letzten Woche klar und deutlich darüber informiert, dass wir heute einen Ausflug machen", erwiderte Majvor, bevor sie die Lippen zusammenkniff und Rebecka missbilligend ansah.

„Ah. Ich glaube nicht, dass wir den Elternbrief bekommen haben", sagte Rebecka und kreuzte hinter dem Rücken heimlich die Finger.

„Außerdem hängt seit Längerem eine entsprechende Mitteilung am Schwarzen Brett", redete Majvor weiter, als hätte sie Rebeckas Einwand gar nicht gehört.

„Ich kann Ihnen Geld geben. Dann können sich die Kinder in der Stadt etwas zu essen kaufen", entgegnete Rebecka und begann hektisch in ihrer Handtasche nach ihrem Portemonnaie zu kramen, musste aber feststellen, dass sie kein Bargeld dabeihatte. „Oder ich gebe Ihnen meine Kreditkarte. Ich schreibe Ihnen den Code auf", sagte Rebecka kopflos und wollte Majvor ihre Karte in die Hand drücken.

Majvor sah Rebecka ungläubig an. „Ich darf Ihre Karte nicht annehmen", sagte sie belehrend, als würde sie mit einem kleinen Kind sprechen. Sie seufzte tief. „Wir nehmen ein paar belegte Brote aus der Küche mit. Aber das nächste Mal müssen Sie an unsere Ausflüge denken. An unserem letzten Ausflugstag sind Sie eine Viertelstunde zu spät gekommen, sodass wir den Bus verpasst haben. Die ganze Gruppe. Die Kinder waren *unglaublich* enttäuscht."

„Natürlich. Ab jetzt werde ich wieder alle Termine im Blick haben. Vielen Dank, dass Sie sich um die Lunchpakete der Kinder kümmern. Das ist wirklich nett."

Rebecka ging zu Julia und Trevor, die zwischen den ganzen Kindern standen, und nahm sie in die Arme. „Viel Spaß auf dem Ausflug, meine Süßen", sagte sie liebevoll.

„Kriegen wir heute nichts zu essen?", fragte Trevor ängstlich.

„Natürlich kriegt ihr was zu essen. Majvor macht euch leckere Brote", murmelte Rebecka und streichelte ihm über die Wange. „Ich habe nur eure Lunchpakete vergessen. Dafür dürft ihr das nächste Mal etwas besonders Leckeres mitnehmen." Schnell verabschiedete sie sich und verließ das Gelände der Vorschule. Sie wollte nur noch weg und den vorwurfsvollen Blicken der Erzieherinnen entgehen.

Es war schon kurz nach neun, als Rebecka in die Redaktion stürzte und sofort zum großen Konferenzraum eilte, in dem die morgendlichen Besprechungen stattfanden. Es hatte viel zu lange gedauert, Lollo bei der Hundetagesstätte abzugeben und die Kinder zur Vorschule zu bringen. Vor dem Konferenzraum blieb Rebecka einen Augenblick stehen, holte tief Luft und öffnete schwungvoll die Tür. Offenbar ein bisschen zu schwungvoll, denn alle drehten sich zu ihr um. Rebecka wurde rot.

„Tut mir leid, dass ich zu spät komme", murmelte sie, während sie sich schnell auf einen Stuhl zwischen Kenta und Elise fallen ließ und in ihrer Tasche nach Block und Stift kramte. Sie war den ganzen Weg von der U-Bahn-Station gelaufen und dabei in eine Pfütze getreten. Ihre hellgraue Hose war völlig durchnässt. Jetzt bemerkte sie entsetzt, dass sie außerdem ein großes Loch im Schritt hatte. Verdammter Mist, dachte sie, presste die Beine zusammen und ließ die Tasche auf ihrem Schoß liegen. Sie nahm sich eines der Handouts, die Ann-Katrin in der Mitte des großen Konferenztisches platziert hatte, und überflog die Artikel, an denen sie gerade arbeiteten.

„So, bist du bereit für einen neuen Arbeitstag, Rebecka?", flötete Ann-Katrin und schob mit einer resoluten Geste ihre Brille ins kurz geschnittene Haar. Wie immer war sie tadellos gekleidet. Sie trug ein hellblaues Hemd zu einem knielangen dunkelbraunen Rock, der den Blick auf ihre muskulösen Waden freigab. Gegen ihren Willen war Rebecka beeindruckt gewesen, als sie gehört hatte, dass Ann-Katrin früher Profifußballerin gewesen war und mittlerweile die Fußballmannschaft ihrer Enkelkinder trainierte.

„Ich bin bereit", antwortete sie und musterte ihre Chefin misstrauisch, die weiter die Agenda für die kommende Woche durchging. Normalerweise war Ann-Katrin während der morgendlichen Besprechungen alles andere als gut gelaunt, aber heute wirkte sie, als hätte sie die ganze Nacht Zuckerwatte gegessen.

Plötzlich bekam Rebecka einen unsanften Stoß in die Rippen. Was zum Teufel sollte das? Sie sah Elise ärgerlich an, die ihr unauffällig einen Zettel zusteckte und sie verschwörerisch anlächelte. Vorsichtig warf Rebecka einen Blick auf das Papier. Ein überdimensionierter roter Pfeil, der auf ein Herz zeigte.

Sie runzelte die Stirn und versuchte, die Botschaft der Zeichnung zu entschlüsseln, bis Elise sie ein zweites Mal anstieß und mit übertriebenen Gesten in den hinteren Teil des Konferenzraumes deutete.

Im selben Augenblick hörte sie Ann-Katrins leicht schrille Stimme. „Bevor du uns mit deiner Anwesenheit beehrt hast, war ich gerade dabei, unseren neuen Mitarbeiter Sam Hansson vorzustellen. Er wird bei uns in der Feature-Redaktion arbeiten." Ann-Katrins Augen funkelten. „Wir freuen uns sehr, dass wir Sam für unsere Zeitung gewinnen konnten. Er hat mehrere Preise gewonnen und wird unser Team *wunderbar* ergänzen und bereichern …"

Rebecka erstarrte auf ihrem Stuhl. Sam! Hier! Langsam drehte sie sich um und blickte geradewegs in Sams dunkelbraune Augen. Ihr Magen machte einen Salto und sie schnappte nach Luft. Das letzte Mal hatten sie sich vor fünfzehn Jahren auf einem staubigen Bahnsteig in Båstad gesehen. Er war nach Stockholm gefahren. Sie war auf dem Bahnsteig stehen geblieben, bis der Zug in der Ferne verschwunden war. Danach war sie in die Wohnung zurückgekehrt, in der sie während ihres Sommerjobs mit vier anderen Mädchen wohnte. Verzweifelt und am Boden zerstört.

Rebecka zwang sich wegzugucken. Obwohl sie immer damit gerechnet hatte, dass ihr Sam eines Tages über den Weg laufen könnte, traf es sie völlig unvorbereitet. Sie war davon ausgegangen, dass er in New York lebte.

„… und euch besser kennenlernen", beendete Ann-Katrin ihre Vorstellung.

„Wir kennen uns schon", antwortete Sam mit unbekümmertem Tonfall. Einem Tonfall, der ganz und gar nicht zu dem intensiven Blick passen wollte, mit dem er Rebecka eben noch angesehen hatte.

Rebecka rutschte nervös auf ihrem weißen Kunststoffstuhl hin und her. Sie wusste nicht, wohin sie schauen sollte, und starrte schließlich auf ihren Notizblock. Obendrauf lag Elises Zeichnung. Schnell drehte sie den Zettel um und sah mit klopfendem Herzen zu Ann-Katrin.

„Woher kennt ihr euch?“, fragte Ann-Katrin.

„Wir? Ach … wir haben zusammen studiert. Das ist schon lange her“, bekam Rebecka heraus. Sie nahm ihren Stift vom Tisch und umklammerte ihn. Es war, als ob unsichtbare Fäden ihren Blick in Sams Richtung zogen und sie dazu zwangen, seinen immer noch durchtrainierten Körper, seine blonden Locken, die leicht schiefe Nase und den Mund zu betrachten, dessen charmantes Lächeln sie nur allzu gut in Erinnerung hatte. Sie sah ihm wieder in die Augen. Obwohl sie sie aus der Entfernung nicht sehen konnte, wusste sie, dass sich in den Braunton kleine goldene Sprenkel mischten.

„… und haben viel miteinander unternommen“, ergänzte Sam und sah Rebecka mit seinem viel zu vertrauten Lächeln an. Der Stift zerbrach in ihrer Hand, und sie erwachte aus ihrer Erstarrung.

„Na ja, viel würde ich nicht gerade sagen … ab und zu. Wir hatten unterschiedliche Kurse belegt“, sagte sie leichthin, aber die skeptischen Blicke ihrer Kollegen zeigten, dass sie ihr nicht glaubten. Rebecka spürte, wie sie rot anlief. Sie wollte nach Hause. Sich unter der Bettdecke verkriechen und an einem neuen Tag aufwachen. So wie in diesem Film. Wie hieß der doch gleich? *Und täglich grüßt das Murmeltier.* Man konnte solange an ein und demselben Tag aufwachen und ihn neu beginnen, bis er perfekt war. In ihrer Welt würde das bedeuten, dass Sam in New York lebte, Anton und sie wahnsinnig verliebt ineinander waren und die Kinder sich tadellos benahmen.

„Rebecka?“ Ann-Katrins Stimme holte sie wieder in die

Wirklichkeit zurück. Hoffentlich konnten die anderen nicht hören, wie heftig ihr Herz pochte.

„Entschuldigung, was hast du gesagt?"

„Ich habe gefragt, ob du kurz erzählen könntest, woran du gerade arbeitest?"

„Für Sam?"

„Für uns alle, so, wie wir es immer bei der morgendlichen Besprechung machen", erwiderte Ann-Katrin sanft.

„Ja, also ich …" Rebecka räusperte sich. In ihrem Kopf stand alles still. Sie musste sich zwingen zu denken.

„Geht es dir nicht gut?"

Sie lächelte ihre Chefin matt an. Reiß dich zusammen, Rebecka. Reiß dich zusammen. Du schaffst das, dachte sie und suchte nach den richtigen Worten.

„Ich kann zuerst von meinen Reportagen erzählen", warf Elise ein. Rebecka lächelte ihre junge Kollegin dankbar an.

„Ja, wenn es Rebecka die Sprache verschlagen hat, musst du wohl einspringen", entgegnete Ann-Katrin trocken und wandte ihre Aufmerksamkeit Elise zu, die fröhlich von Grasanpflanzungsmethoden, Trendforschern und exzentrischen Inselbewohnern im Stockholmer Schärengarten berichtete.

Als die Besprechung zu Ende war, eilte Rebecka zur Tür und wich Elises fragendem Blick aus. Sie brauchte einen Moment für sich.

„Was für ein Mann", seufzte Elise begeistert und ließ sich auf Rebeckas Besucherstuhl fallen. Sie legte in einer theatralischen Geste ihre Hände aufs Herz und lächelte selig.

Rebecka wusste natürlich, wem Elises Schwärmerei galt, wollte aber weder über Sams verführerisches Äußeres reden noch daran erinnert werden, dass er jetzt ihr Kollege war. Ja, sie waren einmal ein Paar gewesen, aber das war lange her und hatte keinerlei Bedeutung mehr. Mit einer verkrampften Bewegung zerknüllte sie das Blatt, das sie gerade in der Hand hielt.

„Schade, dass ihn Ann-Katrin sofort zu einem Job geschickt hat. Ich hätte nichts gegen einen Blickfang hier im Büro. Findest du nicht auch, dass er umwerfend aussieht?", plapperte Elise weiter und drehte sich auf ihrem Stuhl ununterbrochen im Kreis.

„Wenn man auf den Daniel-Craig-Typ steht, ja vielleicht", antwortete Rebecka und warf den Papierball, den sie in der Hand hielt, in einem eleganten Bogen in den Mülleimer. Im Gegensatz zu Elise war sie äußerst erleichtert, dass Sam bei einem Außentermin war.

„Offenbar hast du das ja früher durchaus getan", erwiderte Elise und zog herausfordernd eine Augenbraue hoch.

Rebecka ignorierte Elises Kommentar geflissentlich. Natürlich war Sam ihr Typ gewesen, aber vor allem hatte sie seine Art gemocht, dass er *sie* gesehen hatte. Der zwei Jahre ältere Kommilitone, der sie und ihre Träume ernst genommen und nie gelacht hatte, wenn sie von ihrem Vater erzählte oder warum ihr der Journalismus so viel bedeutete. Beim Schreiben fühlte sie sich ihrem Vater nahe, seinen Träumen und Ambitionen, die während ihrer gesamten Kindheit ihr Elternhaus durchzogen hatten. Sam hatte sie verstanden.

„Oder?" Elises Stimme holte sie in die Gegenwart zurück.

„Vielleicht. Aber wie du weißt, bin ich glücklich verheiratet und habe zwei Kinder. Falls – und ich sage *falls* – wir als Studenten eine kleine Romanze hatten, dann hat das heute nichts mehr zu bedeuten."

„Ha, du gibst es also zu: Ihr wart mal ein Paar!"

„Hast du nichts zu tun? Ann-Katrin ist im Anmarsch", entgegnete Rebecka.

„Verdammt, und ich habe meinen Artikel über die Grasanbaumethoden immer noch nicht eingereicht“, sagte Elise panisch und machte sich aus dem Staub.

Rebecka sah ihr nach. Elise konnte ziemlich anstrengend sein, aber mit ihrer unbekümmerten Art verbreitete sie immer gute Stimmung.

„Du hast gar nicht berichtet, was du heute vorhast“, sagte Ann-Katrin und warf eine Pressemitteilung auf Rebeckas Schreibtisch. „Kannst du hierüber einen kurzen Artikel schreiben? Ich will das mit in die Wochenendausgabe nehmen.“

„Ich soll über Autos schreiben?“, fragte Rebecka misstrauisch und starrte die Pressemitteilung an.

„Du musst nur zu dieser Ausstellung gehen, zuhören, was sie zu sagen haben, mit einem Verantwortlichen des Autohauses sprechen und dir die Autos angucken. Kenta macht die Fotos.“

„Wie schnell brauchst du den Artikel? Um halb eins habe ich ein Technikseminar. Und heute Abend ist das Interview mit dem indischen Präsidenten“, erwiderte Rebecka und beugte sich über ihren Computer. Sie freute sich auf dieses Technikseminar, oder besser gesagt: Sie konnte es kaum erwarten, endlich Maria Silverstjärna zu treffen, die einflussreichste Frau in der Technikbranche und extrem öffentlichkeitsscheu. Außerdem freute sie sich auf das Interview mit Indiens Staatspräsident.

„Ach ja, genau. Dieses Seminar. Ich möchte, dass du Sam mitnimmst und ihn dort ein paar Leuten vorstellst.“

Rebecka sah ihre Chefin erstaunt an. Sollte sie etwa Sams Babysitterin spielen? Er war beileibe kein Neuling in der Branche.

„Das war seine Idee. Sozusagen als lockerer Start nach New York“, fügte Ann-Katrin hinzu, als sie Rebeckas skeptischen

Blick bemerkte. „Wie auch immer, du musst jetzt los, wenn du pünktlich bei dieser Pressekonferenz sein willst. Ich brauche eine Seite“, sagte sie abschließend und war schon auf dem Weg zu Elises Schreibtisch.

Sekunden später hörte Rebecka, wie es am anderen Ende der Feature-Redaktion laut wurde, als Ann-Katrin Elise anfuhr. Schnell überflog sie die Pressemitteilung. Hoffentlich dauerte diese Ausstellung im Autohaus nicht zu lange. Sie würde sich schnell die Autos ansehen und die wichtigsten Fakten notieren, entschied sie. Ihr Blick fiel auf das unschöne Loch in ihrer Hose. Glücklicherweise hatte sie immer Wechselkleidung in der Redaktion, falls sie überraschend zu einer Veranstaltung musste. Rebecka schnappte sich eine Hose, die in ihrem Rollcontainer hinter dem Stuhl lag, und ging mit entschlossenen Schritten in Richtung Toilette. Ein paar Minuten später stand sie einsatzbereit in der Ecke, in der die Fotografen arbeiteten. Die Tasche über der Schulter, die kaputte Hose über dem Arm.

„Können wir los?“, fragte sie Kenta, der an seiner Kamera herumhantierte.

„Ich muss eben noch eine Sache erledigen. Gib mir fünf Minuten.“

„Okay, ich gehe schon mal zum Auto.“

An der Rezeption warf sie ihre kaputte Hose auf den Empfangstresen. „Hast du irgendetwas, mit dem man dieses kleine Malheur reparieren kann?“, fragte sie Fredrik, der gerade ein Telefonat beendete. Er nahm sein Headset ab und stand auf, sodass Rebecka seine zerfransten Jeans sehen konnte.

„Um Himmels willen, lässt dich die Chefetage so herumlaufen?“, wollte Rebecka wissen und zeigte auf das Loch, das sich über Fredriks halben Oberschenkel erstreckte.

„Ich hatte keine Zeit mehr, mich umzuziehen. Sofia hat verschlafen, und ich bin erst in allerletzter Minute bei ihr losgekommen. Ohne Zwischenlandung", antwortete Fredrik fröhlich. „Aber es scheint, als wäre ich heute nicht der Einzige mit Löchern in der Hose. Hast du es gestern krachen lassen?", fuhr er fort und zwinkerte ihr zu.

Rebecka lachte. „Nein. Für das Krachenlassen bist du zuständig. Hast du vielleicht Nähzeug?"

„Ich mach das für dich", antwortete Fredrik und ließ die Hose unter dem Tresen verschwinden. „Hast du den Sonnyboy gesehen, der heute angefangen hat?", fuhr er in verschwörerischem Ton fort.

Rebecka biss die Zähne zusammen. „Er soll bei uns im Feature arbeiteten", sagte sie schließlich.

„Hm, ich frage mich, ob er zu haben ist und Interesse an einem kleinen Stelldichein hat."

„Ich bin verheiratet, *und* ich habe Kinder!" Rebecka sah Fredrik schockiert an, der amüsiert lachte.

„Hallo? Ich habe nicht von dir gesprochen ..."

„Haha, er ist nicht dein Typ, glaub's mir." Rebecka strebte auf den Ausgang zu. „Ich dachte, du wärst mit Henrik zusammen?"

„Henrik, wer?", fragte Fredrik und verdrehte die Augen.

Rebecka lachte und warf ihm eine Kusshand zu.

„Du bist ja nicht gerade weit gekommen!", rief Kenta und holte Rebecka ein.

Rebecka schenkte ihm ein strahlendes Lächeln. „Ich habe auf dich gewartet, du Schnarchnase", entgegnete sie fröhlich.

Kenta stieß sie freundschaftlich in die Seite. Er schleppte mehrere Kamerastative, eine Kamera, Blitze und anderes Technikzubehör. Rebecka befreite ihn von einem Teil seiner Last, und gemeinsam manövrierten sie sich in den Personenaufzug. Als sich die Fahrstuhltüren schlossen, spürte Rebecka wie so oft einen Druck auf der Brust. Vielleicht sollte sie doch zum Arzt gehen? Aber sie wusste, welchen Rat sie bekommen würde. Ruhe. Als ob Ruhe die Lösung für alle Probleme wäre.

Als sie ein paar Minuten später im Auto saßen, lehnte Rebecka sich im Sitz zurück und machte die Augen zu. Im selben Moment meldete sich ihr Handy.

Wann fahren wir zum Seminar?
Sam

Rebecka las die kurze SMS mehrmals hintereinander. Was hatte sie erwartet? Dass er eine lange Nachricht schreiben und erklären würde, warum er wieder in Schweden war und ausgerechnet bei ihrer Zeitung arbeiten musste? Das war nicht Sams Art. Sams Art war es, den Kopf in den Sand zu stecken und zu verschwinden, sobald ihm etwas unangenehm wurde. Das haben er und Anton gemeinsam, dachte sie wütend. Sie las die Nachricht noch einmal, überlegte kurz und schrieb eine Antwort, löschte sie wieder und fing von vorn an. Sie wollte kühl und sachlich klingen. So, als ob sein plötzliches Auftauchen die natürlichste Sache der Welt wäre und sie völlig unberührt ließe.

Ich bin gerade auf Kungsholmen und fahre direkt von hier zum Seminar. Beginn: 12:30.

Seine Antwort kam nur ein paar Sekunden später.

Ich hole dich ab.

Rebecka zögerte. Sie wollte nicht von Sam abgeholt werden. Sie war durchaus in der Lage, allein zur Pressekonferenz zu fahren.

Ich fahre selbst. Wir treffen uns da.

Das ist kein Problem. Ich hole dich ab, dann können wir zusammen fahren.

Rebecka schnaubte irritiert, bevor sie Sam die Adresse schickte, wo die Pressekonferenz stattfinden sollte. Sie würde nicht darüber streiten, ob er sie nun abholen sollte oder nicht. Im Sitz zurückgelehnt, beobachtete sie die Fußgänger, die auf dem Gehweg entlanghasteten. Sams überraschende Rückkehr in ihr Leben würde absolut kein Problem darstellen, redete sie sich ein. Sie waren zwei erwachsene, vernünftige Menschen, und das, was vor fünfzehn Jahren zwischen ihnen gewesen war, gehörte der Vergangenheit an und war längst vergeben und vergessen.

Die Pressekonferenz war besser verlaufen als erwartet. Dass sie aus Versehen ins falsche Auto gestiegen war, fiel nicht weiter ins Gewicht. Auch nicht, dass es sich dabei um den nigelnagelneuen Privatwagen des stellvertretenden Direktors gehandelt hatte. Ein Sondermodell mit begrenzter Stückzahl, in dem bislang niemand anders als der Direktor selbst gesessen hatte. Nicht einmal seine Frau, hatte jemand theatralisch geflüstert, als Rebecka mit hochrotem Kopf wieder ausstieg und zum *richtigen* Auto ging. In Rebeckas Augen glichen sich diese Autos wie ein Ei dem anderen. Dieselbe Farbe, dasselbe Fabrikat. Kenta hatte gelacht und gesagt, da könne sie ebenso gut einen Mazda mit einem Lamborghini vergleichen.

Rebecka verließ das Autohaus und blieb auf dem Bürgersteig stehen.

„Sollen wir zusammen mittagessen?“, fragte Kenta und knöpfte seine schwarze Lederjacke zu.

„Ich hab leider keine Zeit, ich muss direkt zum nächsten Termin“, murmelte Rebecka und blickte sich suchend um. Als sie Sam nirgendwo entdeckte, entspannte sie sich ein wenig. „Ich muss zu einem Seminar.“

„Ich habe nach dem Mittagessen einen Fototermin im Reichstag“, antwortete Kenta und hängte sich seine komplette Kameraausrüstung um. „Wir sehen uns in der Redaktion.“

Als er verschwunden war, lehnte Rebecka sich an die Hauswand und hielt ihr Gesicht in die Frühlingssonne. Der morgendliche Stresspegel ließ langsam nach. Sie hatte auf dem Weg hierher ihre Mutter überredet, ihren Yoga-Kurs ausfallen zu lassen und auf die Kinder aufzupassen. Allein bei der Vorstellung, mit zwei Kindern im Schlepptau zum Interview mit dem indischen Staatspräsidenten gehen zu müssen, wurde ihr schwummerig. Rebecka holte ihr Handy aus der Handtasche und las Sams SMS noch einmal. Während der gesamten Pressekonferenz hatte sie jeglichen Gedanken an ihn gewaltsam unterdrückt, aber jetzt ließ sie die Erinnerungen an die Oberfläche kommen. Sie dachte daran, wie er damals gewesen war. Wie beeindruckt sie von dem rebellischen Kommilitonen gewesen war, von seinem Charme, seiner Energie und seinem Willen, Gutes zu tun. Sam wollte wie sie die Welt verändern. Die Menschen in seinen Reportagen in den Mittelpunkt rücken, über Korruption und Kriege berichten. In Krisengebiete reisen, in die sich sonst niemand wagte, weil die Lage zu gefährlich war. Zusammen mit ihr die richtig großen Sachen machen. Den Job beim Telegrafen hatte sie erst bekommen, nachdem Sam sie schon lange verlassen hatte, und ihr war schnell klar geworden, dass diese Art von Journalismus nicht ihr Ding war. Sie wollte immer noch Menschen treffen, über Lebensschicksale schreiben und über Ereignisse, die berührten. Nur über Krieg hatte sie nie wieder berichten wollen.

Plötzlich sah sie vor dem Krankenhaus auf der anderen Straßenseite eine vertraute Silhouette. Sie legte die Hand über die Augen und blinzelte in die Sonne.

„Hallo, Anna!“, rief sie und winkte.

Anna blieb stehen, und ihr Gesicht leuchtete auf, als sie Rebecka erkannte.

Rebecka überquerte die Straße und ging zu ihrer Freundin, die eine kaputte Jeans und eine knallgelbe Strickjacke trug. Nur mit Mühe konnte Rebecka sich ein Stirnrunzeln verkneifen. Sie verstand nicht, warum Anna nicht ein bisschen mehr auf ihr Äußeres achtete. Schließlich war sie mit ihren hellbraunen schulterlangen Haaren und ihren graugrünen Augen mit den langen braunen Wimpern alles andere als ein Mauerblümchen. Aber sie vergaß ständig, sich die Haare zu kämmen, und schien immer wahllos in die erstbesten Klamotten zu schlüpfen, die sie morgens zu fassen bekam.

„Schön, dich zu sehen. Was machst du hier?“, fragte Rebecka, während sie sich umarmten.

„Ich … ich war im Krankenhaus“, murmelte Anna und wandte den Blick ab.

„Ist etwas passiert?“

„Nein … oder, ja … ich war bei meinem Arzt. Es hat wieder nicht geklappt …“, Annas Stimme war nur noch ein leises Flüstern.

Rebecka legte tröstend den Arm um sie. „Es wird sich alles finden“, sagte sie.

„Dieses Mal war ich hundertprozentig sicher. Alle Symptome sprachen dafür. Geschwollene Brüste, Stimmungsschwankungen, Übelkeit …“ Anna verstummte und schlang ihre Strickjacke fester um ihren Körper. „Ich war mir so sicher, dass David und ich jetzt endlich Eltern werden.“

Rebecka sah, wie Anna gegen die Tränen ankämpfte. Sie

wollte etwas Tröstendes sagen, aber ihr kamen nichts als unbeholfene Floskeln und leere Phrasen in den Sinn. „Jetzt bleiben euch zumindest schlaflose Nächte und zahllose Kinderkrankheiten erspart“, sagte sie schließlich und blickte zum Krankenhauseingang hinüber, wo gerade ein Taxifahrer einem älteren Mann mit Rollator behilflich war.

„Ich würde mir liebend gern die Nächte um die Ohren schlagen, wenn meine nutzlosen Eierstöcke sich auf eine Kooperation einließen.“

„O Gott, es tut mir leid. Bitte entschuldige“, rief Rebecca und sah Anna erschrocken an. „Es tut mir wirklich leid. Ich bin gerade nicht ich selbst. In den letzten Tagen ist einfach zu viel passiert.“

Warum kann ich nicht einfach mal meine Klappe halten, dachte sie, angelte ihr Handy aus der Handtasche und las die SMS von Sam, in der er ihr mitteilte, dass er auf dem Weg war. Rebecka schielte zu Anna hinüber. Sie wollte nicht, dass Anna und Sam sich über den Weg liefen. Wollte nicht erklären müssen, warum Sam plötzlich auftauchte, um sie abzuholen.

Aber gerade, als sie den Mund öffnete, um sich zu verabschieden, bog ein dunkler Sportwagen um die Ecke, fuhr langsam die Straße entlang und blieb ein paar Meter von ihnen entfernt stehen. Die Fahrertür öffnete sich und Sam stieg aus dem Auto. Rebecka wurde blass. Sie sah Anna an, die Sam verblüfft anstarrte, bevor sie Rebecka in die Seite stieß.

„Willst du dich verstecken? Ich kann ihn aufhalten“, murmelte Anna und deutete auf das Eingangsportal des Krankenhauses.

„Äh, nein … Sam und ich … also wir …“, stammelte Rebecka hilflos.

„Ihr seid verabredet? Du wusstest, dass er kommt?“

„Nicht so, wie du denkst. Wir müssen beide zu einem Seminar und –", setzte Rebecka zu einer Erklärung an, verstummte aber, als Sam sie erreicht hatte.

„Hallo, Anna, wir haben uns ja eine Ewigkeit nicht mehr gesehen!", rief er und schloss Anna in die Arme.

Anna tätschelte ihm unbeholfen die Schulter und murmelte ein Hallo, bevor sie einen Schritt zurückwich.

„Ich wusste nicht, dass ihr beide immer noch Kontakt habt", fuhr Sam fort.

„Anna und ich sind Nachbarn, und Sam arbeitet seit heute bei meiner Zeitung", erklärte Rebecka hastig. „Ann-Katrin will, dass wir zusammen zu einem Seminar gehen. Ich soll Sam dort ein paar Leuten vorstellen."

Rebecka sah, wie sich Anna deutlich entspannte, als sie begriff, dass ihre beste Freundin sich nicht in eine Affäre mit ihrem Ex gestürzt hatte.

„Wann bist du denn aus New York zurückgekommen?", erkundigte sich Anna und sah Sam neugierig an.

„Ich bin erst seit ein paar Wochen wieder im Land. Aber was machst du jetzt? Hast du nach Båstad deine Krankenschwesternausbildung abgeschlossen?"

Anna lachte. „Nein, ich habe einen ganz anderen Weg eingeschlagen. Ich bin Kunstlehrerin geworden."

„Wir sollten jetzt fahren", warf Rebecka ein, bevor Sam etwas entgegnen konnte.

Als Sam sich vorbeugte und Anna einen leichten Kuss auf die Wange gab, sah Anna fragend zu Rebecka, die so tat, als würde sie es nicht bemerken. Stattdessen winkte sie zum Abschied und stieg in Sams Auto. Sie wünschte, sie könnte Anna erzählen, welches Gefühlschaos Sams unerwartetes Auftauchen in der Redaktion in ihr ausgelöst hatte, wie verwirrt sie war. Gleichzeitig wünschte sie, Anna hätte nichts von Sams

Rückkehr erfahren. Sie war die Einzige, die wusste, wie tief die Trennung von Sam sie getroffen hatte. Sie hatte Rebecka aufgefangen, ihr zugehört und sie getröstet. Fast ein halbes Jahr war sie für Rebecka da gewesen, bis die sich langsam wieder unter Leute wagte. Rebecka seufzte so tief, dass Sam sie von der Seite ansah.

„Ich glaube, wir sollten reden."

Rebecka musterte Sam verstohlen, der seine Aufmerksamkeit wieder auf den Straßenverkehr gerichtet hatte. Sein Profil war ihr immer noch vertraut. Er hatte sich kaum verändert. Natürlich war er älter geworden, seine Züge waren reifer, hatten das Welpenhafte verloren. Er war ... Sie suchte nach dem richtigen Wort ... männlich. Genau das war's: männlich. Als spürte er, dass sie ihn beobachtete, warf er ihr einen schnellen Blick zu, bevor er wieder auf die Straße sah.

„Ich dachte, du hättest kein Interesse daran, jemals wieder in Schweden zu arbeiten", sagte sie, nur um die Stille zu unterbrechen.

„Das hatte ich auch nicht. Aber als Margareta mir das Angebot gemacht hat, dachte ich, es wäre einen Versuch wert."

Wieder breitete sich Stille aus, und eine Weile war das leise Schnurren des Motors das einzige Geräusch zwischen ihnen. Eigentlich brannte Rebecka die Frage auf den Lippen, was für ein Angebot Margareta Sam genau unterbreitet hatte und ob er gewusst hatte, dass sie beim Telegrafen arbeitete, aber sie hielt sich zurück.

„Du wolltest reden?"

„Ich will sichergehen, dass zwischen uns alles okay ist. Dass es für dich okay ist, wenn wir bei derselben Zeitung arbeiten."

Rebecka lachte. „Ob es für mich okay ist? Warum sollte ich damit ein Problem haben? Das mit uns ist fünfzehn Jahre her.

Seitdem ist ziemlich viel passiert." Sie nestelte an ihrer Handtasche herum. „Ich meine, ich habe einen Mann und zwei Kinder. Ich bin verheiratet und wohne in Bromma. Wir sind glücklich, ich liebe Anton wirklich." Rebecka merkte selbst, dass sie plapperte, und verstummte.

In diesem Moment hielt Sam an einer roten Ampel. Er schob seine Sonnenbrille hoch und drehte sich zu Rebecka um, die nervös blinzelte, als ihre Blicke sich trafen.

„Gut. Ich hatte nämlich ein bisschen Angst, dass du immer noch in mich verliebt sein könntest", sagte er und sah sie forschend an.

Rebecka starrte ihn bestürzt an und wollte gerade etwas erwidern, als sie begriff, dass er sie auf den Arm nahm.

Sie kicherte. „Das ist lange her."

„Fünfzehn Jahre."

„Genau. Seit damals ist viel Zeit vergangen", entgegnete Rebecka und drehte an ihrem Ehering.

Das Auto hinter ihnen hupte, sie zuckten zusammen, und Sam fuhr schnell weiter.

„Schön, dass zwischen uns alles okay ist", sagte er, als er auf die Skeppsbron einbog. „Wenn es irgendwelche Unstimmigkeiten geben würde, könnte das bei der Arbeit zu Komplikationen führen."

„Für mich ist das kein Problem", erwiderte Rebecka. „Seit wann bist du eigentlich wieder hier?"

„Seit ein paar Wochen. Meine Freundin musste vor dem endgültigen Umzug noch einige Dinge in New York erledigen", antwortete Sam und fuhr in eine Parkbucht.

Freundin! Bei dem Wort fuhr Rebecka unwillkürlich zusammen. Natürlich hatte er eine Freundin. Was hatte sie denn gedacht? Dass er wegen ihr nach Schweden zurückgekommen war? Sie riss sich zusammen, legte die Hand auf den Türgriff und lächelte Sam vorsichtig an. „Schön, dass du wieder da bist", sagte sie, dann öffnete sie die Tür und stieg aus.

Rebecka befestigte ihr Namensschild am Revers ihres Jacketts und sah sich in dem großen Raum um, der sich langsam mit Leuten füllte. Sie war zum fünften Mal auf einer Veranstaltung im exklusiven Lind Hotel Stockholm. Ihr Blick fiel auf die aufwendigen Goldverzierungen an der Decke, die sich im funkelnden Kristall-Kronleuchter spiegelten. Sie fühlte sich in eine andere Zeit versetzt, mit schweren Samtvorhängen und weichen, dicken Teppichen. Die spärliche, aber elegante Möblierung mit den exquisiten Details verschmolz mit dem Raum. Als sie zum ersten Mal hier gewesen war, hatte sie für das Reisefeuilleton einer Zeitung eine Reportage über Hotels gemacht, in der die Lind Hotels die luxuriöseste Alternative gewesen waren. Ihr letzter Besuch lag noch gar nicht so lange zurück, erst vor Kurzem hatte sie Ragnar Lind, den Besitzer und Gründer der Hotelkette, und seinen Sohn Jean interviewt. Eine märchenhafte Erfolgsstory, in der ein Angestellter mit mittelmäßigem Gehalt durch eine unerwartete Erbschaft ein altes, nahezu verfallenes Haus mitten in der Stockholmer Innenstadt kaufen konnte und es mit seiner Frau zum Grundstein eines weltweiten Hotel-Imperiums machte. Mittlerweile war der Lind-Clan eine der reichsten Familien Schwedens.

„Worüber lächelst du?" Sams Stimme riss sie aus ihren Gedanken, überrascht sah Rebecka auf. Wahrscheinlich wird es eine Weile dauern, bis ich mich daran gewöhnt habe, ihn wieder in meinem Leben zu haben, dachte sie und versuchte, ihr Herzklopfen zu beruhigen.

„Ach, nichts. Ich musste nur an das erste Mal denken, als ich hier war." Rebecka bemühte sich, unbekümmert zu klingen, und ließ ihren Blick über die Menschenmenge schweifen.

Sie sah ein paar bekannte Gesichter, ging aber nicht zu ihnen hinüber, um sie zu begrüßen. „Schau dich ruhig ein bisschen um."

„Ich dachte, ich sollte dir nicht von der Seite weichen", entgegnete Sam mit gespielter Verwunderung.

„Haha, sehr witzig. Du weißt genauso gut wie ich, dass du keinen Babysitter brauchst."

Sams Gesicht wurde weich. „Ich weiß", sagte er und blieb noch ein paar Sekunden neben ihr stehen, bevor er sich unter die Leute mischte.

Rebecka blickte ihm nach und bahnte sich einen Weg in die Mitte des Raums. Sie war nur aus einem Grund hier: um mit Maria Silverstjärna zu reden. Vor ein paar Monaten waren sie sich auf einer Veranstaltung begegnet, und weil Maria ein interessantes Profil hatte, hoffte Rebecka, sie persönlich zu einem längeren Wochenend-Interview überreden zu können. Rebeckas Miene verdüsterte sich, als sie an die abweisenden Kommentare dachte, mit denen Maria Silverstjärnas Pressesprecher sie abgespeist hatte.

„Rebecka! Wie schön, Sie zu sehen." Ein älterer Mann in einem schwarzen Anzug kam auf sie zu. Sein silbergraues Haar war zurückgekämmt, und seine dunkelbraunen Augen lächelten sie freundlich an.

„Hier sieht es einfach toll aus", antwortete Rebecka und erwiderte Jean Linds Wangenküsse.

„Gutes Personal mit einem Gespür für Details", sagte Jean und behielt Rebeckas Hand in seiner. „Ich habe Ihnen noch gar nicht gesagt, wie sehr wir uns über Ihre wunderbare Reportage über unser Haus gefreut haben."

Rebecka erstarrte. Natürlich freute sie sich über das Lob, aber ein Kollege, den sie sehr bewunderte und verehrte, hatte ihr am Anfang ihrer Journalistenlaufbahn einmal gesagt, wenn ein Interviewpartner zufrieden wäre, sollte man sich überlegen, ob man die richtigen Fragen gestellt habe. Bevor sie antworten konnte, tauchte Sam neben ihr auf.

„Ich habe dir einen Kaffee geholt", murmelte er und reichte ihr eine weiße Kaffeetasse. Der Schuss Milch war nur noch als leichter Schleier auf der Oberfläche zu erahnen. Rebecka nahm die Tasse dankbar entgegen, beeindruckt, dass er sich daran erinnerte, wie sie ihren Kaffee trank.

Sie räusperte sich und sah die beiden Männer an. „Das ist mein neuer Kollege Sam Hansson. Sam, das ist Jean Lind, der Geschäftsführer von Lind Hotels", stellte sie die beiden einander vor.

„Ich habe schon von Ihnen gehört", sagte Jean freundlich. „Sie haben für die New York Times geschrieben, nicht wahr? Was hat Sie wieder nach Stockholm verschlagen?"

„Ich musste hier ein paar Verpflichtungen nachkommen", antwortete Sam leichthin, bevor er das Gespräch auf das Hotel lenkte. Jean Linds Augen leuchteten auf, und er begann, von der traditionsreichen Geschichte des Familienunternehmens zu erzählen.

Rebecka nippte an ihrem Kaffee und hörte zerstreut zu. Sam brauchte keine moralische Unterstützung, um zu einem Seminar zu gehen, dachte sie. Er schien ganz in seinem Element zu sein und wirkte entspannt und selbstsicher. Das hatte sie immer an ihm gemocht. Seine Fähigkeit, eine Unterhaltung zu führen und dem Gesprächspartner dabei ein entspanntes Gefühl zu vermitteln.

„Rebecka!"

Die Stimme kam von hinten, und als Rebecka sich umdrehte, wurde sie in eine Wolke aus Parfüm gehüllt.

„Wie schön, dass Sie hier sind, meine Liebe", sagte Lena Andersson und drückte Rebecka zwei Küsse auf die Wangen, bevor sie einen Schritt zurücktrat. „Ich versuche schon seit Ewigkeiten, Sie zu erreichen. Der Artikel, den Sie über meinen Mann geschrieben haben, hat uns ausgesprochen gut gefallen, und ich frage mich, ob Sie an einem Interview über unser neues Projekt in Neuseeland interessiert sind?"

Rebecka setzte ein bemühtes Lächeln auf und sah die ältere Frau an. Lena Andersson war reich, mächtig und extrem aufdringlich. Das war auch der Grund, warum sie auf keinen ihrer Anrufe reagiert hatte. Sie hatte einfach nicht die Nerven für eine endlose Diskussion, warum ihre Zeitung keine zehnteilige Artikelserie über Lena Andersson und ihren Göttergatten bringen konnte.

„Lena, wie schön, dich zu sehen", ließ sich Jean Lind vernehmen und unterbrach ihr Gespräch.

„Hast du ein paar Minuten Zeit für mich?", fuhr er fort und nahm sie am Arm.

Lena schien kurz protestieren zu wollen, überlegte es sich dann aber anders und ließ sich von Jean davonführen. Nach ein paar Schritten drehte Jean sich um und zwinkerte Rebecka zu.

„Sollen wir zusammen zum Konferenzraum gehen?" Rebecka spürte, wie Sams Lippen an ihrem Ohr kitzelten. Die unerwartete Berührung ließ sie zusammenzucken, sie drehte sich abrupt um.

„Ich muss noch jemanden suchen", antwortete sie. „Geh ruhig schon vor." Im selben Moment entdeckte Rebecka Maria Silverstjärna in der Menge. Endlich. Hier würde sie ihr nicht entkommen.

An Dich!
Irgendwann im Jahr 1953 merkte ich, dass sich mein Körper veränderte und dass ein kleines Leben in mir heranwuchs. Ich erinnere mich noch, wie ich zärtlich meinen immer runder werdenden Bauch gestreichelt habe. Ich habe Dir Lieder vorgesungen und mit Dir geredet. Über unsere gemeinsame Zukunft. Und ich erinnere mich an das unbeschreibliche Glücksgefühl, das mich überkam, wenn Du Dich unter meiner Hand bewegtest. Ich habe mich so nach Dir gesehnt. Ich konnte es nicht erwarten, Dich zum ersten Mal in meinen Armen zu halten, mein Schatz. Ich wünschte, ich könnte Dir erzählen, dass sich Dein Vater ebenso sehr nach Dir gesehnt hat wie ich, aber er hat nie vor dir erfahren, denn ein paar Wochen nach unserer Begegnung ist sein Schiff gesunken.

Für die unendliche Freude, die mich durchströmte, als ich Dich endlich in meinen Armen hielt, gibt es keine Worte. So stark und bedingungslos war sie. Vom ersten Moment an wusste ich, dass es in meinem Leben keine tiefere Liebe geben würde. Unser gemeinsames Leben hatte begonnen. Ich war so glücklich über Deine Ankunft, Du warst mein Geschenk, mein Lebensinhalt. Daran haben auch die Tränen meiner Mutter nichts geändert, die mich anflehte, Dich wegzugeben. Meine Mutter war fest davon überzeugt, dass mein Leben zerstört war, dass ich nie einen Mann finden würde, der bereit wäre, mich zu heiraten. Aber sie verstand nicht. Ich wollte keinen neuen Mann treffen und eine Familie gründen. Meine Familie existierte bereits. Ich hatte Dich. Und ich wusste, dass ich Dich niemals verlassen würde. Du warst der größte Schatz auf Erden, und ich liebte Dich mehr als alles andere auf der Welt.

April

Das Staudenbeet war fast vollständig von Zweigen und Laub befreit, die Gartenwege ordentlich geharkt. Die Arbeit an der frischen Luft machte Rebecka Spaß und brachte sie auf andere Gedanken. Die letzten Tage waren gelinde gesagt anstrengend gewesen – Sams plötzliches Auftauchen, das Interview mit dem indischen Präsidenten und das ständige Hin und Her wegen der Betreuung der Kinder. Anton hatte länger als geplant in Deutschland bleiben müssen und war erst gestern Abend zurückgekommen. Sie hatte sich den freien Tag heute mehr als verdient. Die Planung der kommenden Woche hatte bis morgen Zeit.

Das laute Quietschen des Gartentors riss sie aus ihren Gedanken, und sie sah vom Beet auf. Einen Augenblick später bog Anna um die Hausecke, dicht gefolgt von David. Annas Wangen waren von der kalten Luft leicht gerötet, sie war bepackt mit einer Kuchenplatte und mehreren Schüsseln. David trug zwei Farbdosen.

„Hallo, hat hier jemand Gärtner bestellt?", rief Anna und ging auf sie zu.

„Hey, ihr kommt genau zur richtigen Zeit", begrüßte Anton die beiden. Seine Jeans hatte von der Gartenarbeit dunkle Flecken bekommen, und das Langarm-T-Shirt zierte ein kleines Loch am Ellbogen.

Rebecka richtete sich auf und streckte sich. „Hast du die

richtige Farbe bekommen?“, erkundigte sie sich bei David. Sie zog ihre Gartenhandschuhe aus und umarmte die beiden.

„Genau den Grauton, den du haben wolltest“, antwortete David und hielt ihr eine Dose entgegen, damit sie das Etikett lesen konnte.

„Super, dann müssen wir nur die Gartenmöbel abschleifen, damit ich loslegen kann.“

„Du streichst die Gartenmöbel?“, fragte Anton erstaunt.

„Ja, das ist mal wieder nötig“, entgegnete Rebecka schnippisch.

Obwohl seit ihrem Streit eine Woche vergangen war, herrschte zwischen ihnen weiter eine angespannte Atmosphäre. Wenn sie ehrlich war, fühlte sie sich immer noch ungerecht behandelt. Wahrscheinlich war das auch der Grund, warum sie Anton nicht gefragt hatte, wie es in Deutschland gewesen war. Allerdings hatte er sich auch nicht erkundigt, wie ihr Interview mit dem indischen Präsidenten gelaufen war. Abgesehen vom Nötigsten – sprich die Kinder und Lollo – hatten sie kaum ein Wort miteinander gewechselt.

„Wenn du meinst“, antwortete Anton und half David, die Gartenmöbel nach draußen zu tragen.

Rebecka beobachtete ihre Bewegungen. Sie liebte es, Möbel zu streichen. Der Teil, der ihr weniger Spaß machte, war das mühselige Abschleifen der alten, verwitterten Farbe. Außerdem fand sie es unnötig, sich abzumühen, wenn zwei Experten anwesend waren, die die Möbel in Nullkommanichts auf Vordermann bringen würden. Zumindest David war Experte auf diesem Gebiet. Er hatte Annas und sein Haus komplett selbst renoviert, so hatten sie sich kennengelernt. Anna hatte Davids Baufirma engagiert, um das alte Haus instand zu setzen, das sie gekauft hatte. Jetzt war das frisch gestrichene sonnengelbe Haus mit den weißen Giebeln das gepflegteste in der ganzen

Straße. Davids Baufirma genoss einen ausgezeichneten Ruf, und er hatte immer genügend Aufträge. Seine Kunden konnten sich darauf verlassen, dass er seine Versprechen einhielt und gute Arbeit leistete. Pfusch am Bau gab es bei David genauso wenig wie unabgesprochene Zusatzkosten auf der Rechnung. David war bodenständig und zuverlässig, sein Geschäftsgebaren einwandfrei. In diesen Punkten ähnelte er Anton. Kein Wunder, dass die beiden Männer gute Freunde geworden waren.

„Sorry, ich stehe hier und denke über Gott und die Welt nach. Soll ich dir was davon abnehmen?“, fragte Rebecka und deutete auf die Kuchenplatte und die Schüsseln in Annas Armen.

„Ist das dein Spezialgebäck?“, wollte Anton wissen und unterbrach seine Schleifarbeit am ersten Gartenstuhl.

Anna nickte, und Anton fuhr fort: „Kannst du Rebecka nicht das Rezept geben?“

Rebecka sah ihn verblüfft an. „Hast du mich schon mal backen sehen?“

„Irgendwann ist immer das erste Mal“, antwortete Anton und blickte Rebecka mit einer unergründlichen Miene an.

Rebecka ignorierte seinen Kommentar und wandte sich wieder an Anna: „Brauchst du Hilfe?“

Anna lachte. „Nein, geht schon. Ich stell einfach alles in die Küche. Ich habe eine Baiser-Torte und Plätzchen mitgebracht“, antwortete sie und ging aufs Haus zu. „Ich komme gleich wieder und greife dir hier draußen unter die Arme.“

Rebecka sah, wie Julia, Trevor und auch Lollo Anna entgegenstürmten, sie umzingelten und versuchten, ihr ein paar Plätzchen abzubetteln. Sie wollte Anna zurufen, dass Lollo auf Diät war, als sich die große Hündin auch schon den Keks schnappte, den Anna Trevor gerade gegeben hatte. Bevor Trevor reagieren konnte, hatte ihm Anna einen neuen Keks in die Hand gedrückt. Rebecka lächelte und widmete sich wieder ihrem Beet. Die Blumen und der Rasen brauchten Dünger.

„Wo soll ich anfangen?"

Rebecka zuckte zusammen. „Mein Gott, Anna, hast du mich erschreckt!", rief sie. „Wenn du den hier nimmst, nehme ich den anderen." Sie deutete auf die beiden Säcke, die sie gerade aus dem Geräteschuppen geholt hatte. „Ich möchte die Beete am Eingang düngen", erklärte sie und hob einen der schweren Beutel hoch. Anna nahm den zweiten, und sie schleppten die Säcke zur Vorderseite des Hauses.

„Nächste Woche kümmern wir uns dann um euren Garten", sagte Rebecka und riss ihre Tüte auf.

„Wir haben schon angefangen", antwortete Anna und zog ein Paar Gartenhandschuhe aus ihrer Hosentasche. „Aber wir könnten ein bisschen Hilfe gebrauchen."

„Ihr müsst uns schon was übrig lassen. Ein Mal im Frühjahr und ein Mal im Herbst helfen wir uns *gegenseitig* im Garten, so lautet der Deal."

„Haha, wenn mich nicht alles täuscht, wurde diese Abmachung nach ein paar Flaschen Wein getroffen. Ich dachte, dass du und Anton momentan keine Zeit für zusätzliche Gartenarbeit habt."

„Warum nicht?", fragte Rebecka und streute ein paar Handvoll Dünger in eines der Beete. Gott, wie das stinkt, dachte sie und rümpfte die Nase.

„Ihr habt beide gerade so viel zu tun", antwortete Anna und fing mit ihrem Beet an. „Igitt, was habt ihr eigentlich für ein Düngemittel gekauft?", wollte sie wissen und verzog das Gesicht.

Rebecka hielt einen Moment in ihrer Arbeit inne und fuhr

sich mit der Hand über die Stirn, die daraufhin ein langer schwarzer Schmutzstreifen zierte. „Auch wenn wir viel zu tun haben, gilt immer noch, dass wir einander helfen." Sie verstand selbst nicht, warum sie so gereizt reagierte. „Wir helfen euch gerne", fuhr sie fort und harkte die Erde zwischen den Steinplatten.

„Jetzt sei nicht sauer. Ich hab dabei an dich gedacht", antwortete Anna. „Außerdem ist es mir lieber, wenn ihr zu einem gemütlichen Abendessen und einem Gläschen Wein zu uns kommt. Ihr müsst euch nicht jedes Mal im Garten abrackern."

Rebecka bemühte sich, ihre Gereiztheit zu verscheuchen. „Du willst doch nur nicht, dass wir wieder deine Rosen zerstören", erwiderte sie. Es war sinnlos, sauer auf Anna zu sein. Sie meinte es nur gut, und außerdem hatte sie recht. Eigentlich hatte sie schon mehr als genug zu tun.

„Ja, nach Antons Massaker mit der Rosenschere war von meinen Rosen nicht mehr viel übrig", antwortete Anna und lachte bei der Erinnerung daran. „Ich habe David gebeten, sich an euren Himbeersträuchern zu rächen."

„Haha, sehr witzig", grinste Rebecka und ging zum nächsten Beet. Eine Weile arbeiteten sie stumm nebeneinander her, jeder in seine eigenen Gedanken versunken.

„Geht es dir besser?", unterbrach Rebecka schließlich die Stille.

„Was war das da eigentlich neulich mit Sam?", fragte Anna im selben Moment.

Sie sahen sich an und kicherten. „Mir geht es besser, aber ich möchte am liebsten nicht weiter darüber sprechen", sagte Anna. „Und Sam? Wie geht es dem?"

„Ach, ganz gut, denke ich."

„Ein bisschen merkwürdig ist es schon, dass er ausgerechnet bei deiner Zeitung angefangen hat", meinte Anna und klaubte Laub und ein paar Zweige vom Beet, die Rebecka übersehen hatte.

„Ja, vielleicht, aber mir macht das nichts aus. Ich meine, dann sind wir jetzt eben Kollegen."

Rebecka beugte sich über die Pflanzen, ohne Anna anzusehen. Als sie nach einer Weile vorsichtig in ihre Richtung schielte, fing sie ihren amüsierten Blick auf.

„Ja, es ist ja auch völlig normal, dass die große Jugendliebe plötzlich wie aus dem Nichts am Arbeitsplatz wieder vor einem steht. Dazu noch in schickem Outfit und mit teurem Auto." Annas Mundwinkel zuckten, und Rebecka lachte.

„Völlig normal. Ein ganz normaler Typ eben. Aber mich wundert, dass dir das überhaupt aufgefallen ist. Du interessierst dich doch sonst nicht dafür, was die Leute anhaben oder welche Autos sie fahren."

„Nur weil mich solche Dinge nicht interessieren, bedeutet das noch lange nicht, dass sie mir nicht auffallen", erwiderte Anna und lächelte. „Also Sam …", kicherte sie, und beide brachen in lautes Lachen aus.

„Das muss furchtbar für dich gewesen sein, als er so urplötzlich vor dir stand!", prustete Anna und schnappte nach Luft.

„Es war total verrückt. Ich hab mir fast in die Hose gemacht, als ich in die Besprechung gekommen bin und er am Tisch saß." Rebecka gluckste und hielt sich in gespielter Verlegenheit die Hand vor den Mund. Es tat gut, die Anspannung rauszulassen. Es tat gut, über Sam zu reden.

Annas Lachattacke ebbte langsam ab. „Aber glaubst du, dass es auf Dauer funktionieren wird?"

„Ja, davon bin ich überzeugt. Schließlich ist die Sache mit uns fünfzehn Jahre her", antwortete Rebecka und hielt Ausschau nach den anderen, um sicherzugehen, dass niemand außer Anna ihre Worte gehört hatte. Aber Anton und David waren glücklicherweise auf der anderen Seite des Hauses.

„Das stimmt, aber trotzdem. Ich nehme an, dass du die Geschichte nicht vergessen hast?"

Rebecka ließ sich Zeit mit ihrer Antwort. Schließlich sagte sie: „Ich habe es nicht vergessen. Aber es ist so lange her. Wir waren jung."

„Ich habe nie wieder ein Paar getroffen, das so verliebt war wie ihr zwei."

„Und was ist mit dir und David?", wollte Rebecka wissen und zwinkerte Anna zu.

„David und ich waren verliebt. Wir sind es immer noch. Aber das, was ihr hattet, das war … diese Chemie zwischen euch … alle waren neidisch", antwortete Anna und stützte sich auf ihren Spaten.

„Das war eine Jugendliebe. Jugendlieben sind immer besonders überschwänglich und leidenschaftlich. Aber es gibt auch eine Realität. Von Leidenschaft allein kann man nicht leben", murmelte Rebecka und harkte perfekte Linien in das Beet.

„Was ist damals eigentlich genau passiert? Du hast nie erzählt, warum er gegangen ist. Wir haben immer nur darüber geredet, wie schlecht es dir danach ging."

Rebecka zögerte. Sie wollte nicht darüber sprechen, warum Sam sie verlassen hatte. Nicht weil die Erinnerung daran immer noch wehtat, sondern weil Sam und sie als Paar nicht mehr existierten. Das war ein abgeschlossenes Kapitel. Und auch wenn sie diese berauschende Leidenschaft niemals wieder gefühlt hatte, so hatte sie doch Liebe erlebt. Echte Liebe. Mit Anton. Und diese Liebe würden sie zurückbekommen, sie mussten sich nur beide ein bisschen anstrengen.

Um Gottes willen, worüber denke ich hier eigentlich nach,

fragte Rebecka sich erschrocken. Wir lieben uns. Das tun wir wirklich. Wir haben nur gerade ein kleines Tief. Das passiert allen Paaren. Nichts weiter.

„Unsere Beziehung ist einfach zu Ende gegangen", sagte sie. „So, wie Beziehungen eben irgendwann zu Ende gehen. Wir waren so jung. Das weißt du doch. Ehrlich, Anna, ich möchte nicht mehr über Sam reden. Er ist ein Kollege, nicht mehr, nicht weniger. Außerdem hat er eine Freundin, und ich habe Anton. Jeder von uns führt jetzt sein eigenes Leben."

„Wenn du das so siehst", antwortete Anna und arbeitete weiter in ihrem Beet, ohne Rebecka anzusehen. Auch Rebecka widmete sich wieder ihrer Rabatte.

„Entschuldige, ich wollte nicht aufdringlich sein", sagte Anna nach einer Weile und sah von ihrer Arbeit auf.

„Mir tut es auch leid. Ich bin heute ein bisschen empfindlich", antwortete Rebecka. Ihr war klar, dass das eine schwache Erklärung war, aber sie wollte nicht mehr über Sam sprechen. Als ihr Handy in ihrer Hosentasche vibrierte, zog sie schnell die Gartenhandschuhe aus und angelte ihr Headset hervor.

„Ich muss kurz rangehen", murmelte sie.

„Hallo? Spreche ich mit Rebecka Andreasson?" In der weichen Frauenstimme am anderen Ende der Leitung schwang eine leichte Unsicherheit mit.

„Ja, das bin ich", antwortete Rebecka und straffte ihren Rücken, der sich nach der stundenlangen Gartenarbeit steif und ungelenk anfühlte. Sie sah zu Julia und Trevor hinüber, die ihre Schuhe ausgezogen hatten und auf dem großen Trampolin herumhüpften. Mit einer Hand massierte sie ihren Nacken und lächelte, als sie das fröhliche Lachen ihrer Kinder hörte, die sich im Kreis herumjagten.

„Mein Name ist Miranda. Miranda Ekman. Ich habe Ihnen vor einiger Zeit einen Brief geschrieben."

Rebecka runzelte die Stirn und konzentrierte sich auf das Gespräch. „Einen Brief?“, fragte sie und durchforstete ihr Gedächtnis. Ihr Schreibtisch in der Redaktion quoll vor Papieren förmlich über, aber sie hatte gestern ihre komplette Post durchgesehen und war fast hundertprozentig sicher, dass sie nichts übersehen hatte.

„Ja, ich glaube, dass der Inhalt Sie interessieren könnte. Ich habe den Brief Ihrer Kollegin gegeben, Elise Stridsberg.“

„Elise? Es tut mir leid, aber ich habe keinen Brief von Ihnen erhalten“, antwortete Rebecka, während sie sich gleichzeitig hinunterbeugte, um ein paar Steine vom Rasen zu sammeln, die die Kinder vor ein paar Tagen aus der Vorschule mit nach Hause gebracht hatten. „Worum geht es in dem Brief?“

„Um Adoptionen. Ich hatte gehofft, dass Sie die Unterlagen mittlerweile gelesen hätten.“

Rebecka konnte die Enttäuschung der Frau hören. „Was für Adoptionen genau? Sind sie wichtig?“, fragte Rebecka.

„Ziemlich wichtig.“ Miranda Ekman machte eine Pause, bevor sie fortfuhr. „Es geht um Adoptionen in den Fünfzigerjahren. Um Kinder, die gegen den Willen der Eltern zur Adoption freigegeben worden sind.“

„Okay“, sagte Rebecka zögernd. „Was sind das für Dokumente, die Sie mir geschickt haben?“

„Kopien von Adoptionsurkunden. Unter anderem meine. Ich wollte, dass Sie alles in den Händen halten, bevor ich mich bei Ihnen melde. Aber wenn Sie den Brief gar nicht bekommen haben …“

Rebecka spürte, wie sie ärgerlich wurde. Das hier könnte interessant sein. Warum hatte Elise ihr den Brief nicht gegeben?

„Sind Sie sicher, dass Elise Ihre Unterlagen angenommen hat?“

„Ja, ich habe sie persönlich bei ihr abgegeben und sie gebeten, alles an Sie weiterzuleiten.“ Miranda Ekman klang plötzlich erschöpft.

„Bitte entschuldigen Sie, ich wollte Ihre Worte nicht anzweifeln“, sagte Rebecka und signalisierte Anna, dass sie kurz zum Telefonieren ins Haus gehen würde.

„Gut“, antwortete Miranda erleichtert. „Ich habe noch mehr Informationen für Sie und ein paar zusätzliche Dokumente. Meine Mutter hat alle Kontoauszüge aufgehoben.“

„Moment, ich hole eben einen Stift, damit ich mir ein paar Notizen machen kann“, unterbrach Rebecka Miranda und ging ins Haus.

Es war ein perfekter Nachmittag gewesen. Die Gartenmöbel erstrahlten in neuem Glanz, und obwohl es erst April war, hatte sich das Wetter von seiner besten Seite gezeigt. Julia und Trevors Gesichter waren mit Baiser-Torte verschmiert, und sie mussten jeder mindestens siebzehn Plätzchen im Bauch haben. Anna und David hatten sich gerade verabschiedet, Anton und Rebecka saßen auf einer Bank vor dem Haus und genossen den frühen Abend. Müde, aber zufrieden mit dem, was sie den Tag über geschafft hatten.

„Du hast Farbspritzer im Haar“, lachte Anton und strich eine Strähne aus Rebeckas Gesicht. „Und hier auch …“, fuhr er fort und streichelte zart ihre Wange. Rebecka sah ihn an.

„Bist du nicht mehr sauer?“, murmelte sie.

„Ich bin nie sauer gewesen“, sagte Anton leise. „Ich war in den letzten Wochen wohl ein bisschen schroff. Das tut mir leid.“

Rebecka antwortete nicht. Vielleicht war es Zeit für eine Versöhnung. Sie konnten schließlich nicht ewig wütend aufeinander sein. Außerdem war sie nicht nachtragend, das war viel zu anstrengend. Sie lehnte sich an Antons Schulter und spürte, wie er den Arm um sie legte. Ein angenehmes, vertrautes Gefühl überkam sie.

„Ich habe über unsere Situation nachgedacht“, sagte Anton nach einer Weile.

Rebecka richtete sich auf. „Über unsere Situation?“

„Ja, oder besser gesagt über dich. Wäre es nicht besser, wenn du Teilzeit arbeiten würdest? Du könntest kürzertreten. Ich verdiene genug für uns beide, und dann hätten wir auch nicht mehr den ganzen Stress mit den Kindern und Lollo.“

Rebecka biss sich auf die Lippen. Sie wollte nicht weniger arbeiten. Sie wollte, dass sie sich die Verantwortung teilten. Bevor sie etwas entgegnen konnte, kam Anton ihr zuvor.

„Du musst dich nicht sofort entscheiden. Das ist nur ein Vorschlag“, sagte er und zog sie an sich.

Eine Weile saßen sie stumm nebeneinander, während die Kinder auf dem Rasen tobten.

„Woher haben sie nur diese Energie?“, stöhnte Rebecka und gähnte laut. Sie versuchte, Antons Frage aus ihrem Kopf zu vertreiben, aber sie hatte sich schon eingebrannt. *Kürzertreten.* Das war das genaue Gegenteil von dem, was sie wollte und tun musste. Konnte er das denn nicht verstehen? Rebecka schloss die Augen. Sie hatte keine Lust, die harmonische Stimmung zwischen ihnen zu zerstören. Diese Diskussion konnte warten. Und tief in ihrem Inneren kannte sie die Antwort bereits.

Rebecka dachte an das Telefonat mit Miranda Ekman. Das Gespräch war sonderbar gewesen. Miranda hatte unzusammenhängend und etwas wirr von Adoptionen erzählt, die Ende der Fünfzigerjahre stattgefunden hatten. Adoptionen, die nicht legal gewesen waren. Sie hatte von kinderlosen Paaren berichtet, die Unsummen bezahlt hatten, um ein Kind adoptieren zu können. Da Adoptionen in Schweden kostenlos waren, hatte das Geld dazu gedient, das Vermittlungsverfahren zu beschleunigen. Bestechungsgelder, die jemand in seine eigene Tasche gewirtschaftet hatte. Miranda hatte auch von Kindern gesprochen, die ihren Eltern weggenommen worden waren – überwiegend alleinstehenden Müttern – und die man in Kinderheime gesteckt hatte, um sie später an Pflegefamilien zu vermitteln. Wenn an Mirandas Erzählungen etwas dran war, dann hatte Rebecka eine brisante Story am Haken. Der Inhalt war in der Tat so brisant, dass sie Ann-Katrin vorerst nichts davon erzählen konnte. Sie würde die Sache mit Sicherheit der Rechercheabteilung übertragen und behaupten, dass die Geschichte für die Feature-Redaktion zu umfangreich sei.

Rebecka wand sich in Antons Armen. Sie fühlte sich immer noch rastlos. Im Laufe des Nachmittags hatte sie mehrere Male erfolglos versucht, Elise zu erreichen. Es war nicht Elises Art, Informationen zu unterschlagen. Im selben Moment klingelte ihr Handy. Auf dem Display blinkte Elises Nummer. Rebecka murmelte eine Entschuldigung und ignorierte die steile Falte auf Antons Stirn, als sie sich aus seiner Umarmung schälte.

„Ich habe einen Anruf von einer Frau bekommen, die vor ein paar Wochen mit dir gesprochen hat. Sie hat dir einen Brief gegeben und dich gebeten, ihn an mich weiterzuleiten“, sagte Rebecka ohne einleitende Begrüßung. Sie ging in den hinteren Teil des Gartens, blieb vor den kahlen Himbeersträuchern stehen und ließ ihren Blick über den angrenzenden Garten schweifen. In der Leitung hörte sie laute Stimmen und Musik.

„Ach ja, das!“, rief Elise. „Warte, ich suche mir schnell ein ruhigeres Plätzchen, damit ich dich besser verstehe.“ Im Hintergrund öffnete und schloss sich eine Tür, dann war Elise wieder am Telefon. „So, jetzt können wir in Ruhe reden", sagte sie mit ihrer hellen, fröhlichen Stimme.

„Warum hast du mir nichts von dem Brief erzählt?", fragte Rebecka mit unterdrückter Wut. „Du solltest wissen, dass man Informationen nicht zurückhält. Besonders dann nicht, wenn sie für jemand anderen gedacht sind!"

In der Leitung blieb es eine Weile still, dann hustete Elise. „Also, ich wollte dich nicht hintergehen … sie … Diese Frau hat mich angesprochen, als ich gerade vom Mittagessen aus der Cafeteria kam. Sie kannte meinen Namen. Das fand ich schon merkwürdig. Aber sie hat mir den Briefumschlag in die Hand gedrückt und mich gebeten, ihn dir persönlich zu geben. Ich habe sie gefragt, ob ich dich holen soll, aber sie ist einfach gegangen."

„Und dann hast du den Umschlag einfach so behalten?", fauchte Rebecka. „Das hätte ich nicht von dir gedacht, Elise. Du kannst doch nicht einfach meine Tipps unterschlagen!"

„Entschuldige, ich weiß, dass ich mich nicht korrekt verhalten habe, aber Anna aus dem Reise-Ressort hat mich in ein Gespräch verwickelt, und als ich wieder in der Redaktion war, konnte ich dich nicht finden. Also habe ich den Umschlag auf meinen Schreibtisch gelegt. Und dann war es irgendwann so lange her, dass ich dachte, es wäre besser, wenn ich die Sache zuerst selbst überprüfe."

Rebecka riss einen kleinen Zweig von einem der Himbeersträucher ab, drehte ihn zwischen den Fingern und holte tief Luft, um sich zu beruhigen. „Aber warum hast du nichts gesagt?", fragte sie schließlich und warf den Zweig auf den Boden.

„Ich hatte Angst, dass du sauer werden würdest, weil ich dir den Brief nicht sofort gegeben habe."

„Du hattest Angst, dass ich sauer werde?"

„Äh … *ja*!"

„Natürlich hätte ich nicht gerade begeistert reagiert und wäre ein bisschen ungehalten gewesen, aber das bin ich jetzt auch, oder etwa nicht?“ Rebecka konnte ein Lächeln nicht unterdrücken. Dass Elise vor ihr Angst haben könnte, fand sie komisch, aber auch ein bisschen anstrengend.

„Hast du die Adoptionsunterlagen gelesen?“, fragte Rebecka. Sie wollte nicht länger über Elises Fehler streiten.

„Ja, habe ich. Leider waren sie nicht besonders aussagekräftig. Fünf konkrete Dokumente und eine Namensliste“, antwortete Elise. „Was hat die Frau denn gesagt?“

Rebecka überlegte, wie viel sie Elise erzählen sollte. Sie wog ihre Optionen ab und entschied sich, sie einzuweihen. An Elises Ahs und Ohs hörte sie, dass ihre Kollegin genauso euphorisch war wie sie selbst.

„Okay, und was hat sie dir noch gesagt?“, wollte Rebecka neugierig wissen. Sie sah sich um. Anton war aufgestanden und hatte angefangen, die Sachen zusammenzuräumen. Er signalisierte ihr, dass sie zurückkommen sollte, aber Rebecka machte eine abwehrende Geste und drehte ihm wieder den Rücken zu.

„Sie hat eigentlich gar nichts gesagt. Sie wollte, dass ich dir alle Unterlagen gebe, und meinte, dass sie noch mehr habe. Und dass es wichtig sei.“

Rebecka rollte die Schultern. Nach der ganzen Plackerei im Garten fühlte sie sich steif und verspannt. Und jetzt, wo die Sonne langsam hinter den Wolken verschwand, wurde es allmählich kälter.

„Ich verstehe nicht, warum ausgerechnet ich die Unterlagen bekommen sollte“, sagte sie nachdenklich.

„Sie hat gemurmelt, dass du darauf warten würdest.“

Rebecka hörte, wie jemand im Hintergrund Elises Namen rief.

„Ich muss Schluss machen. Du bist doch nicht mehr sauer, oder?“ Elise klang so unglücklich, dass Rebeckas Wut im Nu verflog. Sie hatte nur getan, was sie für das Beste gehalten hatte.

„Nein, aber das nächste Mal musst du von Anfang an ehrlich sein und mir wichtige Informationen sofort weiterleiten. Ich hätte schon längst die Fakten überprüfen und weiter recherchieren können.“

„Falls du nichts dagegen hast, könnten wir ja zusammen an der Story arbeiten … also, wenn du willst“, sagte Elise zaghaft. „Ich könnte dir helfen. Sachen überprüfen und so.“

Rebecka zögerte. Sollte sie Elises Angebot annehmen? Eigentlich arbeitete sie lieber allein. Langsam ging sie zum Haus zurück. Anton, die Kinder und Lollo waren schon ins Haus gegangen, und der Garten lag still und verlassen vor ihr. Allerdings würde sie dieser Story in ihrer Freizeit nachgehen müssen, und sie hatte schon mehr als genug zu tun. Für ihre Familie blieb ja jetzt schon kaum noch Zeit.

„Bitte, lass mich mitmachen. Ich möchte wirklich lernen, wie man von Grund auf recherchiert und Hinweisen nachgeht. Außerdem kann ich viele Dinge für dich erledigen“, bettelte Elise. „Ich werde dir auch nie wieder etwas verheimlichen, versprochen!“

Rebecka entschied sich. Es konnte nicht schaden, jemanden zu haben, mit dem sie Gedanken und Ideen austauschen und sich die anfallenden Recherchetätigkeiten teilen könnte. Elise würde sie sicherlich entlasten. „Also gut, aber ich muss zuerst Miranda treffen. Sie hat noch mehr Informationen und auch noch zusätzliche Unterlagen. Wir können nicht einfach die Leute anrufen, die in den Adoptionspapieren genannt werden. Wenn sich letzten Endes alles nur als Bluff herausstellen sollte, stünden wir schön dumm da“, sagte sie und sah vor ihrem inneren Auge schon vor sich, wie sie ihre Siebensachen packte und die Redaktion verließ.

„Ohhhh, wie spannend!“, rief Elise begeistert. „Wenn du hier wärst, würde ich dir jetzt um den Hals fallen!“ Ihre Stimme überschlug sich vor Aufregung. „Wann wollen wir uns treffen?“

„Montag.“

„Das wird eine Riesenstory, ich spür’s.“

„Ich hoffe, du hast recht“, antwortete Rebecka, aber auch ihr Gefühl sagte, dass sie etwas auf der Spur waren. Womöglich einer ganz großen Sache.

***

„Trevor hat Fieber“, sagte Anton besorgt.

„Bist du sicher?“ Rebecka beugte sich über Trevor, der auf dem Sofa im Wohnzimmer lag und eine Kindersendung anschaute. Sie fühlte seine Stirn, sie war glühendheiß.

„Ich kann nicht zu Hause bleiben“, sagte sie und richtete sich auf. Um halb elf war sie mit Miranda Ekman verabredet, und dieses Treffen wollte sie um nichts in der Welt verpassen. „Außerdem bist du an der Reihe. Ich bin das letzte Mal zu Hause geblieben.“

„Ich glaube, da irrst du dich. Ich habe beim letzten Mal die Krankenpflege übernommen“, antwortete Anton und sah gestresst auf die Uhr. „Aber egal, ich habe heute ein wichtiges Meeting, bei dem ich auf keinen Fall fehlen darf. Ich kann morgen zu Hause bleiben.“

Rebecka sah Anton irritiert an. Sie hatte gerade geduscht, ihr neues marineblaues Kleid angezogen und sich geschminkt. Sie würde Miranda Ekman auf keinen Fall versetzen. Sie hatte nicht mal eine Telefonnummer, unter der sie Miranda erreichen konnte, um einen neuen Termin zu vereinbaren. Miranda Ekman hatte sie mit unterdrückter Nummer angerufen und stand auch nicht im Telefonbuch.

„Ich kann nach dem Mittagessen nach Hause kommen", sagte sie nach kurzem Zögern. Sie presste die Zähne zusammen und wappnete sich für den bevorstehenden Streit. Diesmal würde sie nicht klein beigeben. Anton konnte verdammt noch mal von zu Hause arbeiten, diese Möglichkeit hatte sie nicht. Nicht mit einer Vorgesetzten wie Ann-Katrin, auch wenn deren Vorschläge zum Thema Arbeitszeiterfassung und Stempelkarten glücklicherweise vom Vorstand abgelehnt worden waren.

„Es tut mir leid, Rebecka, aber ich muss zu diesem Meeting gehen, ich –", begann Anton.

Rebecka fiel ihm ins Wort. „Ich habe auch einen wichtigen Termin."

„Natürlich, ein neuer Schauspieler, der dir von seiner überstandenen Lebenskrise erzählen will. Das sind *wirklich* wichtige Dinge", antwortete Anton.

Rebecka lag eine bitterböse Entgegnung auf der Zunge, aber Trevors ängstlicher Gesichtsausdruck hielt sie zurück.

„Ich gehe nach oben und hole Trevor eine Tablette", murmelte sie und floh die Treppe hinauf ins obere Stockwerk. Im Schlafzimmer setzte sie sich aufs Bett, zögerte eine Sekunde und schlug dann so hart sie konnte in die weiche Decke. Sie boxte ein zweites und ein drittes Mal, schlug mit beiden Händen immer hysterischer auf das Kopfkissen ein. Einen kurzen Moment lang hasste sie ihre Familie. Hasste es, dass Anton ihren Job belächelte, dass er ihr das Gefühl gab, wertlos zu sein. Hasste es, dass sie als schlechteste Mutter der Welt dastand. Als sie sich ein wenig beruhigt hatte, holte sie die Schachtel mit der Hausapotheke vom obersten Regal im

Kleiderschrank. Dort war sie im Einzugschaos aus Versehen gelandet, und dort war sie geblieben. Sie suchte nach der richtigen Packung und ging auf zittrigen Beinen zurück ins Wohnzimmer.

„Hier, nimm eine Paracetamol-Tablette. Lass sie einfach auf der Zunge schmelzen." Rebecka strich Trevor beruhigend über die Stirn, während er die Tablette in den Mund steckte.

Anton stand auf und sah auf die Uhr. „Ich muss los."

„Ich habe doch gerade gesagt, dass ich auch nicht zu Hause bleiben kann!", fauchte Rebecka und vergaß ihren Vorsatz, niemals vor den Kindern zu streiten.

„Tut mir leid, aber ich muss jetzt wirklich los. Falls nötig, bleibe ich morgen bei Trevor." Anton umarmte Rebecka, die stocksteif im Raum stand.

„Das ist nicht fair, Anton", murmelte sie. „Du kannst nicht einfach voraussetzen, dass ich mit den Kindern hierbleibe."

„Entschuldige, aber ich darf nicht zu spät kommen. Wenn wir diesen Auftrag an Land ziehen, dann können wir in den Weihnachtsferien in den Urlaub fahren", antwortete er und wich ihrem Blick aus.

„Ich will nicht in den Urlaub fahren. Ich will arbeiten", entgegnete Rebecka aufgebracht, aber sie wusste, dass sie verloren hatte. Wie immer.

Anton sah sie an. „Ich weiß, wie wichtig dein Job ist. Aber manchmal muss man eben Opfer bringen."

„Was soll das heißen? Ich –", weiter kam sie nicht. Anton war bereits aus dem Zimmer gegangen, und Rebecka hörte, wie die Haustür hinter ihm ins Schloss fiel. Was zum Teufel hatte er damit gemeint? Sie brachte die ganze Zeit Opfer. In den Jahren, in denen er die Firma aufbaute, hatte sie ihm immer den Rücken gestärkt und sich um die Kinder gekümmert. War das nicht genug?

Rebecka zögerte einen Moment, bevor sie einen Entschluss fasste. „Jetzt ziehen wir uns an", sagte sie fröhlich zu den Kindern.

„Bleiben wir heute nicht zu Hause?", fragte Trevor mit belegter Stimme.

„Das ist nicht nötig. Wenn die Medizin anfängt zu wirken, geht es dir sofort wieder gut."

„Aber –"

„Kein Aber. Wenn wir in zehn Minuten fertig sind, bekommt ihr heute Nachmittag jeder ein Eis."

Rebecka stand auf und ignorierte die Stimme in ihrem Kopf, die ihr sagte, dass sie sich falsch verhielt. Trevor würde das schon überstehen. Alle Eltern machten das schließlich ab und zu. Wie sollte man eine Familie versorgen, wenn man jedes Mal zu Hause blieb, um Kinderkrankheiten auszukurieren?

Zwanzig Minuten später verließ Rebecka mit Trevor und Julia das Haus. Eine Stunde später war sie in der Redaktion, erleichtert, dass die Betreuerinnen in der Vorschule nichts bemerkt hatten.

Sei nicht böse, Mama. Ich kann in die Vorschule gehen. Dann kannst du arbeiten. Trevors Abschiedsworte klangen ihr noch in den Ohren, als Rebecka sich eine Tasse Kaffee holte. Drei Sätze aus dem Mund eines Sechsjährigen, der seine Mama glücklich machen wollte. Die Hand, in der sie die Kaffeetasse hielt, zitterte. Der Duft von frisch gemahlenen Kaffeebohnen stieg ihr in die Nase. Rebecka seufzte tief. Was war sie eigentlich für eine Mutter? Eine, die ihr Kind zur Kita brachte, obwohl es krank war.

„Hast du dich auf die Besprechung vorbereitet?" Elise kam auf sie zu und blieb neben ihr stehen. Rebecka nickte und verdrängte die Gedanken an Trevor. „Wow, wie hübsch du aussiehst. Gehst du heute Abend aus?“, fragte sie und ließ ihren Blick anerkennend über Elises figurbetontes grünes Kleid gleiten, das eher zu einer eleganten Vernissage passte als in eine Zeitungsredaktion, in der die meisten in Jeans und T-Shirt herumliefen.

„Manchmal möchte man auch bei der Arbeit gut angezogen sein“, murmelte Elise und sah bedeutungsvoll zu Sam hinüber, der gerade die Redaktion betrat. „Was für ein Körper“, seufzte sie hingerissen.

„Er hat sich hundertpro unter die Sonnenbank gelegt“, sagte Rebecka, ohne Sam aus den Augen zu lassen. Er war attraktiv, so viel stand fest. Als er in ihre Richtung sah, drehte sie sich verlegen um. Er sollte bloß nicht auf die Idee kommen, dass sie ihn beobachtete.

„Da irrst du dich. Er war auf Bali, bevor er nach Stockholm zurückgekommen ist“, antwortete Elise und schenkte Sam ein zuckersüßes Lächeln.

Natürlich, das sieht ihm ähnlich, dachte Rebecka und blickte Elise an, die fast zu sabbern anfing, als Sam lässig auf sie zuschlenderte.

„Brauchst du eine Tropfschale?“, fragte sie ironisch.

„Kaum, aber gerne ein paar Minuten Zweisamkeit mit Sam“, antwortete Elise und grinste Rebecka an.

„Denk an deine glückliche Beziehung“, murmelte Rebecka und setzte ein Lächeln auf, als Sam sie erreichte.

„Hallo, Sam. Hast du heute Morgen mal ausgeschlafen?“, gurrte Elise.

„Nein, ich war mit Maria Silverstjärna zum Frühstück verabredet.“

Rebeckas Lächeln erlosch, sie starrte Sam an. „Wie bitte? Du hast mit Maria Silverstjärna gefrühstückt? Das war … ich hatte …“

„Du meinst, dass du sie interviewen solltest?", erwiderte Sam und goss sich eine Tasse Kaffee ein.

„Hast du dir etwa meinen Auftrag unter den Nagel gerissen?" Rebecka spürte, wie die Wut in ihr aufloderte.

„Immer mit der Ruhe. Wir sind alte Bekannte. Sie wollte sich nur vergewissern, dass du in Ordnung bist."

Rebecka riss die Augen auf. „Ob ich in Ordnung bin? Hier geht es nicht um eine Verabredung zwischen alten Schulfreunden!"

„Ach, sie ist den Umgang mit Journalisten nicht gewohnt. Sie wurde von der Klatschpresse ganz schön in die Mangel genommen, als sie mit diesem Schauspieler zusammen war. Ich habe ihr gesagt, dass du deinen Job ausgezeichnet machst und dass sie bei dir in guten Händen ist. Wenn du mich jetzt bitte entschuldigst, ich muss arbeiten", sagte Sam, bevor er Rebecka und Elise an den Kaffeeautomaten stehen ließ.

„Gott, was für ein Mann", seufzte Elise und griff sich mit einer theatralischen Geste ans Herz. „Du hast nie erzählt, warum ihr euch getrennt habt."

„Ich habe auch nie gesagt, dass wir zusammen waren", entgegnete Rebecka. „Vergiss nicht, mir den Brief und alle Unterlagen und Dokumente zu geben, bevor ich heute gehe", sagte sie abschließend und ging zu ihrem Platz. Auf halbem Weg durch die Redaktion vibrierte ihr Handy, und sie riss es so hektisch aus der Tasche, dass es auf den Boden fiel. Durch die Schale lief ein langer Riss, aber die Nummer, die auf dem Display leuchtete, lenkte Rebecka so sehr ab, dass es ihr gar nicht auffiel. Es war die Vorschule. Sie kniff die Augen einen kurzen Moment hart zusammen, bevor sie das Handy aufhob und den Anruf wegdrückte. Wenn sie sich beeilte, konnte sie die Kinder vielleicht um vierzehn Uhr abholen. An ein bisschen Fieber im Kindergarten war noch keiner gestorben. Rebecka stellte ihr Telefon auf lautlos und steckte es wieder in die Handtasche.

Sieben verpasste Anrufe von der Vorschule und fünf von Anton. Rebecka verscheuchte ihre Schuldgefühle. Wenn Anton angerufen hatte, dann wusste er bereits, dass sie Trevor in den Kindergarten geschickt hatte, und hatte ihn wahrscheinlich abgeholt. Das war nur fair. Schließlich hatte sie sich häufiger freigenommen und war mit den Kindern zu Hause geblieben als er. Und wenn Anton sich jetzt um die Kinder kümmerte, dann konnte sie die Gelegenheit nutzen und noch etwas länger in der Redaktion arbeiten. Nachdem sie am Vormittag vergeblich im Café auf Miranda Ekman gewartet hatte, lagen noch mehr als genug Dinge auf ihrem Schreibtisch, die sie erledigen musste. Rebecka war frustriert. Um die Story groß aufziehen zu können, brauchten sie mehr Informationen. Allmählich fragte sie sich, ob das Ganze ein Scherz sein sollte.

„Anton hat mehrfach versucht, dich zu erreichen. Es scheint wichtig zu sein, deswegen hat ihn Fredrik zu mir durchgestellt. Auf deinem Handy geht nur die Mailbox ran."

Rebecka starrte auf Elises Hand, die ihr auffordernd ihr Telefon entgegenhielt. Wie in Zeitlupe nahm sie es entgegen und drückte es ans Ohr. Sie räusperte sich.

„Hallo, Liebling", sagte sie betont fröhlich. Sie schloss die Augen und wappnete sich für die Dinge, die zweifellos kommen würden.

„Was zum Teufel denkst du dir eigentlich? Du kannst Trevor doch nicht mit fast 39 Grad Fieber in die Kita schicken!"

Rebecka zuckte beim Klang von Antons wütender Stimme zusammen. „Ich konnte nicht ans Handy gehen. Ist etwas passiert?", fragte sie mit gespielter Gelassenheit und schielte zu

Elise hinüber, um zu sehen, ob sie mitkriegte, worüber sie sprachen.

„Ich musste Hals über Kopf aus dem Meeting gehen. Wegen deiner Gedankenlosigkeit ist uns wahrscheinlich ein großer Deal durch die Lappen gegangen.“

„Ich komme bald nach Hause. Ich muss hier nur noch etwas abschließen.“

„Rebecka, hörst du mir überhaupt zu? Wie konntest du den Kindern und mir so etwas zumuten?“

„Ich beeil mich, versprochen. Ich bin bald zu Hause.“ Rebecka hörte, wie Anton tief Luft holte, und legte hastig auf.

„Er wollte nur wissen, ob ich auf dem Heimweg noch schnell ein paar Sachen besorgen kann. Wir haben heute Abend Gäste“, log sie und gab Elise ihr Telefon zurück.

„Ich würde heute auch gerne früher Feierabend machen, aber was tut man nicht alles für die Arbeit“, antwortete Elise düster.

Rebecka lächelte. Sie würde liebend gern mit Elise tauschen, wünschte, sie könnte in der Redaktion bleiben und müsste nicht nach Hause hetzen, wo ein wutentbrannter Anton auf sie wartete. Sie fing an, ihre Sachen zu packen, und hoffte, dass sie sich unbemerkt aus der Redaktion stehlen konnte.

„Willst du schon gehen?“ Rebecka erstarrte, als Ann-Katrins Stimme durch das Großraumbüro schallte.

„Äh … ich muss etwas recherchieren“, antwortete sie unbekümmert und lächelte Ann-Katrin an, die sie misstrauisch ansah.

„Wie ist das Interview mit Nina Stemme gelaufen?“

Konnte Ann-Katrin diese Sache nicht endlich auf sich beruhen lassen? Sie hatte nicht die Absicht, Nina Stemme zu interviewen. Aber anstatt zu ihrem Entschluss zu stehen, hörte Rebecka sich sagen: „Sie hat abgelehnt. Sie hat gesagt, dass es ihr leid tue, ihr Terminplan sei einfach zu voll. Ich muss jetzt wirklich los. Bis später!"

Rebecka verließ die Redaktion und atmete erst aus, als sie draußen auf der Straße stand. Sie hoffte, dass Ann-Katrin ihr die Lüge abgekauft hatte. Sonst kann ich mich auf was gefasst machen, dachte sie und winkte ein Taxi heran.

Als Rebecka eine halbe Stunde später die Haustür aufschloss, wunderte sie sich über die Stille, die ihr entgegenschlug. Erst dann sah sie den gelben Zettel auf dem Boden.

Wir sind zu meinen Eltern gefahren. Ich melde mich!

Kein *Kuss, Anton*, keine Erklärung. Nur ein paar mickrige Wörter auf einem Zettel. Hätte Anton das nicht gleich sagen können? Dann hätte ich mich nicht so beeilen müssen, dachte Rebecka und ging die Treppe hoch ins obere Stockwerk. Einen Moment lang spielte sie mit dem Gedanken, sich nicht bei Anton zu melden, sah aber ein, dass es klüger war, ihn anzurufen und sich zu entschuldigen. Seufzend nahm sie ihr Handy aus der Tasche und wählte seine Nummer.

„Es tut mir leid, Anton. Ich habe mich falsch verhalten." Rebecka hielt den Atem an und hoffte, dass er ihre Entschuldigung akzeptierte. Gleichzeitig spürte sie eine wachsende Verbitterung darüber, dass von ihr überhaupt eine Entschuldigung erwartet wurde. Sie hatte schließlich keine Todsünde begangen.

Nach einer langen Pause sagte Anton endlich: „Ich verstehe nicht, wie du so verantwortungslos handeln konntest. Das ist das Schlimmste, dass ich –"

Rebecka blendete Antons Stimme aus und beobachtete Anna, die unten auf der Straße mit zwei Einkaufstüten im Arm vorbeiging. Die Tüten sahen schwer aus. Sie hatte ganz vergessen zu fragen, wie es bei der letzten In-vitro-Behandlung gelaufen war. Sie hatten doch letzte Woche einen neuen Versuch unternommen? Oder war der Termin erst in der nächsten Woche? Rebecka ließ sich in den braunen Korbsessel am Schlafzimmerfenster fallen.

„Hörst du mir überhaupt zu?"

„Ja, das tue ich", sagte sie und rieb sich mit der freien Hand die Augen. Sie war todmüde und hatte keine Kraft mehr, mit Anton zu streiten. Hatte keine Kraft mehr, sich zu verteidigen. Außerdem war es Anton gewesen, der zur Arbeit gefahren war, ohne dass sie sich geeinigt hatten, wer mit den Kindern zu Hause blieb. Er hatte die Verantwortung einfach auf sie abgewälzt.

„Kommt ihr heute Abend nach Hause?"

„Nein, meine Mutter hat versprochen, sich morgen um die Kinder zu kümmern, also bleiben wir hier." Rebecka spürte, wie sich Erleichterung in ihr ausbreitete. Dann würden sie nicht darüber streiten müssen, wer morgen die Kinderbetreuung übernahm.

„Das klingt doch gut. Dann können wir beide bei der Arbeit einige Dinge erledigen, die liegen geblieben sind –"

„Interessiert es dich gar nicht, wie es ihm geht?"

„Wem?"

„Trevor, deinem *Sohn*", Antons Stimme wurde lauter. „Ich glaube langsam, dass dir deine Familie völlig egal ist."

„Das ist nicht wahr", protestierte Rebecka. Der Druck auf ihrer Brust wurde stärker, und sie atmete tief ein, um ihre Lungen mit Sauerstoff zu versorgen. „Ich habe doch gesagt, dass es bei der Arbeit wieder besser wird. Nur zurzeit ist es eben –"

„Genau dasselbe hast du vor sechs Monaten auch schon gesagt", fiel ihr Anton ins Wort.

„Es wird wieder ruhiger werden", entgegnete Rebecka ohne echte Überzeugung in der Stimme.

„Mach dir nichts vor, Rebecka, und vor allem: Mach mir und den Kindern nichts vor“, Anton seufzte schwer und fügte hinzu: „Ich glaube, wir brauchen eine Pause.“

„Wie meinst du das?“

„Es funktioniert nicht. Ich bin nicht glücklich.“

Rebecka wurde schwindelig, ihr Magen zog sich zusammen. Wollte er sich von ihr trennen? Sich scheiden lassen? Das konnte nicht sein. Streit gab es in jeder Beziehung, und sie hatten in letzter Zeit immer häufiger gestritten, aber das war doch noch lange kein Grund, getrennte Wege zu gehen.

„Bitte, sag das nicht“, flehte sie. „Wir finden eine Lösung. Vielleicht kann ich in der nächsten Woche öfter zu Hause bleiben.“ Sie hatte keine Ahnung, wie sie das bewerkstelligen sollte, aber Anton konnte das doch wohl nicht ernst meinen? „Anton?“, fragte sie vorsichtig.

„Ich bin nächste Woche auf Dienstreise. Ich muss noch mal nach Deutschland. Wenn ich zurückkomme, ziehe ich erst einmal zu meinen Eltern, dann können wir uns beide Gedanken darüber machen, wie es mit uns weitergehen soll. Ich komme am Sonntag mit den Kindern und hole noch einen Koffer.“

„Deutschland? Aber davon hast du mir gar nichts erzählt … die Kinder … ich kann nicht … bitte, Anton, können wir nicht in Ruhe darüber reden? Jetzt?“

„Verflucht noch mal“, war Antons letzter Kommentar, bevor er auflegte.

Rebecka schloss die Augen. Das war nicht gut. Das war ganz und gar nicht gut!

***

Als Rebecka in ihre Sportsachen schlüpfte, war es noch dunkel draußen. Sie hielt es nicht mehr im Bett aus. Die ganze

Nacht hatte sie sich unruhig hin und her gewälzt, hatte auf die Uhr gestarrt und dabei zugesehen, wie die Minuten im Zeitlupentempo verstrichen. Sie hielt es nicht mehr aus, einzuschlafen und von Anton zu träumen, um mit einem Ruck aufzuschrecken und erkennen zu müssen, dass er nicht neben ihr lag. Ihr gestriges Telefonat saß wie ein Knoten zwischen ihren Rippen und strahlte bis tief in die Magengegend aus. Ihr war schlecht. Immer wieder hatte sie ihr Handy in die Hand genommen und Antons Nummer angestarrt, es sich anders überlegt und versucht, wieder einzuschlafen.

Die kalte Morgenluft ließ sie erschauern, sie zog den Reißverschluss ihrer türkisfarbenen Laufjacke bis an den Hals hoch. Mit schnellen Schritten lief sie die Vordertreppe hinunter, öffnete das Gartentor und fing an zu laufen. In keinem der umliegenden Häuser brannte Licht. Um diese Uhrzeit waren nur wenige Leute auf den Beinen. Noch weniger kamen auf die Idee zu joggen. Rebecka atmete die kalte Luft tief ein. Sie verzog das Gesicht, als sich der Schmerz in der Brust wieder bemerkbar machte. Es fühlte sich an, als ob eine große Hand ihren Brustkorb umklammerte und ihr die Luft abschnürte. Gleichzeitig fuhren die Gedanken in ihrem Kopf Achterbahn. Sie dachte an Antons Wutausbruch. Wie konnte er sie einfach so verlassen? Er arbeitete genauso viel wie sie. Außerdem konnte sie gegen ihr Arbeitspensum nichts tun. Das Tempo war immer hoch. Es wurde erwartet, dass man immer verfügbar war und nie Nein sagte.

Die Sohlen ihrer Laufschuhe schlugen auf Asphalt, als sie den Drottningholmsvägen überquerte. Die Straße lag öde und verlassen vor ihr. In ein paar Stunden würden sich endlose Autoschlangen von Ekerö aus ins Stadtzentrum wälzen, aber jetzt war sie ganz allein. Der Asphalt ging in Schotter über, und Rebecka lief schneller. Sie wollte nicht mehr denken, sie wollte ihren Frust loswerden. Als sie die Ausläufer des Judarskogen erreicht hatte, wurde es langsam hell, und die Sonne ging auf.

Rebecka atmete schneller, Kieselsteine spritzten unter ihren rosa Schuhen auf. Am nächsten Baum legte sie einen Sprint ein und lief so schnell sie konnte. Nach ein paar Hundert Metern blieb sie stehen und beugte sich keuchend vor. Der Schweiß lief ihr über das Gesicht, und sie stützte die Hände auf die Knie, um zu verschnaufen. Dreißig Sekunden später sprintete sie erneut los, bevor sie wieder eine Atempause einlegte. Diese Intervalle wiederholte sie so lange, bis sie komplett ausgepowert war. Genau das hatte sie gebraucht. Beim Laufen konnte sie ihre Energie rauslassen und sich von allen negativen Gedanken und Gefühlen befreien. Langsam lief sie am Wasser entlang, das in der Morgensonne glitzerte.

Ein paar Meter vor sich bemerkte sie zwei Frauen, die einen Spaziergang um den See machten. Es kam nicht oft vor, dass sie hier jemandem begegnete. Aus irgendeinem Grund störte es sie, dass sie nicht allein war. Als Rebecka die Spaziergänger überholen wollte, rief eine der beiden Frauen überrascht: „Gott, hast du uns erschreckt!“

Verwundert sah Rebecka Anna an, die sich an die Brust griff. „Anna! Warum bist du denn schon so früh auf den Beinen? Noch dazu hier im Wald?“, fragte sie und verlangsamte ihr Tempo, immer noch ein wenig außer Atem nach dem Intervalltraining.

„Stina und ich gehen hier manchmal spazieren. Habe ich dir das nicht erzählt?“ Anna warf der Frau neben sich einen hastigen Blick zu.

Erst jetzt erkannte Rebecka, wer Anna begleitete. Obwohl sie natürlich älter geworden war, hatte Stina sich nicht großartig verändert. Dieselben kastanienbraunen Locken, dieselben blauen Augen. Nur die Krähenfüße verrieten, dass die Zeit auch an ihr nicht spurlos vorbeigegangen war.

Rebeckas beste Freundin aus der Schulzeit, mit der sie all ihre Gedanken und Geheimnisse geteilt hatte. Bis sie nach Vällingby gezogen war.

„Rebecka! Ich habe sooooo oft an dich gedacht, seit Anna erzählt hat, dass du jetzt wieder in Bromma wohnst!“, rief Stina und hauchte einen Wangenkuss in die Luft neben Rebeckas Wange.

„Äh ... Hallo“, antwortete Rebecka und erwiderte Stinas Wangenkuss. Sie wollte etwas sagen, aber ihr Gehirn schien gerade im Urlaub zu sein. Natürlich hatte sie Stina und Matilda und alle anderen aus ihrer ehemaligen Clique treffen wollen, aber nicht mit hochrotem Kopf beim Joggen, wenn sie die Nacht vorher kaum ein Auge zugemacht hatte und total verschwitzt war. Schließlich hatte sie das ganze Haus renoviert und mit Designermöbeln eingerichtet, um ihre alten Schulfreundinnen irgendwann einmal zum Kaffeetrinken einladen zu können.

„Was für ein Zufall, dass wir uns hier über den Weg laufen“, brachte sie schließlich in Ermangelung einer originelleren Replik hervor und begleitete Anna und Stina bei ihrem Spaziergang um den See.

Es war merkwürdig, neben Stina herzugehen. Dass sie aus Bromma wegziehen musste, war nicht nur erniedrigend gewesen, sie hatte dadurch auch noch ihre beste Freundin verloren. Nicht sofort, aber nach einer Weile. Damals, als sich alle gegen sie gestellt hatten. Aber sie hatte es ertragen, hatte ihre alte Schule nicht verlassen wollen. Zu guter Letzt war sie dann doch auf eine andere Schule gewechselt. Am Tag nach ihrem zwölften Geburtstag. Als ihr Vater gestorben war. Als er sich das Leben genommen hatte. Sie erinnerte sich an ihr Gefühlschaos. Sie wollte zeigen, wie wütend sie darüber war, dass Stina sie im Stich gelassen hatte – sie verraten hatte. Gleichzeitig wollte sie wieder Kontakt zu ihr haben, an ihrer Freundschaft festhalten. Sie wollte ihr beweisen, dass die anderen sich irrten. Dass sie genauso viel wert war wie sie. In Vällingby hatte sie neue Freunde gefunden, hatte sie aber nie so nah an sich herangelassen wie Stina. Sie war einsam gewesen. Weil sie nicht mehr in dem großen Einfamilienhaus wohnte, sondern in einer kleinen Wohnung im siebten Stock. Weil ihr Vater Spielschulden hatte.

Als sie Anna viele Jahre später auf einer Studentenparty begegnet war, hatte sie sich nur zögernd mit ihr unterhalten. Vielleicht weil viele Jahre vergangen und sie mittlerweile erwachsen waren. Jedenfalls so gut wie erwachsen. Neunzehn. Außerdem war Anna ein Jahr jünger als die anderen und hatte nicht zum festen Kern ihrer Mädchenclique gehört. Sie war nur nachmittags oft dabei gewesen, weil sie und Stina Nachbarinnen waren. Rebecka hatte sich über die neu belebte Freundschaft mit jemandem aus ihrer Bromma-Zeit gefreut. Jemand, der an ihrer Seite sein würde, wenn sie wieder nach Bromma zog. Und dass sie das tun würde, daran hatte für sie nie der geringste Zweifel bestanden.

„… das müssen wir wirklich machen", Stinas fröhliche Stimme riss Rebecka aus ihren Erinnerungen. Stina und Anna sahen Rebecka, die ihre Mundwinkel automatisch nach oben zog, erwartungsvoll an.

„Auf jeden Fall", stimmte sie zu, ohne die leiseste Ahnung zu haben, wozu sie da gerade Ja sagte.

Während Anna und Stina sich über gemeinsame Bekannte unterhielten, blickte Rebecka auf den See. Das wird ein schöner Tag, dachte sie und schaute in den wolkenlosen Himmel. Vielleicht konnte sie sich früher aus der Redaktion stehlen und am Nachmittag zu Hause arbeiten. Ann-Katrin war heute nicht da, es gab also niemanden, der sie daran hindern konnte. Wenn Anton sowieso vorhatte, mit den Kindern bei seinen Eltern zu bleiben, konnte sie die Ruhe nutzen und es sich im Wintergarten gemütlich machen. Sie saß den lieben langen Tag am Computer und schrieb, da war es eine willkommene Abwechslung, der hektischen Betriebsamkeit der Redaktion zu entkommen.

Rebecka fröstelte in ihrer verschwitzten Sportkleidung und hörte Annas und Stinas Unterhaltung zu. Einige von den Namen kannte sie noch von früher, andere waren neu. Matilda und Stina und ein paar weitere hatte sie sogar schon einmal gegoogelt. Den harten Kern. Als wüsste Stina, woran Rebecka gerade dachte, drehte sie sich um.

„Ich habe so oft an dich denken müssen. Ich wollte dich anrufen, aber du weißt ja, wie das ist. Die Zeit vergeht so schnell", sagte sie aufrichtig.

„Ja, ich weiß ... ich hätte mich ja auch mal melden können", antwortete Rebecka und zuckte mit den Schultern. Sie ging schneller.

„Wie fühlt es sich an, wieder in Bromma zu wohnen?" Stina passte sich Rebeckas Tempo mit Leichtigkeit an, Anna keuchte angestrengt.

„Einfach fantastisch. Wir haben das Haus vor dem Einzug komplett renoviert. Mein Mann hat den Grundriss völlig neu angelegt, damit die Aufteilung unseren Bedürfnissen entspricht. Er ist Gründer und Teilhaber von Andreassons Architekturbüro. Seine Gebäude sind schon mehrfach ausgezeichnet worden", erzählte Rebecka, während sie eine lange, gewundene Anhöhe hochstiegen.

„Mhm, ich habe davon gehört. Das ist wirklich toll."

Angesichts von Stinas mangelndem Enthusiasmus fuhr

Rebecka etwas lauter fort: „Unser Umbau war ziemlich aufwendig. Dreihundertfünfzig Quadratmeter renoviert man nicht mal eben so über Nacht, aber jetzt ist alles wie neu."

„Das ist schon ein Großprojekt", murmelte Stina und wandte sich dann an Anna: „Wie geht es David? Ich habe gehört, dass seine Firma ziemlich viel zu tun hat?"

Rebecka runzelte die Stirn und kam Anna zuvor, die gerade zu einer Antwort ansetzte.

„Momentan haben die meisten viel zu tun. Beim Telegrafen stecken wir bis zum Hals in Arbeit."

„Ach ja, genau, so heißt die Zeitung, bei der du arbeitest. Ich lese immer deine Artikel und freue mich darüber, dass es so gut für dich läuft."

Rebecka spürte das bekannte Kribbeln im Magen. Stina und vermutlich auch alle anderen aus der alten Bromma-Clique hatten ihre Artikel gelesen. Hatten von ihren Erfolgen gehört.

„Harte Arbeit zahlt sich aus. Und was machst du?", fragte Rebecka, jetzt deutlich besser gelaunt.

„Ich arbeite in einem kleinen Laden für Dekoartikel und Wohnaccessoires in der Ålstensgatan", erzählte Stina. „Du erinnerst dich doch noch an Matilda? Sie hat das Geschäft vor ein paar Jahren eröffnet. Es heißt Kleine rote Beere. Aber weil sie sich nicht selbst um alles kümmern kann, betreue ich die Kunden." Stinas Wangen glühten in der Morgensonne.

„Das klingt toll", antwortete Rebecka.

„Das ist *phänomenal.* Wir sind letztes Jahr als beste Einrichtungsboutique in Stockholm ausgezeichnet worden."

Gegen ihren Willen war Rebecka beeindruckt. „Ich muss irgendwann vorbeikommen und es mir ansehen."

Als sie wieder in die Nähe des Drottningholmsvägen kamen, blieb Stina stehen. „Ich muss hier lang", sagte sie und zeigte in Richtung Nockeby. „Wir haben das Haus meiner

Eltern gekauft, als sie ins Stadtzentrum gezogen sind. Sonst hätten wir es uns nicht leisten können, in Bromma zu wohnen."

Das wunderte Rebecka. Sie hatte geglaubt, dass Stina einen reichen Mann geheiratet hatte. Davon war sie zumindest ausgegangen.

„Ich habe eine halb verfallene alte Hütte gekauft, damit ich hier wohnen kann", warf Anna ein. Ihr Gesicht war nach dem anstrengenden Marsch puterrot, und sie keuchte heftig. „Um Himmels willen, Mädels, auf den letzten Metern hättet ihr mich fast umgebracht", schnaufte sie und lehnte sich an einen Laternenpfahl. Stina lachte und umarmte Anna.

„Entschuldige, das nächste Mal lassen wir es langsamer angehen", sagte sie und wandte sich dann an Rebecka. „Es war wirklich toll, dich wiederzusehen. Ich habe an dich gedacht. Immer wieder. Wir müssen uns wirklich bald mal treffen."

„Das sehe ich ganz genauso. Schnapp dir Matilda und kommt zu mir nach Hause. Du auch, Anna. Dann machen wir einen richtigen Mädelsabend."

Kurz darauf winkten Anna und Rebecka Stina zum Abschied zu und gingen weiter in Richtung Olovslund.

„Ich wusste gar nicht, dass euer Haus so groß ist", meinte Anna verwundert und lächelte Rebecka schief an.

„Wenn man den Keller und den Dachboden mitrechnet", antwortete Rebecka und zwinkerte Anna verschwörerisch zu, die hell auflachte. „Zweihundert Quadratmeter sind es auf jeden Fall."

Sie bogen in ihre Straße ein, und Rebecka warf einen Blick auf ihre Armbanduhr. „Verdammt, ich muss mich beeilen, damit ich nicht zu spät zur Arbeit komme. Wir hören uns!", sagte sie und lief los, ohne sich noch einmal umzudrehen oder Annas Antwort abzuwarten.

***

Als Rebeckas Mutter die Haustür aufschloss, stürmte Lollo ihr schwanzwedelnd entgegen. Schützend bedeckte Ingela ihren zitronengelben Rock mit den Händen, damit er von Lollos Sabberattacke und schwarzen Hundehaaren verschont blieb.

„Kannst du den Hund nicht in der Küche einsperren?", bat sie.

Rebecka packte die widerwillige Labradorhündin am Halsband und tat, wie ihr geheißen.

„Hatten wir vereinbart, dass du heute kommst?", fragte sie und strich sich mit den Händen über ihre dunkle Hose. Sie hatte gar nicht gehört, dass Ingela ins Haus gekommen war, und ohne Lollos freudiges Begrüßungsgeheul hätte sie ihre Anwesenheit wahrscheinlich gar nicht bemerkt. Was auch nicht so schlimm gewesen wäre, dachte sie.

„Du hattest mich doch gebeten, heute Nachmittag die Kinder abzuholen", antwortete Ingela verwundert. „Ich dachte, du arbeitest den ganzen Tag?"

„Ach ja, genau … das hatte ich ganz vergessen … Trevor ist krank, also …"

„Trevor ist krank? Der arme kleine Mann", sagte Ingela mitfühlend und zog ihren Mantel aus. „Schläft er?"

„Er ist bei Antons Eltern", antwortete Rebecka hastig. „Ich habe vergessen, dass du die Kinder heute abholen solltest, entschuldige."

Unter keinen Umständen wollte sie, dass ihre Mutter von dem Streit zwischen ihr und Anton erfuhr. Ihre Mutter würde nur wieder mit ihrer üblichen Litanei reagieren, und die kannte sie zur Genüge: An einer Beziehung muss man arbeiten. Oder: Vielleicht solltest du dein Tempo ein bisschen zügeln, mein Schatz.

„Ach, das macht nichts. Dann haben wir zur Abwechslung mal ein bisschen Zeit für uns. Warum bist du denn eigentlich hier?"

„Ich arbeite heute zu Hause. Ich stecke bis über die Ohren in Arbeit und dachte, dass ich hier mehr Ruhe zum Schreiben habe. In der Redaktion kommt alle fünf Minuten jemand vorbei und will etwas von mir", antwortete Rebecka und steckte die Hände in die Hosentaschen. „Aber warum bist du hergekommen und nicht direkt zur Vorschule gefahren?"

„Ach, ich wollte nur eine kleine Überraschung für die Kinder vorbereiten", sagte Ingela verlegen. Erst jetzt fiel Rebecka der große Korb auf, der neben ihrer Mutter auf dem Boden stand.

„Eine Überraschung?"

„Nichts Besonderes, nur ein paar Zimtschnecken und selbst gemachter Saft." Sie nahm den Korb in die Hand und sah sich im Flur um. „Habt ihr die Wände neu gestrichen?" Beifällig betrachtete Ingela die dunkle Tapete.

„Wir haben die Farbe nur ein bisschen optimiert", antwortete Rebecka und verschwieg ihrer Mutter, dass sie Anton gezwungen hatte, den kompletten Flur zu streichen, weil sie kürzlich in einem Wohnmagazin gelesen hatte, dass Weiß out und Farbe in sei. Wenn man das Haus betrat, lag immer noch ein leichter Farbgeruch in der Luft. „Möchtest du etwas trinken?", fragte sie und blickte auf die geschlossene Küchentür.

„Ich hol mir gleich selbst etwas", sagte Ingela und heftete ihre blauen Augen auf Rebecka. „Du siehst müde aus."

„Es geht mir gut", antwortete Rebecka, obwohl Ingela recht hatte. „Ich setze mich in den Wintergarten und arbeite ein bisschen. In der Küche steht Kaffee, wenn du willst. Vielleicht kannst du ja was Leckeres beisteuern", fuhr sie fort und warf einen vielsagenden Blick auf den Korb, bevor sie in den

Wintergarten ging, wo sie ihren Laptop und einen Stapel Papiere auf dem Glastisch verteilt hatte. In der Küche hörte sie Lollos Freudengebell und Ingelas erschreckte Rufe, als sie erneut versuchte, Lollos Liebesbeweise abzuwehren. Rebecka gluckste vergnügt und widmete sich dann wieder Elises, oder sollte sie sagen: ihren *eigenen* Dokumenten. Miranda Ekman hatte noch nichts von sich hören lassen, aber Rebecka hoffte, dass sie sich bald melden würde. Sie hatte jedes Wort in den Unterlagen gründlich gelesen, ohne auf irgendeine Unregelmäßigkeit zu stoßen. Als ihr Handy klingelte, nahm sie den Anruf geistesabwesend an.

„Hallo, ich bin's. Ich wollte nur mal hören, ob du schon Zeit hattest, die Adoptionspapiere durchzugehen?", hörte sie Elises Stimme am anderen Ende der Leitung.

Rebecka beugte sich über den Tisch und schob die Unterlagen weiter auseinander. „Ich hab sie gerade vor mir liegen", antwortete sie und nahm ein Blatt in die Hand. „Ich habe versucht, alle Informationen zusammenfassen und zu gliedern, aber ehrlich gesagt komme ich damit nicht weit. Die Abläufe der Adoptionen, die aus den Papieren hervorgehen, sind aus heutiger Sicht vielleicht etwas ungewöhnlich, in den Fünfzigern war das aber durchaus das gängige Verfahren."

„Woher weißt du das?", fragte Elise.

„Ich habe mit einem Kontakt gesprochen, der Experte für Adoptionsrecht ist. Dass Kinder zur Adoption freigegeben wurden, weil die Eltern arbeiten mussten, studierten oder alleinerziehend waren, kam damals häufig vor. Wir brauchen Beweise, dass Gelder geflossen sind und man Mütter gezwungen hat, ihre Kinder gegen ihren Willen wegzugeben."

Rebecka blätterte in den Papieren. Obwohl sie noch nichts wirklich Handfestes hatten, spürte sie einen Adrenalinkick. Dass Miranda Ekman sie versetzt hatte, ärgerte sie. Sie brauchte

Beweise. Kontoauszüge, Namen und Geburtsdaten. Außerdem musste sie sich vergewissern, dass die Betroffenen bereit waren, über ihre Vergangenheit zu sprechen. Eltern und Kinder. Vorausgesetzt, die Eltern waren noch am Leben. Nach Rebeckas Berechnungen mussten die meisten mittlerweile mindestens achtzig Jahre alt sein.

„Du, meine Mutter ist gerade hier. Lass uns doch morgen in der Redaktion weiter darüber sprechen", sagte sie, als Ingela mit einem Tablett in der Hand in der Tür auftauchte.

„Na klar", sagte Elise. „Ich glaube, das wird eine Megastory. Ich hab ein Gespür für so was."

„Ich hoffe, du hast recht", erwiderte Rebecka und beendete das Gespräch. Sie blickte ihre Mutter an und machte große Augen, als sie die Servierplatte sah, auf der sich Plätzchen, Plunderteilchen und Zimtschnecken türmten. „Das ist also deine Art, die Kinder zu bestechen", stellte sie fest und nahm sich ein verführerisches Plunderteilchen.

„Das ist das Vorrecht der Großmütter", erwiderte Ingela und setzte sich Rebecka gegenüber in den weißen Sessel. „Ich habe schon lange nichts mehr von dir gehört", fuhr Ingela fort und schenkte ihnen Kaffee ein. Rebecka stieg ein vertrauter Duft aus Vanille, Iris und Patschuli in die Nase. Diesen Duft kannte sie seit ihrer Kindheit. Soweit sie wusste, hatte ihre Mutter nicht ein einziges Mal das Parfüm gewechselt. Seit mehreren Jahrzehnten hielt sie Shalimar von Guerlain die Treue.

„Ich hatte viel zu tun", antwortete Rebecka, biss ein Stück von ihrem Plunderteilchen ab und genoss den Geschmack von Butter und Vanillecreme. „Außerdem hast du dich seit dem Notartermin auch nicht mehr gemeldet. Ich habe fast das Gefühl, dass du mir absichtlich aus dem Weg gegangen bist", fuhr sie mit vollem Mund fort.

„Sei nicht albern. Ich war in der letzten Zeit auch ziemlich eingespannt“, sagte Ingela. Ihre Stimme zitterte leicht. „Ich würde dir gerne mehr über diese Erbschaft erzählen, aber ich darf dir leider nicht mehr Informationen geben als die, die du schon bekommen hast.“ Sie stellte ihre Kaffeetasse auf den Tisch und stand auf. Mit dem Rücken zu Rebecka trat sie ans Fenster und sah in den Garten hinaus.

„Bist du hergekommen, um mir das zu sagen?“, fragte Rebecka säuerlich und starrte auf den Rücken ihrer Mutter. Plötzlich fiel ihr ein Ereignis aus ihrer Kindheit ein. Sie war elf Jahre alt gewesen und hatte ihre Mutter zum Tanztraining in die Oper begleitet. Zu der Zeit war sie regelmäßig mitgegangen, weil sie nicht in der engen, düsteren Wohnung bleiben wollte. Weil sie die verbitterte Stimme ihres Vaters nicht ertragen konnte, der gerade seine Arbeit verloren hatte.

„Nein, ich bin hergekommen, weil ich nachher die Kinder abholen sollte. Aber natürlich bin ich auch neugierig, ob du schon in die Schatulle gesehen hast“, erwiderte Ingela.

„In der Schatulle ist eine Kette. Eines dieser Schmuckstücke mit Anhängern, die Glaube, Liebe und Hoffnung symbolisieren sollen. Ehrlich gesagt liegt sie seitdem auf meinem Schreibtisch.“

„War das alles? Hast du nicht noch etwas anderes gefunden?“

„Hätte ich denn noch mehr finden sollen?“

Ingelas Augen wurden schmal. „Ich weiß nicht. Ich dachte nur, es wäre vielleicht noch mehr drin, aber das ist dann ja wohl nicht der Fall.“ Sie runzelte die Stirn, und eine tiefe Falte bildete sich zwischen ihren Augen. „Ich dachte, dir würde eine Schatzjagd Spaß machen. Du warst schon als Kind immer so neugierig.“

„Du gibst also zu, dass das Ganze eine Schatzjagd ist? Was soll ich denn am Ende finden?“

„Vielleicht den Rest der Erbschaft!“, murmelte Ingela.

Rebecka lächelte. „Willst du damit sagen, dass es noch mehr gibt?“

„Ach, ich habe keine Ahnung. Mach, wie du denkst. Wie läuft es bei der Arbeit?“

Rebecka zögerte. Sollte sie noch weiter in dieser Erbschaftsangelegenheit bohren, oder sollte sie die Sache erst einmal auf sich beruhen lassen? Sie entschied sich für Letzteres. Sie kannte ihre Mutter gut genug, um zu wissen, dass sie, wenn sie sich einmal dazu entschlossen hatte, nichts zu sagen, diesem Entschluss auch treu bleiben würde. Aber sie nahm sich vor, die Schatulle noch einmal gründlich zu untersuchen. Vielleicht gab es ein Geheimfach, das ihr noch nicht aufgefallen war. Sie senkte die Schultern und bewegte vorsichtig ihren Nacken.

„Es läuft gut, aber ich habe viel zu tun. Ich bin an einer Sache dran, die möglicherweise richtig einschlagen wird.“

„Das klingt großartig, mein Schatz“, antwortete Ingela zerstreut und sah in den Garten hinaus. „Fühlt ihr euch hier immer noch wohl?“

„Wir sind zufrieden und fühlen uns wohl“, antwortete Rebecka, stellte sich neben ihre Mutter ans Fenster und betrachtete die umliegenden Häuser und Gärten. Hier war sie aufgewachsen. In der Ferne konnte sie sogar das Dach ihres Elternhauses erkennen.

Als wir dort gewohnt haben, waren wir glücklich, dachte sie. In dem Haus haben wir gute Jahre verbracht, bevor Erbitterung und Streit unsere Familie immer mehr belastet haben. Ein Schatten huschte über ihr Gesicht.

„Für mich war es furchtbar, hier wegziehen zu müssen.“ Die Worte kamen aus ihrem Mund, bevor sie sie zurückhalten konnte. Ihre Mutter sah sie verwundert von der Seite an. Der

Umzug oder die Heimlichkeiten und Betrügereien ihres Vaters waren nie ein Thema zwischen ihnen gewesen.

„Du weißt, dein Vater –“, begann Ingela, wurde aber vom Öffnen der Haustür und Lollos Gebell aus der Küche unterbrochen. Kurz darauf kam Julia – gefolgt von einem etwas langsameren Trevor – in den Wintergarten geflitzt. Zuletzt erschien Anton mit finsterer Miene.

Seit der Rückkehr von Anton und den Kindern war eine Stunde vergangen. Eine Stunde, in der Rebecka keine Fragen stellen oder über die Ereignisse der letzten Tage sprechen konnte, weil ihre Mutter da war. Jetzt, wo Ingela endlich nach Hause gegangen war und die Kinder in ihren Betten lagen, konnte Rebecka sich nicht mehr länger zurückhalten.

„Ich dachte, ihr wolltet erst am Sonntag wiederkommen“, sagte sie scharf.

„Das hatte ich auch so geplant, aber die Kinder haben dich vermisst.“

„Also hast du jetzt vor, wieder nach Hause zu kommen?“, fragte Rebecka, während sie einen Stapel Zeitungen wegräumte. Sie brauchte etwas, um ihre Hände zu beschäftigen. Sie schielte zu Anton hinüber, der sich mit dem Rücken ans Fenster gestellt hatte und sie unverwandt ansah.

„Nein, ich glaube, es ist besser, wenn ich vorerst bei meinen Eltern wohne“, antwortete er. Sein Gesichtsausdruck war unergründlich.

„Dann bist du nur hergekommen, um mir die Kinder zu bringen? Damit ich mich am Wochenende um sie kümmere?“

Rebecka faltete eine Decke zusammen, die Julia und Trevor auf dem Boden des Wohnzimmers ausgebreitet hatten, und ließ die Finger über den weichen Stoff gleiten, bevor sie sie wieder über die Sofalehne hängte.

„Ich bin nach Hause gekommen, weil Kinder zu ihrer Mutter gehören." Anton rührte sich nicht vom Fleck, sondern stand unbeweglich am Fenster. Die Sonnenstrahlen brachten sein dunkles Haar zum Leuchten, und seine Augen glänzten, als ihre Blicke sich trafen.

Rebecka zählte langsam bis zehn. Es hatte keinen Sinn, ihn anzuschreien oder zu fragen, was er mit seinem merkwürdigen Kommentar, dass Kinder zu ihrer Mutter gehörten, meinte. Kinder gehören zu beiden Eltern, dachte sie, sprach es aber nicht laut aus. Ein neuer Streit würde ihre Probleme auch nicht lösen. Außerdem wollte sie ja, dass er wieder nach Hause kam. Das bedurfte einer anderen Taktik.

„Aber musst du denn gleich ausziehen? Findest du das nicht ein bisschen übertrieben? Wir sollten versuchen, unsere Probleme zu lösen", sagte sie und bemühte sich, ihre Stimme weich klingen zu lassen.

Anton schüttelte den Kopf. „Ich möchte jetzt nicht reden. Ich muss über alles gründlich nachdenken. Vielleicht können wir uns aussprechen, wenn ich aus Deutschland zurück bin. Wenn wir uns beide beruhigt haben."

„Findest du nicht, dass du ein bissen vorschnell reagierst? Ansonsten ist doch alles gut zwischen uns. Ein Fehler, und –", sagte Rebecka, aber Anton schnitt ihr das Wort ab.

„Es ist nicht alles gut zwischen uns, Rebecka. Es ist schon lange nicht mehr alles gut zwischen uns, und das weißt du auch."

Rebecka wollte widersprechen, brachte aber kein Wort heraus. Er hatte ja recht. Aber es war nur ein vorübergehendes Tief. Das konnten sie überwinden und wieder glücklich miteinander werden. Sie mussten sich nur Mühe geben. Sie war niemand, der einfach die Flinte ins Korn warf. Schließlich waren sie ein Team. Eine Familie.

„Wir müssen das doch lösen können. Es tut mir wirklich leid, dass ich …“ Rebecka verstummte, als Anton abwehrend die Hände hob.

„Ich kann jetzt nicht mit dir darüber diskutieren“, sagte er und verließ das Wohnzimmer. „Ich gehe und packe meine Sachen.“

***

„Was hat dich denn so früh aus dem Bett getrieben?“ Beim Klang der dunklen Stimme zuckte Rebecka erschrocken zusammen und drehte sich um. Sam lächelte sie an und legte seinen Fahrradhelm auf seinen Schreibtisch.

„Heute mal ohne Sportwagen?“, konterte Rebecka. „Was ist eigentlich mit deiner alten Schrottkarre passiert?“, fragte sie in Anspielung auf das altersschwache Gefährt, mit dem er als Student unterwegs gewesen war. Obwohl die Türen schon fast komplett durchgerostet waren und beinahe aus den Angeln fielen, hatte er sich geweigert, das Auto den Weg alles Irdischen gehen zu lassen. Stattdessen hatte er der örtlichen Kfz-Werkstatt mindestens einmal im Monat einen Besuch abgestattet.

Sam grinste so breit, dass seine Lachgrübchen zum Vorschein kamen. „Ich hab’s an einen älteren Mann verkauft, der behauptet hat, er würde es im Handumdrehen wieder flottkriegen.“

„Dann wird er bestimmt irgendwann unsanft auf dem Boden der Tatsachen gelandet sein“, antwortete Rebecka. „Also sind Luxuskarossen jetzt dein neues Hobby?“, konnte sie sich nicht verkneifen hinterherzuschieben.

„Ich bin kein Yuppie, der herumkurvt und überall mit seinem neuen Auto protzt, falls du das denken solltest.“

Rebecka wandte ihre Aufmerksamkeit wieder ihrem Computerbildschirm zu. Sie wusste, dass Sam kein Yuppie war. Das war er nie gewesen. Sie versuchte, sich auf den Text zu konzentrieren, aber die Buchstaben verschwammen vor ihren Augen. Also gab sie auf, drehte ihren Stuhl in Sams Richtung und ließ ihren Blick über sein dunkles Hemd, seine leichten Bartstoppeln und seine blonden Haare gleiten, die vom Fahrradhelm ganz zerzaust waren. Sah in seine Augen und spürte, wie sie errötete, als ihr klar wurde, dass ihm ihre eingehende Musterung nicht entgangen war.

„Ich hole mir einen Kaffee. Willst du auch einen?“, fragte sie, stand hastig auf und ging in Richtung Pausenraum. Sams Ja hörte sie gerade noch, bevor sie um die Ecke verschwand.

Auf dem Weg zurück in die Feature-Redaktion ging sie im Kopf ihren Tagesplan durch. Sie musste sich noch auf die morgendliche Redaktionskonferenz vorbereiten. Musste mit etwas Neuem und Spannendem aufwarten. Das Problem war nur, dass ihr die Ideen ausgegangen waren. Und das war allein Antons Schuld. Anton, der gerade in Deutschland war und den es keinen Deut scherte, wie es ihr und den Kindern zu Hause erging.

„Ich muss Donnerstag zu einem Event und wollte dich fragen, ob du Lust hast mitzukommen?“, erkundigte sich Sam, ohne von seinem Computer aufzusehen, als Rebecka seinen Kaffeebecher auf dem Schreibtisch abstellte.

„Was ist das für ein Event?“

„Eine Jubiläumsveranstaltung, bei der ziemlich viele Leute anwesend sein werden, mit denen man nützliche Kontakte knüpfen kann. Zum Beispiel Maria Silverstjärna und dein Hotelbesitzer-Freund Jean Lind. Interessante Leute, vor allem, wenn sie ein bisschen über den Durst getrunken haben“, antwortete er, den Blick immer noch auf den Bildschirm geheftet.

Rebecka lächelte. Es war immer gut, sich auf bestimmten Veranstaltungen sehen zu lasen. Viele Leute waren bei solchen Anlässen deutlich entspannter. Außerdem schnappte man fast immer irgendeinen brandheißen Tipp auf. „Okay, ich muss nur schauen, ob ich jemanden finde, der auf die Kinder aufpassen kann."

„Mach das. Es wäre schön, wenn du mitkommen würdest", antwortete Sam und sah von der Tastatur auf. Sein intensiver Blick machte Rebecka nervös, und sie blickte zur Seite.

„Ich muss jetzt … äh … weiterarbeiten", brachte sie heraus und ging an ihren Platz zurück. Sie schielte verstohlen zu Sam hinüber. Seine blonden Haare erinnerten sie an den Strand in Båstad. Sonnenwarme Körper, salzige Lippen und der Geruch von Meeresalgen. Unwillig schüttelte sie den Kopf. Mein Gott, wie albern ich bin. Ich denke nur an die Zeit mit Sam zurück, weil Anton mich verlassen hat. Lächerliche Hirngespinste, dachte sie und hämmerte auf ihre Tastatur ein. Kurze Zeit später überlegte sie trotzdem, ob sie Sam wirklich zu diesem Event begleiten sollte. Aber was war schon groß dabei? Sie waren schließlich Kollegen. Was war verkehrt daran, mit seinen Kollegen etwas zu unternehmen?

Am Donnerstag stand Rebecka im Schlafzimmer und starrte unschlüssig auf den Kleiderhaufen, der sich auf dem Bett türmte. Was sollte sie bloß anziehen? Sie betrachtete die Kleidungsstücke, die sie vor ein paar Minuten auf die weiche Tagesdecke geworfen hatte. Kleider, Hosenanzüge, Blusen und Röcke. Wahllos griff sie nach einem schwarzen Kleid, aber das war nicht das Richtige. Zu langweilig, und außerdem hatte sie es schon viel zu häufig bei Veranstaltungen dieser Art getragen. Auch das rote tief ausgeschnittene Kleid, das sie noch nie angehabt hatte, kam nicht infrage. Dasselbe galt für ihren jadegrünen Hosenanzug und das marineblaue Kleid. Verdammt, sie hätte sich etwas Neues kaufen sollen. Aber sie hatte keine Zeit für einen Einkaufsbummel gehabt. Ann-Katrin hatte sich wie ein tollwütiger Hund aufgeführt, hatte geschrien und getobt und ihre Mitarbeiter mit Arbeit nur so überhäuft. Gott sei Dank ist bald Wochenende, dachte Rebecka und musterte kritisch die verbleibenden Kandidaten auf dem Bett. Als es leise an der Schlafzimmertür klopfte, drehte sie sich um.

„Hallo, ich habe die Klingel gar nicht gehört", sagte sie zu Anna, die heute Abend auf die Kinder aufpasste. „Ich kann mich nicht entscheiden, was ich anziehen soll."

„Das sehe ich", erwiderte Anna und kam ins Schlafzimmer. „Ist das eine wichtige Veranstaltung?" Sie setzte sich auf die winzige Fläche des Bettes, die nicht mit Kleidungsstücken bedeckt war.

„Na ja, da werden schon ein paar große Nummern auflaufen. Eine Werbeagentur feiert ihr zwanzigjähriges Jubiläum, und der gesamte Kundenstamm und das Who's Who der Branche werden da sein", antwortete Rebecka und zermarterte sich das Hirn. Irgendetwas hatte sie vergessen. In den Tiefen ihres Kleiderschrankes musste es eine Alternative geben.

„Klingt spannend", sagte Anna und nestelte an einer pastellfarbenen Bluse herum.

„Mhm, die Werbeagentur ist ziemlich erfolgreich", entgegnete Rebecka. Endlich fiel ihr ein, was sie vergessen hatte. Sie riss den Kleiderschrank auf und wühlte sich durch ihre Garderobe. Da hing es, in der hintersten Ecke, immer noch in der Schutzhülle verpackt. Sie hatte es erst vor ein paar Wochen gekauft und noch nie getragen, sondern für einen besonderen Anlass aufsparen wollen. Rebecka nahm das Kleid aus dem Schrank und befreite es aus seiner Umhüllung. Es war einfach umwerfend. Schwarz, mit Spitzenbesatz und einem weichen

Chiffon-Rock. Dazu konnte sie ihre schwarzen hochhackigen Lieblingspumps anziehen. Ein paar Minuten später stand sie in ihrem neuen Outfit vor dem Spiegel.

Anna schnappte bewundernd nach Luft. „Du siehst toll aus“, sagte sie und fing Rebeckas Blick im Spiegel auf.

Rebecka lächelte zufrieden. „Ich fühle mich auch so“, antwortete sie und griff nach der Haarbürste, die auf der Kommode lag.

„Wann kommt Anton zurück?“, erkundigte sich Anna, während sie die anderen Sachen vom Bett nahm.

Rebecka drehte sich zu ihr um. Mit dieser Frage hatte sie gerechnet, und sie hatte sich schon entschieden, was sie darauf antworten würde. Die Wahrheit. „Er musste wieder nach Deutschland. Er kommt morgen zurück, wird aber eine Weile bei seinen Eltern wohnen“, sagte sie leise. Sich einzugestehen, dass Anton sie verlassen hatte, tat weh, aber sie musste mit jemandem darüber reden. Ihre Gefühle rauslassen.

„Er ist der Meinung, dass ich zu viel arbeite und dass wir eine Pause brauchen. Um uns darüber klar zu werden, ob wir noch weiter zusammenleben wollen.“

Anna fing an, die Sachen in den Schrank zu hängen. „Hat er recht?“

„Du klingst nicht besonders erstaunt?“

„Mir ist nicht entgangen, dass ihr Probleme habt – so oft, wie ich in der letzten Zeit auf die Kinder aufgepasst habe.“

Rebecka schüttelte den Kopf. „Natürlich wusstest du es. Warum hast du nichts gesagt?“

„Ich dachte, du würdest es mir selbst erzählen, wenn du so weit wärst.“

Rebecka bürstete sich vor dem Spiegel die Haare. „Ich verstehe Antons Logik nicht. Erst behauptet er, ich sei egoistisch, weil ich die ganze Zeit arbeite, und dann fährt er Hals über

Kopf nach Deutschland und lässt mich hier mit der ganzen Verantwortung allein.“

„Aber wenn du ehrlich zu dir selbst bist, dann hast du dir in der letzten Zeit auch einiges an Arbeit aufgehalst.“

Rebecka erstarrte für einen kurzen Moment, dann legte sie die Bürste auf den Nachttisch und trug Lipgloss auf, wischte die überschüssige Farbe wieder ab und betrachtete sich kritisch im Spiegel. Das Kleid hatte sie eigentlich für ihren Hochzeitstag gekauft, aber so, wie die Dinge lagen, erschien es ihr sinnlos, es bis dahin aufzusparen. Ihr Blick fiel auf die Schatulle auf dem Nachttisch. Nach Ingelas Besuch hatte sie die Kette noch einmal angesehen und sie nicht wieder nach oben gebracht. Sie war eigentlich nicht ihr Stil, aber zum Kleid passte sie perfekt.

„Ich arbeite vielleicht ein bisschen viel. Aber das ist ja nicht für immer. Wenn ich nur zu Hause sitze, bringt mich das nicht weiter“, sagte sie und nahm die Kette aus der Schatulle. „Hilfst du mir bitte?“ Sie reichte Anna das Schmuckstück.

„Was für eine schöne Kette. Ziemlich ausgefallen“, murmelte Anna und hakte den Verschluss in Rebeckas Nacken zu.

Rebecka sah Anna im Spiegel verblüfft an. Natürlich war die Kette schön, aber ausgefallen? Es gab wohl kaum ein Mädchen, das als Teenager nicht irgendwann eine Kette mit solchen Anhängern besessen hatte. Sie musterte ihr Spiegelbild. Sollte sie die Kette lieber abnehmen? Vielleicht war sie doch ein wenig kindisch? Ach, was soll’s, dachte sie und drehte sich zu Anna um.

„Ehrlich gesagt finde ich Antons Haltung nicht fair. Als er mit seinem Architekturbüro ganz am Anfang stand, hat er von morgens bis abends gearbeitet, und ich habe ihn unterstützt und ihm den Rücken freigehalten. Aber jetzt, wo ich an der

Reihe bin, Karriere zu machen, da passt es ihm plötzlich nicht in den Kram. Ich meine, wo ist da die Gleichberechtigung?"

Anna setzte sich neben Rebecka auf das Bett. „Wenn man so kleine Kinder hat wie ihr, dann sollte man vielleicht trotz allem in erster Linie an sie denken."

Rebecka antwortete nicht. Sie wusste, dass Anna nicht verstehen konnte, wie sie sich fühlte. Sie würde nie verstehen, wie es sich anfühlte, sich selbst und anderen beweisen zu wollen, dass man jemand war. Diesen Antrieb hatte Anna nie gehabt. Rebecka hatte gewusst, was sie werden wollte, seit sie zwölf Jahre alt gewesen war. Und sie hatte nicht vor, sich selbst oder ihren Vater jetzt zu enttäuschen, nur weil Anton sich weigerte, seinen Teil beizutragen. Rebecka seufzte.

„Denkst du an deinen Vater?"

Rebecka lachte. „Du hast einen siebten Sinn, was meine Gedanken angeht."

„Ich weiß, dass du ihn stolz machen willst. Du willst ihm zeigen, dass du die Ziele erreichen kannst, die ihm versagt geblieben sind. Aber vielleicht solltest du dabei ein bisschen mehr an dich und deine Familie denken."

Rebecka stand auf. Die Erinnerung an ihren Vater machte sie wehmütig, und sie wollte nicht traurig werden. Nicht, wenn sie sich auf einen schönen Abend freute. Mit Sam. Allein der Gedanke, dass Sam und sie gemeinsam zu einem Fest gehen würden, stimmte sie fröhlicher. Sam war locker und lässig, und sie würden sich amüsieren. Da war sie sich ganz sicher.

„Ich tue das für mich. Ich würde auch nicht anders handeln, wenn mein Vater noch am Leben wäre", sagte sie und schnappte sich ihre Handtasche. „Ich muss mich beeilen. Ich wünsche euch viel Spaß."

„Natürlich weißt du, was du tust", entgegnete Anna, aber ohne echte Überzeugung in der Stimme. „Wir werden einen tollen Abend haben. Ich für meinen Teil werde ihn auf jeden Fall in vollen Zügen genießen, weil ich mit den Kindern zusammen sein darf."

Rebecka blieb in der Schlafzimmertür stehen. „Habt ihr euch entschieden, wie ihr weiter vorgehen wollt?"

„David ist zu einem letzten Versuch bereit. Ich musste ihm versprechen, danach eine Pause einzulegen. Wofür das auch immer gut sein soll."

„Nach den ganzen Versuchen ist eine Pause vielleicht genau das Richtige? Vielleicht müsst ihr euch nur ein bisschen entspannen. Es ruhiger angehen lassen."

„Wir werden sehen. Jetzt liegen alle unsere Hoffnungen erst einmal auf diesem Versuch."

Rebecka ging zurück ins Schlafzimmer und umarmte Anna fest. „Es wird sich alles zum Guten wenden. Davon bin ich überzeugt", sagte sie, bevor sie sich hastig aufrichtete. „Jetzt muss ich aber wirklich los. Das Taxi wartet."

„Geh nur, wir kommen schon klar", erwiderte Anna, bevor Rebecka davoneilte und in das wartende Taxi stieg.

Das Stimmengewirr war ohrenbetäubend. Überall in dem imposanten Saal, dessen Decken mindestens fünf Meter hoch waren, standen Männer in teuren Anzügen und Frauen in exklusiven Designerkleidern in Grüppchen beisammen. Das Klirren hoher Champagnergläser hallte durch den Raum, Erfolg und Freude lagen in der Luft. Rebecka nippte an ihrem Champagner. Sie hatte schon viele ehemalige Interviewpartner gesichtet, und schon jetzt hatte sie unzählige Hände geschüttelt und Wangenküsse verteilt. In ihrer Handtasche befand sich ein Stapel Visitenkarten, und sie hatte den einen oder anderen vielversprechenden Tipp erhalten, dem nachzugehen sich lohnte. Jetzt lehnte sie an einer der grau gestrichenen

Wände und beobachtete das Fest. Auch wenn sie sich über den beruflichen Nutzen dieser Veranstaltung durchaus im Klaren war, fühlte sie sich nicht hundertprozentig wohl. Es war eine ihrer Schwächen, dass sie sich in einem Raum voller unbekannter Leute immer ein bisschen fehl am Platz fühlte.

„Und, wie läuft's?"

Rebecka fuhr erschrocken zusammen und blickte in Sams Gesicht. „Gut", antwortete sie und nahm so hastig einen Schluck von ihrem Champagner, dass sie von der Kohlensäure husten musste.

Verlegen sah sie Sam an, der ihr eine Serviette reichte.

„Danke", brachte sie heraus und wischte sich den Mund ab. „Wirklich eine schöne Party."

„Ja, ganz okay", erwiderte Sam. „Aber ziemlich viel Arschkriecherei."

Rebecka lachte. „Hast du die Begrüßungsrede des Gastgebers mitgekriegt?"

„Sein Partner schien nicht gerade begeistert darüber zu sein, dass er in der Namensaufzählung ausgelassen wurde", antwortete Sam und grinste.

„Schon peinlich, wenn man dem Reinigungspersonal dankt, aber den Mitbegründer des Unternehmens vergisst", kicherte Rebecka.

Sie sah zu einer Gruppe Anzugträger hinüber, die an der Bar standen, lauthals grölten und sich gegenseitig kumpelhaft auf die Rücken schlugen. Da haben wohl einige schon ein Gläschen zu viel gehabt, dachte sie, als einer der Männer stolperte und in letzter Sekunde von einem Zechkumpan aufgefangen wurde. Sie drehte sich mit einem Kommentar auf den Lippen zu Sam um, aber die Worte blieben ihr förmlich im Hals stecken, als sie seine nachdenkliche Miene sah. Nervös spielte sie an ihrer Kette herum, was Sam natürlich nicht entging.

„Was für eine schöne Kette", sagte er und griff vorsichtig danach.

Rebecka zuckte zusammen, als seine Finger ihren Hals berührten. „Ein Erbstück", erklärte sie und trat einen Schritt zurück. „Glaube, Liebe, Hoffnung, du weißt schon. Ich hatte irgendwie Lust, sie heute Abend zu tragen."

„Glaube, Liebe und Hoffnung mit einem Twist. Normalerweise hat einer der Anhänger die Form eines Ankers, deine Kette hat aber einen Schlüssel", murmelte Sam und wandte den Blick von Rebeckas Halsschmuck ab.

Rebecka griff sich an die Kette. „Einen Schlüssel?"

„Ja, sind es nicht in der Regel ein Herz, ein Kreuz und ein Anker?"

Rebecka nickte. Sam hatte recht. Dass ihr das nicht schon früher aufgefallen war. Sie hatte einfach nicht darauf geachtet. Sie nestelte wieder an der Kette herum.

„Du, ich muss dir etwas gestehen …", sagte Sam zögernd.

„Rebecka?", fragte im selben Moment eine Stimme hinter ihnen.

Rebecka drehte sich erschrocken zu Anton um, der nur ein paar Meter entfernt stand. „Was machst du denn hier?", entfuhr es ihr, bevor sie sich daran erinnerte, dass Sam neben ihnen stand und zuhörte. „Ich meine, was machst du denn schon so früh hier, Liebling? Ich dachte, du würdest später kommen."

Anton sah sie verblüfft an. Rebecka hielt die Luft an und hoffte inständig, dass er ihren Beziehungsstatus nicht vor Sam zur Sprache bringen würde.

„Ich konnte schon früher weg", antwortete er nach kurzem Zögern und wandte sich an Sam, der immer noch neben Rebecka stand.

„Das ist mein Kollege. Wir haben über meine Kette gesprochen. Sam ist aufgefallen, dass einer der Anhänger die Form eines Schlüssels hat. Normalerweise ist es ein Anker."

„Hallo. Sam Hansson", stellte Sam sich vor und hielt Anton, dessen Gesichtsausdruck sich verfinsterte, die Hand entgegen.

Plötzlich fiel Rebecka ein, dass Anton genau wusste, wer Sam war, sie hatte ihm erst vor ein paar Monaten von ihm erzählt. Anton war in einem Zeitungsartikel auf Sams Namen gestoßen, und da hatte sie ihm erzählt, dass sie einmal ein Paar gewesen waren. Dumm gelaufen. Sie fuhr sich mit der Zunge über die Lippen und räusperte sich. „Ja, also …"

„Der Sam, mit dem Rebecka zusammen studiert hat?", erkundigte sich Anton, ohne Sam aus den Augen zu lassen.

„Ja, wir hatten ein paar Kurse zusammen, haben uns seitdem aber nicht mehr gesehen."

„Sam und seine Freundin sind gerade von New York wieder nach Stockholm gezogen, und er hat bei meiner Zeitung angefangen. Wie klein die Welt doch manchmal ist", plapperte Rebecka und legte ihre Hand auf Antons Arm. „Hattest du nicht gerade jemanden gesehen, den du begrüßen wolltest?", fuhr sie an Sam gewandt fort und blickte auffordernd in Richtung Bar.

Sam sah sie einen Moment forschend an, bevor er unbekümmert nickte. „Ja, ich muss mich mit ein paar Leuten unterhalten. Vielleicht sehen wir uns bei einer anderen Gelegenheit wieder", sagte er zu Anton, bevor er sie verließ.

Rebecka wandte sich erleichtert an Anton. Ignorierte ihr Herz, das ihr bis zum Hals schlug. „Was machst du hier? Ich dachte, du würdest erst morgen zurückkommen."

„Ich hab einen früheren Flug genommen und musste zu dieser Veranstaltung, weil Hasse nicht kann." Anton machte eine kurze Pause und fuhr dann fort: „Du hast nie ein Wort darüber verloren, dass du mit deinem Ex zusammenarbeitest."

„Er hat erst vor einer Woche beim Telegrafen angefangen. Du warst ja die ganze Zeit in Deutschland. Ich hatte noch keine Gelegenheit, dir davon zu erzählen."

Anton sah zur Bar hinüber. Rebecka folgte seinem Blick. Sam war in ein Gespräch mit zwei älteren Männern vertieft. Sie drehte sich wieder zu Anton um.

„Äh … Wie ist es in Deutschland gelaufen?"

„Gut. Es war ein hartes Stück Arbeit, aber zum Schluss konnten wir das Problem mit den Zeichnungen beheben. Sie wollen uns jedenfalls nicht mehr verklagen", antwortete Anton und wandte seine Aufmerksamkeit Rebecka zu. „Ist das Kleid neu?" Er beugte sich vor und befühlte den Stoff.

„Ja … so kann man es ausdrücken." Auf keinen Fall würde sie ihm verraten, dass sie es für ihren Hochzeitstag gekauft hatte. „Ich habe es schon länger, trage es aber heute zum ersten Mal."

„Okay", sagte Anton und runzelte die Stirn.

„Ist etwas daran nicht in Ordnung?"

„Nein. Na ja, ich finde, dieses Kleid ist ziemlich unnötig. Du hast doch schon einen Haufen Kleider, und ich nehme an, dass das hier nicht gerade billig war."

Rebecka sah Anton erstaunt an. „Wie du weißt, verdiene ich mein eigenes Geld", erwiderte sie scharf.

„Entschuldige, das war dumm von mir", lenkte Anton ein. „Wir sollten reden", fuhr er fort. „Über uns."

„Das finde ich auch", antwortete sie versöhnlich und unterdrückte die spitze Bemerkung, dass sie schon vor einer Woche denselben Vorschlag gemacht hatte. „Wir müssen uns auf jeden Fall überlegen, wie wir das mit den Kindern regeln wollen. Es ist ziemlich hart, alles allein zu machen", fuhr sie fort und fragte sich, ob er vorhatte, die Scheidung einzureichen. Der Gedanke machte ihr Angst.

Sie stellte ihr Champagnerglas auf einem der Stehtische ab, damit Anton nicht bemerkte, wie ihre Hände zitterten.

„Ich könnte am Samstag oder Sonntag vorbeikommen", schlug Anton vor.

„Julia hat am Samstag Ballettunterricht. Vielleicht kannst du dich so lange um Trevor kümmern, dann können wir hinterher reden? Ich kann Anna fragen, ob die Kinder zu ihr kommen können", antwortete Rebecka.

Im selben Moment rief der Gastgeber Antons Namen, und er küsste sie hastig auf die Wange.

Rebecka sah ihm nach, bevor sie ihren restlichen Champagner in einem Zug hinunterkippte. Als eine Bedienung an ihr vorbeiging, schnappte sie sich ein neues Glas und bahnte sich einen Weg nach draußen auf die geräumige Veranda, von der man eine wunderbare Aussicht auf das Wasser hatte. Bevor sie die Terrassentür öffnete, blickte sie noch einmal auf das Gewimmel im Saal. Sie sah zu Sam hinüber, der sich im gleichen Moment umdrehte, und ihre Blicke trafen sich. Eine Millisekunde standen sie einfach nur da und starrten in die Augen des anderen, bevor Rebecka sich abwandte, die Terrassentür aufmachte und auf zittrigen Beinen hinausging. Sie legte ihre Hände auf das helle Holz der Balustrade, blickte auf das Wasser hinaus und atmete tief ein. Sie brauchte frische Luft. Musste versuchen, das aufwallende Gefühlschaos zu unterdrücken, indem sie an die Kinder dachte. Obwohl sie wusste, wie wichtig dieses Fest für ihre berufliche Karriere sein könnte, sehnte sie sich nach zu Hause. Wollte es sich mit einer großen Schüssel Popcorn auf dem Sofa bequem machen und Julias und Trevors kleine warme Körper an ihrem spüren, während sie sich irgendeinen albernen Kinderfilm anschauten, von dem sie eigentlich nicht besonders viel hielt. Jetzt lagen die beiden wahrscheinlich schon lange in ihren Betten und schliefen. Aber vielleicht an einem anderen Tag. Rebecka massierte ihre Schläfen. Es war Zeit, nach Hause zu gehen.

***

Rebecka betrachtete die Mädchen und Jungen, die mit ernsten Mienen aus dem Ballettsaal marschierten.

„Sind sie nicht entzückend?“, sagte Charlotte, die Mutter von Julias Freundin Claudia, und schaute mit glänzenden Augen auf die rosa Tutus der kleinen Ballerinas.

Rebecka lächelte höflich. Wie üblich versuchte sie, ein Gespräch mit Charlotte zu vermeiden. Sie gehörte zu der Sorte Eltern, die einem das Gefühl gaben, man selbst sei als Elternteil der absolute Versager. Das letzte Mal hatten sie darüber diskutiert, zu welcher Zeit man die Kinder am besten von der Vorschule abholte. Oder besser gesagt: Charlotte hatte verkündet, was sie von Eltern hielt, die ihre Kinder nach sechzehn Uhr abholten. Rebecka hatte nur genickt, ohne etwas zu sagen. Sie war sich nicht sicher, ob Charlotte überhaupt eine Vorstellung von regulären Arbeitszeiten hatte. Zu allem Überfluss war Charlotte auch noch Elternsprecherin der Vorschule und kochte immer selbst, selbstverständlich nur mit Zutaten aus dem Bio-Supermarkt. Sie hatte sogar bei einem Elternabend behauptet, sie könne merken, bei welchen Kindern zu Hause selbst gekochte Mahlzeiten auf den Tisch kämen und welche hauptsächlich mit Fertiggerichten abgespeist würden. Eine Person also, der Rebecka möglichst aus dem Weg ging, was manchmal einer Art Hürdenlauf gleichkam.

„Hallo, Schätzchen. Hattest du Spaß?“, fragte Rebecka und nahm Julia in den Arm.

„Ich habe Durst", quengelte Julia und klammerte sich an ihre Mutter.

„Ich habe deine Wasserflasche in meiner Tasche."

„Ich will eine Capri-Sonne!"

„Bei uns gibt es doch nie Saft", erwiderte Rebecka etwas zu laut und holte Julias Wasserflasche aus ihrer Handtasche. Sie schielte zu ein paar Müttern hinüber, die vorbeigingen, und lächelte gezwungen.

„Tut es wohl!" Julia boxte mit der Hand gegen die Wasserflasche, und Rebecka ließ sie schnell wieder in ihrer Tasche verschwinden.

„Bitte, Julia, nicht hier", murmelte sie mit zusammengebissen Zähnen.

Wie Julia innerhalb von ein paar Sekunden von absoluter Gelassenheit auf einen Tobsuchtsanfall umschalten konnte, war ihr ein Rätsel. Rebecka hatte keine Kraft, mit ihr zu diskutieren. Sie war müde und wollte nur noch eins: nach Hause.

Rebecka wandte sich ihrer Tochter zu, die sich mittlerweile laut brüllend auf den Boden geworfen hatte.

„Julia", zischte sie streng und schickte gleichzeitig ein Stoßgebet zum Himmel, dass die anderen Mütter diesen Zwischenfall nicht bemerken würden. Als Julia nicht aufhörte zu schreien, packte sie ihre Tochter am Arm und zog sie hinter die Treppe.

„Was für ein Organ!"

Rebecka sah auf und blickte in Charlottes Gesicht.

„Es war ein langer Tag. Julia ist müde."

„Ich würde so ein Benehmen niemals dulden. Aber jeder nach seiner Façon", erwiderte Charlotte spitz, bevor sie mit ihrer wohlerzogenen Tochter an der Seite die Treppe emporrauschte.

Rebecka drehte sich wütend zu Julia um.

„Jetzt hörst du mit diesem Geheule auf. Sonst dürft ihr heute Nachmittag nicht zu Anna", zischte sie. Angesichts der Tatsache, dass sie dieses Verbot nicht würde einhalten können, wenn sie vermeiden wollte, dass Julia und Trevor etwas von den Problemen ihrer Eltern erfuhren, war das eine ziemlich armselige Drohung.

Julia war sofort still und starrte ihre Mutter an. „Ich will aber zu Anna", schniefte sie und wischte sich über die tränennassen Wangen.

„Okay. Aber dann musst du mir versprechen, dass du dich benimmst."

Julia nickte und stand vom Boden auf, steckte ihre kleine Hand in Rebeckas und zusammen gingen sie die Treppe hinauf in die Umkleidekabine.

Als Rebecka ihrer Tochter den rosa Anorak entgegenhielt, sah Julia sie störrisch an. „Den will ich nicht anziehen."

„Du musst aber, sonst frierst du."

„Ich will aber nicht!", brüllte Julia sie trotzig an.

Ohne Vorwarnung riss Rebecka der Geduldsfaden. Der ganze verdammte Tag war eine einzige Herausforderung gewesen.

„Ich habe die Nase voll", schrie sie. „Ich werde dich nie wieder irgendwohin begleiten. Nie wieder. Das war das letzte Mal, dass du dich wie eine kleine Rotzgöre aufgeführt hast!" Zornig sah sie Julia an, die ängstlich zurückstarrte.

„Ist alles in Ordnung? Kann ich helfen?"

Rebecka sah die Ballettlehrerin Mona an, die ein paar Meter entfernt von ihnen stand. Plötzlich merkte Rebecka, dass es in der Umkleide so still war, dass man eine Stecknadel hätte fallen hören und dass Charlotte und die anderen Mütter und Kinder erschreckt zu ihnen herübersahen.

„Ich … äh … ich", Rebecka kniff die Augen fest zusammen,

als sie sie wieder aufmachte, sah sie, wie Mona Julia in die Arme nahm.

„Ich habe gerade mit Julias Ballettlehrerin gesprochen", sagte Anton in derselben Sekunde, in der Rebecka und Julia völlig durchnässt zur Tür hereinkamen. Auf dem Heimweg hatte sie ein Wolkenbruch überrascht. Rebecka griff nach einem Kleiderbügel, während ihr gleichzeitig die Schamesröte ins Gesicht schoss. Was sollte sie sagen? Gestehen oder leugnen? Den ganzen Weg nach Hause hatte sie vor Zorn gezittert. Hatte kein Wort mit Julia gesprochen, die leise vor sich hin schniefte. Rebecka war sich nur allzu bewusst, dass sie sich falsch verhalten hatte und dass ihre Weigerung, mit ihrer Tochter zu sprechen, kindisch war. Erst an der U-Bahn-Station Brommaplan hatte sie sich wieder so weit beruhigt, dass sie Julia in die Arme nehmen und ihr sagen konnte, dass sie immer noch enttäuscht war, aber dass sie sich jetzt wieder vertragen sollten. Zum Glück verziehen Kinder so leicht. Auf dem letzten Stück nach Hause war Julia fröhlich plappernd neben ihr hergelaufen, obwohl es ununterbrochen geregnet hatte.

„Wir hatten eine kleine Auseinandersetzung … Mona …" Rebecka verstummte. Wusste nicht, wie sie weitermachen sollte.

„Mona macht sich Sorgen um Julia. Außerdem hat sie gesagt, dass du in der Tanzschule Hausverbot hast. Das kann doch wohl nur ein Missverständnis sein?", fragte Anton beunruhigt.

Rebecka fiel auf, dass das marineblaue Hemd seine Augen noch blauer machte und dass sein Haar ein bisschen zu lang war. Überhaupt sah er ein bisschen ungepflegt aus. Müde.

„Hm, ja, also, das war so …", Rebecka räusperte sich.

„Mama war supersauer und hat gesagt, dass die Lehrerin eine alte Jungfer sei, der es mal jemand besorgen müsse. Was bedeutet besorgen, Papa?", fragte Julia.

Anton starrte Julia entsetzt an, bevor er Rebecka mit seinem Blick festnagelte.

„Haha, nein, ich war nicht sauer. Das hast du falsch verstanden, Schätzchen. Wir haben nur Spaß gemacht. Manchmal bist du auch ein kleiner Spaßvogel", brachte Rebecka heraus und lachte panisch auf. „Willst du nicht ein bisschen mit Trevor spielen?" Sie stupste Julia sanft an, damit sie sich in Bewegung setzte. „Ich glaube, im Küchenschrank sind noch Süßigkeiten", murmelte sie verzweifelt, als Julia sich nicht vom Fleck rührte.

Verdammt, dass Julia von dem Debakel beim Ballettunterricht erzählen würde, war nicht Teil ihrer Strategie gewesen. Sie hatte sich eine etwas abgemilderte Version des tatsächlichen Verlaufs zurechtgelegt, ohne Geschrei und persönliche Beleidigungen.

Als Julia in der Küche verschwunden war, fing Rebecka an, die Post durchzugehen, die auf dem Flurtisch lag.

„Hausverbot? Also wirklich, Rebecka!"

Rebecka spürte seinen vorwurfsvollen Blick und holte tief Luft, bevor sie sich aufrichtete.

„Ja, es stimmt. Sie haben mir Hausverbot erteilt. Nur weil diese verdammte Lehrerin mir sagen wollte, wie ich mein Kind zu erziehen habe."

„Langsam gehst du zu weit. Dir ist doch wohl klar, was du angerichtet hast?"

„Ja, ja. Ich werde sie anrufen und mich bei ihr entschuldigen", murmelte Rebecka und hängte Lollos Leine an einen Haken. Sie spürte Antons Hand auf ihrem Arm. Sie wusste, dass er recht hatte, konnte es aber nicht zugeben.

„So kann es nicht mehr weitergehen, Rebecka. Das geht wirklich zu weit. Du bist viel zu gestresst, und dieser Stress wirkt sich auf dein ganzes Leben aus."

„Es ist ja wohl auch kein Wunder, dass ich gestresst bin. Ich muss mich schließlich um alles kümmern, allein", verteidigte sie sich. „Du arbeitest die ganze Zeit. Und wer ist dann auch noch nach Deutschland gefahren, sogar gleich zwei Mal? Soweit ich mich erinnere, war ich es nicht." Sie sah Anton mit einem Blick an, von dem sie hoffte, dass er giftig genug war.

„Ich bringe die Kinder zu Anna, dann können wir in aller Ruhe über alles reden", sagte Anton.

Rebecka zuckte mit den Schultern und ging die Treppe hoch ins Schlafzimmer, um sich etwas Bequemeres anzuziehen.

Als sie ihre Handtasche in Richtung Bett warf, erwischte sie damit die Kette auf dem Nachttisch, und alles fiel auf den Boden. Rebecka hatte ganz vergessen, sich den Schlüssel genauer anzusehen. Als sie von dem Empfang nach Hause gekommen war, hatte sie die Kette nur abgenommen, auf den Nachttisch gelegt und war todmüde ins Bett gefallen. Jetzt betrachtete sie die Anhänger genauer. Ich muss Mama anrufen, dachte sie und legte das Schmuckstück wieder hin. Im selben Moment hörte sie, wie die Haustür aufgeschlossen wurde und Anton nach ihr rief.

Mit zwei Tassen Tee in der Hand ging Rebecka in den Wintergarten, wo Anton auf sie wartete. Sie stellte eine der Tassen vor ihn auf den Tisch, setzte sich in einen Sessel und nippte vorsichtig an ihrem Tee, um sich nicht die Zunge zu verbrennen.

„Hast du dich auf der Feier amüsiert?", fragte sie, um die bevorstehende Diskussion noch ein wenig hinauszuzögern.

„Es war nett“, erwiderte Anton. Er blätterte in einem der Bücher, die auf dem Tisch lagen, und legte es wieder weg.

Rebecka versuchte, ein Lächeln zustande zu bringen. Es kam ihr vor, als säße ein Fremder vor ihr auf dem Sofa. Ein Fremder, nicht ihr Ehemann, dem eine Hälfte dieses Hauses gehörte, das sie zusammen renoviert hatten.

„Merkwürdig, dass dein Ex aufgetaucht ist.“

Rebecka erstarrte für einen kurzen Moment und fingerte dann an einer der Papierservietten auf dem Tisch herum. „Wir sind in derselben Branche, und wenn man in Stockholm arbeitet, ist es nicht ungewöhnlich, dass man sich über den Weg läuft. Aber wir haben nicht viel miteinander zu tun“, entgegnete sie und wechselte das Thema. „Wie geht es deinen Eltern? Ich meine … wollen sie diesmal länger in Stockholm bleiben?“

„Nach Mutters Geburtstag fahren sie zurück nach Palma. In unmittelbarer Nähe eines Golfplatzes fühlen sie sich wohler. Übrigens möchte Mutter, dass du kommst und ihren Geburtstag mit uns zusammen feierst. Ich hoffe, du kannst an dem Tag“, antwortete Anton und beugte sich vor. „Dir ist doch klar, warum ich nicht nach Hause komme, oder?“

„Nein, ehrlich gesagt verstehe ich ganz und gar nicht, warum du nicht wieder nach Hause kommen und unsere Probleme lösen willst, wie es normale Paare tun. Ich begreife nicht, was du mit deiner Auszugstaktik eigentlich bezweckst.“

„Auszugstaktik?“

Rebecka seufzte. „Ich kann verstehen, dass du wütend bist, aber findest du es nicht ein bisschen übertrieben, uns einfach zu verlassen? Nur weil ich einen Fehler gemacht habe, als Trevor krank war. Außerdem wälzt du eine ganze Menge Verantwortung auf mich ab, obwohl du doch sowieso schon der Meinung bist, dass ich zu viel zu tun habe. Nach der Geburt der Kinder hast du versprochen, dass du den Großteil der Betreuung übernimmst, wenn die Kinder größer sind. Du warst doch derjenige, der Kinder wollte, ich wollte noch warten."

„Du verdrehst die Tatsachen."

„Nein, genau so war es. Du wolltest Kinder. Ich wollte noch warten. Darüber haben wir schon tausendmal geredet."

„Also wolltest du gar keine Kinder? Willst du das damit sagen?"

Rebecka biss die Zähne zusammen. Warum musste er ihr die Worte ständig im Mund umdrehen?

„Nein, das war nicht meine Absicht. Ich will nur sagen, dass wir mit unserer Familienplanung ruhig noch etwas hätten warten können. Ich wollte mich erst auf meine Karriere konzentrieren."

„Warum hast du damals dann nicht Nein gesagt?", unterbrach Anton sie gereizt und verschränkte die Arme vor der Brust.

„Das habe ich doch", seufzte Rebecka. „Ich habe Nein gesagt, aber du hast nicht lockergelassen. Du wolltest so gerne eine Familie haben. Erinnerst du dich nicht, wie du immer wieder auf mich eingeredet hast?"

„Das lässt sich im Nachhinein leicht sagen."

Rebecka gab keine Antwort. Anton irrte sich. Ihm zuliebe hatte sie seinem Drängen nachgegeben. Er hatte versprochen, den Löwenanteil der Kinderbetreuung zu übernehmen, aber als Trevor auf die Welt gekommen war, hatte Anton gerade seine Firma gegründet, also hatte sie die komplette Elternzeit genommen. Und bei Julias Geburt expandierte Antons Firma gerade, also war sie auch mit dem zweiten Kind zu Hause geblieben.

„Wir scheinen dir überhaupt nicht mehr wichtig zu sein. Seit du beim Telegrafen arbeitest, ist alles andere für dich nur noch Nebensache."

„Ich verstehe nicht, wie du so etwas sagen kannst", protestierte Rebecka. „Ich habe nie gesagt, dass ihr mir nicht wichtig seid."

„Du hast es nicht gesagt, aber du hast es gezeigt. Mehrfach. Zum Beispiel neulich, als Trevor Fieber hatte. Wie konntest du ihn da einfach in die Kita bringen?"

„Wie konntest du einfach voraussetzen, dass ich mit den Kindern zu Hause bleibe? Das zeigt nur einmal mehr, dass du der Meinung bist, dass deine Arbeit wichtiger ist als meine", entgegnete Rebecka und bemühte sich um einen ruhigen Tonfall.

„Das ist nicht wahr. Meine Arbeit ist wichtig, aber nicht ich bin derjenige, der Geburtstage und Essenseinladungen bei Freunden vergisst. Ich komme auch nicht ständig zu spät nach Hause. Du warst bei keinem Kita-Fest der Kinder oder bei irgendeiner anderen Veranstaltung, seit du bei dieser Zeitung angefangen hast."

„Hör auf", sagte Rebecka müde. „Du wusstest, dass es mein Ziel war, beim Telegrafen zu arbeiten. Außerdem habe ich immer viel gearbeitet. Auch als ich noch für Regionalzeitungen geschrieben habe."

„Wenn du aufhören könntest, so karrieregeil zu sein, würden wir vielleicht nicht hier sitzen."

„Ich bin nicht karrieregeiler als du." Rebecka spürte, wie ihr Frustrationspegel stieg, und grub ihre Fingernägel tief in die Handfläche.

„Ich hatte gehofft, man könnte vernünftig mit dir reden, aber du hast überhaupt nicht begriffen, warum ich dich verlassen habe", erwiderte Anton nach einer Weile.

Rebecka versuchte, ihre Gedanken zu ordnen. Sie musste nachgeben. Anton auf halbem Weg entgegenkommen. Sie zählte stumm bis zehn und wollte gerade etwas sagen, als Anton ihr zuvorkam.

„Ich glaube, es ist das Beste, wenn ich gehe. Das hier führt zu nichts."

„Entschuldige, ich weiß nicht, wie das passieren konnte. Ich will doch nur, dass du wieder nach Hause kommst", antwortete Rebecka und versuchte, ihre Hand auf Antons Arm zu legen, aber Anton drehte sich zur Seite.

„Ehrlich gesagt erkenne ich dich nicht wieder. Du hast dich verändert", sagte er leise.

„Ich finde nicht, dass ich mich verändert habe."

„Doch, es ist nicht nur dein Job. Es ist die ganze Situation. Du scheinst dich zu Hause überhaupt nicht mehr wohlzufühlen."

„Das ist doch Unsinn. Ich bin gerne mit euch zusammen", widersprach Rebecka und sah Anton flehend an.

„Und warum bist du es dann nicht? Früher hat es dir gereicht, mit unseren Freunden, mit den Kindern und mir Zeit zu verbringen. Du weißt, dass du nicht arbeiten gehen musst, damit wir finanziell über die Runden kommen. Was ich verdiene, reicht für uns", erwiderte Anton, ohne sie anzusehen.

Bevor Rebecka protestieren konnte, fuhr Anton fort: „Vielleicht tut uns eine Auszeit ganz gut, damit wir wieder einen klaren Kopf bekommen. Meine Eltern fahren sowieso bald zurück nach Palma, und wenn du willst, kann ich die Kinder jedes zweite Wochenende und einen Tag unter der Woche nehmen, bis wir eine Entscheidung getroffen haben, wie es mit uns weitergehen soll", schlug er vor, immer noch ohne sie dabei anzusehen.

„Aber was sollen wir den Kindern sagen? Wie sollen wir ihnen erklären, dass du nicht zu Hause wohnst? Sie stellen schon Fragen", antwortete Rebecka und bemühte sich, die Tränen zurückzuhalten. Sie wollte nicht, dass er sah, wie sehr die Situation sie mitnahm.

„Wir können doch sagen, dass ich ein paar Tage auf Omas und Opas Wohnung aufpasse."

„Das ist ja eine tolle Erklärung."

„Hast du einen besseren Vorschlag?", fragte Anton.

„Nein, mir fällt auch nichts Besseres ein", entgegnete Rebecka und blickte in den Garten hinaus. Sie wünschte, sie hätte eine Antwort, die ihre Probleme mit einem Schlag lösen würde. Aber sie fühlte sich, als wären sie mit Vollgas in eine Sackgasse gerast, aus der es kein Entrinnen gab.

„Wie willst du das mit Julias Ballettunterricht regeln?"

„Ich rufe an und entschuldige mich. Das habe ich doch schon gesagt", fauchte sie und betrachtete die Äste der Bäume, an denen sich schon die ersten Knospen bildeten. Wenn man sich doch nur an den Bäumen ein Beispiel nehmen könnte, dachte sie. Das alte Blätterkleid abwerfen und noch einmal von vorn beginnen. Mit neuen, frischen Trieben.

Rebecka sah zu Annas Haus hinüber. „Ich hole die Kinder, damit sie dir noch Tschüs sagen können", sagte sie und ging aus dem Zimmer, ohne Anton eines Blickes zu würdigen.

An Dich
Vier Jahre durfte ich Dich in meinem Leben haben. Vier Jahre des vollständigen Glücks. Erinnerst Du Dich an irgendetwas aus dieser Zeit? Erinnerst Du Dich, wie wir im Garten zusammen gespielt haben, oder wie ich Dir abends vorgelesen habe? Erinnerst Du Dich an die Nachbarskinder und Frau Lilja, die sich um Dich gekümmert hat, wenn ich arbeiten musste? Erinnerst Du Dich an das Haus, den Garten und die Schaukel im Apfelbaum? Ich erinnere mich. Ich erinnere mich an jedes winzige Detail aus unserem Leben. Ich erinnere mich, wie sich Deine weichen Ärmchen um meinen Hals legten. Ich erinnere mich an Dein fröhliches Lachen und das Glitzern in Deinen Augen.

Vier Jahre, dann hatte unsere gemeinsame Zeit ein Ende. Sie haben unsere Leben entzweit. Eines Tages standen sie vor der Tür und wollten Dich mitnehmen. Zeigten ihre Ausweise vor und sagten, dass es Dir bei mir nicht gut gehe. Aber das war eine Lüge. Ich hätte Dir nie wehtun können. Niemals. Auch wenn ich tagsüber arbeiten musste, habe ich immer dafür gesorgt, dass es Dir gut ging. Bei Frau Lilja. Aber sie haben mir nicht zugehört.

Ich wollte Dich wieder aus ihren Armen reißen, aber sie waren zu stark, waren zu viele. Ich bin hinter dem Auto hergerannt. Ich habe die Steine nicht gespürt, die meine Fußsohlen zerschnitten. Ich habe nur Dein kleines Gesicht im Autofenster gesehen. Ich habe nur Deine Tränen gesehen und Dein verängstigtes Weinen gehört. Du hast nach mir gerufen. Aber Du warst verloren. Ich hatte keine Chance.

Mai

„Bist du dir wirklich sicher?“, fragte Anna Rebecka zum ungefähr fünften Mal. Sie hatten gerade den Kaffeetisch im Wohnzimmer gedeckt und kontrollierten ein letztes Mal das Ensemble aus verschiedenfarbigen und unterschiedlich gemusterten Tassen, Kuchenplatten und Tellern. In der Mitte der Tafel thronte eine große mit frischen Himbeeren garnierte Schokoladentorte, und auf einer hellrosa Servierplatte mit dekorativen Lufteinschlüssen lagen appetitlich angerichtet verschiedene Sorten Kleingebäck.

„Es wird ein schöner Nachmittag“, sagte Rebecka überzeugt.

Für die Keramikteller und die übrige Tischdekoration hatte Rebecka im Luxuskaufhaus Nordiska Kompaniet am Freitag ein Vermögen ausgegeben. Das Schwierigste war gewesen, sämtliche Errungenschaften heil nach Hause zu transportieren. Zwei schwere Papiertüten, mit denen sie zur absoluten Stoßzeit, als alle Arbeitnehmer aus der Innenstadt mit den öffentlichen Verkehrsmitteln nach Hause strebten, jede Kollision vermeiden musste. Es hatte damit geendet, dass sie in ein Taxi gestiegen war, das sich in eine der nicht enden wollenden Autoschlangen eingefädelt und sie im Stop-and-Go-Verkehr nach Bromma gebracht hatte, wo ihr der Taxifahrer als krönenden Abschluss eine astronomische Rechnung präsentierte.

„Danke übrigens, dass du gestern die Kinder abgeholt hast“, sagte sie und fing an, einen kaum sichtbaren Fleck auf dem hellen Sofa zu bearbeiten. „Ich hätte es niemals rechtzeitig zur Vorschule geschafft.“

„Hast du noch mal mit Anton geredet?“, fragte Anna und nahm ein Plätzchen von der Platte.

„Wir werden eine Weile getrennt leben. Wir haben einen Zeitplan für die Kinder aufgestellt. Wenn sie bei Anton sind, kann ich mich ganz auf meine Arbeit konzentrieren.“

„Ist das für dich in Ordnung?“

„Ja, absolut. Anton wird bald wieder nach Hause kommen, das ist alles nur vorübergehend“, antwortete Rebecka und lächelte ihre Freundin hastig an, bevor sie den Blick abwandte. „Donnerstag feiern wir auf jeden Fall alle zusammen den Geburtstag meiner Schwiegermutter“, fuhr sie fort, ohne Anna anzusehen.

„Das ist gut. Du wirst sehen, das renkt sich alles wieder ein“, antwortete Anna und blickte sich im Wohnzimmer um. „Wie toll es hier aussieht. Du musst tagelang geputzt haben.“

„Ich bin heute Morgen extra früh aufgestanden und habe ein bisschen aufgeräumt“, antwortete Rebecka und lächelte über Annas Begeisterung, froh, nicht über Anton und die Kinder reden zu müssen.

„Die Fenster hast du auch geputzt?“

Rebecka steckte sich eine dunkle Haarsträhne hinters Ohr und lachte. „Außerdem habe ich das ganze Haus von oben bis unten gewienert“, sagte sie. „Und nachdem Anton die Kinder abgeholt hat, bin ich noch zehn Kilometer gelaufen.“

Zum dritten Mal an diesem Tag schüttelte sie die Sofakissen auf. Es sieht wirklich alles perfekt aus, dachte sie zufrieden. Ein leichter Putzmittelgeruch vermischte sich mit dem Duft von frisch gebrühtem Kaffee und Gebäck. Ihr Zuhause würde jeder Wohnzeitschrift alle Ehre machen.

„... wenn du noch alte Anziehsachen von ihnen hast."

„Was?" Rebecka sah Anna verwirrt an.

„Ich wollte wissen, ob du noch ein paar alte Kleidungsstücke hast? Vor ein paar Wochen hast du gesagt, du hättest noch welche?"

„Kleidung?", Rebecka verstand nur Bahnhof. Wollte Anna Kleidung von ihr haben? Sie hatten noch nicht einmal dieselbe Größe. „Was schwebt dir da so vor? Ich glaube nämlich nicht, dass ... äh ... sie die richtige Größe haben."

„Ich meine von Trevor und Julia", sagte Anna und wurde puterrot.

Rebecka hörte abrupt auf, die Sofakissen in Form zu bringen. „Bist du etwa ...?", sagte sie und ließ ihre Frage in der Luft hängen. Anna nickte zaghaft.

„Der Test war positiv. Ich hab ihn gestern drei Mal wiederholt. Und alle haben ein schwaches Plus gezeigt." Anna sah Rebecka mit glänzenden Augen an.

Rebecka ging auf ihre Freundin zu und umarmte sie. „Oh, ich freu mich riesig für euch. Siehst du, ich hab's doch gesagt. Wenn man sich entspannt und es ruhig angehen lässt, dann klappt es auch mit dem Baby", sagte sie und lachte glücklich. „Das müssen wir feiern."

„Aber bitte sag nichts zu Matilda und Stina. Es ist noch so neu", antwortete Anna und strich sich über den Bauch.

„Ich werde nichts verraten", versprach Rebecka und fuhr fort: „Aber ich werde Julias und Trevors alte Babysachen raussuchen." Sie umarmte Anna erneut. „Weiß die Schule schon Bescheid?"

„Das ist noch zu früh, aber ich glaube, dass meine Kollegen etwas ahnen, weil ich vorgestern während der Weinprobe bei unserem Kollegiumsausflug nur Wasser getrunken habe", kicherte Anna.

Rebecka hörte Anna mit halbem Ohr zu, während sie zum Bücherregal ging, ein paar Bücher herausnahm und sie deutlich sichtbar auf dem Beistelltisch neben dem Sofa platzierte. Dann griff sie noch nach der aktuellen Ausgabe vom Connoisseur, der Zeitung, die an alle Haushalte mit einem Jahreseinkommen von über eineinhalb Millionen Kronen verteilt wurde, und drehte den Bücherstapel so, dass er vom Sofa aus nicht zu übersehen war.

Als es ein paar Minuten später an der Tür klingelte, warfen sich Rebecka und Anna einen Blick zu.

„Die Mädels sind aber früh dran", lachte Rebecka.

Obwohl sie es nicht zugeben wollte, machte sie das Treffen mit ihren alten Schulfreundinnen nervös. Sie sah sich zum letzten Mal im Wohnzimmer um, alles war perfekt.

„Du, die Sache mit Anton, du sagst doch nichts?"

„Natürlich nicht. Was denkst du von mir", erwiderte Anna und nahm Rebecka in den Arm. „Komm schon, jetzt gehen wir an die Tür und machen uns einen schönen Samstagnachmittag", sagte sie aufmunternd.

Auf zittrigen Beinen ging Rebecka in den Flur, warf einen Blick in den Spiegel und schenkte ihrem Spiegelbild ein zufriedenes Lächeln. Sie hatte viel Zeit im Badezimmer verbracht, sich sorgfältig geschminkt und zum Schluss eine halbe Stunde darauf verwendet, dass ihr Haar in perfekten Wellen ihr Gesicht umrandete. Sie war bereit, Stina und Matilda gegenüberzutreten und ihnen zu zeigen, was sie alles erreicht hatte. Rebecka straffte den Rücken, holte tief Luft und öffnete die Haustür.

„O mein Gooott, wie lange haben wir uns nicht mehr gesehen!", rief die Frau neben Stina und drückte Rebecka überschwänglich an sich. Rebecka verkrampfte sich in der Umarmung, während ihr Matildas schweres Parfüm in die Nase stieg.

„Matilda, wie schön, dich zu sehen“, antwortete sie und wand sich aus ihrer Umklammerung. Mit Kennerblick registrierte sie Matildas topmodisches Outfit. Teuer, dachte sie, bevor sie Stina mit einem flüchtigen Wangenkuss begrüßte und die beiden Frauen hereinbat.

„Du siehst so jung aus. Hast du Botox spritzen lassen?“ Matilda warf ihre schulterlangen blonden Haare zurück und verzog die Mundwinkel, aber weil ihr Gesicht unnatürlich glatt war, ähnelte ihr Lächeln eher einer Grimasse. Hier muss man nicht lange überlegen, wer sich für die Schönheit unters Messer gelegt hat, dachte Rebecka.

„Noch nicht. Kommt ins Wohnzimmer und begrüßt Anna“, antwortete sie fröhlich. Sie bemerkte Matildas prüfende Blicke und beobachtete, wie sie an dem Zeitungsstapel mit dem Connoisseur hängen blieben.

Als Anna ihnen etwas später ein Stück Schokoladentorte anbot, rümpfte Matilda die Nase. „Für mich nicht, danke. Ich esse keinen Zucker!“, sagte sie, woraufhin Anna den Tortenheber zögernd zurück auf die Platte legte.

„Ich nehme gerne ein Stück“, warf Stina rasch ein und hielt Anna ihren Teller entgegen.

„Ich dachte, du würdest auch auf Zucker verzichten“, sagte Matilda verwundert.

Rebecka sah, wie Stina errötete. Es war wie ein Déjà-vu aus ihrer Schulzeit. Als Matilda ihr Leben gelenkt hatte. Alle hatten zu Matilda aufgesehen, alle wollten wie sie sein. In einem großen Haus mit Seegrundstück im Grönviksvägen wohnen, die tollsten Kleider tragen und die teuersten Auslandsreisen machen. Weil Matildas Vater stellvertretender Direktor in einer großen Firma war, konnte sich die Familie einen Lebensstandard leisten, von dem die meisten anderen nur träumen konnten. Alle Mädchen in der Klasse hatten nach Matildas Pfeife getanzt. Auch Rebecka. Bis sie sie aus ihrer Gemeinschaft ausgeschlossen hatten und sie in den Pausen allein auf dem Schulhof stand. Rebecka presste die Kiefer hart aufeinander. Um ihre aufkeimende Wut zu kaschieren, schnitt sie sich ein großes Stück Schokoladentorte ab und legte es auf ihren Teller. Sie hörte nur halb zu, als das Gespräch um die Vorschulen in Bromma kreiste. Ihre Gereiztheit nahm zu, der Druck auf der Brust wurde stärker, und sie merkte, wie sie anfing zu schwitzen.

„Geht es dir gut?“, fragte Anna und legte eine Hand auf Rebeckas Arm.

Rebecka blinzelte. „Ja, alles in Ordnung“, brachte sie heraus, während sie gleichzeitig spürte, wie ihr Körper sich langsam wieder entspannte. Sie stopfte sich ein großes Stück Torte in den Mund.

„Ich habe gehört, dass du Journalistin beim Telegrafen bist“, sagte Matilda. „Triffst du ab und zu auch ein paar Stars?“

Rebecka wandte ihre Aufmerksamkeit Matilda zu. „Ich kann wohl behaupten, dass ich die meisten getroffen habe, die es sich zu treffen lohnt“, erwiderte sie und zwinkerte ihr zu.

Matilda und Stina sahen sie erwartungsvoll an, aber Rebecka lächelte nur geheimnisvoll.

„Noch Kaffee?“, fragte sie.

„Wie läuft es mit deinem Geschäft?“, erkundigte sich Anna bei Stina und schielte zu Rebecka hinüber. „Ich habe gesehen, dass ihr ziemlich viele neue Sachen habt?“

„Ja, die neuen Sommerartikel sind da“, erzählte Stina. „Ihr müsst bald mal vorbeischauen.“

„Ja, macht das. Selbstverständlich bekommt ihr Rabatt,

wenn ihr etwas kaufen möchtet", sagte Matilda. „Es ist einfach toll, dass du wieder hier bist, Rebecka. Sollen wir nicht demnächst mal einen Mädelsabend veranstalten? So wie in den guten alten Zeiten, nur dass wir diesmal unsere Schlafanzüge zu Hause lassen und stattdessen durch die Bars ziehen und Wein trinken!"

Rebecka hörte zu, wie die anderen direkt konkrete Pläne schmiedeten. Es war seltsam und aufwühlend, ihre alten Freundinnen wiederzusehen. Sie taten, als ob nichts geschehen wäre. Hatten sie es etwa vergessen? Hatten sie verdrängt, wie sie sich von ihr abgewandt hatten?

„Was sagst du, Rebecka? Du kommst doch mit?"

Rebecka blickte verwirrt in die erwartungsvollen Gesichter der anderen. „Ja, natürlich. Das wird toll", antwortete sie, ohne die geringste Ahnung, wozu sie ihre Zustimmung gab.

***

Sie war müde, ihr Körper war müde, und sie wollte nur noch nach Hause. Aber wenn sie nicht noch ein paar E-Mails beantwortete und sich auf den morgigen Tag vorbereitete, würde sie morgen früh eine halbe Stunde dafür abzweigen müssen. Zeit, die sie nicht hatte. Schön, dass heute Donnerstag ist und Anton sich um die Kinder und Lollo kümmert, dachte Rebecka und nahm sich ein Glas aus einem der Küchenregale im Pausenraum.

„Du bist ja immer noch da. Ich dachte, du wolltest früher gehen?" Elise tauchte neben ihr auf und durchstöberte das Teesortiment.

„Früher? Du bist gut. Mit der ganzen zusätzlichen Arbeit, die wir durch diese merkwürdige Adoptionssache haben. Übrigens, was hältst du davon, wenn du dir im Stadtarchiv alle

Adoptionsunterlagen aus dem Jahr 1959 vornimmst? Vielleicht fällt dir ja irgendein Zusammenhang auf", entgegnete Rebecka und goss ihr Wasserglas randvoll.

„Hat Maja Ekman sich noch nicht wieder gemeldet?"

„Miranda Ekman!", korrigierte Rebecka. „Nein, und das finde ich ziemlich merkwürdig."

Sie war schon ein paar Mal kurz davor gewesen, die Sache einfach zu vergessen und nicht mehr weiterzuverfolgen, aber gleichzeitig war es genau das, was sie liebte: Informationen nachzugehen, mit Menschen zu reden und zum Schluss alles in einem Artikel zusammenzufassen. Plötzlich hatte sie das Gefühl, etwas Wichtiges vergessen zu haben. Sie runzelte die Stirn und betrachtete den dunklen Holzfußboden. Irgendetwas hatte sie erledigen wollen.

„Bleibst du noch lange?", fragte Elise und unterbrach Rebeckas Überlegungen.

„Noch ein bisschen", antwortete sie. Sie wollte Elise nicht zeigen, wie erschöpft sie war und wie sehr sie sich nach Hause sehnte. Wie schön wäre es jetzt, allein zu sein, ohne Kinder, Hund und Mann. Es sich auf dem Sofa gemütlich zu machen, durch die Kanäle zu zappen oder einen Film anzusehen. Sich nur um sich selbst kümmern zu müssen.

„Hast du Lust, noch ein Glas Wein trinken zu gehen?"

Rebecka fuhr sich mit der Hand durchs Haar. „Ich hab keine Zeit."

„Ach, komm schon. Das wird nett. Wir müssen uns auch mal ohne einen Sklaventreiber unterhalten, der uns im Nacken sitzt", sagte Elise und spielte auf Ann-Katrin an, die sich mit jedem Tag schlimmer aufführte.

Rebecka dachte nach. Ein Glas Wein konnte nicht schaden. Ein bisschen Entspannung würde ihr guttun, bevor sie die U-Bahn nach Hause nahm.

„Ich muss nur noch ein paar Dinge fertigmachen", entgegnete sie automatisch, aber nur, weil diese Antwort von ihr erwartet wurde.

„Ach, das kann auch bis morgen warten", sagte Elise und wickelte sich eine lange Haarsträhne um den Finger. Ihre großen blauen Augen glitzerten. „Ich will mich volllaufen lassen", flüsterte sie und lachte, als sie Rebeckas verblüfften Gesichtsausdruck sah.

Rebecka schüttelte den Kopf. „Von mir aus, aber glaub ja nicht, dass du mich dazu kriegst, mehr als ein Glas Wein zu trinken", lachte sie und ging ihre Sachen holen.

„Du hast nichts davon gesagt, dass Sam mitkommt", zischte Rebecka Elise zu, als sie sich in der Szenekneipe Riche an die Bar setzten.

Elise zuckte mit den Schultern. „Er hat gefragt, ob wir nach der Arbeit noch was trinken gehen, und ich habe gesagt, er könne sich uns gerne anschließen. Es schadet doch wohl nichts, wenn der attraktivste Typ aus der ganzen Redaktion uns begleitet", sagte sie und lächelte Sam, der gerade auf sie zukam, schwärmerisch an.

Rebecka wandte sich dem Barkeeper zu, um ihre Bestellung aufzugeben. Sie warf einen Blick über die Schulter. „Möchtest du etwas trinken, Sam?"

„Ich hätte gerne ein Glas Wein", antwortete er und beugte sich nach vorn, wobei er ihren Arm streifte. Rebecka zuckte so hastig zurück, dass sie beinahe den Drink umgestoßen hätte, den die Frau neben ihr gerade bestellt hatte. Sie murmelte eine Entschuldigung und drehte sich wieder dem Barkeeper zu. Macht er das absichtlich? überlegte sie und schielte zu Sam hinüber, der sich mit Elise unterhielt, als hätte er ihre Berührung nicht einmal bemerkt. Sie musterte ihn verstohlen.

Er war nicht Anton, aber er sah nicht schlecht aus. Eher charmant als gut aussehend, dachte sie und betrachtete sein Profil. Im selben Moment sah er sie an. Seine dunkelbraunen Augen verschlugen ihr kurz den Atem. Hastig bezahlte sie den Wein.

„Jaaa, dann sind wir heute Abend also zu dritt", sagte Rebecka und hörte selbst, wie dämlich das klang. Sie trank einen großen Schluck. Ein Glas, dann würde sie nach Hause fahren und Elise und Sam allein lassen.

Drei Gläser Wein später saß Rebecka immer noch auf demselben Barhocker und führte eine hitzige Diskussion über die letzte Enthüllungsstory der Zeitung. Laut Auskunft ihrer Mitarbeiter hatte eine Fluggesellschaft die Sicherheitsvorschriften umgangen und Flugzeuge mit so offensichtlichen Mängeln im Flugverkehr eingesetzt, dass ein gravierendes Sicherheitsrisiko bestand. Außerdem hatte der Airline-Chef die weiblichen Angestellten sexuell belästigt, das Gerichtsverfahren lief, und der Mann war bis auf Weiteres beurlaubt worden. Sam hatte den Artikel geschrieben, und Ann-Katrin hatte ihn bei der morgendlichen Redaktionsbesprechung in den höchsten Tönen gelobt.

„Du warst schon immer gut", sagte Rebecka und stach ihm mit dem Finger in die Brust. „Du hattest schon immer einen Riecher für die richtigen Meldungen."

Sie fühlte sich beschwipst, angenehm beschwipst. Ihr ursprünglicher Plan, so schnell wie möglich zu verschwinden, war wie weggeblasen. Es war schön, Wein zu trinken. Schön, zu entspannen und sich über nichts weiter Gedanken machen zu müssen als darüber, ob sie noch ein Glas trinken sollte oder nicht.

Sam sah Rebecka über den Rand seines Weinglases hinweg an. „Ihr seid doch auch hinter einer großen Story her, oder?", fragte er nach einer Weile. Er war erst bei seinem zweiten Glas und nicht annähernd so betrunken wie Rebecka.

„O ja, die Sache ist der Hammer!“, entfuhr es Elise, bevor Rebecka ihr ins Wort fiel.

„Das Ganze ist überhaupt noch nicht spruchreif. Wir haben noch nicht mal die Quelle erreichen können“, sagte sie und warf Elise einen warnenden Blick zu, die mit den Schultern zuckte und sich dem Typen neben ihr zuwandte. Ein großer, muskulöser Kerl, dem Elises Aufmerksamkeit offensichtlich mehr als recht war. Rebecka wich Sams forschendem Blick aus und beugte sich nach unten, um ihre Handtasche aufzuheben. Aber sie schätzte den Abstand falsch ein und stieß sich die Stirn unsanft am Bartresen. Ihr Kopf dröhnte, und sie stöhnte laut auf.

„Alles in Ordnung?“, fragte Sam besorgt.

Vor Rebeckas Augen verschwamm alles. Sie griff nach der Kante der Bar, bekam aber nur Sams ausgestreckte Hände zu fassen. Der stechende Schmerz schien ihren Kopf in zwei Hälften zu spalten, und sie zählte langsam bis zehn, um nicht laut aufzuschreien.

„Mein Gott, was für ein Knall“, hörte sie den Barkeeper sagen.

„Geht es dir gut?“, drang Sams Stimme wieder in ihr Bewusstsein. Näher diesmal. Sie drückte vorsichtig mit dem Daumen gegen ihre Stirn und stöhnte auf.

„Au, das hat wehgetan“, stieß sie hervor, verstummte aber, als sie Sams Blick sah. Sie hatte ganz vergessen, wie einfühlsam er sein konnte. Plötzlich wollte sie nur noch weg. Raus aus der Bar. Weg von Sam.

„Ich muss jetzt gehen.“ Hastig rutschte sie vom Barhocker, hob ihre Tasche auf, die auf dem Boden gelandet war, und achtete sorgfältig darauf, sich den Kopf dabei kein zweites Mal zu stoßen. Ignorierte Elises Proteste, umarmte sie und lächelte Sam zu, bevor sie zur Tür ging. Draußen auf der Straße blieb sie stehen und angelte nach ihrem Handy, um nachzusehen, wie spät es war. Als sie Antons SMS las, wurde sie blass. Von einer Sekunde auf die nächste war sie wieder stocknüchtern. Sie hatte die ganze Zeit gewusst, dass sie etwas vergessen hatte. Aber dass es ausgerechnet der siebzigste Geburtstag ihrer Schwiegermutter gewesen war, setzte dem Ganzen die Krone auf. Mit zitternden Händen wählte sie Antons Nummer, um sich zu entschuldigen.

Während es klingelte, lief sie die Treppe zur U-Bahn hinunter. Ihre Absätze klapperten auf dem harten Boden und sie starrte gestresst auf das Telefon in ihrer Hand. Anton hatte das erste Mal um sieben angerufen, das letzte Mal hatte er es um elf versucht. Dazwischen hatte er mehrere SMS geschickt. Zuerst eine freundliche Erinnerung, dann eine wütende Nachricht, in der er sie informierte, dass sie das Essen verpasst habe, und zu guter Letzt eine flehentliche Bitte, sie solle sich melden, weil sie sich langsam Sorgen machten. Endlich hörte sie ein Knistern in ihrem Headset und Anton meldete sich.

„Entschuldige, ich habe das Essen total vergessen. Das war wirklich keine Absicht", beeilte sie sich zu sagen und sprintete gleichzeitig zur wartenden U-Bahn. Sie konnte sich gerade noch in den Wagen quetschen, bevor sich die Türen schlossen. Als der Zug anfuhr, ließ sie sich auf einen der Sitze fallen.

„Das war mal wieder ein Beweis dafür, wie egoistisch du bist", entgegnete Anton, der feindselige Ton in seiner Stimme ließ Rebecka zusammenzucken. „So viel zu unserem letzten Gespräch!"

„Jetzt übertreib mal nicht. Ich hab's einfach vergessen. Das kann jedem mal passieren", sagte Rebecka, als die U-Bahn am Hauptbahnhof hielt. Auf der gegenüberliegenden Seite stand der Zug in Richtung Hässelby abfahrbereit am Bahnsteig. Rebecka hastete los.

„Du vergisst ständig irgendwelche Dinge, Rebecka“, erwiderte Anton wütend. „Wo bist du eigentlich gerade?“, fuhr er fort.

„Ich bin auf dem Weg nach Hause. Wir haben nach der Arbeit noch ein Glas Wein getrunken.“

„Willst du mir ernsthaft erzählen, dass du mit deinen Kollegen gefeiert hast, statt zum Geburtstag meiner Mutter zu kommen?“

„Ich hab einfach nicht mehr daran gedacht“, sagte Rebecka, war sich aber nur allzu bewusst, wie wenig überzeugend ihre Ausrede klang.

Während Anton seiner Meinung zu diesem Thema lautstark Luft machte, meldete sich der Nachrichtenton ihres Handys. Rebecka öffnete den Umschlag, der auf dem Display erschien.

„Du, ich muss auflegen“, unterbrach sie Anton, als sie die SMS gelesen hatte. „Ich habe eine Nachricht bekommen, auf die ich reagieren muss.“

„Findest du nicht, dass unser Gespräch wichtiger ist als dein Telefon?“, fragte Anton gereizt, aber Rebecka hörte ihm nur noch mit halbem Ohr zu.

„Ich ruf dich morgen an, dann können wir weiterreden“, murmelte sie und drückte Anton weg, bevor sie Miranda Ekmans SMS beantwortete.

Das Café, in dem sie sich treffen wollten, lag in der Kungsgatan, nur ein paar Gehminuten von der Redaktion entfernt. Rebecka sah sich in dem hellen Lokal um und ging dann zu der großen Glastheke. Nach einem Blick auf die Tageskarte bestellte sie einen Krabbensalat. Es war noch früh. Sie war gerne zuerst da, damit sie sich einen guten Platz aussuchen und sich in Ruhe auf das Gespräch vorbereiten konnte. Sie setzte sich an einen der Fenstertische. Leises Stimmengewirr umgab sie, und als sie gerade ihr Aufnahmegerät, Papier und Stift auf den Tisch gelegt hatte, hörte sie eine Stimme hinter sich. Sie gehörte Miranda Ekman, einer rothaarigen eleganten Frau mit kerzengerader Haltung und wachen braunen Augen, die so gar nicht dem Bild der unprätentiösen Sechzigjährigen entsprach, das sich Rebecka von ihr gemacht hatte. Neben ihr stand eine ältere Dame, Monica Svensson, mit schneeweißem Haar und gebeugtem Rücken, die sich auf einen dunkelbraunen Gehstock stützte. Rebecka registrierte verblüfft, wie ähnlich sich die beiden Frauen sahen. Hier muss kein DNA-Test Klarheit über die verwandtschaftlichen Verhältnisse schaffen, dachte sie. Vor ihr standen Mutter und Tochter, das war eindeutig. Rebecka begrüßte die beiden Frauen. Miranda half ihrer Mutter aus dem hellgrünen Mantel und hängte ihn über eine Stuhllehne.

„Ich hole uns etwas zu essen", sagte Miranda, nachdem sie sich begrüßt hatten. Monica Svensson setzte sich mühsam auf einen Stuhl und lehnte ihren Stock an die Wand, bevor sie ihre dunklen Augen auf Rebecka richtete.

„Sie wollen über uns schreiben, habe ich recht?", sagte sie mit leicht heiserer Stimme und legte ihre Hände auf den Tisch.

„Miranda hat sich vor einiger Zeit mit mir in Verbindung gesetzt und mir von Ihrer Geschichte erzählt", entgegnete Rebecka freundlich. „Haben Sie schon lange Kontakt zueinander?"

Sie musste behutsam vorgehen, Vertrauen aufbauen. Zuhören. Eine ihrer Stärken war es, die Menschen dazu zu bringen, sich zu öffnen.

„Seit ein paar Monaten. Miranda ist zu mir gekommen",

antwortete Monica und nestelte an der Tischdecke herum. „Haben Sie außer mit mir noch mit weiteren Personen gesprochen?“

Rebecka zögerte. Es bestand das Risiko, dass Monica sich weigern würde, ihre Lebensgeschichte zu erzählen, wenn sie die Einzige war, die Rebecka zu diesem Thema interviewte. Schließlich entschied sie sich dennoch für die Wahrheit. „Bis jetzt habe ich nur Kontakt zu Ihnen und Miranda“, gestand sie und wartete gespannt auf Monicas Reaktion.

Die ältere Frau nickte kurz. „Gut, was soll ich Ihnen erzählen, mein Kind?“

Rebecka lächelte über Monicas Formulierung. So hatte sie schon lange niemand mehr genannt. Aber im Vergleich zu Monicas Lebenserfahrung war sie natürlich noch grün hinter den Ohren.

Sie griff nach dem Aufnahmegerät. „Ist es für Sie in Ordnung, wenn ich unser Gespräch aufzeichne? Das wäre mir beim Schreiben des Artikels eine große Hilfe, dann kann ich alles noch einmal überprüfen.“ Monica nickte zustimmend, und Rebecka fuhr fort: „Ich denke, wir fangen am Anfang an. Als Miranda geboren wurde.“ Rebecka startete das Gerät und vergewisserte sich, dass die Aufnahme begann.

Monica spielte nervös an der Tischdecke herum. „Sie war ein liebes Kind. Hat nie geschrien und war immer zufrieden“, fing sie an und erzählte dann, dass sie in einem Delikatessengeschäft gearbeitet hatte, als sie schwanger geworden war.

„Ich war bis über beide Ohren in einen Mann verliebt, der regelmäßig zu uns in den Laden kam.“

Rebecka sagte nichts, sondern wartete stumm auf die Fortsetzung. Monica ließ ihren Blick über die Einrichtung des Cafés schweifen, aber mit ihren Gedanken war sie weit weg. „Er war ein richtiger Mann. So ein Mann, von dem man sein ganzes Leben träumt. Ich hatte ja keine Ahnung, dass er verheiratet war und Kinder hatte. Das hat er gut vor mir verborgen."

„Wie haben Sie es herausbekommen?"

„Sein Freund hat es mir erzählt. Aber da hatte er sich schon aus dem Staub gemacht. Er verschwand in dem Moment, als er von meiner Schwangerschaft erfuhr", antwortete Monica ohne Bitterkeit. „Wahrscheinlich hatte er Angst, was seine Frau sagen würde, wenn seine Eskapaden ans Licht kämen ..."

Rebecka wartete, bis Monica weitererzählte. „Wir wohnten direkt gegenüber vom Delikatessengeschäft. Miranda und ich. Die Inhaber des Geschäfts waren nett. Sie hätten mich rausschmeißen können, aber stattdessen durfte ich bleiben, und eine der Nachbarsfrauen hatte mir versprochen, mir zu helfen, wenn das Kind erst einmal da sei. Ich hatte Glück." Sie verstummte und seufzte tief. Hing eine Weile ihren Erinnerungen nach, bevor sie über ihr erstes Jahr mit Miranda sprach.

„Sie war so süß, mein kleines Mädchen. Sie war mein Augapfel, und ich habe es niemals bereut, nicht für eine Sekunde, dass ich sie behalten habe."

„Hatten Sie Familie? Verwandte?"

„Mutter und Vater haben mich verstoßen, als ich ihnen beichtete, dass ich schwanger war. Es gehörte sich nicht, dass ihre unverheiratete Tochter sich hatte schwängern lassen, und um nichts in der Welt wollten sie, dass ich sie in Dalarna besuchte. Was hätten denn die Leute denken sollen!" Monica lachte. „Es waren andere Zeiten damals."

„Wie alt waren Sie, als Miranda geboren wurde?"

„Neunzehn. Ich war noch ein Kind."

„Und wie alt war Miranda, als man sie Ihnen wegnahm?" Rebecka kannte die Antwort auf diese Frage bereits, wollte Monica aber langsam an die eigentliche Adoption und das tragische Schicksal heranführen, das Mutter und Tochter widerfahren war.

„Sie war ein Jahr alt, als sie sie geholt haben. Die Frau vom Jugendamt behauptete, dass ich mich nicht richtig um mein Kind kümmerte. Als Miranda zwei war, wurde sie adoptiert. Das war auch die Schuld dieser Frau. Sie hat mich überredet, sagte, dass ich meinem Mädchen kein gutes Zuhause bieten könnte. Ich war so jung. Als ich meinen Entschluss bereute, war es zu spät", sagte Monica und fuhr fort: „Ich habe sie gesucht. Viele Jahre lang. Aber ich konnte mein Kind nicht finden."

Die Lippen der alten Frau zitterten, und gerade als Rebecka etwas sagen wollte, kam Miranda zurück. Sie stellte ein Tablett mit Wassergläsern, Servietten und Besteck auf den Tisch und setzte sich neben Monica.

„Es tut immer noch weh", murmelte Monica und sah Miranda dankbar an, die anfing, Gläser und Besteck zu verteilen.

„Ich hatte keine Ahnung, dass Monica nach mir gesucht hat. Ich habe Ihnen ja schon am Telefon erzählt, dass ich erst kurz vor dem Tod meiner Mutter davon erfahren habe. Meiner Adoptivmutter." Miranda verstummte und griff nach der Hand ihrer Mutter.

Monica drückte Mirandas Hand und ließ sie los. „Wenn diese Leute nicht gewesen wären", sagte sie nachdrücklich. „Sie wollten sich nur an uns bereichern. Dass wir alleinerziehend waren, bedeutete noch lange nicht, dass wir uns nicht um unsere Kinder kümmern konnten."

„Wissen Sie, wer diese Leute waren, die die Situation von alleinerziehenden Müttern ausnutzten?"

Monica presste die Lippen aufeinander. „Selbstverständlich weiß ich das. Diese Frau vom Jugendamt, Vivianne Andersson, und dieser Bankangestellte."

Ein junges Mädchen kam mit einem Tablett an ihren Tisch und brachte ihnen das Essen. Rebeckas Magen knurrte, als ihr der Duft von frisch gebackenem Brot in die Nase stieg.

„Können Sie mir genauer schildern, wie es ablief, als die Frau vom Jugendamt Miranda geholt hat?“, fragte sie und spießte eine Krabbe und ein bisschen Salat auf ihre Gabel.

Monica sah schweigend vor sich hin. Sie schien weder Rebecka noch Miranda zu sehen, sondern war in ihren Erinnerungen gefangen. „Unverheiratete Mütter wurden automatisch von einer Mitarbeiterin des Jugendamts betreut, die dafür sorgen sollte, dass alles reibungslos lief. Uns wurde Vivianne Andersson zugewiesen. Wenn doch bloß jemand anderes gekommen wäre.“

„Sie hat Miranda mitgenommen?“

„Ja, sie hat Miranda mitgenommen. Alles nur für ein bisschen Geld.“

„Wie haben Sie von der Zahlung erfahren?“

„Das war erst viel später. Da hatte ich Miranda schon verloren. Vor ein paar Jahren hat sich eine Frau bei mir gemeldet, die das Gleiche erlebt hat.“

Rebecka beugte sich vor. „Wissen Sie, wer das war?“

„Natürlich weiß ich das“, antwortete Monica und aß einen Löffel Suppe. „Wissen Sie, ich habe um das Sorgerecht für Miranda gekämpft, ich wollte sie zurück, aber laut Vivianne Andersson“, Monica spuckte den Namen förmlich aus, „hatte sie es bei ihrer neuen Familie besser. Ich sage nicht, dass du keine glückliche Kindheit hattest, mein Schatz“, fuhr sie an Miranda gewandt fort.

„Ich weiß“, antwortete Miranda und tätschelte Monica den Arm. „Meine Mutter, meine Adoptivmutter“, sagte Miranda und lachte. „Ich weiß gar nicht mehr, wen ich wie nennen soll, jetzt, wo alle Rollen irgendwie durcheinandergeraten sind.“

Rebecka lächelte höflich. Sie wollte wissen, wer die Frau war, die Monica von den Geldern erzählt hatte, musste sich aber noch gedulden. Miranda erzählte weiter.

„Meine Mutter hat während meiner ganzen Kindheit Tagebuch geführt, auch über den Tag, an dem ich zu ihnen gekommen bin. Aber ich habe erst als Erwachsene erfahren, was es mit der Adoption genau auf sich hatte."

„Wer hat es Ihnen erzählt?"

„Nach dem Tod meiner Mutter habe ich ihr Tagebuch und alte Kontoauszüge und Zahlungsbelege gefunden. Aber erst, als ich Monica getroffen habe, wurde mir klar, was dahintersteckte", sagte Miranda und holte eine Mappe aus ihrer Tasche. „Das sind nur Kopien. Die Originale habe ich zu Hause, falls Sie sie sehen möchten."

Rebecka nahm die Mappe entgegen. Sie war abgenutzt, und das Band, das sie zusammenhielt, war ausgeleiert und kaputt. Vorsichtig steckte sie sie in ihre Tasche, während Miranda und Monica auf ihre erste Begegnung zu sprechen kamen. Als sie ihre Erzählung beendeten, waren zwei Stunden vergangen, und Rebecka sollte eigentlich schon längst auf dem Weg zu ihrem nächsten Interview sein.

Bevor sie aufspringen konnte, hielt Monica sie zurück. „Wir haben es Sonja zu verdanken, dass wir heute hier sitzen", sagte sie.

Rebecka runzelte die Stirn. „Ist das die Frau, die Ihnen erzählt hat, dass bei der Adoption nicht alles mit rechten Dingen zugegangen ist?"

Miranda tätschelte ihrer Mutter den Arm. „Wir müssen uns beeilen, wenn wir unseren Bus noch bekommen wollen", murmelte sie, ohne Rebecka anzusehen.

Obwohl Rebecka schon spät dran war, blieb sie am Tisch sitzen, während Miranda und Monica zur Bushaltestelle eilten. Sie zögerte einen kurzen Moment, vereinbarte dann aber telefonisch einen neuen Interviewtermin. Nachdem sie das Gespräch beendet hatte, öffnete sie die Mappe, die ihr Miranda gegeben hatte.

Der Inhalt war vielversprechender, als sie erwartet hatte. Neben Tagebuchnotizen befanden sich in Mirandas Mappe außerdem Kontodaten und Adoptionspapiere. Auch wenn sie es nicht schaffte, sofort sämtliche Dokumente durchzugehen, war sie sich hundertprozentig sicher, dass sie hier etwas in der Hand hielt, das alle ihre bisherigen Reportagen übertreffen würde. Rebecka stürmte in die Redaktion, warf Fredrik an der Rezeption ein fröhliches Hallo zu und bahnte sich auf der Suche nach Elise einen Weg durch die offene Bürolandschaft.

„Hast du's heute eilig, oder bist du spät dran?"

Beim Klang von Sams Stimme drehte sie sich um. Sie strahlte ihn an. Sie war viel zu aufgekratzt, um sich von seiner Gegenwart gestört zu fühlen. Der gestrige Abend war so gut wie vergessen, entschied sie. Sie hatte nur auf ihn reagiert, weil sie betrunken gewesen war. Jetzt, im nüchternen Zustand, musste sie sich eingestehen, wie dumm sie gewesen war. Natürlich hatte sie kein Interesse an Sam. Sie verstanden sich gut, hatten viel gemeinsam und denselben Humor. Das war alles. Außerdem gab es Wichtigeres. Ihren Scoop und Anton zum Beispiel.

„Hast du Elise gesehen?", fragte sie schnell und sah sich suchend um.

„Sie ist bei einem Termin, glaube ich", antwortete Sam. „Wie geht's deinem Kopf?"

„Dem geht's gut. Er brummt zwar noch ein bisschen, aber das passiert eben, wenn man mit dem Bartresen auf Tuchfühlung geht", erwiderte sie und fummelte an ihrer Tasche herum.

„Ich muss jetzt arbeiten. Ich bin viel zu spät dran“, entschuldigte sie sich und ließ Sam im Gang stehen. Als sie sich gerade auf ihren Platz setzten wollte, entdeckte sie Elise, die durch die Redaktion ging, die Tasche lässig über der Schulter, ihre blonden langen Haare fielen ihr offen über den Rücken.

„Hallo, Elise!“, rief Rebecka und merkte, wie einige Kollegen irritiert von ihren Bildschirmen aufschauten. Rebecka ignorierte sie. „Wir haben's. Wir sind fast am Ziel.“

Elises Gesicht leuchtete auf. „Hast du etwas herausgefunden?“, fragte sie begeistert. Sie gingen in den Konferenzraum. Rebecka machte die Tür zu.

„Besser. Ich habe Dokumente, die beweisen, dass die Adoptiveltern Geld für ihre Kinder bezahlt haben“, sprudelte Rebecka hervor. Sie hatte es geschafft. Jetzt galt es nur noch, alle Beteiligten zu erreichen. Sie vergewisserte sich, dass die Tür geschlossen war, und legte alle Papiere auf den Tisch.

„Ich habe heute Morgen Miranda Ekman und ihre leibliche Mutter getroffen.“

„Perfekt, endlich kommt Bewegung in die Sache. Schieß los.“

Rebecka sah Elise mit glitzernden Augen an. Sie war sich ganz sicher. Sie würde ihr Ziel erreichen. Für diese Story würde sie Anerkennung bekommen. Da bestand kein Zweifel.

„Komm schon, raus mit der Sprache“, sagte Elise und beugte sich gespannt vor. Rebecka lachte. In Elises Eifer erkannte sie ihre eigene Ungeduld und Neugier wieder. Rebecka holte Luft und berichtete, was sie herausgefunden hatte.

„Das waren keine normalen Adoptionen. Kinderlose Paare haben bezahlt, um auf den Wartelisten an erster Stelle geführt zu werden. Was Miranda Ekmans Adoptivmutter nicht wusste, war, dass sie auch für das Kind bezahlt hat und dass es nicht freiwillig zur Adoption freigegeben worden war", erzählte Rebecka und ging im Raum auf und ab.

„Insgesamt waren drei Personen in die Sache involviert. Ein Bankangestellter, eine Mitarbeiterin des Jugendamtes und eine Person, die sich darum gekümmert hat, Paare ausfindig zu machen, die ein Kind adoptieren wollten", informierte Rebecka Elise und berichtete dann, dass mindestens fünfzehn Paare, vielleicht sogar mehr, für ihre Kinder Geld bezahlt hatten.

„Die Frau vom Jugendamt hatte Kontakt zu den unverheirateten Müttern und ihren Kindern und behauptete, dass die Frauen nicht in der Lage seien, sich um die Kinder zu kümmern. Auf diese Weise konnte sie die Kinder bei Pflegeeltern unterbringen, die die Kinder dann später adoptierten."

Rebecka machte eine kurze Pause und fuhr fort: „Der Bankangestellte regelte den Geldtransfer und teilte die Summe unter allen Beteiligten auf. Und die Person, die die potenziellen Adoptiveltern aufspürte, achtete darauf, Paare anzusprechen, die verzweifelt genug waren, um für ein Kind zu bezahlen. Die Andeutung, dass das Verfahren beschleunigt werden könne, ließ viele noch tiefer in die Tasche greifen."

„O mein Gott", sagte Elise und setzte sich. „Woher weißt du das alles? Ich meine, woher hat deine Quelle diese ganzen Informationen?"

„Miranda ist Mitglied in einem Verein für adoptierte Kinder und hat da von einer Frau einen Tipp bekommen. Als sie ihre Mutter gefragt hat, wie ihre Adoption abgelaufen sei, hat sie erfahren, dass ihre Eltern Geld bezahlt hatten, um ganz oben auf der Warteliste zu stehen. Sie hat gemeinsam mit der Frau aus dem Verein Nachforschungen angestellt, und sie sind auf Beweise gestoßen. Wir müssen uns jetzt darum kümmern, weitere betroffene Personen zu finden und sie dazu zu kriegen, uns ihre Geschichte zu erzählen."

„Wie wir das auch immer anstellen sollen. Was ist, wenn ein paar der Leute noch nicht einmal wissen, dass sie adoptiert worden sind? Das kann ein ganz schönes Durcheinander geben."

„Ich weiß", seufzte Rebecka und schob einige Papiere zu Elise, die sie sofort akribisch durchlas. Nach ein paar Minuten sah sie Rebecka an. In der kurzen Zeit hatte ihre Gesichtsfarbe mehrfach gewechselt, von normal zu kreideweiß bis hin zu Zornesröte.

„Das wird eine ganz große Story", sagte sie beeindruckt.

„Eine Riesenstory", antwortete Rebecka und lächelte siegessicher.

***

Am Samstag hatte Rebecka Anton immer noch nicht erreicht, was sie allmählich irritierte. Sie sah Lollo nach, die gerade hinter der Hausecke verschwand. Er wird auf jeden Fall mit mir sprechen müssen, wenn er morgen die Kinder vorbeibringt, dachte sie, legte die Blumenkelle aus der Hand und stand auf, um Lollo zurückzuholen. Wenn sie Pech hatte, wühlte Lollo schon längst im Komposthaufen der Nachbarn. Aber als Rebecka sich die Erde von den Knien geklopft hatte, kam Lollo mit Anna im Schlepptau fröhlich angetrottet.

Wie mitgenommen sie aussieht, dachte Rebecka und musterte Annas strähnige Haare und die dunklen Ringe unter ihren Augen. Wie üblich schien sie wahllos die erstbesten Sachen übergeworfen zu haben, die ihr in die Finger gekommen waren. Heute trug sie eine tomatenrote Hose und einen sackartigen knallblauen Strickpulli. Beide Kleidungsstücke waren verschossen, der Pullover mit Farbspritzern übersät.

„Hallo, wie geht's dir?"

„Gut … David hat gesehen, dass du im Garten arbeitest, und hat gemeint, ich könnte dich doch fragen, ob du Hilfe gebrauchen kannst?“

„Gerne, ich freu mich über ein bisschen Gesellschaft“, antwortete Rebecka. „Geht es dir besser?“

„Besser?“

„Ja, du warst doch vor ein paar Tagen krank. Als du mir nicht mit den Kindern helfen konntest.“

„Ach ja, das. Ja, es geht mir wieder besser“, erwiderte Anna und griff nach einem Laubrechen. „Ist Anton immer noch nicht wieder zurückgekommen?“

Rebecka zögerte einen Moment. „Ich hab’s vermasselt, kann man wohl sagen“, gestand sie, und während sie zu Lollo hinübersah, die sich unter einem der knorrigen Apfelbäume ein Schläfchen gönnte, erzählte sie Anna, dass sie es fertiggebracht hatte, den Geburtstag ihrer Schwiegermutter zu vergessen.

„Wie hast du das denn geschafft?“, fragte Anna und legte den Laubrechen hin, um sich stattdessen eine Blumenkelle zu greifen. Sie knieten sich ins Beet und fingen an, die Erdbeersetzlinge einzupflanzen, die Rebecka am Vormittag gekauft hatte. Sie wollte die Kinder damit überraschen, wenn sie nach Hause kamen.

„Ich weiß nicht. Ich hatte so viel zu tun. Habe ich dir von der Adoptionsreportage erzählt, an der wir gerade arbeiten?“ Rebecka stieß ihren Blumenspaten in den Boden, schaufelte ein bisschen Erde zur Seite und drückte eine Erdbeerpflanze in das Loch.

„Nein“, murmelte Anna und klopfte die Erde um ihre Pflanze glatt, bevor sie ein neues Loch grub.

„Ich arbeite an einer ziemlich großen Sache, und während ich mit Anton telefoniert habe, hat mir meine Quelle eine SMS geschickt. Da habe ich ihn weggedrückt. Seitdem haben wir nicht mehr miteinander gesprochen. Er hat noch nicht einmal auf meine SMS geantwortet."

„Wie geht es dir damit?"

Rebecka unterbrach ihre Arbeit und sah auf. „Ich kann es nicht wirklich sagen. Natürlich war es dumm von mir, den Geburtstag zu vergessen, aber wenn er mir keine Chance gibt, mich zu entschuldigen, dann ist es schwierig, das Problem aus der Welt zu schaffen. Momentan will ich nur, dass er wieder nach Hause kommt."

Anna seufzte. „Hast du schon einmal daran gedacht, dass er vielleicht nicht mehr wiederkommt, wenn du dich weiter so verhältst?"

„Was willst du damit sagen?"

„Vielleicht ist es ihm ernst. Diesmal war es ja nicht einmal deine Arbeit, die dazwischengekommen ist, sondern ein Wein mit Kollegen. Ich wäre auch enttäuscht, wenn David den Geburtstag meiner Mutter vergessen würde."

„Möglicherweise hast du recht, aber das ist kein Grund, nicht ans Telefon zu gehen, wenn ich anrufe. Er gibt mir ja noch nicht einmal die Gelegenheit, mich zu entschuldigen", erwiderte Rebecka und widmete sich dem nächsten Setzling.

Kurze Zeit später saßen die Erdbeerpflanzen in ordentlichen Reihen in der Erde.

„Die Kinder werden begeistert sein", sagte Rebecka und stand auf. „Sollen wir uns ein bisschen ausruhen?"

Anna nickte, und sie machten es sich auf der Gartenbank vor der Hauswand gemütlich. Rebecka lehnte sich zurück und schloss die Augen, das Gesicht der Sonne zugewandt.

„Und wie geht es dir sonst? Abgesehen davon, dass du krank warst? Wann hast du dein Anamnesegespräch?", erkundigte sie sich.

Als Anna schwieg, öffnete Rebecka die Augen und sah ihre Freundin von der Seite an, die heftig mit den Augen blinzelte.

„Ist etwas passiert?"

Anna holte Luft. „Ich habe das Kind verloren", sagte sie leise, während ihr die Tränen über die Wangen liefen.

„O nein!" Rebecka nahm Anna in den Arm. Sie bereute, dass sie das Thema überhaupt angesprochen hatte.

„Es ist nach dem Kaffeetrinken mit Matilda und Stina passiert. Erst hatte ich nur Magenkrämpfe, und dann ..." Anna verstummte.

„Es tut mir so leid", murmelte Rebecka und strich Anna über den Rücken.

Anna wand sich aus Rebeckas Umarmung und wischte sich die Tränen aus dem Gesicht. „Obwohl es nicht zum ersten Mal passiert, ist es ein furchtbares Gefühl. Fast noch schlimmer", sagte sie und erzählte, dass sie die ganze Woche krankgeschrieben gewesen und die meiste Zeit nur durchs Haus gewandert sei, nicht in der Lage, irgendetwas zu tun. „Das Schlimmste ist, dass David keine weiteren Versuche möchte", flüsterte Anna und blickte auf ihr hellgelbes Haus.

„Warum nicht?"

„Er findet, dass es zu belastend ist. Und nachdem der Arzt gesagt hat, dass es höchst unwahrscheinlich sei, dass wir ein Kind bekommen würden, hat er aufgegeben." Anna unterdrückte ein Schluchzen. „Ich habe solche Angst, dass er mich verlässt."

„Warum sollte er das tun?", fragte Rebecka schockiert. „Ihr seid wie füreinander geschaffen."

„Aber ich kann ihm keine Kinder schenken. Er sollte jemand anderen treffen. Eine Frau, die nicht so nichtsnutzige Eierstöcke hat wie ich."

Rebecka räusperte sich. „Ich kann mir beim besten Willen nicht vorstellen, dass David dich verlässt. Es gibt so viele andere tolle Dinge im Leben außer Kindern."

„Vielleicht", antwortete Anna. „David ist der Meinung, dass ich das Kinderzimmer umgestalten soll. Dass es Platzverschwendung ist und dass ich den Raum stattdessen als Atelier nutzen soll."

„Und was denkst du darüber?", fragte Rebecka. Eigentlich gab sie David in dem Punkt völlig recht, wagte aber nicht, das laut zu sagen.

„Ich weiß nicht", seufzte Anna. „Ich kann David verstehen, aber wenn ich das Kinderzimmer ausräume, kommt es mir vor, als würde ich aufgeben."

Rebecka legte den Arm um Anna. „Ihr werdet das schon schaffen. Egal, was passiert, ihr habt euch. Und das ist das Wichtigste." Sie stand auf und klopfte sich den Dreck von Hose und Pullover. „Hast du schon von Lollos neuer Zirkusnummer gehört?"

„Zirkusnummer?", fragte Anna und wischte sich wieder die Tränen aus dem Gesicht.

Rebecka lachte und fing an, eine verrückte Geschichte von Lollo und den Kindern zu erzählen. Auch wenn die Episode nicht ganz der Wahrheit entsprach, brachte sie Anna dazu, mit dem Weinen aufzuhören. Und genau das hatte Rebecka damit bezweckt. Anna musste auf andere Gedanken kommen.

Rebecka saß im Arbeitszimmer an ihrem Schreibtisch und redigierte einen Artikel, als sie Lollo unten im Flur bellen hörte. Das konnte nur bedeuten, dass Anton und die Kinder gekommen waren. Sofort unterbrach sie ihre Arbeit und verließ mit schnellen Schritten das Zimmer. Als sie die fröhlichen Stimmen der Kinder hörte, spürte sie, wie sich ihre Brust zusammenzog. Julia und Trevor hatten ihr in den letzten Tagen so sehr gefehlt. Sie hatte sie unendlich vermisst.

„Hallo!“, begrüßte sie die Kinder und nahm Julia und Trevor in die Arme. Sie sog ihren Duft ein, als sie sich an ihren Hals hängten.

„Wir waren in Skansen und haben ganz viele Tiere gesehen!“, rief Julia so laut, dass Rebecka die Ohren klingelten.

„Toll, davon müsst ihr mir unbedingt erzählen“, antwortete Rebecka und streichelte Julia über die Haare.

„Können wir das nachher machen? Papa hat uns einen Film gekauft, den wir supergerne sehen wollen. Dürfen wir?“, fragte Trevor.

Rebecka nickte. Sie konnte ihnen jetzt keinen Wunsch abschlagen, außerdem wollte sie die Gelegenheit nutzen, um mit Anton zu reden. Als die Kinder mit Lollo auf den Fersen in der oberen Etage verschwunden waren, drehte sie sich zu Anton um, der sie während ihres Gesprächs mit den Kindern stumm betrachtet hatte.

„Ich habe versucht, dich anzurufen“, sagte sie. „Mehrere Male. Und ich habe wer weiß wie viele SMS geschickt. Ich nehme an, dass du sie bekommen hast?“

„Ich wollte nicht mit dir reden“, erwiderte Anton. „Und das will ich immer noch nicht“, fuhr er fort und legte eine Hand auf die Türklinke. Als hätte er vor, einfach zu verschwinden, ohne ihr die Chance zu geben, alles zu erklären.

„Ach wirklich? Das habe ich gar nicht bemerkt!“, sagte Rebecka sarkastisch, bevor sie sich zusammenriss. Es hatte keinen Sinn, einen Streit zu provozieren. Es war besser, sie entschuldigte sich und versuchte, ihn zu besänftigen. „Du, das mit Donnerstag tut mir leid, aber –“, weiter kam sie nicht, bevor Anton sie unterbrach.

„Ich habe jetzt keine Zeit, darüber zu reden. Ich wollte nur sagen, dass du diese Woche die Kinder komplett übernehmen musst, weil ich nach Malmö fahre. Ich kann sie nächstes Wochenende nehmen, wenn du wieder ausgehen und feiern oder irgendetwas anderes unternehmen willst, das du für wichtiger hältst." Anton blickte stur auf die Haustür, und erst jetzt erkannte Rebecka, wie weit seine Dickköpfigkeit ging. Sie presste die Lippen zusammen, um nicht zu zeigen, wie sehr seine Worte sie verletzten.

„Wenn du mir die Gelegenheit gegeben hättest, dir alles zu erklären, wüsstest du, wie leid mir das Ganze tut. Ich habe am nächsten Tag deine Mutter angerufen und mich bei ihr entschuldigt", sagte sie und machte einen Schritt auf Anton zu. „Komm schon, lass uns die Sache aus der Welt räumen." Rebecka wich zurück, als sie die Härte in Antons Blick sah. Es kam ihr vor, als würde er sie durchleuchten.

„Und du glaubst, dann ist alles wieder gut?", fragte er.

„Nein, natürlich nicht. Aber was passiert ist, ist passiert, und ich kann nichts anderes tun, als mich zu entschuldigen", sagte Rebecka und biss sich auf die Lippe. „Findest du nicht, dass du überreagierst?"

Anton seufzte tief. „Nein, das finde ich nicht. Seit du wieder arbeitest, kommst du mir wie eine andere Person vor. Als ob wir dir nichts mehr bedeuten." Er ließ die Türklinke los und setzte sich auf den Stuhl am Flurtisch.

„Da irrst du dich", sagte Rebecka sanft. „Ihr seid mir unendlich wichtig. Aber bei dir klingt es so, als müsste ich mich zwischen der Familie und meiner Arbeit entscheiden."

„Es geht nicht nur um deine Arbeit. Es geht auch um uns. Zwischen uns ist schon lange nicht mehr alles in Ordnung", antwortete Anton, immer noch mit demselben störrischen Tonfall und ohne sie anzusehen.

„Was meinst du? Es gab doch keine Probleme zwischen

uns“, protestierte Rebecka. Sie hatten zwar in den letzten Monaten nicht mehr so viel Zeit für Zweisamkeit gehabt, aber das ging schließlich allen Paaren mit kleinen Kindern so.

„Doch, die gab es“, sagte Anton und fuhr sich mit der Hand durch die Haare. „In den vergangenen Monaten haben wir kaum noch miteinander geredet, geschweige denn miteinander geschlafen.“

„Aber solche Phasen sind doch ganz normal. Man kann doch nicht die ganze Zeit Sex haben.“

„Aber ab und zu wäre es ganz schön.“

Rebecka setzte sich auf das Schuhregal. Ausnahmsweise war ihr völlig egal, dass ihre helle Hose wahrscheinlich schmutzig werden würde. „Wir können es doch zumindest versuchen, meinst du nicht?“, fragte sie und hielt die Luft an. Aus Angst vor seiner Antwort wagte sie kaum, ihn anzusehen.

„Ich weiß nicht, ob das noch was bringt“, sagte Anton und starrte auf seine Hände. „Wenn du nicht bereit bist, dein Arbeitspensum zu reduzieren, erscheint mir jeder Versuch zwecklos.“

„Ich tue, was ich kann. Und ich habe dir doch gesagt, dass es wieder ruhiger werden wird. Verlangst du ernsthaft von mir, dass ich aufhöre, das zu tun, was ich liebe?“

„Nein, natürlich nicht. Aber so, wie es zurzeit läuft, funktioniert es nicht.“

„Kannst du mir nicht wenigstens eine Chance geben? Wir können das wieder hinkriegen“, antwortete Rebecka und versuchte, so überzeugt wie möglich zu klingen. Nervös fuhr sie sich mit der Zunge über die Lippen. „Wir könnten doch anfangen, wieder miteinander auszugehen? Einmal in der Woche. Nur wir beide? Einfach Zeit zusammen verbringen und reden. Vielleicht am Freitag, wenn du aus Malmö zurück bist?

Wir fangen ganz neu an!“ Während sie die Worte aussprach, erkannte sie, was für eine gute Idee ihr da gekommen war. Es kam ihr wie eine Ewigkeit vor, bis Anton antwortete. Als er es endlich getan hatte, spürte sie, wie sich ein Gefühl der Ruhe in ihr ausbreitete. Sie würden sich wieder regelmäßig treffen. Sie bekam eine Chance, ihm zu beweisen, dass sie sich nicht so sehr verändert hatte, wie er behauptete. Noch war es nicht an der Zeit aufzugeben.

***

Rebecka eilte über die Straße. In den Händen hielt sie zwei große Tüten, in denen neue Kissen für Julias und Trevors Kinderzimmer lagen. Als ihr Handy in der Tasche vibrierte, versuchte sie, beide Tüten mit einer Hand zu greifen, während sie mit der anderen in ihrer Handtasche wühlte. Ein verpasster Anruf von Anna. Schon wieder. Rebecka bekam ein schlechtes Gewissen. Seit dem Wochenende hatte sie sich nicht mehr bei Anna gemeldet, aber sie hatte einfach zu viel um die Ohren gehabt.

„Hallo. Wie geht's?“

Rebecka blieb stehen und sah sich verwirrt um, bevor sie Sam entdeckte, der draußen vor einem Café an einem Tisch saß. Hastig steckte sie ihr Handy wieder in die Tasche. Anna würde sich noch etwas länger gedulden müssen.

„Gestresst“, antwortete sie und ging zu Sam hinüber. Er trug eine elegante Hose und ein dunkles Hemd, in dem er richtig sexy aussah. Nicht, dass sie das interessierte, das war lediglich eine Feststellung, dachte sie und fuhr fort: „Du scheinst es dir gut gehen zu lassen.“

„Man muss seine Mittagspause im Freien verbringen, wann immer sich die Möglichkeit bietet“, entgegnete Sam und sah

Rebecka aufmerksam an. Es kam ihr vor, als würde er direkt hinter ihre Fassade blicken, sie ausziehen und alles sehen, was anderen verborgen blieb. Nervös wich sie seinem Blick aus.

„Kennst du Hanna?", fuhr Sam fort, und erst jetzt fiel Rebecka die Frau auf, die mit ihm am Tisch saß.

„Äh … Hallo. Rebecka." Sie lächelte Hanna zu. Das musste Sams Freundin sein. Süß, mit braunen Locken und sympathischen Augen.

„Hallo", antwortete die Frau und gab Rebecka die Hand. Ihr Händedruck war warm und fest, registrierte Rebecka.

„Hanna hat gerade einen Job in einer Rechtsanwaltskanzlei hier in der Nähe bekommen", erzählte Sam. „Wir feiern ihren ersten Arbeitstag."

Hanna lachte auf und lächelte Sam an. „Wie immer verwöhnst du mich maßlos", sagte sie zärtlich und griff nach seiner Hand.

Rebecka wandte den Blick ab, um ihre Intimität nicht zu stören.

„Herzlichen Glückwunsch, dann lass ich euch mal weiterfeiern", sagte sie und umklammerte die Griffe ihrer Tüten fester. „Wir sehen uns ja gleich in der Redaktion", verabschiedete sie sich fröhlich von Sam. Als sie weit genug weg war, ließ sie die Schultern fallen und machte eine kreisende Bewegung mit dem Kopf, damit sich die Verspannung im Nacken löste. Das war also Sams Freundin. Rebecka schloss kurz die Augen, bevor sie wieder losging.

„Weiter bist du noch nicht gekommen?"

Sams Stimme ließ Rebecka zusammenzucken. „Hast du deine Freundin sitzengelassen?", konterte sie, und Sam lachte.

„Wir waren fertig, und Hanna musste zu einem Termin."

„Süßes Mädchen", sagte Rebecka und bereute ihre Bemerkung sofort.

„Bist du etwa eifersüchtig?“, fragte Sam und grinste.

Rebecka wurde rot. „Überhaupt nicht. Ich habe nur gesagt, dass sie süß ist. Ihr passt zusammen“, entgegnete sie wütend und ging auf einen der Fahrstühle zu.

„Dann findest du mich also süß?“

Rebecka drehte den Kopf, um zu einer entsprechenden Antwort anzusetzen, aber Sams schelmisches Grinsen hielt sie davon ab. Stattdessen musste sie sich Mühe geben, nicht zurückzulächeln.

„Supersüß“, entgegnete sie ironisch.

„Na, das trifft sich gut. Ich finde dich nämlich auch ganz niedlich“, antwortete Sam und drückte auf den Fahrstuhlknopf.

„Sei nicht albern“, sagte Rebecka und blickte starr geradeaus auf die Türen des Aufzugs.

„Woran arbeitest du gerade?“, erkundigte sich Sam.

„Nichts Besonderes, das Übliche. Wie war eigentlich deine Reise? Du warst doch am Wochenende in Malmö, oder?“, fragte sie, bevor sie den Fahrstuhl betrat. War ja klar, dass der kleinste zuerst kommt, dachte sie und drückte sich an die Wand, damit sie beide Platz hatten. Wahrscheinlich hatte der Hauseigentümer dieses alte Modell in einem Anflug von Nostalgie behalten. Obwohl ein Schild verkündete, dass genügend Platz für drei Personen sei, reichte die Fläche kaum für anderthalb.

„Die Reise war interessant“, antwortete Sam und stellte sich so hin, dass ihre Arme sich berührten. „Ich wollte dich fragen, ob du Lust hast, mich noch mal zu einem Event zu begleiten.“

„Was für ein Event ist es diesmal?“

„Ein Unternehmerabend. Große Party und haufenweise Leute aus der Investmentbranche.“

„Hm, ich weiß nicht. Anton ist verreist, und ich habe eine Menge zu erledigen“, antwortete Rebecka ausweichend. Konnte dieser Fahrstuhl nicht einen Zahn zulegen? Sie spürte die Wärme von Sams Arm und rückte ein Stück von ihm ab, mit dem Ergebnis, dass sie dabei an seine Brust stieß.

„Hoppla, entschuldige“, stieß sie hervor.

„Macht nichts“, antwortete Sam, und ihre Blicke trafen sich.

Gott, was für eine Hitze. War etwa die Klimaanlage kaputt?

„Rebecka, ich –“, begann Sam, aber Rebecka ließ ihn nicht ausreden.

„Ich hoffe, dass sie bald mal neue Fahrstühle einbauen, die ein bisschen größer sind.“ Sie drehte den Kopf zur Seite, um ihm nicht in die Augen sehen zu müssen.

Sam antwortete nicht, und eine Weile standen sie schweigend nebeneinander. Während der Aufzug sich langsam bis zur vierten Etage hocharbeitete, suchte Rebecka verzweifelt nach einem Gesprächsthema, aber in ihrem Kopf herrschte gähnende Leere. Sie betrachtete die Scherengittertür des Aufzugs und die schöne Schmiedearbeit. Als der Fahrstuhl endlich hielt, drängte sie sich aus der engen Kabine und rannte förmlich zu ihrem Platz. Was war da gerade passiert? Irgendetwas hatte klick gemacht. Irgendetwas, das gar nicht klick machen sollte. Bevor sie diesem eigenartigen Gefühl weiter auf den Grund gehen konnte, kam Ann-Katrin wie ein Pfeil auf sie zugeschossen, ihre roten Haare standen wild in alle Himmelsrichtungen ab.

„Kannst du mir das hier bitte erklären?“

Sie knallte Rebecka die Zeitungen mit einer solchen Wucht vor die Nase, dass dabei beinahe ein leerer Kaffeebecher umgefallen wäre, der auf dem Schreibtisch stand. Rebecka las die Schlagzeile. *Verdammter Mist.*

„Sie ist also zur Konkurrenz gegangen?", fragte sie betont gelassen, während gleichzeitig das Adrenalin in ihren Adern pumpte. Es war vermutlich keine besonders gute Idee gewesen, Ann-Katrin anzulügen. Aber sie hatte Nina Stemme um nichts in der Welt interviewen wollen. Das hatte sie immer wieder gesagt. Es wäre überhaupt kein Problem gewesen, Elise oder jemand anderen in die Oper zu schicken. Ann-Katrin hatte sie nur aus reinem Chefgehabe zu diesem Interview zwingen wollen.

„Ja, genau das hat sie getan. Dir ist doch wohl klar, wie ernst das hier ist, oder?" Ann-Katrin stampfte wütend mit dem Fuß auf. Ihr Mund war nur noch ein schmaler, harter Strich, und aus ihren Augen schossen Blitze.

„Ich verstehe nicht, wo dein Problem liegt. Wir haben doch keinen Einfluss darauf, welcher Zeitung die Leute ein Interview geben wollen."

„Dann werde ich dir mal auf die Sprünge helfen, Fräulein Neunmalklug. Ich habe mit Nina Stemmes Pressesprecher gesprochen, und offenbar haben sie nie eine Anfrage von uns erhalten. Hätten sie eine bekommen, dann hätten sie uns den Zuschlag gegeben."

„Ich habe dir gesagt, dass ich keine Termine in der Oper mache. Und du kennst den Grund dafür."

Rebecka zerriss ein paar Papiere, die auf ihrem Schreibtisch lagen, straffte den Rücken und sah in Ann-Katrins zorniges Gesicht. Ihre Vorgesetzte öffnete den Mund und machte ihn wieder zu, ohne einen Ton zu sagen. Rebecka wurde knallrot, aber sie biss die Zähne zusammen.

„Das wird ein Nachspiel haben, das verspreche ich dir", fauchte Ann-Katrin schließlich, bevor sie davonstürmte und einen armen Praktikanten zusammenstauchte.

Rebecka sank auf ihrem Stuhl zusammen. Ihr Herz schlug

in Schallgeschwindigkeit, und ihre Hände zitterten. Die Sache nahm sie mehr mit, als sie zugeben wollte. Allein der Gedanke an die Oper verursachte ihr Magenschmerzen. Und das war ihre Schuld. Wenn sie ihre Mutter an diesem Abend doch bloß nicht begleitet hätte. Wenn sie doch nur bei ihrem Vater geblieben wäre. Aber die Oper war ihr Zufluchtsort gewesen. Bis zu dem Tag, an dem ihr Vater sich in ihrer Wohnung das Leben genommen hatte. An dem Tag hatte sie ihre Ballettschuhe für immer an den Nagel gehängt und sich geschworen, nie wieder einen Fuß in die Oper zu setzen.

„Hast du wirklich nicht um einen Interviewtermin gebeten?“, flüsterte Elise, die an Rebeckas Tisch geschlichen war.

„Gut möglich, dass ich das vergessen habe.“

„Ich verstehe nicht, dass du dich so was traust. Du weißt doch, dass Ann-Katrin den besten Reporter bei ihrer letzten Zeitung gefeuert hat, oder? Und zwar nur, weil sie in ihm einen Konkurrenten gesehen hat.“

„Ach, das sind nur Gerüchte.“ Rebecka schob die Zeitung mit dem Nina-Stemme-Interview vom Schreibtisch. „Hast du beim Sozialamt was rausgefunden?“

Elise seufzte tief. „Nein, alle Dokumente sind streng vertraulich. Für mich war quasi schon vor dem Empfangsbereich Schluss.“

Rebecka lachte. „Okay, ich werde sehen, ob ich etwas erreichen kann. Ich habe eine Freundin, deren Lebensgefährte Archivar ist. Vielleicht kann er uns ein paar Tipps geben, wie wir da weiterkommen.“

„Super“, antwortete Elise und sah auf ihr klingelndes Handy. „Sorry, das Gespräch muss ich annehmen.“

Im selben Moment meldete sich der Nachrichtenton von Rebeckas Handy.

Wäre toll, wenn du mitkommen würdest.
Sam

Rebecka las die SMS zwei Mal, bevor sie eine Antwort tippte.

Ich habe leider schon was vor.

Sie wollte ihr Telefon gerade wieder aus der Hand legen, als es erneut piepte.

Ich habe doch noch gar nicht gesagt, wann die Veranstaltung stattfindet ☺

Rebecka kicherte und schrieb schnell eine Antwort.

Ich habe an jedem Abend etwas vor!

Sie schielte zu Sams Platz hinüber und begegnete seinem Blick. Sah, wie er amüsiert eine Augenbraue hochzog und sich dann lächelnd wieder seinem Bildschirm zuwandte.

Es war schon fast halb sechs, als Rebecka von der Straßenbahnhaltestelle zur Vorschule hetzte. Auf dem Vorplatz waren weit und breit weder Erwachsene noch Kinder zu sehen, und für einen kurzen Moment dachte sie, dass niemand mehr dort war, bis sie Julia, Trevor und Majvor entdeckte.

„Tut mir leid, dass ich so spät dran bin!“, rief sie, als sie den Zaun erreichte. Der Hof war leer, alle Spielsachen bereits weggeräumt. Julia und Trevor saßen nebeneinander auf einer der Holzbänke und knabberten jeder an einem Apfelschnitz. Keiner von ihnen blickte ihr entgegen. Der Schweiß lief ihr den

Rücken hinunter, und sie sah, wie Majvor demonstrativ auf die Uhr guckte.

„Hallo, meine Süßen, hattet ihr einen schönen Tag?", erkundigte sich Rebecka und umarmte Julia, die keine Antwort gab, sondern unwillig den Kopf zur Seite drehte.

„Warum kommst du so spät, Mama?", fragte Trevor und biss in sein Apfelstück.

„Wir haben seit einer halben Stunde geschlossen", bemerkte Majvor missbilligend.

„Ich weiß. Ich wurde bei der Arbeit aufgehalten", erwiderte Rebecka. „Es tut mir wirklich leid, aber Sie wissen ja, wie das ist!"

„Das weiß ich leider nicht. Zu meiner Zeit hat man die Öffnungszeiten der Vorschule respektiert", entgegnete Majvor und gab Trevor einen letzten Apfelschnitz.

„Ja, dann gehen wir mal nach Hause", sagte Rebecka und überging Majvors spitzen Kommentar.

Sie hatte versucht, rechtzeitig Schluss zu machen. Aber als Ann-Katrin sie gebeten hatte, eine bekannte Geschäftsfrau anzurufen und ihr ein paar kurze Fragen zu ihrem Aktienverkauf in einer Firma zu stellen, in der sie selbst zum Vorstand gehörte, hatte sie nicht Nein sagen können. Ein Routineauftrag, der nur ein paar Minuten dauerte. Nach dem Telefonat war sie schon eine Viertelstunde zu spät, hätte es aber noch geschafft, wenn Ann-Katrin nicht auch noch ein paar Änderungen in einem Artikel verlangt hätte.

„Es tut mir wirklich leid", sagte sie zu Majvor und meinte es auch so. „Es wird nicht wieder vorkommen."

Majvors Gesichtsausdruck wurde weicher. „Mir macht das nicht so viel aus, aber Sie sollten an die Kinder denken", sagte sie und sah vielsagend zu Trevor und Julia hinüber, was Rebeckas schlechtes Gewissen noch verstärkte.

„Momentan habe ich viel um die Ohren“, murmelte sie und nahm Trevors Rucksack, den Majvor ihr entgegenhielt. Sie nahm Trevor an die andere Hand und machte sich auf den Weg.

„Warum kommst du immer als Letzte?“, wollte Trevor wissen, während sie nach Hause gingen.

„Äh, weil ich … weil Mamas Arbeit sehr wichtig ist, und manchmal muss ich ein bisschen länger bleiben.“

„Ziehst du auch um? So wie Papa?“, fragte Julia unsicher. Das war das Erste, was sie sagte, seit Rebecka die Kinder abgeholt hatte.

Rebecka spürte, wie sich ihre Brust zusammenschnürte. „Ich werde nie von euch weggehen“, sagte sie sanft und nahm Julia in die Arme. „Papa kommt auch bald wieder nach Hause. Er muss nur eine Weile auf Omas und Opas Wohnung aufpassen. Dann wohnt er wieder bei uns“, fuhr sie fort und hoffte, dass sie damit recht hatte.

Später saßen die Kinder am Küchentisch und malten, während Rebecka die Reste des Abendbrots beseitigte, das aus Hackfleischbällchen und Makkaroni bestanden hatte. Die perfekte Mahlzeit, wenn es schnell gehen musste und die Kinder anstandslos essen sollten. Es klopfte an der Tür, und sie schaute verwundert aus dem Küchenfenster über der Spüle, um nachzusehen, wer das sein konnte. Als sie Sam erkannte, trat sie schnell einen Schritt zur Seite, damit er sie durch das Fenster nicht sehen konnte, aber im selben Moment drehte er den Kopf, und ihre Blicke trafen sich. Verflixt, dachte Rebecka und ging zur Haustür.

„Hallo, tut mir leid, wenn ich störe“, sagte Sam und sah ganz und gar nicht so aus, als würde er es bedauern, auf ihrer Vordertreppe zu stehen.

„Was machst du hier?“, fragte Rebecka, bevor sie bemerkte,

wie unverschämt das klingen musste. „Ich meine, woher weißt du, wo ich wohne?"

„Ich war gerade in der Gegend, und da ist mir eingefallen, dass du hier in der Nähe wohnst. Also dachte ich, ich bringe dir das hier vorbei", antwortete er und drückte ihr eine Papiertüte in die Hand.

Rebecka schaute neugierig hinein. „Hast du ein Buch für mich gekauft?"

„Nein, ich war bei meiner Mutter, und als ich erwähnt habe, dass wir zusammen arbeiten, wollte sie, dass ich dir dieses Buch gebe. Sie meinte, es würde dir gefallen."

„Wie lieb von ihr. Dass sie sich noch daran erinnert, was ich gerne lese."

Sie überflog den Text auf der Rückseite. „Aber das ist ja noch gar nicht erschienen", sagte sie nach einer Weile und sah Sam misstrauisch an.

Sam hob in einer abwehrenden Geste die Hände. „Okay, ich hab das Buch besorgt. Ein Freund von mir arbeitet in dem Verlag, und ich hab mich daran erinnert, dass du alle Bücher von diesem Autor kaufst, also habe ich gefragt, ob ich ein Exemplar kriegen könnte."

„Du erinnerst dich noch daran, dass ich diesen Schriftsteller mag?", sagte Rebecka erstaunt und versuchte zu verbergen, wie gerührt sie war. Sie sah das Buch wieder an und schlug die erste Seite auf. „Aber hier steht ja eine Widmung. An mich!", rief sie begeistert und las den kurzen Gruß des Autors. „Danke, dass du an mich gedacht hast."

Sam zuckte mit den Schultern und sah sie dann nervös an. „Ich bin auch vorbeigekommen, weil ich mit dir reden wollte. Du hast gesagt, dass Anton verreist ist, und in der Redaktion gibt es nie eine passende Gelegenheit, also dachte ich, dass ich einfach herkomme …"

„Also war das Buch nur ein Vorwand", zog ihn Rebecka auf und ließ ihn ins Haus. „Komm rein, dann kriegst du eine Tasse Kaffee."

Im selben Moment kam Lollo in den Flur gelaufen, streckte die Hinterbeine und näherte sich Sam, den sie vorsichtig beschnüffelte.

„Du hast einen Labrador?", rief Sam erstaunt.

Rebecka betrachtete Lollos und Sams Begrüßung. „Ich mag Labradore", antwortete sie und ging in die Küche. Wollte ihm nicht zeigen, wie sehr sie diese kleine Szene berührte. Sam hatte einen Labrador gehabt, als sie sich kennengelernt hatten. Einen wunderschönen Rüden, den sie maßlos verwöhnten. Wenige Wochen vor ihrer Trennung war er von einem Auto überfahren worden, und sein Tod hatte sie beide schwer getroffen.

„Wir haben eben erst gegessen", entschuldigte sie sich, als Sam hinter ihr in die Küche kam. Sie stellte die letzten Teller in die Spülmaschine.

„Hackfleischbällchen und Makkaroni", schrie Trevor und sah von der Zeichnung auf, die er gerade fabrizierte.

„Ja, ich hab schnell ein paar Hackfleischbällchen gezaubert", log Rebecka und hoffte, dass Sam nicht die leere Plastikverpackung sehen würde, die noch auf der Arbeitsplatte lag. „Möchtest du einen Kaffee?", fragte sie und schob den Beutel unauffällig hinter die Kaffeemaschine.

„Gerne", antwortete Sam und trat zu den Kindern an den Küchentisch, wo er in die Hocke ging. „Hallo, ihr beiden. Das sind ja tolle Bilder, die ihr da malt."

„Die wollen wir Papa geben, wenn er wieder bei uns wohnt."

„Du meinst, wenn er von seiner Reise nach Hause kommt", sagte Rebecka gestresst und fing an, die Zeichnungen der Kinder einzusammeln. „Was haltet ihr davon, wenn ihr euch im Fernsehzimmer noch einen Film anguckt, bevor es Zeit zum Schlafengehen ist? Mein Kollege Sam und ich möchten uns ein bisschen unterhalten“, schlug sie vor, worauf die Kinder aus der Küche stürmten und lautstark darüber diskutierten, welchen Film sie gucken sollten.

„Anton ist also ausgezogen?“, fragte Sam, als die Kinder verschwunden waren.

„Nicht direkt“, erwiderte Rebecka, während sie zwei Tassen aus dem Küchenschrank nahm. Sie stellte sie mit einem lauten Knall auf die Arbeitsfläche und drehte sich um. „Wir haben nur ein kleines Tief, das kommt bei jedem Paar mal vor. Das bedeutet nicht, dass wir uns scheiden lassen.“

Als Sam keine Antwort gab, fuhr sie fort: „Es ist nicht einfach, den Alltag mit zwei kleinen Kindern und zwei Vollzeitjobs zu organisieren. Kein Wunder, dass wir uns auseinandergelebt haben. Aber wir haben einen Plan.“ Sie schwieg und starrte auf den Küchenfußboden. Was tat sie da eigentlich? Stand da und schwafelte über ihre Probleme mit Anton. Das ging Sam doch überhaupt nichts an.

„Entschuldige, ich plappere zu viel“, sagte sie schließlich mit angespannter Stimme und goss Kaffee in die Tassen.

„Das ist okay“, antwortete Sam und berührte sie leicht am Arm. „Geht es dir gut?“

Rebecka nickte, wich aber seinem Blick aus. Wenn sie ihn ansah, würde er sofort merken, dass sie log. Es ging ihr nämlich ganz und gar nicht gut. Schon seit Langem nicht mehr. Aber das wollte sie nicht zugeben. Nicht vor Sam.

„Wir wollen wieder miteinander ausgehen. So wie früher. Wir wollen versuchen, zueinander zu finden, wie damals, als wir uns ineinander verliebt haben“, sagte sie, immer noch ohne Sam anzusehen. „Und du? Bist du glücklich mit Hanna?“ Sie stellte die Kaffeetassen auf den Küchentisch und setzte sich.

„Es ist in Ordnung“, antwortete Sam und setzte sich zu ihr.

„Sie scheint nett zu sein“, sagte Rebecka und sah Sam endlich ins Gesicht.

„Das ist sie“, bestätigte Sam und wechselte das Thema. Es dauerte nicht lange, und sie redeten über alles Mögliche. Als Rebecka einen Blick auf die Uhr warf, war es schon neun.

„Ich muss die Kinder ins Bett bringen“, rief sie und stand auf. „Schön, dass du vorbeigekommen bist“, fuhr sie fort und spürte, dass sie es wirklich so meinte. Es war lange her, dass sie sich in der Gesellschaft eines anderen so wohl gefühlt hatte.

Sam stand auf und stellte seine Tasse auf die Arbeitsplatte, wobei sein Blick auf die Hackfleischbällchen-Verpackung fiel, die hinter der Kaffeemaschine hervorlugte. Er sah Rebecka verschmitzt an. „Selbst gemachte Hackfleischbällchen, soso.“

„Ich habe sie selbst *gebraten*“, antwortete Rebecka schlagfertig und versuchte, ein Lächeln zu unterdrücken.

Sam lachte, und fünf Minuten nachdem er gegangen war, ertappte sich Rebecka dabei, wie sie immer noch mit einem Lächeln auf den Lippen durchs Haus ging. Erst als die Kinder im Bett lagen, fiel ihr plötzlich auf, dass Sam gar nicht gesagt hatte, worüber er mit ihr hatte reden wollen.

Etwas später am Abend saß Rebecka in ihrem Arbeitszimmer und blätterte in dem Buch, das Sam ihr geschenkt hatte. Eigentlich war es gar nicht von ihrem Lieblingsschriftsteller, es war vom Lieblingsautor ihres Vaters. Beim Gedanken an ihn schnappte sie nach Luft, aber anstatt die Erinnerungen wie üblich zu unterdrücken, ließ sie sie an die Oberfläche kommen. Sie betrachtete eines der wenigen Fotos aus der Oper, die sie behalten hatte. Es zeigte eine Ballerina, die ganz allein auf der Bühne tanzte. Obwohl alles um sie herum in dunkles Licht getaucht war, ging von ihr ein Glanz aus, ihr helles Trikot leuchtete im Scheinwerferlicht. Ihr Gesicht war von der Kamera abgewandt, trotzdem konnte man erkennen, dass die Tänzerin Rebeckas Mutter war. Ihre anmutige Gestalt, ihre graziösen Bewegungen, die so viel Gefühl transportierten und die das Publikum über viele Jahre hinweg verzaubert hatten. Rebecka dachte an die Zeit zurück, als sie selbst getanzt hatte. Wie viel das Tanzen ihr bedeutet hatte. Sie hatte es geliebt, über den Boden zu wirbeln, ganz im Bann der Musik. Rebecka seufzte und strich über das staubige Glas des Bilderrahmens. Sie war hinter der Bühne aufgewachsen, hatte zugesehen, wenn ihre Mutter und die anderen Tänzer und Tänzerinnen geprobt hatten. Die Mitarbeiterinnen aus der Kostümabteilung hatten sie verwöhnt, sie hatte beim Inspizienten Filip sitzen und zuschauen dürfen, wie die Tänzer und Tänzerinnen über die Bühne schwebten. Sie hatte den Tag herbeigesehnt, an dem sie endlich gut genug sein würde, um bei einer Aufführung mittanzen zu können. Der Geruch von Schweiß, Theaterschminke und Kostümen hatte einen besonderen Platz in ihrem Herzen. Obwohl sie sich alle Mühe gegeben hatte, diesen Teil ihres Lebens zu verdrängen, waren die Erinnerungen daran niemals ganz verschwunden. Wenn sie an diesem Tag doch nur auf ihren Vater gehört hätte. Wenn sie ihm zugehört und zu Hause geblieben wäre. Dann hätte sie ihn retten können.

Rebecka hatte sich tausendmal gefragt, ob er seinen Entschluss bereut hatte. Was hatte er gedacht, bevor er das Bewusstsein verlor? Hatte er überhaupt noch etwas denken können? Nach diesem Tag hatte sie ihre Mutter nie wieder in die

Oper begleitet. Sie hatte es nicht ertragen, noch einmal dorthin zurückzukehren. Stattdessen hatte sie sich auf die Schule konzentriert. Hatte den Entschluss gefasst, Journalistin zu werden, wie ihr Vater. Obwohl seit seinem Tod fünfundzwanzig Jahre vergangen waren, war der Schmerz noch immer frisch. Damals hatte sie alles verloren. Ihr Zuhause, ihren Vater und ihre Freunde.

Rebecka zog die Schachtel unter dem Schreibtisch hervor, in die sie fast nie einen Blick warf, und nahm den Deckel ab. Das fröhliche Gesicht ihres Vaters blickte sie an, und sie berührte sanft die Glasscheibe. „Du fehlst mir, Papa", flüsterte sie, bevor sie das Foto zurücklegte und aus dem Zimmer ging.

***

Es war Freitag, viele Kollegen hatten eher Feierabend gemacht, und auch Rebecka konnte früher als üblich die Redaktion verlassen. Jetzt stand sie vor Antons Büro, das nur einen Steinwurf weit von Slussen in der Nähe der Altstadt lag. Ihre Hände waren schweißnass, und ihr Herz schlug beängstigend schnell. Mit einer hastigen Bewegung öffnete sie die Glastür des Empfangsbereichs und ging hinein. Sie warf einen schnellen Blick in die große Spiegelwand. Sie war beim Friseur gewesen, und ihr frisch gewaschenes Haar lag in weichen Föhnwellen um ihr Gesicht. Die schwarze Hose, zu der sie schwarze hochhackige Pumps trug, passte perfekt zu ihrem hellen Top. Sie hatte eine Ewigkeit gebraucht, bis sie entschieden hatte, was sie anziehen sollte. Der Abend war wichtig.

Ihre Absätze klapperten auf dem Marmorboden, sie lächelte der Rezeptionistin Amanda zu.

„Hallo. Ich will zu Anton. Ist er in seinem Büro?"

Amanda, die gerade telefonierte, nickte und bedeutete ihr

mit einer Geste, dass sie reingehen könnte. Mit einem leisen Surren öffnete sich die Eingangstür zu den Räumlichkeiten des Architekturbüros.

Rebecka straffte den Rücken und grüßte ein paar Mitarbeiter, die ihr auf dem Weg begegneten. In Antons Büro stellte sie sich ans Fenster und blickte auf das Wasser hinunter. Wartete darauf, dass Anton auftauchen würde. Obwohl sie schon Hunderte Male hier gewesen war, verschlug ihr die Aussicht über die Schleuse und die Hafeneinfahrt immer wieder den Atem. An Tagen wie heute, an denen die Sonne wie ein nebliger Schleier über der Stadt lag und die Boote langsam durchs Fahrwasser pflügten und auf dem glitzernden Wasser Wellen warfen, war die Aussicht einfach phänomenal.

„Du bist schon hier?“ Antons schroffe Frage beendete Rebeckas Panorama-Betrachtung. Sie drehte sich um und sah ihren Mann an, der gerade den Raum betreten hatte. In den Händen hielt er einen Stapel Dokumente, die er auf dem hellen Schreibtisch deponierte.

„Ich dachte, du könntest vielleicht früher Schluss machen. Schließlich ist heute Freitag …“ Rebecka verstummte und bereute, dass sie nicht wie abgesprochen bis fünf Uhr gewartet hatte. Sie schielte auf die Uhr. Erst halb fünf.

„Wenn du viel zu tun hast, warte ich solange unten am Kai.“ Sie strich eine unsichtbare Falte an ihrer Bluse glatt.

„Ich dachte, wir hätten fünf gesagt. Seit wann kommst du früher?“

Er hat wirklich nicht vor, es mir leicht zu machen, dachte Rebecka und biss die Zähne zusammen. „Es tut mir leid, dass ich zu früh bin“, antwortete sie und widerstand dem Impuls, einfach aus dem Zimmer zu gehen.

Anton setzte sich an seinen Schreibtisch. „Ich muss noch ein paar Sachen abschließen. Wie wär’s, wenn wir uns in einer

Stunde in der Weinbar treffen?", fragte er, und zum ersten Mal, seit er den Raum betreten hatte, wirkte er nicht verstimmt.

„Die Weinbar ist aus irgendeinem Grund geschlossen. Ich habe eine Flasche Wein dabei. Ich dachte, wir könnten mal etwas anderes machen und uns stattdessen am Monteliusvägen ein schönes Plätzchen suchen und die Aussicht über den Riddarfjärden und die Altstadt genießen", sagte Rebecka und registrierte zufrieden Antons erstaunte Miene. Annas Vorschlag, Anton zu überraschen, schien eine gute Idee gewesen zu sein, dachte Rebecka und lächelte.

Ihr kleines Picknick lief ganz und gar nicht so, wie sie es sich erhofft hatte. Erstens hatte sie nicht damit gerechnet, dass der gesamte Monteliusvägen von betrunkenen Teenagern bevölkert sein würde. Und zweitens wäre es schön gewesen, wenn Anton etwas mehr Interesse an ihr gezeigt und sich nicht so höflich und kühl verhalten hätte.

„Möchtest du noch ein bisschen Wein?" Rebecka hielt Anton die Weinflasche entgegen und ärgerte sich, dass sie nicht versucht hatte, den Wein zu kühlen. Jetzt hatte er quasi Zimmertemperatur und schmeckte ehrlich gesagt nicht gerade gut. Die Aussicht hingegen war einfach unschlagbar. Stockholms Skyline erstreckte sich wie ein großes Hochglanzfoto auf der anderen Uferseite, und ihre Bank war der perfekte Platz, während die Abendsonne den Riddarfjärden in sanftes, romantisches Licht tauchte.

„Nein danke", sagte Anton und schüttelte den Kopf, während er gleichzeitig auf sein Handy sah. Er hatte es den ganzen Abend so gut wie gar nicht aus den Augen gelassen. Rebecka hatte sein Verhalten langsam satt. Obwohl sie nur ein paar Zentimeter voneinander entfernt saßen, fühlte sie sich meilenweit von ihm entfernt. Warum gab er sich nicht mehr Mühe?

Plötzlich fühlte sie sich mutlos. Das Bild, das sie vor ihrem inneren Auge heraufbeschworen hatte, sie beide Hand in Hand, in liebevoller Eintracht bei einem Glas Wein, war in tausend Scherben zersprungen. Schnell verscheuchte sie die trüben Gedanken. Sie würden einen netten Abend haben. Ganz bestimmt. Noch war es nicht zu spät.

„Du fehlst uns. Du fehlst mir", fing sie an, wurde aber von Anton unterbrochen, der sein Handy endlich in die Tasche gesteckt hatte.

„Ich habe viel nachgedacht", sagte er und sah sie an. „Über uns", fügte er hinzu, als sie keine Antwort gab.

„Und? Bist du zu einer Entscheidung gekommen?", fragte Rebecka vorsichtig.

Anton schüttelte den Kopf. „Eigentlich nicht. Nur, dass es nicht so geworden ist, wie ich mir unser gemeinsames Leben vorgestellt habe." Er schwieg eine Weile, das einzige Geräusch war das Gejohle der Jugendlichen ein paar Meter weiter. Rebecka warf ihnen einen irritierten Blick zu, aber sie waren so damit beschäftigt, mit Plastikbechern mit undefinierbarem Inhalt anzustoßen, dass sie ihre Banknachbarn gar nicht bemerkten.

„Erinnerst du dich noch an unseren ersten Sommer?", fragte Anton.

„Als wir in das Sommerhäuschen deiner Großeltern in den Schären gefahren sind?" Rebecka nippte an ihrem Wein und verzog das Gesicht.

„Das war ein ganz besonderer Sommer. Ich weiß noch, wie du immer auf mich gewartet hast, wenn ich vom Surfen zurückgekommen bin. Du hast mich angelächelt, und deine von der Sonne ausgeblichenen Haare hattest du zu einem Zopf geflochten." Anton griff nach ihrer Hand.

„Damals habe ich deine Eltern richtig kennengelernt", erwiderte Rebecka und dachte an das kleine Häuschen, das nur ein paar Hundert Meter vom Wasser entfernt lag. Sie hatte alles getan, damit Antons Familie sie mochte, während Anton die meiste Zeit mit Surfen verbracht hatte. Rebecka lachte, und Anton sah sie fragend an.

„Ich habe nur daran gedacht, wie sehr ich in deine Familie passen wollte. Deine Mutter und ich haben den halben Sommer nur in der Küche gestanden."

„Warum sagst du so was?" Anton ließ ihre Hand los.

Rebecka blickte ihn erstaunt an. „Weil es so war. Und weil es immer noch so ist. Du musst doch zugeben, dass deine Eltern eine ziemlich konservative Auffassung von der Rollenverteilung haben."

Anton sah nicht so aus, als würde er ihr recht geben. Rebecka startete einen neuen Versuch. „Das war ein herrlicher Sommer."

„Also deswegen weigerst du dich, in das Sommerhäuschen zu fahren? Weil du meine Eltern altmodisch findest?", fragte Anton, als ob er sie nicht gehört hätte.

„Nein", log Rebecka. „Ich bin gerne dort, aber in der letzten Zeit hat es einfach keine passende Gelegenheit gegeben. Es war nicht meine Absicht, irgendjemanden zu beleidigen", fuhr sie fort.

Anton zögerte einen Moment und schien sich dann zu entspannen. „Ich fand unseren ersten gemeinsamen Sommer jedenfalls grandios. Damals habe ich begriffen, dass ich für den Rest meines Lebens mit dir zusammen sein will", murmelte er und griff wieder nach ihrer Hand.

„Ich auch", antwortete Rebecka und drückte Antons Hand. Das war ein guter Sommer gewesen, redete sie sich ein. Als sie Anton getroffen hatte, war sie endlich Teil einer großen Familie geworden. Sie hatte ihr Zuhause gefunden.

Rebecka wollte gerade noch etwas dazu sagen, als der Anblick einer vertrauten Gestalt sie erstarren ließ. Nur ein paar Meter von ihnen entfernt stand Sam. Er trug zerrissene Jeans und eine Collegejacke. Weil er verreist gewesen war, hatte sie ihn seit seinem unvermittelten Auftauchen bei ihr zu Hause vor einigen Tagen nicht mehr gesehen.

„Hallo“, begrüßte er sie und blieb vor ihrer Bank stehen.

„Hallo“, antwortete Rebecka hastig und schielte zu Anton hinüber. „Ich hatte keine Ahnung, dass du hier spazieren gehst.“

„Ich wohne direkt um die Ecke“, entgegnete Sam und schüttelte Anton die Hand. „Aber ihr seid nicht gerade in eurer Nachbarschaft.“

„Wir machen uns einen schönen Abend zu zweit.“ Anton legte besitzergreifend einen Arm um Rebeckas Taille und zog sie an sich.

„Äh … genau“, sagte Rebecka und versuchte, einen entspannten Eindruck zu machen, aber Antons Griff war etwas zu fest, und seine Finger gruben sich in ihre Haut. „Wo hast du Hanna gelassen?“, erkundigte sie sich.

„Keine Ahnung. Sie ist wahrscheinlich unterwegs und amüsiert sich.“

„Es war wirklich nett, dich zu treffen, aber ich nehme an, dass du viel zu tun hast, also –“, fing Anton an, aber als Sam den Kopf schüttelte, beendete er seinen Satz nicht.

„Nein, das habe ich nicht“, erwiderte er und sah Rebecka an.

Seine Mundwinkel zuckten. Warum machte er das? Ausgerechnet jetzt? Er schien ihre Zweisamkeit absichtlich stören zu wollen. Rebecka hörte ein Handy klingeln und merkte, dass Anton ihre Taille losließ. Verwirrt sah sie, wie er sein Handy aus der Tasche zog und den Anruf annahm. Sie konnte die Stimme am anderen Ende der Leitung nicht erkennen, aber

Antons Gesichtsausdruck wurde freundlicher, bevor er sich ein Stück entfernte, um ungestört telefonieren zu können.

„Ihr zwei habt heute Abend ein Date?“, fragte Sam, als Anton außer Hörweite war, und lehnte sich an den Zaun.

„Unser erstes“, antwortete Rebecka. „Du, das war ein netter Abend neulich, aber Anton und ich versuchen wirklich, unsere Beziehung zu kitten, und wir wären gerne allein, also –“ Sie brach ab, als Anton zurückkam.

„Es tut mir leid, aber ich muss noch einmal ins Büro“, sagte Anton und raufte sich die Haare.

Rebecka sah ihm dabei zu, wie er seine Jacke von der Bank nahm und in Richtung U-Bahn ging. Nach ein paar Metern blieb er stehen und drehte sich um. „Kommst du nicht mit?“

Rebecka schüttelte den Kopf und räusperte sich. „Ich bleibe noch ein bisschen hier.“

Anton zögerte, aber als sein Handy erneut klingelte, winkte er ihr zum Abschied zu, bevor er das Telefon ans Ohr drückte und davoneilte. Rebecka seufzte und trank einen Schluck Wein. Was für ein Abend. Eigentlich hätte sie Anton begleiten müssen, aber sie fühlte sich von seinem Verhalten zu sehr provoziert.

„Jaja, die Liebe“, stichelte Sam.

Rebecka starrte ihn wütend an. „Jeder kann mal Probleme haben. Anton und ich haben uns nur eine Auszeit genommen. Wir versuchen, wieder zueinander zu finden. Das habe ich dir neulich schon gesagt.“

„Warum ist er dann gegangen?“, fragte Sam und sah Rebecka mit undurchdringlicher Miene geradewegs ins Gesicht.

„Weil er noch eine wichtige berufliche Angelegenheit regeln muss“, erwiderte Rebecka und trank einen großen Schluck Wein. „Ernsthaft, bist du hier, weil du mein Leben kritisieren willst?“

„Entschuldige, ich hab's nicht so gemeint", sagte Sam. Allerdings sah er nicht so aus, als würde er seine Worte bereuen.

„Kriege ich auch ein Glas?" Sam verließ seinen Stehplatz am Zaun und setzte sich neben Rebecka auf die Bank.

„Wenn es sein muss", murmelte sie und reichte Sam einen Plastikbecher. „Aber ich warne dich, der Wein schmeckt scheußlich."

Sam probierte vorsichtig.

„Ich hab doch gesagt, dass er widerlich schmeckt", lachte Rebecka, als Sam das Gesicht verzog.

„Du hast recht. Sollen wir stattdessen ein Glas im Gondolen trinken? Die Aussicht ist genauso schön, aber die Getränke sind besser."

Rebecka zögerte einen Augenblick, stimmte aber zu, als ein besonders lautes Johlen und Kreischen von der Bank nebenan kam.

Sie warf die halbvolle Weinflasche und die Plastikbecher in einen Papierkorb.

„Ich dachte, so etwas wäre nicht dein Stil", sagte Sam, als sie sich auf den Weg machten.

„Was ist denn dann mein Stil?"

Obwohl Sam ihr Date unterbrochen hatte, fühlte es sich gut an, neben ihm herzugehen und ein bisschen Small Talk zu machen. Vertraut.

„Alles außer Parkbänke und grölende Teenager und Hausmannskost", antwortete Sam, was Rebecka mit einem Lächeln quittierte. Im gleichen Moment stimmten die Jugendlichen lautstark ihre Abi-Hymne an.

„Ich dachte, die Abiturzeit ist erst im Juni", sagte Rebecka und drehte sich zu den Jugendlichen um, die hüpften und johlten.

„Vielleicht üben sie schon mal", grinste Sam.

Rebecka lachte. Ein perlendes Lachen, das aus dem Bauch kam, in ihre Kehle stieg und von dort in die Luft entwich. Ein Lachen, das von jetzt auf gleich erstarb, als Sam ihr die Hand auf den Arm legte und sie stehen blieben.

„Ich habe dich vermisst", sagte er leise, ohne ihren Arm loszulassen.

Rebecka schluckte hart. „Es ist so lange her", sagte sie schließlich, zog ihren Arm zurück und ging weiter. „Ich sollte nach Hause fahren. Meine Mutter passt auf die Kinder auf, und ich will nicht zu lange wegbleiben."

Sam passte sich Rebeckas Tempo an. „Ich hätte nie gedacht, dass du feige bist."

„Ich bin nicht feige. Ich bin vernünftig", erwiderte sie und hoffte, dass er nicht hörte, wie hohl ihre Worte klangen.

Sam schien etwas entgegnen zu wollen, aber als er nichts sagte, drehte sich Rebecka auf dem Absatz um und eilte davon. Zu spät realisierte sie, dass sie in die falsche Richtung lief, ging aber trotzdem weiter, um eine erneute Konfrontation mit Sam zu vermeiden.

Rebecka stürzte die Vordertreppe hoch und riss die Haustür auf. Sie machte sich keine Mühe, das Licht anzuschalten, sondern tastete sich zum Flurtisch vor und warf ihre Handtasche auf die glatte Holzplatte. Die Kinder schliefen wahrscheinlich schon längst, selbst Lollo schien geschlafen zu haben, bevor sie sich aufrappelte, um Rebecka zu begrüßen. Die Einzige, die hellwach wirkte, war Ingela, die in den Flur kam, die Deckenlampe anknipste und so den Eingangsbereich in grelles Licht tauchte.

„Hast du Montag Zeit für ein Mittagessen in der Stadt?", fragte sie fröhlich. „Ich muss ein paar Besorgungen machen und dachte, es wäre nett, wenn wir uns kurz sehen könnten."

„Das schaffe ich leider nicht“, antwortete Rebecka und zog ihre Schuhe aus.

„Schade, aber dann vielleicht ein andermal?“, sagte Ingela unbefangen, aber Rebecka konnte hören, wie enttäuscht sie war.

„Vielleicht. Ist beim Ballettunterricht alles gut gelaufen? Danke übrigens, dass du mit Julia hingegangen bist, ich hatte keine Ahnung, dass sie die Stunde verlegt haben.“

Ingelas Gesichtsausdruck wurde weich. „Julia hat Talent, genau wie du damals.“

Rebecka nickte und hob die Jacken der Kinder auf, die auf dem Boden lagen. „Das ist schön, und danke, dass du sie begleitet hast.“

„Ich habe mit der Tanzlehrerin gesprochen, Mona. Sie sagte, du wärst jederzeit herzlich willkommen.“

Rebecka lachte und drehte sich um. „Hat sie das wirklich gesagt?“

„Na ja, vielleicht hat sie es nicht ganz so enthusiastisch ausgedrückt, aber als ich ihr erzählt habe, dass du an dem Nachmittag eine traurige Nachricht erhalten hattest und etwas neben der Spur warst, hat sie sich ein wenig zugänglicher gezeigt.“

„Und was war das für eine traurige Nachricht?“

„Ach, nichts Besonderes, nur deine Schwester, die einen Unfall hatte, und –“

„Meine Schwester?“, unterbrach Rebecka ihre Mutter entgeistert. „Du lügst ja noch schlechter als ich. Ich habe doch gar keine Schwester!“

„Das weiß ich doch, aber irgendetwas musste ich ihr doch auftischen, um sie zu besänftigen“, kicherte Ingela. „Das war das Erste, was mir eingefallen ist.“

Rebecka musste ebenfalls kichern. „Wie alt bist du noch mal? Fünfundsechzig oder fünfundzwanzig?“, fragte sie und prustete vor Lachen. Sie konnte gar nicht mehr aufhören und spürte, wie die Anspannung von ihr abfiel.

Ingela griff nach ihrer Jacke, immer noch mit einem Lächeln auf den Lippen. „Ich verreise in ein paar Tagen. Ich kann dir also eine Weile nicht unter die Arme greifen."

„Du fährst weg? Wohin denn?", fragte Rebecka verblüfft und wurde schlagartig ernst. Ihre Mutter war kein Mensch, der oft auf Reisen ging.

„Ach, ich dachte, ich gönne mir einen kleinen Urlaub. Ich war nicht mehr im Ausland, seit du klein warst. Und durch die Erbschaft habe ich das Geld. Ich habe eine Busreise gebucht."

„Eine Busreise? Du? Aber Mama, weißt du, worauf du dich da einlässt?", fragte Rebecka entsetzt und sah ihre Mutter vor sich, wie sie irgendwo auf der Welt schwitzend in einem engen Bus saß. „Wohin fährst du?"

„Oh, das ist so aufregend. Ich fahre nach Goa und Kerala. Eine Reise für Senioren. Radfahren und Ayurveda."

„Du willst in Indien Fahrrad fahren?", fragte Rebecka perplex. Ihre zurückhaltende, pedantische Mutter, die schon eine Autofahrt runter nach Schonen kategorisch ablehnte, wollte rund um den halben Erdball fliegen, um auf einem anderen Kontinent mit ein paar Senioren gemeinschaftliche Fahrradtouren zu unternehmen? „Hast du eine Ahnung, worauf du dich da einlässt?"

„Nein, aber ich habe eingesehen, dass ich anfangen muss zu leben. Ich habe mir schon immer gewünscht, einmal eine Abenteuerreise zu machen, und diesen Wunsch gedenke ich mir jetzt zu erfüllen", antwortete Ingela. „Leider wirst du mich in der Zeit nicht erreichen können, aber ich schreibe euch Karten."

„Du nimmst doch wohl dein Handy mit?"

„Ja, aber man weiß ja nie, ob man Empfang hat“, sagte Ingela und fing an, ihre Sachen zusammenzusuchen.

„Das sollte eigentlich kein großes Problem mehr sein. Heutzutage sind die Netze fast überall gut ausgebaut. Egal in welchem Land.“

„Ja, vielleicht. Aber es ist immer noch unheimlich teuer“, entgegnete Ingela und zog ihre Schuhe an.

„Wann fährst du?“, seufzte Rebecka resigniert.

„Dienstag.“

„In vier Tagen! Aber ... die Kinder und ich?“ Rebecka war sich bewusst, dass sie sich wie eine verwöhnte Göre anhörte, aber sie konnte sich nicht zurückhalten. Ihre Mutter war ihr Rettungsanker. Ohne sie und Anna bekam sie ihren Alltag nicht auf die Reihe.

„Ihr schafft das schon. Du musst Anton eben bitten, nach Hause zu kommen. Es wird sowieso langsam Zeit, dass er wiederkommt!“

Rebecka sah ihre Mutter an. Wusste sie, dass Anton sie verlassen hatte?

Als ob Ingela ihre Gedanken gelesen hätte, sagte sie: „Natürlich habe ich gemerkt, dass ihr Probleme habt. Anton ist nie zu Hause. Außerdem haben die Kinder mir erzählt, dass er die Wohnung seiner Eltern hütet. Was für ein Unsinn.“ Ingela beugte sich zu ihrer Tochter und gab ihr einen Kuss auf die Wange. „Ihr müsst euch wieder zusammenraufen und an einem Strang ziehen.“

Nachdem Ingela gegangen war, blieb Rebecka noch lange im Flur stehen. Nach einer Weile schloss sie die Haustür ab und wollte gerade das Licht ausschalten, als ihr auffiel, dass ihre Mutter an einem der Kinderhaken eine Tüte vergessen hatte. Neugierig warf sie einen Blick hinein, aber darin befanden sich nur eine Strickjacke und ein paar Papiere. Wenn sie die Sachen vermisst, wird sie schon kommen und sie holen, dachte Rebecka, hängte die Tüte zurück an den Haken und ging die Treppe hinauf ins obere Stockwerk.

***

Mit einem großen Caffè Latte in der einen und der Handtasche in der anderen Hand bahnte sich Rebecka einen Weg durch das enge Café am Stureplan. Obwohl heute Samstag war, wollten Elise und sie sich treffen, um über ihre Reportage zu sprechen. Elise hatte offenbar etwas entdeckt, was nicht warten konnte.

Rebecka unterdrückte ein Gähnen und sah sich um. Sie war erschöpft. Ihre Verabredung mit Anton hatte früher als geplant geendet, aber sie hatte noch bis weit nach Mitternacht in ihrem Arbeitszimmer gesessen und einen Artikel ins Reine geschrieben.

„Hallo, hier drüben bin ich!“, rief Elise, und Rebecka entdeckte sie an einem der hinteren Tische. Sie war ganz in Schwarz gekleidet, und ihr Gesicht wurde von einem großen Hut und einer dunklen Sonnenbrille verdeckt.

„Neuer Stil?“, fragte Rebecka fröhlich und setzte sich Elise gegenüber.

„Man weiß nie, wer hier ist und uns vielleicht sieht“, murmelte Elise und spähte in dem voll besetzten Lokal umher.

Rebecka blickte sich um. Die Klientel bestand überwiegend aus Eltern mit Kindern und Senioren, darunter befand sich wohl kaum jemand, der in ihre Adoptionsstory verwickelt war.

„Benimm dich ganz *normal*“, flüsterte Elise, bevor sie sich mit lauter Stimme erkundigte: „Wo hast du die Kinder gelassen?“

Rebecka verdrehte die Augen. „Sie sind zu Hause bei ihrem Vater, danke der Nachfrage. Aber jetzt kannst du damit aufhören, dein Aufzug ist nicht gerade unauffällig. Es sieht eher aus, als hättest du etwas zu verbergen."

Ihre Auskunft über die Kinder entsprach fast der Wahrheit. Sie waren bei Anton, nur nicht zu Hause. Aber warum sollte sie auch erzählen, dass sie sie in der Wohnung ihrer Schwiegereltern vorbeigebracht hatte, bevor sie in die Stadt gefahren war, um sich mit Elise zu treffen? Glücklicherweise schien Anton besser gelaunt zu sein als gestern. Er hatte sogar gefragt, ob sie nach ihrem Treffen mit Elise Lust habe, mit ihnen Kaffee zu trinken. Ein Schritt in die richtige Richtung, in Richtung Familienglück im trauten Heim in Bromma.

„Ist ja schon gut", murrte Elise und setzte Hut und Sonnenbrille ab. „Aber du musst zugeben, dass das Ganze ziemlich aufregend ist."

„Natürlich, superspannend!", erwiderte Rebecka und beugte sich über den Tisch. „Was ist denn so wichtig, dass ich vom Frühstückstisch aufspringen musste?"

„Ich habe den Bankangestellten gefunden." Elise war so aufgeregt, dass sie auf ihrem Stuhl fast auf und ab hüpfte.

„Wow, gute Arbeit", sagte Rebecka beeindruckt. „Wer ist es?"

„Halt dich fest, du wirst es nicht glauben", entgegnete Elise, kicherte vergnügt und machte eine Kunstpause, bevor sie triumphierend verkündete: „Es ist Ragnar Lind, der Eigentümer von Lind Hotels!"

Rebecka starrte Elise entgeistert an, das Herz schlug ihr bis zum Hals. Konnte das wahr sein? Ragnar Lind? Der Vater von Jean Lind? „Bist du dir da wirklich sicher?", fragte sie zweifelnd. Ragnar Lind hatte schließlich eine Millionen-Erbschaft gemacht, damit hatte er sein erstes Hotel gegründet. Er hatte es doch wohl kaum nötig gehabt, Gelder zu ergaunern und zu erpressen.

„Bombensicher. Ich habe haufenweise Nachforschungen angestellt. Oder besser gesagt, ich kenne einen Typen, der bei der Bank arbeitet, über die die Transaktionen laut der Belege, die wir bekommen haben, geflossen sind. Ein richtiger Technikfreak, und als ich ihm von unserer Reportage erzählt habe –"

„Du hast doch wohl hoffentlich nichts über die Adoptionen gesagt!", entfuhr es Rebecka. „Was ist, wenn er den Mund nicht hält? Man darf Leuten nie trauen!"

„Wenn du es unbedingt wissen willst: Er ist mein Bruder. Wie auch immer, er hat herausgefunden, wem das Konto gehört. Es wurde erst vor Kurzem gekündigt, und voilà, der Name des Inhabers lautete: Ragnar Lind."

Rebecka sah Elise verblüfft an. Das hier war größer, als sie geahnt hatte. Wenn das, was Elise erzählte, stimmte, dann war es ein ausgewachsener Skandal. Eine der reichsten Familien Schwedens hatte ihr Vermögen auf Kosten anderer Menschen erwirtschaftet. Rebecka rutschte unruhig auf ihrem Stuhl hin und her. „Das ist ein Riesencoup! Konntet ihr sämtliche Transaktionen sehen?"

„Na ja, mein Bruder hat plötzlich Schiss gekriegt und wollte mir nicht mehr helfen. Ich habe aber eine Kopie der Kontobewegungen." Sie nahm ein Blatt Papier aus ihrer Tasche und legte es auf den Tisch.

Rebecka ging die Daten durch. „Das ist eine Megastory", sagte sie und lachte, leicht schockiert von den Dingen, die sie ans Tageslicht befördert hatten. „Wir wissen jetzt, wem das Konto gehört hat. Jetzt müssen wir nur noch die Namen derjenigen rausbekommen, die das Geld eingezahlt haben."

„Ich wusste nicht einmal, dass Ragnar Lind bei einer Bank

gearbeitet hat, bevor er Lind Hotels gegründet hat", sagte Elise.

„Es muss seine Frau gewesen sein, die sich damals um die Kinder gekümmert hat. Vivianne. Sie muss mit Mädchennamen Andersson geheißen haben. Das werde ich überprüfen", sagte Rebecka euphorisch.

Sie nahm einen Notizblock aus ihrer Tasche. „Wir müssen einen Plan machen. Was wissen wir schon?", murmelte sie vor sich hin und schrieb Miranda und Monica und noch ein paar weitere Namen auf, die Miranda erwähnt hatte. Sie erstellte eine Liste mit den Fakten, die sie sicher wussten, und notierte Ragnar und Vivianne Lind als mutmaßliche Empfänger der Geldzahlungen, die Adoptiveltern und leibliche Eltern wissentlich betrogen und hinters Licht geführt hatten. Aber es fehlte noch eine Person. Die Person, die sich um die Adoptiveltern gekümmert hatte. Wer war das? War der oder die Betreffende noch am Leben? Rebecka erschauderte. Sie hatte eine Riesenstory direkt vor der Nase.

„Ich … ich habe vielleicht etwas Dummes gemacht", sagte Elise verlegen.

Rebecka hob den Kopf. „Was denn?", fragte sie geistesabwesend, während sie gleichzeitig überlegte, wie sie weiter vorgehen sollten.

„Ja, also … ich … äh … ich habe mit Ragnar Lind gesprochen … oder besser gesagt, mit seinem Sohn Jean."

„Du hast was?", rief Rebecka entsetzt. „Ohne dich vorher mit mir abzusprechen?" Auch wenn Rebecka letzte Woche ein paar Tage nicht in der Redaktion gewesen war, hätte Elise sie fragen müssen. Sie hätten die nächsten Schritte gemeinsam planen müssen.

„Ich weiß, entschuldige. Ich habe versucht, dich anzurufen, aber dein Telefon war aus."

Ihr Handy war wohl kaum die *ganze* Woche ausgestellt gewesen, aber es war sinnlos, darüber zu diskutieren. Es war zu spät, Elise hatte bereits mit Ragnar und Jean Lind gesprochen. „Okay, was hast du rausbekommen?"

Elise wurde rot. „Nichts", antwortete sie. „Jean Lind hat gedroht, die Polizei anzurufen, und ich bin gegangen."

„Das ist ja auch kein Wunder. Man kann nicht einfach irgendwo reinplatzen und die Leute mit haltlosen Anschuldigungen konfrontieren. Das nächste Mal musst du alle Fakten geprüft und parat haben", sagte Rebecka und schrieb weiter an ihrer Liste. Sie war sauer auf Elise, wollte es aber nicht zeigen. Das Mädchen war jung und übereifrig. Ein bisschen so wie ich in dem Alter, dachte sie.

„Wir brauchen noch mehr Zeugen", sagte sie stattdessen und blickte ihre Kollegin an.

Elise sah so unglücklich aus, dass Rebecka sie am liebsten umarmt hätte. „Du, das ist kein Beinbruch. Jeder macht mal Fehler", sagte sie beschwichtigend und drückte Elises Hand.

„Was ist, wenn sie jetzt Beweise beseitigen?"

„Das würde uns auch nicht groß zurückwerfen. Wir haben schon eine ganze Menge, und es muss noch mehr Leute geben, die das Gleiche erzählen können wie Miranda und Monica. Die auch noch Unterlagen haben. Die müssen wir finden und dazu bekommen, uns ihre Geschichte zu erzählen. Das ist wohl die größte Herausforderung." Rebecka klopfte mit ihrem Stift auf den Tisch. „Vielleicht sollten wir im Stadtarchiv nachforschen, wie viele Kinder diese Jugendamtsmitarbeiterin betreut hat und an wie vielen Adoptionen sie beteiligt war. Vielleicht haben nicht alle Paare für die Kinder bezahlt."

„Aber wie sollen wir an die Familie Lind rankommen?", fragte Elise ratlos.

„Wir müssen einfach warten, bis wir noch mehr Beweise haben. Ich prüfe auf jeden Fall nach, ob Vivianne Lind wirklich Vivianne Andersson war“, antwortete Rebecka. Sie hoffte aus tiefstem Herzen, dass sich Elises voreiliges Handeln wirklich nicht negativ auf ihre Recherchen auswirken würde und sie noch weitere Paare fänden, die damals dafür bezahlt hatten, das Adoptionsverfahren zu beschleunigen.

„Ich werde so verdammt wütend, wenn ich daran denke, was die Kinder und ihre Eltern durchmachen mussten“, sagte Elise aufgebracht.

„Ich weiß, aber wir werden dafür sorgen, dass diese ganzen Machenschaften ans Tageslicht kommen“, sagte Rebecka. „Sie werden nicht davonkommen.“

***

Rebecka schaffte es erst am Donnerstag, ins Stadtarchiv zu fahren. Schon in der Tür zum Lesesaal schlug ihr ein muffiger, abgestandener Geruch entgegen. An einer Wand zogen sich deckenhohe Bücherregale entlang, in denen sich alte Folianten aneinanderreihten. Rebecka ging an den goldenen, bordeauxroten und braunen Buchrücken vorbei und ließ ihren Blick über die nummerierten Holztische gleiten, die Platz für zwei Personen boten. Die Anordnung mit zwei blauen Bürostühlen an jedem Platz erinnerte Rebecka an ein Klassenzimmer. Sie schob die schwarze Leselampe zur Seite, die neben Tisch Nummer zwölf stand, zu dem ihre angeforderten Dokumente gebracht werden würden. Auf dem Tisch platzierte sie Laptop und Notizblock und ging ihre Notizen durch. Das Einfachste würde sein, alle Fälle durchzugehen, die Vivianne Andersson betreut hatte.

Ein paar Minuten später näherte sich ein rothaariger Bibliotheksmitarbeiter. Über seiner Jeans, die mindestens eine Nummer zu klein war, trug er ein graues Hemd. Er zog einen Rollwagen hinter sich her und hievte drei dicke Folianten auf Rebeckas Tisch. *Stockholmer Amtsgericht, Vormundschafts- und Pflegschaftsverfahren,* stand auf dem einen. Rebecka schlug ihn auf. Er enthielt Protokolle über die Fälle im Jahr 1959. Nur ein Jahr, aber zahlreiche Schicksale. Sie blätterte weiter und vertiefte sich in die Verfahren und Gerichtsurteile. Rebecka machte sich Notizen und kopierte sämtliche Dokumente, in denen der Name Vivianne Andersson auftauchte. Die staubige Luft kitzelte sie in der Nase und brachte sie zum Niesen, trotzdem las sie unbeirrt weiter. Stieß auf Sätze wie: *Die Kindsmutter hat schriftlich ihr Einverständnis zur Adoption erklärt.* Und: *Der Knabe ist munter und lebhaft und nimmt seine Umgebung interessiert wahr.* Eine Liste nach der anderen ging sie durch. Listen über Kinder, die zur Adoption freigegeben worden waren, weil ihre Eltern sie nicht wollten oder weil die Eltern keine Möglichkeit hatten, sich um sie zu kümmern. Aber auch über Kinder, die vom Jugendamt in Obhut genommen worden waren. Zwar wurde es an keiner Stelle explizit erwähnt, aber nach Mirandas und Monicas Bericht wusste Rebecka, dass einige dieser Kinder ihren Eltern im Prinzip geraubt worden waren.

Methodisch durchforstete sie sämtliche Dokumente. Schon nach kurzer Zeit hatte sie einen kleinen Stapel mit Fällen von Vivianne Anderson zusammengetragen und sah sie sich genauer an. Ein kleines Mädchen, das adoptiert worden war, nachdem seine Mutter angefangen hatte zu studieren. Ein kleiner Junge, der zur Adoption freigegeben wurde, weil seine Mutter von schwacher Gesundheit war. Wie sich diese schwache Gesundheit genau geäußert hatte, war nicht weiter ausgeführt. Der nächste Betreuungsfall ließ Rebecka keuchend nach

Luft schnappen. Der Raum um sie herum schien sich plötzlich zu drehen. Mit zitternden Händen zog sie den Folianten näher zu sich heran, fuhr mit dem Finger die Zeilen entlang und nahm den Text, den Vivianne Andersson geschrieben hatte, Wort für Wort in sich auf. Es ging um Sonja Rosenqvist und ihren Sohn Vilhem Rosenqvist, später Vilhelm Gustafsson. Das muss ein Zufall sein, dachte Rebecka. Es konnte nur ein Zufall sein, dass ein kleiner Junge mit dem Nachnamen und dem Geburtsdatum ihres Vaters hier in den Akten auftauchte. Rebecka las weiter: Vilhelm *Rosenqvist ist das uneheliche Kind von Sonja Rosenqvist … Der Junge wurde an die Pflegefamilie Gustafsson vermittelt. Am 05. Juni 1957 wurde er in die Obhut seiner Pflegeeltern übergeben. Seine Mutter hat ihn dort nur äußerst selten besucht. Vilhelm hat ein liebes und offenes Wesen und ist für sein Alter gut entwickelt. Da die Pflegeeltern keine leiblichen Kinder haben, nimmt Vilhelm einen zentralen Platz in der Familie ein. Die Eheleute Gustafsson sind ruhige und ausgeglichene Menschen. Die Unterzeichnerin ist der aufrichtigen Meinung, dass eine Adoption dem Wohle des Kindes Vilhelm Rosenqvist dient, und empfiehlt daher, dem Adoptionsgesuch des Ehepaares Gustafsson zu entsprechen.* Rebecka hörte auf zu lesen. Es bestand kein Zweifel. Das Kind, um das es hier ging, war ihr Vater.

Es war vier Uhr, als Rebecka an der Vorschule erschien, um die Kinder abzuholen. Beim Anblick der überraschten Mienen der Erzieherinnen konnte sie sich ein Lächeln nicht verkneifen. Nach ihren Entdeckungen im Stadtarchiv war sie nicht wieder in die Redaktion gefahren. Sie wusste, dass sie dort keine Ruhe haben würde. Ann-Katrin war nicht gerade begeistert über ihre Krankmeldung gewesen. Aber als Rebecka ihr angeboten hatte, in die Redaktion zu kommen, solange ein Spuckeimer in Reichweite wäre, hatte sie widerwillig gemurmelt, dass Rebecka den Rest des Tages von zu Hause aus arbeiten könne. Nach dem Telefonat hatte Rebecka versucht, ihre Mutter zu erreichen. Ein hoffnungsloses Unterfangen, da Ingelas Handy vermutlich entweder ausgeschaltet oder bereits in den Tiefen ihrer Reisetasche verschwunden war. Wenn sie mich nicht zurückruft, kontaktiere ich den Reiseveranstalter, dachte Rebecka frustriert und öffnete das Tor zur Vorschule.

„Warum bist du schon so früh hier?", rief Trevor begeistert und rannte Rebecka entgegen. Seine braunen Haare waren zerzaust und sein Gesicht zierten ein paar Schmutzstreifen. Rebecka nahm ihren Sohn in die Arme.

„Weil ich euch vermisst habe", sagte sie, bevor sie sich aufrichtete und sich suchend nach Julia umsah. Sie entdeckte ihre Tochter in einem der Klettergerüste, aber Julia ignorierte sie und spielte weiter mit den anderen Kindern. Rebecka versuchte, sich nichts anmerken zu lassen, aber Julias Desinteresse versetzte ihr einen Stich ins Herz.

Rebecka strich Trevor über den Kopf. „Ich hole eure Sachen", sagte sie. Als sie in den Garderobenraum gehen wollte, wurde sie von Majvor aufgehalten.

„Uns fehlen noch die Zeiten der Kinder für den Sommer."

„Ach, ich dachte, die hätte Anton abgegeben?" Rebecka öffnete die Tür. Sie hatte keine Lust, jetzt mit Majvor darüber zu diskutieren, sie war viel zu sehr mit ihren eigenen Gedanken beschäftigt. Den Namen ihres Vaters in den Adoptionsakten zu entdecken, war ein Schock gewesen. Hatte er davon gewusst? Hatte ihre Mutter davon gewusst? War seine Kindheit der Auslöser für seinen Selbstmord gewesen? Rebecka hatte keine Ahnung, wie sie weiter vorgehen sollte. Sie musste mit ihrer Mutter sprechen, der einzigen Person, die ihr Auskunft darüber geben konnte, ob das alles stimmte. Auf einmal war aus einer objektiven Reportage eine persönliche Angelegenheit geworden.

„… schließlich planen können", drang Majvors Stimme zu ihr durch.

Rebecka blickte auf. „Oh, Sie sind noch da?"

Majvor schnappte empört nach Luft und lief rot an. „Ich rede gerade mit Ihnen. Wir können unsere internen Abläufe nicht koordinieren, wenn die Eltern unsere Arbeit nicht respektieren. Die Zeiten hätten wir schon seit einer Woche haben müssen und –"

„Wir machen keine Ferien", antwortete Rebecka brüsk und ging einen Schritt auf die Tür zu.

„Wie bitte? … Sollen die Kinder denn keine Sommerferien haben?"

„Nein, die Kinder werden auch im Sommer zu den üblichen Zeiten kommen", antwortete Rebecka und ging in den Garderobenraum.

Sie lächelte zufrieden und sammelte die Sachen der Kinder ein. Es war besser, Julia und Trevor gingen den ganzen Sommer in die Vorschule und würden nur an den Tagen zu Hause bleiben, an denen sie oder Anton von vornherein freihatten. So würden sie nicht bitten und betteln müssen, die Kinder außer der Reihe in die Vorschule schicken zu dürfen, wenn sie in den Sommermonaten doch mehr arbeiten mussten als geplant. Das war perfekt. Warum war ihr das nicht schon früher eingefallen?

Als Rebecka und die Kinder nach Hause gingen, duftete es nach Flieder, die großen Blütenzweige hatten die Farbe von Blaubeeren mit Milch. Die Kinder liefen vergnügt plappernd neben ihr her, aber Rebecka war viel zu sehr mit ihren eigenen

Gedanken beschäftigt, um zu registrieren, worüber sie redeten. Als sie den Hund abholten, verscheuchte sie alle Adoptionsszenarien, die durch ihren Kopf wirbelten, zwang sich, an die Kinder und Lollo zu denken, und unterhielt sich einen Moment mit der Betreiberin der Hundetagesstätte, bevor sie sich auf den Heimweg machten. Als sie in ihre Straße einbogen, waren Anna und David gerade dabei, Einkaufstüten aus ihrem Auto zu laden. Julia und Trevor stürmten auf sie zu und riefen nach Anna, die sie lachend begrüßte. Rebecka sah, wie sie in Annas Arme sprangen und gleichzeitig drauflosredeten. Lollo, die ebenfalls zu Anna wollte, zerrte so heftig an der Leine, dass Rebecka fast das Gleichgewicht verlor.

„Na, du scheinst es ja auch kaum noch erwarten zu können, meine Süße", lachte sie und beschleunigte ihre Schritte. Als sie Anna und die Kinder erreicht hatte, kam es ihr vor, als hätte ihr Arm die doppelte Länge.

Anna beugte sich nach unten und streichelte Lollo, die sich aufführte, als wollte sie ihr in die Arme springen. „Ihr seid heute aber früh dran", sagte sie.

„Kaum zu glauben, wie sehr sich alle darüber wundern, dass ich zur Abwechslung einmal früh zu Hause bin", entgegnete Rebecka. „Anton holt die Kinder heute Abend ab, ich kann genauso gut danach arbeiten. Außerdem bleibt er zum Essen", fügte sie hinzu.

„Anton kommt zum Essen? Ist alles wieder in Ordnung zwischen euch?"

Rebecka schüttelte den Kopf. „Nein, wir haben uns am Freitag getroffen, und jetzt essen wir gemeinsam. Weiter sind wir noch nicht gekommen", antwortete sie und sah zu den Kindern hinüber, die in der Einfahrt herumsprangen. Sie lehnte sich an das Gartentor. „Ehrlich gesagt weiß ich nicht, wo wir gerade stehen. Unser Date war kein großer Erfolg.

Anton hat mittendrin einen Anruf bekommen und musste zurück ins Büro. Und zu allem Überfluss ist auch noch Sam aufgetaucht."

„Sam?", fragte Anna sichtlich überrascht. „Ich dachte, zwischen euch läuft nichts."

Rebecka zögerte. „Tut es auch nicht", entgegnete sie schließlich und biss sich auf die Lippe, bevor sie hinzufügte: „Er wohnt offensichtlich in der Nähe vom Monteliusvägen. Jedenfalls kommt Anton heute Abend vorbei und isst mit uns. Er hat die Kinder am Wochenende."

Rebecka überlegte, ob sie Anna von ihrer Entdeckung im Stadtarchiv erzählen sollte. Allerdings war sie sich nicht hundertprozentig sicher, dass es sich bei dem Jungen tatsächlich um ihren Vater handelte. Oder eigentlich war sie das schon, wollte jedoch die endgültige Bestätigung ihrer Mutter abwarten.

„Hallo!", rief ihr David zu, der gerade wieder aus dem Haus kam. Er hob die letzten Einkaufstüten auf. „Haben sie dich bei der Zeitung freigestellt?"

„Ja, so wie die Branche zurzeit aussieht, könnte man das annehmen", erwiderte Rebecka, froh, dass er sie vor Annas Röntgenblick und bohrenden Fragen rettete.

„Du kannst bei mir anfangen, wenn alles den Bach runtergeht. Wir könnten einen zusätzlichen Maler gebrauchen."

„Ich bin gar nicht so schlecht mit dem Pinsel, also versprich lieber nicht zu viel."

David lachte und gab Anna einen Kuss auf die Wange, bevor er die Einkaufstüten ins Haus trug.

Rebecka drehte sich wieder zu Anna um. „Du, es tut mir leid, dass ich mich so lange nicht gemeldet habe, aber ich hatte so viel zu tun und –"

„Kein Problem", unterbrach Anna sie und hob beschwichtigend die Hände.

Rebecka musterte ihre Freundin. Sie war immer noch blass und weit davon entfernt, ihr übliches fröhliches Selbst zu sein, aber schließlich hatte sie auch einiges zu verarbeiten.

„Wie geht es dir?"

„Ganz gut. Wir sind eben wieder am Anfang", antwortete Anna und lächelte gequält.

Rebecka sah sie mitfühlend an. „Ihr habt nie über andere Möglichkeiten nachgedacht?"

Anna schwieg eine Weile. „Natürlich haben wir das, aber ich will noch nicht aufgeben", murmelte sie dann und zog ihre Strickjacke fester um sich.

„Ihr wollt es also weiter versuchen? Ich dachte, David sei dagegen?"

Anna schaute unglücklich drein. „Das ist er auch. Aber können wir nicht über etwas anderes reden? Ich ertrage es gerade nicht, darüber zu sprechen. Ich habe die ganze Woche lang nichts anderes gemacht", entgegnete sie und schielte ängstlich in Davids Richtung, der wieder aus dem Haus gekommen war und mit den Kindern spielte.

„Ist es okay, wenn ich Lollo losmache?", fragte Rebecka und versuchte mit aller Kraft, die Hündin zurückzuhalten, die bellte und zu verstehen gab, dass sie mitspielen wollte.

„Ja, klar."

Lollo schoss davon und ihr fröhliches Kläffen hallte über die ganze Straße. Anton müsste derjenige sein, der mit den Kindern spielt, nicht David, dachte Rebecka, als sie die drei betrachtete. Sie versuchte, den Gedanken zu verscheuchen. Im Moment ging ihr einfach viel zu viel durch den Kopf. Die Adoptionsstory, Anton und ihre Arbeit. Sie rieb sich die Stirn. Eins nach dem anderen, dachte sie und rief nach den Kindern, bevor sie sich wieder Anna zuwandte.

„Wir müssen jetzt nach Hause. Anton kommt bald, und ich

will vorher noch das Essen vorbereiten. Gehen wir Sonntag zusammen zu dem Kaffeetrinken?“

„Ich hol dich ab“, antwortete Anna.

Als Rebecka und die Kinder schon fast bei ihrem Haus waren, holte Anna sie ein.

„Hier, nimm das“, keuchte sie und drückte Rebecka eine Tellerglocke in die Hand.

„Was ist das?“, fragte Rebecka und hob den Deckel an.

„Nur ein Kuchen, den ich heute Morgen gebacken habe. Ich dachte, du könntest ihn zum Nachtisch anbieten, jetzt, wo Anton vorbeikommt“, antwortete Anna. „Sag, du hättest ihn gebacken!“

***

Seine sanften Berührungen ließen sie erschauern. Voller Verlangen lehnte sie sich an ihn. Sein nackter Körper glänzte vor Schweiß. Sie streckte die Arme nach ihm aus und zeichnete mit dem Finger die Konturen seines Brustbeins nach. Ließ ihre Hand an seinem Bauch hinabgleiten, bis sie seine Erektion spürte. Sie stöhnte leise, als er ihre Brüste streichelte und sie sanft in die weichen Kissen drückte. Sie spürte, wie seine Hände über ihren Körper wanderten und sie immer mehr erregten. Sie versuchte, ihn an sich zu ziehen, doch er widersetzte sich, wollte den Moment so lange wie möglich hinauszögern. Rebecka streckte ihm ihre Hüften entgegen, forderte ihn auf, in sie einzudringen. Sie wollte ihn in sich spüren. Spüren, wie er sich in ihr bewegte. Ihr Körper bebte, sie war feucht. Sie war bereit, ihn in sich aufzunehmen. Als er sich über sie beugte, wusste sie, dass es so weit war. Gleich würden sie sich vereinigen. Gleich würde sie ihn spüren. Sich mit ihm bewegen. Sie wartete voller Ungeduld, sah, wie sich sein Gesicht dem ihren näherte. Seine Lippen berührten ihre Wangen, ihren Mund. Sie öffnete ihn, und seine Zunge schlüpfte zwischen ihre Lippen. Als er ihre Wange leckte, drehte sie den Kopf zur Seite. Er leckte wie rasend über ihr Gesicht. Rebecka presste die Lippen aufeinander. Wollte ihn bitten, sanfter zu sein. Ihr nicht über das ganze Gesicht zu schlabbern. Statt sie zu erregen, turnte sie sein Verhalten ab. Sie drehte den Kopf hin und her, um seiner nassen Zunge zu entkommen.

„Hör auf", murmelte sie unwillig, öffnete die Augen und starrte direkt in Lollos bettelnden Blick. Die Hündin stand mit den Vorderpfoten auf dem Bett, stieß mit dem Kopf gegen Rebeckas Hand und leckte sie voller Hingabe. Rebecka drehte den Kopf zur Seite und betrachtete die leere Bettseite neben sich. Lollo bellte, und Rebecka sah sie wütend an.

„Musstest du ausgerechnet den einzigen schönen Traum unterbrechen, den ich seit Langem hatte?", sagte sie vorwurfsvoll und setzte sich auf. „Willst du nach draußen? Hast du mich deswegen wachgeküsst?"

Lollo sprang von der Bettkante und rannte zur Schlafzimmertür. Drehte sich einmal um sich selbst und kam zurückgaloppiert, als wollte sie ihrem Frauchen klarmachen, dass es eilig war.

Rebecka krabbelte aus dem Bett. „Okay, okay", murrte sie und griff nach ihrer Jogginghose. Schnell zog sie sich an, steckte ihre Haare zu einem losen Knoten am Hinterkopf zusammen und ging hinter Lollo her, die schon halb die Treppe hinuntergerannt war. Rebecka blieb einen Augenblick stehen und betrachtete die Fotos, die an der Wand hingen. Wir sehen glücklich aus, dachte sie, als ihr Blick auf einem Bild von Anton und ihr hängen blieb. Das Foto stammte von ihrer Hochzeitsreise. Sie lachten sich fröhlich an und sahen sich in die Augen, als würden sie die Kamera gar nicht bemerken. Sie hielten sich eng umschlungen, im Hintergrund schimmerte der weiße Sandstrand von Tioman Island, einer kleinen Insel vor Malaysia. Sie konnte sich noch genau daran erinnern, wann das Bild aufgenommen worden war. Sie waren den ganzen Tag tauchen gewesen und waren gerade auf dem Rückweg ins Hotel, um sich fürs Abendessen umzuziehen. Obwohl sie erst ein paar Tage auf der Insel verbracht und die meiste Zeit davon ihr Bett nicht verlassen hatten, erkannte man einen leichten Sonnenbrand. Antons Hand lag auf ihrem Hintern, was auf dem Bild natürlich nicht zu sehen war. Sie hatte ihn lachend angestoßen, und nachdem der Fotograf auf den Auslöser gedrückt hatte, waren sie ins Hotel geeilt und hatten sich zuerst unter der Dusche geliebt. Dann im Bett. Danach hatten sie sich angezogen, waren zum Essen ins Restaurant gegangen, um im Anschluss direkt wieder in ihrem Hotelzimmer zu verschwinden. Damals hatten sie beide noch am Anfang ihrer Karrieren gestanden. Hochzeit und Reise hatten sie sich regelrecht vom Mund absparen müssen. Aber das war es wert gewesen. So unbeschwerte Tage wie auf der Insel hatte sie nie wieder erlebt. Lollos Bellen brachte sie wieder in die Gegenwart zurück, und sie lief in den Flur hinunter.

„Jaja, ist ja schon gut. Gleich kommst du nach draußen", murmelte sie, schlüpfte in ihre Schuhe und legte Lollo das Halsband um. „Jetzt drehen wir nur eine kleine Runde, weil ich in zwei Stunden mit den Mädels im Gateau verabredet bin. Aber wenn ich wieder zurück bin, machen wir einen langen Spaziergang." Rebecka sah Lollo an, die eifrig mit dem Schwanz wedelte. Als sie das Haus verließen, kam Rebecka ihr Traum wieder in den Sinn, und sie wurde rot. Denn so sehr sie sich auch bemühte, sie konnte die Tatsache nicht leugnen, dass es nicht Antons Hände gewesen waren, die sie auf ihrem Körper gespürt hatte, sondern Sams. Sams starke Hände, unter denen sie vor Verlangen erschauert war.

Es war erstaunlich nett, an einem der drei Tische am Fenster des Gateau in der Ålstensgatan zu sitzen, nur ein paar Meter von dem Geschäft entfernt, das Matilda und Stina gemeinsam betrieben. Trotzdem war es ein merkwürdiges Gefühl, den anderen so nah zu sein. Rebecka kam es vor, als wäre die Zeit stehen geblieben. Die alte Clique, die sich traf und über Arbeit, Familie, Bromma und andere Dinge redete. Auch wenn ihre Gespräche damals natürlich um andere Themen gekreist waren, wie die bevorstehende Schuldisco oder wer gerade der süßeste Typ in der Klasse war.

Rebecka hob den Blick von ihrem Kaffeebecher, blinzelte in die Sonne, die durch das große Fenster hereinschien, und hörte der Unterhaltung der anderen zu. Vor sich hatte sie ein Sauerteig-Sandwich mit Putenbrust, Rucola und Caesar-Dressing und einen großen Caffè Latte mit leichtem Zimtgeschmack. Sie musste wieder an ihren morgendlichen Traum denken und spürte, wie ihr Körper reagierte. Unwillkürlich kicherte sie und schüttelte den Kopf, woraufhin die anderen drei verstummten und sie ansahen.

„Ich finde nicht, dass das besonders lustig ist", sagte Matilda säuerlich.

„Entschuldige … ich war mit meinen Gedanken ganz woanders. Was hast du gerade erzählt?", fragte Rebecka und lächelte beschwichtigend.

Matilda schien etwas entgegnen zu wollen, hielt sich jedoch zurück. „Ich habe gerade von dem neuen Ballettkurs meiner Tochter gesprochen. Sie fängt nächste Woche an. Eine der Mütter scheint komplett verrückt zu sein, schreit ihre Tochter an, bis sie anfängt zu weinen. Die anderen Eltern haben mir erzählt, dass sie – also die Mutter – beim letzten Mal sogar die Ballettlehrerin angeschrien hat. Wie kann man sich nur so aufführen?"

Rebecka erstarrte und sah Matilda entsetzt an, bevor sie sich wieder in der Gewalt hatte. „Wo tanzt deine Tochter noch mal?"

Als Matilda den Namen von Julias Tanzschule nannte und hinzufügte, dass ihre Tochter in den Samstagkurs ging, wäre Rebecka am liebsten im Boden versunken.

„Ist das nicht die Tanzschule, in der auch –", fing Anna an.

„Nein, da hat sie aufgehört", unterbrach Rebecka sie hastig und biss in ihr Sandwich.

„Mmh, dieses Brot schmeckt einfach göttlich", schwärmte sie und wich Annas Blick aus.

„Hört mal her, ich muss euch was erzählen!" Alle Augen richteten sich auf Stina, die in ihrem Maxikleid mit Paisley-Muster dasaß und sie anstrahlte. Rebecka war ihr für diese Ablenkung zutiefst dankbar.

Stina sah sie erwartungsvoll an und warf ihre blonden Haare zurück. „Wir bekommen einen kleinen Nachzügler!", rief sie euphorisch.

Es folgten drei kurze Sekunden der Stille, bis Matilda einen Freudenschrei ausstieß und Stina überschwänglich umarmte. Kurz darauf waren sie auch schon in ein Gespräch über Babys und all die Dinge vertieft, die Stina und ihrer Familie nun bevorstanden.

Rebecka schielte zu Anna hinüber, deren Augen in Tränen schwammen. Unter dem Tisch griff sie nach ihrer Hand und drückte sie.

„Wollt ihr auch bald Kinder haben?" Die Frage galt Anna, und Rebecka sah, wie die Farbe aus dem Gesicht ihrer Freundin wich.

„Na ja, wir werden sehen“, antwortete Anna ausweichend und biss in ihre Zimtschnecke.

„Wir wollen jedenfalls keine Kinder mehr“, sagte Rebecka und warf einen Blick in die Runde. „Natürlich, Kinder sind etwas Wunderbares, aber die Säuglingszeit hat mich total geschafft. Ich fand es furchtbar, ständig ein forderndes Baby zu haben, das nach meiner Aufmerksamkeit verlangt. Jetzt, wo Julia und Trevor älter sind, beginnt die schöne Zeit.“

„Hmm … also …“ Matilda blickte sich unschlüssig um.

Stina sah aus, als hätte sie in eine Zitrone gebissen und legte in einer beschützenden Geste eine Hand auf ihren Bauch. „Ja, wie gesagt, wir sind *überglücklich*.“

„Oh, wir auch. Wir freuen uns für euch. Und wir freuen uns auf das Baby“, beteuerte Matilda. „Wisst ihr schon, was es wird?“

Rebecka fiel auf, dass Anna stumm an ihrem Kaffee nippte und sich kaum an der Unterhaltung beteiligte, während die anderen weiter über Babys redeten.

„Ich muss jetzt nach Hause“, sagte Anna nach einer Weile und stand auf.

„Ich muss leider auch gehen“, schloss Rebecka sich an. „Es war toll, euch wiederzusehen.“

„Aber ihr müsst unbedingt noch im Laden vorbeischauen“, sagte Matilda hastig. „Ich habe mich entschieden, das Geschäft nach dem Sommer zu verkaufen. Wenn ihr noch ein paar tolle Schnäppchen machen wollt, bevor ich schließe, ist jetzt die beste Gelegenheit.“

Rebecka sah Anna an. „Heute schaffe ich es leider nicht mehr.“

„Ich auch nicht … leider“, sagte Anna. „Aber ich komme gerne ein andermal.“

Nach den obligatorischen Umarmungen und Wangenküssen verließen Anna und Rebecka das Gateau. Vor dem Café blieben sie stehen. Obwohl Rebecka es nicht zugeben wollte, war es nett gewesen, die anderen zu treffen. Netter, als sie erwartet hatte. Allerdings musste sie sich darum kümmern, dass Julia so schnell wie möglich die Ballettgruppe wechselte. Vielleicht hat sie ja Lust, es mit Hip-Hop zu versuchen, dachte sie gerade, als Anna den Mund aufmachte.

„Danke für die Rückendeckung", sagte sie leise.

„Manche Leute sind einfach unsensibel. Sie sind so sehr mit ihrem eigenen Babyglück beschäftigt, dass sie keinen Gedanken daran verschwenden, wie es anderen Leuten damit geht", antwortete Rebecka und legte eine Hand aufs Annas Schulter. Sie spürte, wie verkrampft ihre Freundin war, und wünschte sich, sie könnte mehr für sie tun.

An Dich

Du verschwandest aus meinem Leben, und niemand hat mir den Grund dafür genannt. Ich habe darum gekämpft, dass Du zu mir zurückkommst. Habe darum gekämpft, zu erfahren, warum man Dich mir weggenommen hatte. Sie sagten, dass ich keine gute Mutter sei. Dass es Dir bei Deiner neuen Familie viel besser gehen würde. Jetzt hättest Du eine Mutter UND einen Vater. Etwas, was ich Dir nie hätte geben können. Deine neue Mutter blieb tagsüber mit Dir zu Hause, und ihr hattet einen kleinen Hund, mit dem Du immer spieltest. Das weiß ich, weil mir eine Bekannte von Dir erzählt hat. Sie hatte Dich mit Deiner neuen Familie im Park gesehen. Danach habe ich immer auf einer der Bänke bei dem großen Fliederbusch gesessen und auf Dich gewartet.

Jeden Sonntag.

Dann kamst Du mir entgegen, Deine neuen Eltern hinter Dir. Ich habe gesehen, dass deine neue Mutter Dich liebte, so wie ich. Ich habe es an ihren Blicken gesehen. Sie hat Dich nicht aus den Augen gelassen, immer wachsam, damit Dir nichts geschähe und Du Dich nicht zu weit entferntest. Ich wollte zu Dir laufen. Wollte Dich umarmen und sagen, dass alles wieder gut werden würde. Aber ich konnte es nicht. Ich bekam keinen Ton heraus. Stattdessen stand ich auf und ging Dir entgegen. Langsam erst, aber als Du mich entdecktest, fing ich an zu laufen. Im ersten Moment hast Du ganz erstaunt geguckt, aber dann, als Du mich erkanntest, hat sich Dein Gesichtsausdruck verändert und Du riefst: „Mama. Mama, Mama!" Die Worte, nach denen ich mich so lange gesehnt hatte. Ein Jahr lang hatten sie uns voneinander getrennt, Du warst gerade fünf geworden. Jetzt durfte ich endlich wieder Deinen kleinen Körper an meinem spüren und Deine Ärmchen um meinen Hals, als Du Dich an mich klammertest. Du hast immer wieder dieselben Sätze wiederholt. „Mama, darf ich jetzt wieder mit Dir nach Hause kommen? Mama, ich bin jetzt wieder lieb, darf ich wieder mit Dir nach Hause kommen? Bitte Mama, lass mich wieder nach Hause kommen."

Plötzlich wurdest Du aus meinen Armen gerissen, und ich blickte in die Augen Deines Pflegevaters. Er war wütend und schrie, dass ich verschwinden solle.

Das war das letzte Mal, dass wir uns gesehen haben. Danach bist Du nie wieder in den Park gekommen, und ich erfuhr, dass Ihr umgezogen wart. Als die Mitarbeiterin des Jugendamtes ein Jahr später vor meiner Tür stand und eine Unterschrift von mir verlangte, damit Deine Pflegefamilie Dich adoptieren könne, protestierte ich zuerst. Aber als sie sagte, dass Du nie wieder zu mir zurückkommen würdest und dies die einzige Möglichkeit sei, damit Du bei Deiner neuen Familie bleiben könntest, habe ich aufgegeben. Ich ließ Dich los. Ich wollte es nicht, aber ich begriff, dass diese Frau die Macht hatte, über unsere Leben zu bestimmen. Sie konnte geben, und sie konnte nehmen. Und sie nahm alles, was mir etwas bedeutete. Sie nahm Dich.

Juni

Rebecka hatte gerade ein Frage-und-Antwort-Interview mit einem Schriftsteller geführt und war dabei, den Wortlaut zu glätten. Zu viele Ähs, Öhs und Alsos vermittelten keinen großen Erkenntnisgewinn. Wenn die Leute sich doch nur bewusst wären, wie sie klingen, wenn sie reden, dachte Rebecka. Nichtsdestotrotz waren Wortlaut-Interviews eine willkommene Abwechslung zu den umfangreichen Reportagen, und Rebecka war froh über die Variation. Als sich der Nachrichtenton ihres Handys meldete, streckte sie automatisch die Hand nach ihrem Telefon aus und las die SMS auf dem Display.

Willst du mit mir und den Kindern zusammen abendessen?

Rebecka zögerte. Das letzte gemeinsame Abendessen war nett gewesen, aber heute war der erste Freitagabend seit Langem, an dem sie keinen Termin hatte oder die Kinder bei ihr waren, und sie wollte nach der Arbeit einfach nur nach Hause gehen. Auf dem Heimweg ein paar Zeitschriften kaufen und irgendein leckeres Take-away und es sich den ganzen Abend auf dem Sofa gemütlich machen.

Ich kann heute Abend leider nicht. Wie wäre es mit morgen oder Abendessen bei mir am Sonntag, wenn du die Kinder bringst?

Antons Antwort ließ fast zehn Minuten auf sich warten, und als Rebecka seine Nachricht las, seufzte sie tief.

Schade, dass du uns nicht sehen willst. Bis dann!

Rebecka legte ihr Handy aus der Hand und runzelte die Stirn. Anton hat wirklich ein Talent, mich zur Weißglut zu bringen, dachte sie irritiert. Nur weil ich nicht sofort alles stehen und liegen lasse, wenn es ihm in den Kram passt, ist er direkt eingeschnappt. Sie schnaubte und lehnte sich in ihrem Bürostuhl zurück.

„Hast du Lust, mit mir mittagessen zu gehen?" Rebecka zuckte zusammen und starrte Sam erstaunt an, der an dem Aktenschrank hinter ihrem Schreibtisch lehnte.

„Mein Gott, hast du mich erschreckt", sagte sie und lachte. „Ich habe leider keine Zeit zum Mittagessen."

„Ich dachte, wir könnten dieses neue Restaurant am Kungsträdgården ausprobieren", lockte Sam.

Rebecka zögerte kurz, dann gab sie nach. Ein Mittagessen konnte wohl kaum schaden. Außerdem wollte sie ihm beweisen, dass sie nicht feige war und sie völlig normal miteinander umgehen konnten.

„Warum nicht", antwortete sie und zuckte mit den Schultern. Es spielte keine Rolle, ob er dachte, dass sie es darauf anlegte, Zeit mit ihm zu verbringen, aber mittagessen musste schließlich jeder.

„Kommen noch mehr Leute aus der Redaktion mit?", fragte Rebecka und griff nach ihrer Handtasche.

„Nein, nur wir beide."

Rebecka ignorierte den kleinen Hüpfer in ihrem Magen, den Sams Lächeln verursachte.

„Ich muss um eins wieder hier sein. Ich habe eine Deadline

für einen Artikel und muss vorher noch ein paar Fakten prüfen", sagte sie und ging an Sam vorbei.

„Geht ihr mittagessen?", rief ihnen Fredrik von der Rezeption aus zu, und Rebecka nickte.

„Perfekt, dann schließe ich mich euch an", sagte er, warf sein Headset auf den Empfangstresen und wollte gerade aufstehen, als Sam hastig sagte: „Nimm's uns nicht übel, aber wir möchten gerne allein sein."

Fredrik beäugte sie misstrauisch. „Ihr habt also ein Date", stellte er fest und zwinkerte Sam zu.

Rebecka seufzte laut. „Wohl kaum, nur eine ganz normale Mittagspause mit Kollegen. Du kannst gerne mitkommen."

„Nix da, ein andermal. Wir haben ein paar Dinge zu besprechen. Tut mir leid, Kumpel", sagte Sam und zwinkerte jetzt seinerseits Fredrik verschwörerisch zu, der verblüfft zwischen ihnen hin- und hersah.

Rebecka zuckte mit den Schultern. „Na gut, lass uns gehen", sagte sie zu Sam und ignorierte Fredriks neugierige Blicke in ihrem Rücken.

„Warum hast du das gesagt?", fragte sie, als sie draußen waren. Sie setzte ihre Sonnenbrille auf und ging in Richtung Kungsträdgården, wo die Kirschbäume vor ein paar Wochen noch ihre volle Pracht entfaltet und den Platz in ein rosafarbenes Blütenmeer getaucht hatten. Jetzt zierte sie stattdessen grünes Blattlaub.

„Ich wollte mit dir allein sein", erwiderte Sam, als sei das die natürlichste Sache der Welt.

Rebecka antwortete nicht. Sie wusste, dass er sie provozieren wollte, das machte jeden Kommentar überflüssig. Sie sah zwei älteren Männern zu, die auf dem großen Schachfeld ihre Steinfiguren hin und her schoben. Sie hatten sich Hocker mitgebracht und waren tief in ihre Partie versunken. Als Rebecka und Sam das Restaurant erreichten, waren draußen alle Tische besetzt.

„Sollen wir uns etwas zu essen kaufen und uns unten an den Kai setzen?“, schlug Sam vor.

„Gerne“, stimmte Rebecka zu. Sie hatte keine Lust, drinnen zu essen, und Sams Vorschlag klang verlockend. Es war lange her, dass sie ihre Mittagspause am Wasser verbracht hatte. Obwohl das Wetter in den letzten Wochen dafür ideal gewesen war, hatte sie einfach keine Zeit gehabt. Jetzt sprach nichts dagegen, einen kleinen Spaziergang am Wasser zu machen und die Aussicht auf das Schloss auf der gegenüberliegenden Uferseite zu genießen.

„Du, ich wollte mich noch wegen Freitag bei dir entschuldigen und auch für mein Verhalten, als du bei mir vorbeigekommen bist. Ich hätte nicht so viel über mich und mein Privatleben quasseln sollen“, sagte sie und öffnete ihre Takeaway-Schachtel. „Ich weiß nicht, was in mich gefahren ist.“

„Schon in Ordnung“, antwortete Sam und kaute an seinem Salat, bevor er fortfuhr: „Übrigens, wusstest du, dass Margareta nach dem Urlaub in Rente geht?“

„Ich wusste, dass sie aufhört. Aber nicht den konkreten Zeitpunkt.“

Vor ein paar Monaten hatte Margareta mit ihr über ihren bevorstehenden Ruhestand gesprochen und dabei angedeutet, dass Ann-Katrin ihre Nachfolgerin werden würde und somit die Position des Reportage-Leiters neu zu besetzen sei. Rebecka hatte das als Hinweis verstanden, dass sie als geeignete Kandidatin für die Stelle im Gespräch war, und daraufhin noch härter gearbeitet. Vielleicht war das der Zeitpunkt gewesen, an dem es Anton zu viel geworden war.

„Woher weißt du, dass sie nach dem Sommer aufhört?“, erkundigte sich Rebecka und trank einen Schluck von ihrem

Mineralwasser. Sie tat, als würde sie die Antwort nicht besonders interessieren, obwohl sie sie in Wirklichkeit nicht erwarten konnte.

„Margareta hat es mir erzählt, als sie mich angeworben hat."

„Weil du sie als Chefredakteur ablösen sollst?", fragte Rebecka. Sie wusste, dass Sam gut war, aber so schnell den Posten als Chefredakteur angeboten zu bekommen, wäre überragend.

Sam lachte. „Das glaube ich kaum. Ich würde in der Rolle auch keine besonders gute Figur machen."

Er warf den Vögeln ein paar Brotkrumen zu und fuhr dann fort: „Wie hast du den Job beim Telegrafen bekommen?"

„Margareta hat mich angerufen. Sie hatte eine Artikelserie von mir gelesen, die ich für eine Lokalzeitung geschrieben hatte, und hat mich gefragt, ob ich für sie arbeiten wollte."

Rebecka konnte sich noch gut an das Telefonat erinnern. Julia war an dem Tag krank gewesen, und sie war mit ihr zu Hause geblieben. Als Margareta anrief, hatte sich Julia gerade übergeben, und sie war dabei, die Spuren zu beseitigen. Erst hatte sie gedacht, dass sich jemand einen Scherz mit ihr erlaubte, aber dann begriff sie, dass es sich bei der Person am anderen Ende der Leitung tatsächlich um die Chefredakteurin einer der besten Tageszeitungen des Landes handelte, die ihr einen Job anbot. Bei der Erinnerung daran lächelte sie.

„Das war vor zwei Jahren, und seitdem gehöre ich zum Team", sagte sie und beobachtete zwei Vögel, die sich um ein Stückchen Brot zankten. Sie lehnte sich an die Steinmauer und sah über das Wasser. Um diese Jahreszeit nutzten viele Leute die Gelegenheit zu einem Spaziergang über die Brücken, die Stockholms Inseln miteinander verbanden. So war es auch heute. Ihr Blick blieb an einer Familie hängen. Touristen, tippte sie, denn der Vater nahm immer wieder die Kamera zur

Hand und lichtete seine Frau, seine Kinder und die Umgebung ab.

„Warum bist du aus New York zurückgekommen? Ich dachte, du wolltest für immer dortbleiben“, fragte Rebecka, ohne Sam anzusehen. Schon als sie ein Paar gewesen waren, hatte Sam von New York geträumt. Hatte davon geredet, wie gerne er dort wohnen würde und wie sehr er es satthabe, in einem kleinen Land mit viel zu vielen Beschränkungen zu leben. Sie wäre auch gerne ins Ausland gegangen, aber nachdem sie Anton getroffen hatte, war dieser Plan im Sand verlaufen. Manchmal bereute sie, dass sie nicht mehr von der Welt gesehen hatte, aber bislang hatte sie sich damit getröstet, dass dafür später immer noch Zeit war.

„Ob du's glaubst oder nicht: Ich habe Schweden vermisst“, antwortete Sam.

„Das hätte ich nicht gedacht“, sagte Rebecka und sah ihn kurz von der Seite an, bevor sie wieder aufs Wasser blickte. Sie holte tief Luft, atmete langsam aus und entspannte sich.

„Wie läuft's mit deiner großen Reportage?“

Obwohl die Frage nicht völlig unerwartet kam, erstarrte Rebecka. „Hat Elise was erzählt?“

„Nein“, erwiderte Sam und zuckte mit den Schultern. „Aber es muss eine große Sache sein, wenn du so viel Zeit investierst.“

Rebecka wusste nicht, was sie darauf erwidern sollte. Eigentlich wollte sie niemanden in ihre Reportage einweihen.

„Ich bin da an einer Sache dran, komme aber gerade nicht so recht weiter“, sagte sie schließlich. „Es könnte eine große Story werden.“

„Sag Bescheid, wenn ich dir irgendwie helfen kann“, antwortete Sam. Dann verstummten sie.

Es war schön, hier mit Sam zu sitzen. Er wusste, wie es in

der Branche zuging. Wusste, wie hart der Konkurrenzkampf im Online-Zeitalter unter den Zeitungen war, und kannte den negativen Trend bei den Leser- und Abonnentenzahlen, der viele Zeitungen zwang, mit inhaltlichen Reformen auf den neuen Markt zu reagieren.

Als ihre Beine aneinanderstießen, machte Rebecka keine Anstalten, ihr Bein wegzuziehen. Allerdings vermied sie es, Sam anzusehen. Sie wusste, dass sie von ihm wegrücken sollte, aber sie blieb sitzen und spürte, wie sich ihr Gefühlskarussell wieder in Bewegung setzte. Plötzlich empfand sie Sams Gegenwart gar nicht mehr so entspannend.

„Rebecka."

Beim Klang von Sams leiser Stimme musste sie schlucken. Konnte er hören, wie schnell ihr Herz pochte? Sie selbst hatte das Gefühl, es klopfte so laut, als schlüge jemand mit einem Hammer gegen eine Metallwand.

Rebecka spürte, wie er ihr Gesicht berührte. Von seinen Fingern schienen kleine elektrische Stöße auszugehen, die ihre Haut streiften und ihr das Atmen schwer machten. Als Sam sanft ihr Gesicht zu sich drehte, brachte sie keinen Ton heraus. Sie sah ihm in die Augen. Dunkel und so vertraut. Sie waren so nahe, genau wie seine vollen Lippen. Fasziniert beobachtete sie, wie sie den ihren immer noch näher kamen. Ihr ganzer Körper kribbelte, ihre Haut war wie elektrisiert. Als Sam sie küsste, schlug sie alle Bedenken über richtig oder falsch in den Wind. Er ließ seine Zunge über ihre Lippen gleiten, sie öffnete den Mund und ließ sie ein. Sein Kuss war sanft und tastend, doch als er ihre Erwiderung spürte, wurde er fordernder. Seine Bartstoppeln kratzten über ihre Haut, und Rebecka grub ihre Hände in seine Schultern. Wenn er nur einen Ton sagte, würde sie sich auf der Stelle ihre Kleider vom Körper reißen, hier und jetzt, vor allen Menschen, am helllichten Tag. Sie konnte seinen Atem auf ihrem Gesicht spüren, fühlte die Wärme, die von seinem auf ihren Körper überzugehen schien. Antons Bild schoss ihr durch den Kopf, aber sie verscheuchte es so schnell, wie es aufgetaucht war.

„O Gott“, stieß Sam mit erstickter Stimme hervor, als er schließlich von ihr abließ.

Rebecka starrte ihn an. Überwältigt von dem Kuss, den sie noch vor einer Sekunde ausgetauscht hatten. Was war da gerade passiert? Mit ungelenken Bewegungen rappelte sie sich auf. „Ich muss zurück in die Redaktion“, murmelte sie und eilte davon.

***

Der Regen prasselte gegen die Fensterscheiben und die Holzfassade, aber das war Rebecka, die auf dem Sofa im Wintergarten saß und schrieb, nur recht. Sie hatte das Wochenende über konsequent gearbeitet, um mit ihren Artikeln nicht in Verzug zu geraten. Ann-Katrin hatte irgendetwas über unmotivierte Mitarbeiter gemurmelt, und Rebecka nahm an, dass das auf sie gemünzt war. Außerdem hatte sie noch einmal sämtliche Informationen durchgesehen, die sie bislang in der Adoptionsreportage gesammelt hatten, war aber nicht weitergekommen. Elise hatte mit einer weiteren Person gesprochen, die damals als Kind zur Adoption freigegeben worden war. Auch zwei Adoptiveltern waren zu einem Interview bereit gewesen, hatten ihr aber ebenfalls keinen weiterführenden Tipp geben können. Sie steckten in einem ethischen Dilemma, das sie irgendwie lösen mussten. Jemanden zu kontaktieren, der vielleicht noch nicht einmal wusste, dass er adoptiert worden war, wäre die absolute Notlösung. Der Nachrichtenton ihres Handys riss Rebecka aus ihren Überlegungen. Schnell öffnete sie die

SMS. Sie war von Sam. Seine dritte Nachricht seit dem Kuss. Danach hatten sie noch nicht wieder miteinander gesprochen. Erst hatte Sam einen Interviewtermin gehabt, dann hatte Rebecka jedes Mal vorgegeben, beschäftigt zu sein, wenn er in ihre Nähe kam, und war letzten Endes früher nach Hause gegangen, um ihm nicht noch einmal über den Weg zu laufen. Seitdem hatte er mehrfach angerufen und diverse SMS geschickt, aber sie hatte nicht darauf reagiert. Rebecka las seine Nachricht ein weiteres Mal.

Wir müssen reden. Melde dich, so schnell du kannst.

Es gibt nichts zu reden, dachte sie, las aber trotzdem auch die zweite SMS, die gerade ankam. Der Inhalt war ungefähr derselbe. Er wollte reden, und sie sollte doch bitte anrufen.

Rebecka dachte an den Kuss. Er war überwältigend gewesen, vertraut, aber gleichzeitig auch wieder nicht. Es hatte ihr gefallen, von Sam geküsst zu werden, mehr, als sie zugeben wollte. Der Kuss berührt mich einzig und allein, weil wir eine gemeinsame Vergangenheit haben. Aus keinem anderen Grund, entschied sie. Trotzdem meldete sich eine leise Stimme in ihrem Hinterkopf, die sie fragte, warum sie bei Anton nie dasselbe Gefühl gehabt hatte. Das Gefühl, als wolle ihr Körper explodieren.

Rebecka sah aus dem Fenster, an dem die Regentropfen in Strömen hinunterliefen. Es hatte schon lange nicht mehr so heftig geregnet wie heute. Nicht einmal Lollo hatte Lust auf einen langen Spaziergang gehabt. Einen Augenblick später donnerte es, und grelle Blitze erhellten den dunklen Himmel. Rebecka wickelte sich die grüne Decke etwas fester um die Beine und blätterte in einem Buch über Führungsstile. Sie sollte den Autor am Montag interviewen und wollte gut vorbereitet sein. In der Redaktion war zum Bücherlesen keine Zeit, und privat hatte sie schon seit Jahren keinen Roman mehr gelesen. Obwohl sie versuchte, sich in das Buch zu vertiefen, wanderten ihre Gedanken immer wieder zu dem Kuss mit Sam zurück. Schließlich gab sie auf und griff nach ihrem Handy. Sie würde Elise anrufen, um über die Adoptionsreportage zu sprechen.

„Hallo“, meldete sich Elise nach ein paar Signalen völlig außer Atem.

„Klingt, als seist du beschäftigt.“

Elise kicherte. „Kein Problem, ich bin im Fitnessstudio und rackere mich auf dem Laufband ab“, keuchte sie. Jetzt hörte Rebecka Musik und das Geräusch von Metall auf Metall im Hintergrund.

„Ich wollte nur kurz hören, was du herausgefunden hast“, sagte sie und klemmte das Handy zwischen Ohr und Schulter, während sie gleichzeitig in ihren Unterlagen blätterte.

„Nichts. Außer den Interviews haben wir nichts. Obwohl mich Jean Lind angerufen und mich wiederholt bedroht hat“, erwiderte Elise und feuerte irgendwen in ihrer Nähe an.

„Hat er?“

„Na ja, wie man’s nimmt. Er rief an und wollte wissen, wann diese angeblichen Verbrechen stattgefunden haben sollen.“

„Und was hast du gesagt?“

„Ich habe so getan, als wäre mir das Handy aus der Hand gefallen, und hab aufgelegt.“

„Ein geschicktes Manöver.“

„Ja, oder? Aber was sollen wir jetzt machen?“, fragte Elise.

Rebecka überlegte, wie sie weiter vorgehen sollten, musste sich aber eingestehen, dass sie feststeckten. Sie hatten alles versucht. Miranda hatte geholfen, so gut sie konnte, aber trotzdem hatten sie immer noch nicht genügend Beweise. Wenn ich doch nur meine Mutter erreichen könnte, dachte Rebecka, bevor sie Elise antwortete.

„Ehrlich gesagt habe ich keine Ahnung. Vivianne Lind ist auf jeden Fall identisch mit Vivianne Andersson vom Jugendamt. Das habe ich beim Standesamt überprüft. Aber wir haben nichts, das beweist, was diese Leute gemacht haben. Außerdem fehlt uns immer noch der Name der dritten Person, die angeblich in die ganze Affäre verwickelt war."

Es ärgerte Rebecka, dass sie einfach nicht weiterkamen. Wenn doch nur die letzten Puzzleteile ihren Platz finden würden, dachte sie frustriert, als sie ein paar Minuten später das Gespräch beendete.

***

Ungefähr eine Woche nachdem Rebecka im Stadtarchiv auf die vermutlichen Adoptionsunterlagen ihres Vaters gestoßen war, rief ihre Mutter mitten in der Nacht an. In der Leitung rauschte es, aber Ingelas Stimme klang fröhlich.

„Hast du schon geschlafen, Schätzchen?"

Rebecka rieb sich die Augen und sah auf den Wecker.

„Es ist halb zwei Uhr morgens", gähnte sie und ließ sich in die Kissen zurückfallen.

„Oh, entschuldige, das tut mir leid. Ich habe gar nicht an den Zeitunterschied gedacht", zwitscherte Ingela.

Rebecka zog die Decke bis zum Kinn. Sie wollte sich gerade erkundigen, wie es Ingela ging, als ihr einfiel, warum sie mit ihr hatte sprechen wollen.

„Ich habe versucht, dich zu erreichen."

„Ich weiß, deswegen rufe ich an", antwortete ihre Mutter und fügte hinzu: „Ich habe mein Handy nicht so häufig an. Auslandsgespräche sind sündhaft teuer."

Rebecka hörte Ingelas Geplapper eine Weile zu, bevor sie ihr ins Wort fiel. „Ich habe Daten über Papa gefunden“, sagte sie geradeheraus und wartete gespannt auf eine Reaktion.

Ingela war einen Moment still. Als sie wieder etwas sagte, war ihre Stimme sehr viel leiser und klang auch nicht nur ansatzweise so vergnügt wie vorher. „Auf was bist du gestoßen?“

Rebecka zögerte einen Moment. „Ich habe herausgefunden, dass Papa adoptiert worden ist. Ich habe seinen Namen in alten Adoptionsunterlagen entdeckt“, sagte sie und setzte sich im Bett auf. Sie sah sich im dunklen Schlafzimmer um. Konnte die Konturen des Kachelofens und das weiche Schaffell ausmachen, das davor auf dem Boden lag. Sie kratzte sich am Hals. „Du hast es gewusst, oder?“

Ingelas Schweigen gab ihr recht.

„Warum hast du nichts gesagt? Warum habe ich nichts davon gewusst?“ Rebecka spürte, wie ihr die Tränen in die Augen stiegen. „Hat er sich deswegen ... Hat er sich deswegen das Leben ...“ Weiter kam sie nicht, bevor ihre Stimme versagte. Die heftigen Atemzüge am anderen Ende der Leitung verrieten, dass ihre Mutter noch am Telefon war.

„Entschuldige, Rebecka“, flüsterte Ingela. „Ich kann dir das jetzt nicht alles erklären.“

„Aber –“

„Hast du herausgefunden, wozu der Schlüssel gehört?“

„Von was für einem Schlüssel redest du?“, fragte Rebecka und krallte die Hände in ihre Bettdecke. Wie konnte ihre Mutter an einen Schlüssel denken, wenn sie die Wahrheit über ihren Vater erfahren wollte.

„Von dem Schlüssel, den du bekommen hast.“

„Meinst du den Anhänger an der Kette? Warum reden wir darüber? Hat der Schlüssel etwas mit Papa zu tun?“

Rebecka versuchte, ihre Gedanken zu ordnen und logische

Verbindungen herzustellen, aber in ihrem Kopf herrschte das reinste Chaos. Die ganzen Dinge, die in der letzten Zeit passiert waren. War das alles geplant gewesen? Die Erbschaft? Die Adoptionsreportage? Ihr schoss ein Gedanke durch den Kopf.

„Ist Sam deswegen wieder hier? Hat er auch was mit der ganzen Sache zu tun?"

„Sam?", rief Ingela verwundert.

Sie klang so erstaunt, dass Rebecka einsehen musste, dass ihre Mutter mit Sams plötzlichem Auftauchen nichts zu tun hatte. „Ach, nichts. Ist schon gut", murmelte Rebecka. „Wir müssen unbedingt darüber reden. Es ist nicht okay, dass du mir nichts davon gesagt hast."

„Ich durfte dir nichts sagen. Du solltest alle Informationen in einer bestimmten Reihenfolge aufdecken. Es gibt noch einen anderen Schlüssel. Und eine Karte. Ich sollte dir alles geben, sobald du die Adoptionsreportage übernommen hättest. Deine Großmutter – die Mutter deines Vaters – hat alles genau geplant."

„Papas Mutter? Ich verstehe nicht, wovon du redest!"

„Ich kann dir das jetzt nicht alles am Telefon erklären. Das dauert zu lange", antwortete Ingela sanft, und Rebecka konnte hören, dass auch ihre Mutter kurz davor war, in Tränen auszubrechen.

Rebecka biss die Zähne zusammen. Sie war wütend und enttäuscht. Wie hatte ihre Mutter ihr nur all die Jahre verheimlichen können, dass ihr Vater adoptiert war. „Wofür ist der Schlüssel an meiner Kette?"

„Ehrlich gesagt hätte ich dich für neugieriger gehalten, als du offensichtlich bist. Bevor ich verreist bin, habe ich eine Tüte bei dir gelassen. Ich hätte gedacht, du würdest einen Blick hineinwerfen."

„Was für eine Tüte?", erwiderte Rebecka erstaunt, bevor ihr die Plastiktüte einfiel, die unten im Flur am Haken hing. „Aber warum hast du nichts gesagt? Du hättest doch einfach sagen können, dass darin Informationen für mich sind."

„Ich muss jetzt auflegen. Die anderen rufen nach mir. Schau in die Tüte. Da drin sind alle Informationen, die du brauchst."

Ein weißer Briefumschlag, in dem eine graue Karte lag, ein Schlüssel zu einem Bankschließfach und der Name der Bank, das war alles. Obwohl die Bank erst um zehn Uhr öffnete, war Rebecka schon um neun dort. Sie war so aufgeregt, dass sie es zu Hause nicht mehr ausgehalten hatte.

Rebecka wählte Ann-Katrins Nummer, um ihr mitzuteilen, dass sie sich verspäten würde.

„Was ist es diesmal?", fauchte Ann-Katrin.

„Zahnschmerzen, aber ich komme direkt danach in die Redaktion, auch wenn ich nicht sprechen kann."

„Kein Problem, es gibt genug andere, die deinen Job machen können, wenn er dich überfordert", entgegnete Ann-Katrin trocken. „Ich erwarte, dass du spätestens um elf hier bist. Wir haben eine Redaktionsbesprechung, und alle müssen anwesend sein."

Rebecka sah auf die Uhr. Wenn sie um Punkt zehn in der Bank war, würde sie es rechtzeitig schaffen. Ann-Katrin würde sie mit allergrößter Wahrscheinlichkeit abstrafen, wenn sie nicht erschien, und Rebecka hatte nicht zwei Jahre gekämpft, um jetzt gefeuert zu werden.

Gleichzeitig wollte sie den Besuch bei der Bank nicht aufschieben. Sie hatte das Gefühl, dass der Inhalt des Schließfachs viele Fragen beantworten würde.

Um Viertel vor zehn erschienen drei ältere Damen, die zusammen mit Rebecka vor der Tür warteten. Geistesabwesend schnappte Rebecka Bruchstücke ihrer Unterhaltung auf, die sich um Enkelkinder und ein Golfturnier zu drehen schien. Um zehn Uhr stand Rebecka auf und ging auf den Eingang zu. Sie war bereit.

Gerade, als eine Bankangestellte die Tür aufschloss, meldete sich Rebeckas Handy. Hastig las sie Elises SMS.

Um elf Uhr werden große Neuigkeiten verkündet. Es kursiert das Gerücht, dass Margareta aufhört und zwei neue Chefposten besetzt werden.

Rebecka las die Nachricht ein zweites Mal. Also wollten sie heute die geplanten Umstrukturierungen in der Redaktion bekannt geben. Bedeutete das, sie würde die Leitung des Reportage-Ressorts nicht übernehmen? Rebecka wurde nervös. Als sie aufsah, merkte sie, dass die drei Damen vor ihr in die Bank geschlüpft waren. Verdammt, jetzt musste sie sich auch noch anstellen und warten. Rebecka wollte gerade die Tür aufdrücken, als ihr schwindelig wurde. Sie hielt in der Bewegung inne und griff sich an den Kopf, versuchte, sich zu konzentrieren und nicht zusammenzubrechen. Mit zittrigen Beinen ging sie in die Bank und zog eine Wartenummer. Mit halbem Ohr hörte sie, wie eine der älteren Damen fragte, ob sie ihre Rechnungen am Schalter bezahlen könne. Die Frau fing an, umständlich in ihrer Handtasche zu kramen. Zehn Minuten später war sie immer noch nicht fertig, und Rebecka sah gestresst auf die Uhr. Sie durfte auf keinen Fall zu spät zum Meeting erscheinen. Was, wenn es eine Überraschung war und sie die Stelle doch bekommen würde? Sie gab die Hoffnung nicht auf. Glücklicherweise waren die anderen beiden Damen nur Begleitung. Rebecka hörte sie beim Hinausgehen etwas über einen Konditoreibesuch murmeln, während sie an den Schalter hastete.

Ein paar Minuten später zog sie die graue Karte durch das Lesegerät, das Zugang zum Tresorraum gewährte, ging zu den Schließfächern und suchte die Nummer, die auf dem Zettel aus der Tüte stand. Sie steckte den Schlüssel ins Schloss und öffnete das Fach. Darin befand sich ein Schuhkarton. Rebecka nahm ihn heraus und schaute hinein. Im Karton lagen Papiere und ein kleines Kästchen. Rebecka machte den Deckel wieder zu und sah auf die Uhr. Halb elf. Wenn sie sich beeilte, würde sie es noch pünktlich schaffen. Die Papiere mussten bis nach dem Meeting warten.

„Du kommst gerade rechtzeitig. Margareta hat eben verkündet, dass sie in Rente geht!", rief ihr Fredrik zu, als Rebecka durch die Tür stürzte.

Rebecka lächelte ihm hastig zu und eilte zu den Kollegen hinüber, die sich im Redaktionsbüro versammelt hatten. Sie entdeckte Elise, die an einem der Pfeiler lehnte, und stellte sich neben sie. Im selben Moment gab Margareta bekannt, dass Ann-Katrin wie erwartet ihre Nachfolge als Chefredakteurin antreten würde. Rebecka presste ihre Lippen zu einem schmalen Strich zusammen. Dass Ann-Katrin zukünftig verantwortliche Chefredakteurin sein würde, war nicht gerade die beste Neuigkeit, aber solange man sie zur Reportage-Leiterin ernannte, würde sie sich damit abfinden können.

Rebecka klatschte höflich, als Ann-Katrin das Wort ergriff, ihre Jahre in der Redaktion Revue passieren ließ und verkündete, wie sie sich die Zukunft vorstellte und welche Pläne sie für die Zeitung hatte. Eine Floskel folgte auf die nächste, und Rebecka verlor das Interesse. Sie wollte den Inhalt des Schuhkartons und die zusätzlichen Papiere durchgehen, die in der Tüte gelegen hatten. Aus den Augenwinkeln nahm sie eine Bewegung war und sah, wie Sam sich nach vorn schob.

Rebecka nahm jedes Detail an ihm wahr. Die Art, wie er ging, sein Gesicht. Gott, er war wirklich unglaublich sexy.

„Damit hätte ich nicht gerechnet“, raunte Elise in Rebeckas Ohr.

Was meinte sie? Rebecka konzentrierte sich wieder darauf, was vor ihr passierte. Einen Moment später begriff sie: Sam war zum Reportage-Leiter ernannt worden! Sam, der gerade erst beim Telegrafen angefangen hatte. Wie konnten sie nur? Sam sah sie für einen kurzen Moment an, bevor er das Gesicht zur Seite drehte und mit seiner Ansprache begann. Wie konnten sie Sam meinen Job geben, für den ich mich seit Jahren abrackere. Schockiert stand Rebecka wie versteinert da und hörte Sams Rede zu, in der er seine neue Rolle in der Feature-Redaktion und seine Zukunftspläne umriss, bevor sie sich auf dem Absatz umdrehte und die Redaktion verließ.

„Hast du einen Augenblick Zeit?“, fragte Margareta und blieb vor Rebeckas Schreibtisch stehen.

Rebecka stand auf. Sie hatte noch nicht einmal ihren Computer hochgefahren, sondern einfach nur dagesessen und vor sich hin gestarrt. Sie fühlte sich, als hätte man sie durch eine Mangel gedreht und ihr die Luft abgeschnürt. Das war unfair. Sie hatte so hart für diesen Job gekämpft, und jetzt hatte Sam ihn ihr im letzten Augenblick vor der Nase weggeschnappt. Er hatte ihr die ganze Zeit etwas vorgemacht.

Rebecka ging Margareta mit weichen Knien hinterher. Sie war wie betäubt.

„Ich weiß, dass du enttäuscht bist“, sagte Margareta ohne Umschweife, als sie ihr Büro betreten hatten.

Rebecka biss die Zähne zusammen. „Ich dachte, ich würde die neue Reportage-Leiterin werden“, sagte sie schließlich und spürte, wie sie rot wurde.

„Ist das wirklich die Stelle, die du willst?“

Rebecka sah Margareta erstaunt an. „Natürlich, warum fragst du? Darauf habe ich die ganze Zeit hingearbeitet.“

Margareta runzelte die Stirn. „Ich weiß, dass du Interesse an der Stelle hattest, aber als Reportage-Leiterin schreibst du nicht, und du gehörst ohne Zweifel zu unseren besten Autorinnen. Sam dagegen hat in New York als Redaktionsleiter gearbeitet, und wir halten ihn für die beste Wahl. Dich können wir ganz einfach nicht entbehren.“

„Aber –“, Rebecka wollte widersprechen, aber Margareta ließ sie nicht ausreden.

„Außerdem hat Ann-Katrin gesagt, dass du in letzter Zeit ziemlich abwesend warst. Sie ist der Meinung, dass du nicht mehr mit demselben Arbeitseifer bei der Sache bist. Das kann ich mir eigentlich nicht vorstellen, allerdings ist auch mir nicht entgangen, dass du ziemlich eingespannt bist.“

Rebecka starrte auf den Boden. Sie wusste, dass Margareta recht hatte, wollte aber nicht über ihre privaten Probleme reden. Auch nicht über die Adoptionsreportage. Zumindest noch nicht.

„Es war ziemlich viel in letzter Zeit“, murmelte sie. „Aber ich glaube wirklich, dass ich als Reportage-Leiterin einen guten Job gemacht hätte“, fügte sie selbstbewusst hinzu.

„Davon bin ich überzeugt. Wenn du das Reportage-Ressort wirklich leiten willst, dann wirst du das auch eines Tages tun“, erwiderte Margareta.

Rebecka war wütend. Wütend und enttäuscht. Auch wenn sie in den letzten Monaten vielleicht etwas zerstreut gewesen war, hatte sie zwei Jahre lang härter gekämpft als alle anderen. Sie hatte gekämpft, seit sie das erste Mal die Redaktion des Telegrafen betreten hatte. Es war einfach nicht fair. Sie stand auf. „Wenn das alles war?“

„Ich mag dich. Als ich hier angefangen habe, hatte ich auch kleine Kinder. Ich weiß, wie schwierig es ist, Familie und Beruf unter einen Hut zu bekommen. Aber es geht. Wenn man ehrlich zu sich selbst ist und zugibt, wenn die Belastung zu groß wird."

Rebecka presste die Lippen aufeinander. Margareta hatte keine Ahnung, was sie durchmachte. Ihr Mann hatte sie nicht verlassen, und während sie die Karriereleiter immer weiter nach oben geklettert war, hatten Kindermädchen ihre Kinder betreut. „Ich muss jetzt arbeiten", sagte sie und ging zur Tür.

An ihrem Platz steckte sie für den anstehenden Interviewtermin Stifte und Notizblock in ihre Tasche.

„Bist du bereit? Können wir gehen?", fragte Kenta und blieb an ihrem Schreibtisch stehen.

Rebecka nickte. Sie war bereit. Sie würde es ihnen zeigen. Sie haben der falschen Person den Job gegeben, dachte sie und ging mit hocherhobenem Kopf an Sams Platz vorbei. Sie übersah ihn geflissentlich, ignorierte das Schwindelgefühl und das Bedürfnis, sich irgendwo abzustützen. Ihr Handy und der Karton aus dem Bankschließfach lagen nach wie vor auf ihrem Schreibtisch.

Als es an der Tür klopfte, setzte sich Rebecka benommen im Sofa auf, sie war vor dem Fernseher eingeschlafen. Das war ihr schon seit Jahren nicht mehr passiert. Vielleicht weil sie einfach nie die Zeit gehabt hatte, sich einen Film anzuschauen. Aber nach der Arbeit war sie erschöpft aufs Sofa gefallen und hatte einfach nur noch durch die Kanäle gezappt. Ihr Magen meldete sich zu Wort und knurrte vor Hunger, sie stand auf. Als sie die Wohnzimmertür öffnete, konnte sie eine hochgewachsene Gestalt vor der Haustür erkennen. Ihr Blick fiel auf Lollo, die alle viere von sich gestreckt, friedlich schlafend auf dem Rücken in ihrem Körbchen lag. Rebecka musste lachen. Was für ein toller Wachhund! Als sie die Haustür öffnete, riss sie vor Erstaunen die Augen auf.

„Darf ich reinkommen?“, fragte Sam und sah Rebecka verlegen an.

Rebecka zögerte einen Moment, ließ Sam dann aber doch ins Haus. Plötzlich erschien ihr der Flur viel zu eng, und sie ging zur Wohnzimmertür.

Sam stellte die Tüte, die er in der Hand hielt, auf den Boden und blickte sich um.

„Schlafen alle?“

„Sie sind nicht zu Hause“, antwortete Rebecka leise. Ihre Blicke trafen sich, und Rebecka hatte wieder eine Art Déjà-vu. Damals hatten sie dicht voreinander gestanden, ungeschickt, ohne zu wissen, was sie sagen sollten, bevor er wegfuhr. Damals, vor fünfzehn Jahren.

„Ich habe das ganze Wochenende versucht, dich zu erreichen.“

„Ich wollte nicht mit dir über den Kuss reden“, antwortete Rebecka kurz angebunden.

„Das habe ich begriffen. Aber darum ging es ja auch gar nicht. Ich wollte dir von dem Jobangebot erzählen, und dass ich es angenommen habe“, entgegnete Sam und machte einen Schritt auf sie zu.

Rebecka biss die Zähne zusammen und spürte, wie sich ihre Kiefermuskeln verkrampften, bevor sie resignierte und die Anspannung von ihr abfiel. „Möchtest du etwas trinken?“, fragte sie und ging in die Küche, ohne ihn anzusehen. Sie konnte sich genauso gut anhören, was er zu sagen hatte. Schließlich würde er bald ihr direkter Vorgesetzter sein.

„Wein oder Bier? Oder willst du lieber etwas anderes?“ Rebecka sah Sam an, der ihr in die Küche gefolgt war. Er hatte sich nach der Arbeit umgezogen, stellte sie fest. In Jeans und Pulli sah er lässig und entspannt aus. Sexy und entspannt. Rebecka zwang sich, den Blick abzuwenden, und öffnete einen der Küchenschränke. Sam bat um ein Glas Wein.

Rebecka nahm zwei Gläser aus dem Schrank und stellte sie auf die Arbeitsplatte. Sie wusste nicht, was sie von Sams Besuch halten sollte. Ungeschickt entkorkte sie eine Flasche Chablis, schenkte ein und reichte Sam ein Glas. Sie lehnte sich an den Küchentresen und nippte an ihrem Wein. Sie war immer noch aufgebracht, dass Sam die Stelle des Reportage-Leiters bekommen hatte. Außerdem war sie wütend, dass sie ausgerechnet von ihrem Ex aus dem Feld geräumt worden war.

„Ich wusste, dass du den Job haben wolltest“, sagte Sam.

Obwohl sie nur einen Meter entfernt voneinander standen, kam es ihr vor, als läge ein ganzes Fußballfeld zwischen ihnen.

„Warum hast du dann angenommen?“, fauchte sie und trank noch einen Schluck. Sie umklammerte ihr Glas so fest, dass sie dachte, es müsse jeden Moment zerspringen.

„Weil ich weiß, dass ich geeigneter bin.“

Rebecka erstarrte. Hatte sie richtig gehört? Wie konnte er in ihrer Küche stehen und so unverschämt sein zu behaupten, dass er für den Job besser geeignet sei als sie?

„Wie schön, dass du ihn dann auch bekommen hast“, entgegnete sie und stellte ihr Glas mit einem Knall auf die helle Marmorplatte, ohne sich darum zu scheren, dass es kaputtgehen könnte. „Bist du nur hergekommen, um mir das zu sagen?“

Sam stellte sein Glas ebenfalls ab und kam zu ihr. „Ich bin gekommen, um dir das zu sagen, und zwar aus folgendem Grund: Du bist die beste Journalistin der Zeitung, und du solltest keinen Job machen, der dir keine Zeit zum Schreiben lässt", sagte er und blieb so dicht vor ihr stehen, dass sie die Wärme seines Körper spüren konnte.

Rebecka atmete heftig. „Warum sagst du das?" Sie war immer noch wütend. „Hier scheint jeder zu wissen, was ich will und was nicht. Hast du mich deswegen verlassen? Weil es das Beste für mich war?", fragte sie. Alle unterdrückten Gefühle sprudelten mit einem Mal an die Oberfläche, und sie starrte Sam zornig an. Ihr Herz klopfte wie wild. „Du bist einfach gegangen!"

„Du warst diejenige, die Schluss gemacht hat", erwiderte er tonlos. „Wenn du genau nachdenkst, wirst du dich erinnern, dass du mir nur allzu deutlich gezeigt hast, dass du nicht mehr mit mir zusammen sein wolltest."

„Das war aber noch lange kein Grund, mich von jetzt auf gleich aus deinem Leben zu streichen. Du hättest warten können. Du hättest nicht noch am selben Abend, an dem wir uns getrennt hatten, eine Zugfahrkarte kaufen müssen."

„Worauf hätte ich deiner Meinung nach denn warten sollen? Dass du es dir anders überlegst? Du hattest mich gebeten zu gehen."

Rebecka starrte ihn an. „Ich wollte nicht, dass du sofort gehst", murmelte sie schließlich.

„Man kann sich nicht immer nur die Rosinen herauspicken."

„Ich weiß." Rebecka seufzte. Sie wollte ihm nicht sagen, wie verzweifelt sie gewesen war, als er Båstad verlassen hatte.

Wie sehr sie sich hatte zusammenreißen müssen, um ihm nicht hinterherzurufen und ihn zu bitten zu bleiben.

Rebecka konnte kaum atmen, das Gefühl, dass ein Gummiband ihre Brust zusammenschnürte, wurde immer stärker. Ihre Hände zitterten, und ihre Beine fühlten sich an wie die eines neugeborenen Fohlens, ungelenk und nachgiebig, jeden Moment zum Einknicken bereit.

„Weiß du, wie sehr ich meinen Entschluss bereut habe, als ich in diesem verfluchten Zug gesessen habe? Ich bin sogar einmal ausgestiegen, um zurückzufahren und dich zu bitten, es dir noch einmal zu überlegen, bevor mir klar wurde, dass du das nicht tun würdest. Obwohl wir so jung waren, wollte ich nur mit dir zusammen sein, mit niemandem sonst. Und das habe ich dir immer wieder gesagt", sagte Sam und berührte ihren Arm.

Rebecka spürte, wie sich der Knoten in ihrem Magen immer fester zusammenzog. Sie hatte ihn damals gesehen. Mit Fiona, der jüngeren Schwester von einem seiner Freunde.

„Ich habe dich mit Fiona gesehen. Ihr standet am Kai und habt euch umarmt. Ich konnte an dem Tag früher gehen und war auf dem Weg nach Hause", sagte Rebecka heiser. Sie konnte sich noch genau erinnern. Wie froh sie gewesen war, zur Abwechslung einmal einen freien Abend zu haben. Sie hatte den Weg am Bootshafen entlang genommen, um so schnell wie möglich zu Sam nach Hause zu kommen. Dann hatte sie die beiden gesehen. Eng umschlungen. Liebevoll.

„Ist das dein Ernst?", fragte Sam. „Hast du Schluss gemacht, weil du dachtest, ich würde dich betrügen? Hast du mich deswegen gebeten zu gehen?"

„Ich weiß nicht. Ich hätte nicht davon anfangen sollen. Können wir nicht über etwas anderes reden? Das ist immerhin fünfzehn Jahre her", erwiderte Rebecka und vermied es, ihn anzusehen.

„Du hast gesagt, wir würden nicht zusammenpassen, und ich habe dir geglaubt", sagte Sam, als ob er sie nicht gehört hätte. „Ich habe dich nicht mit Fiona betrogen. Sie war traurig, weil ihr Hund gestorben war, und ich habe sie in den Arm genommen, weil ich wusste, wie weh es tut, ein Haustier zu verlieren. Es war ja erst ein paar Wochen her, dass wir Flipp verloren hatten. Aber warum hast du nichts gesagt? Ich hätte dir alles erklären können."

Rebecka kniff die Augen fest zusammen. Wollte nicht hören, was er sagte. Wollte nicht hören, dass sie ihn wegen eines Missverständnisses verloren hatte. Die Erinnerungen übermannten sie, und sie starrte Sam verzweifelt an. „Ich wollte nicht, dass du gehst", flüsterte sie. „Ich wollte, dass du bei mir bleibst. Aber ich habe mich nicht getraut, etwas zu sagen. Ich wollte nicht hören, was Fiona dir bedeutete."

„Aber du hast nicht gesagt, dass ich bleiben soll. Wenn du nur gefragt hättest – ein einziges Mal", antwortete Sam unglücklich. Er starrte auf seine Füße. „Ich bin nach Schweden zurückgekommen, als ich die Stelle beim Telegrafen bekommen habe. Zu dem Zeitpunkt stand bereits fest, dass ich Ann-Katrins Nachfolge antreten würde. Ich wusste, dass du beim Telegrafen arbeitest, und das war einer der Gründe, warum ich zurückgekommen bin. Ich wollte dich wiedersehen." Nach einem Moment fuhr er fort: „Ich habe mich in New York pudelwohl gefühlt. Aber mein Bedürfnis, dich wiederzusehen, war stärker. Ich wollte herausfinden, ob ich noch dasselbe für dich empfinden würde wie damals …" Sam strich ihr sanft über die Wange.

„Und Hanna? Ich dachte …"

„Hanna und ich sind schon lange getrennt. Ich habe behauptet, wir seien noch zusammen, weil ich wusste, dass du verheiratet bist. Ich wollte nicht, dass du glaubst, ich sei deinetwegen zurückgekommen. Hanna ist schon seit einem Jahr wieder in Schweden, und als sie zurückgegangen ist, haben wir Schluss gemacht."

Rebecka wusste nicht, was sie sagen sollte. So viele Jahre

waren vergangen, Jahre, in denen sie viele Tränen vergossen hatte. Sie dachte an Anton. Anton, der all das war, was Sam nicht war: zuverlässig und stabil. Der das verkörperte, von dem sie angenommen hatte, dass Sam es nicht war. Jetzt war sie kaum noch in der Lage zu sagen, wer welche Eigenschaften besaß. Ihre Welt war das reinste Chaos, und ganz nebenbei hatte man sie auch noch um ihren Traumjob geprellt.

„Ich wollte diesen Job unbedingt haben", sagte sie ausweichend, bemüht, sich von dem, was Sam gerade über sie und ihre Beziehung gesagt hatte, zu distanzieren. Das war einfach zu viel, um es direkt zu verarbeiten.

„Ich weiß, und ich habe ein schlechtes Gewissen deswegen. Aber ist diese Position wirklich das, was du willst? Tief in deinem Inneren?", fragte Sam.

„Natürlich", erwiderte Rebecka und sah ihn schockiert an. „Warum fragst du das?"

Sam streichelte wieder ihre Wange. Es war eine so zärtliche Geste, dass sie vor Rührung am liebsten geweint hätte. Der Kuss kam ihr wieder in den Sinn, und sie wollte seine Lippen auf ihren spüren. Nur noch ein Mal. Als könnte er ihre Gedanken lesen, beugte er sich vor, und ihre Lippen trafen sich zu einem langen, innigen Kuss. Rebecka klammerte sich an ihn, hielt ihn fest. Wollte mehr. Wollte, dass er sie hochhob und sie zum Bett oder Sofa trug oder sie auf den Boden legte. Egal, Hauptsache, sie fühlte seinen nackten Körper auf ihrem. Sie spürte, wie Sams Hände über ihren Körper glitten, den Weg unter ihre Kleidung fanden und ihre Brüste streichelten. Sie stöhnte. Sie wollte ihn haben. Jetzt. Es war schon viel zu lange her. In dem Moment kam Lollo in die Küche. Sie sah ihr Frauchen und den Mann an und bellte erstaunt. Rebecka und Sam ließen voneinander ab, und im gleichen Augenblick überkamen Rebecka Schuldgefühle. Was tat sie da eigentlich?

„Ich glaube, du solltest besser gehen", murmelte Rebecka, ohne Sam anzusehen. Ihr Herz schlug ihr bis zum Hals, und ihre Hände zitterten.

Sam räusperte sich und fuhr sich mit der Hand durch die Haare. „Ich bin nicht nur hergekommen, um mit dir über den Job und uns zu sprechen. Du hast dein Handy und einen Karton auf deinem Schreibtisch vergessen, und ich dachte, du würdest sie vielleicht brauchen."

Rebecka kniff die Augen zu schmalen Schlitzen zusammen. „Hast du in den Karton gesehen? Bist du deswegen hier? Weil du neugierig bist?", fragte sie bissig. Sie war sich bewusst, dass ihre Stimme zu scharf klang, aber die Gewissheit, dass sie kurz davor gewesen war, mit Sam auf dem Küchenfußboden zu landen, brachte sie aus dem Gleichgewicht. Was wäre passiert, wenn Lollo nicht in die Küche gekommen wäre?

„Ich habe reingeschaut", antwortete Sam gelassen, als würde er Rebeckas emotionale Achterbahnfahrt gar nicht bemerken. „Aber nur, um nachzusehen, ob was Wichtiges drin ist. Ich bin nicht alle Papiere durchgegangen, aber das, was ich gelesen habe, schien mir wichtig zu sein, und ich wollte nicht, dass der Karton womöglich verloren geht", erklärte er.

Rebecka versuchte, das Gefühlschaos in ihrem Inneren unter Kontrolle zu bekommen. „Danke", sagte sie schließlich. „Wo ist der Karton?"

„In einer Tüte im Flur", antwortete Sam und verließ die Küche, um sie zu holen. Als er zurückkam, nahm er den Karton aus der Tüte und gab ihn Rebecka. „Ich glaube wirklich, dass du da was an der Hand hast", sagte er. Rebeckas Neugier siegte, sie stellte den Karton auf den Küchentisch und nahm den Deckel ab. Sie legte das Kästchen auf den Tisch und holte die Papiere heraus. Ein paar Blätter waren an den Rändern schon vergilbt. Zwischen den Seiten fiel ein Foto heraus und flatterte zu Boden. In dem Moment, als Rebecka sich bückte, um das Bild aufzuheben, tat Sam dasselbe. Ihre Finger berührten sich, und Sam hielt sie fest. Mit der anderen Hand hob er das Foto auf und reichte es ihr. Rebecka sah ihm für einen kurzen Moment in die Augen, bevor ihr Blick auf die Fotografie fiel. Sie zeigte eine junge Frau, die einen höchstens dreijährigen Jungen auf dem Schoß hielt. Rebecka betrachtete die Frau, die ihre Wange auf den Kopf des Kindes schmiegte und ihre Arme beschützend um den kleinen Körper geschlungen hatte. Sie sahen glücklich aus, die Augen der Frau leuchteten voller Liebe. Rebecka streichelte die Gesichter mit dem Finger. Sie ahnte, wer die beiden waren.

„Sie sieht dir ähnlich. Seid ihr verwandt?", fragte Sam hinter ihr.

Rebecka nickte langsam. „Das sind mein Vater und seine leibliche Mutter", antwortete sie, während sie die alte Fotografie umdrehte. Auf der Rückseite stand in zierlicher Handschrift *Sonja und Vilhelm 1956*. Drei Jahre bevor Vilhelm adoptiert worden war. Sie legte das Foto auf den Tisch und ging die Papiere durch. Mehrere Briefe, irgendeine Art von Kaufbeleg, den sie sich später genauer ansehen würde, und diverse Kontoauszüge. Rebeckas Blick blieb an einem von ihnen hängen. Sie schnappte nach Luft und vergaß mit einem Schlag, dass Sam neben ihr stand. Sie vergaß alles um sich herum und sah nur noch das, was da vor ihr lag. Endlich hatte sie die Beweise, die sie brauchte. Sie hatte ihre Story!

Als Sam gegangen war, sah Rebecka sämtliche Papiere durch. Sie ignorierte das immer stärker werdende Schwindelgefühl und das Rauschen in den Ohren. Was sie hier in den Händen hielt, war nicht nur gut, es war phänomenal. Sonja hatte ihr die Arbeit abgenommen. Rebeckas Hände zitterten, als sie einen der Briefe öffnete und zu lesen begann. Es dauerte nicht lange, bis sie alle Briefe von Sonja verschlungen und die ganze tragische Geschichte erfahren hatte. Tränen liefen ihr über das Gesicht. Sie fühlte mit Sonja und Vilhelm, fühlte mit allen Kindern und Eltern, deren Leben zerstört worden waren.

Rebecka war unsagbar wütend. Wenn Ragnar Lind glaubte, er könne damit ungeschoren davongekommen, dann hatte er sich getäuscht. Mit entschlossener Miene holte sie ihren Laptop und schrieb eine E-Mail an Jean Lind, weil sie seine E-Mail-Adresse kannte. Als sie ihre Nachricht abgeschickt hatte, sah sie auf die Uhr: Mitternacht. Sie war müde. Unglaublich müde. Sie würde nur noch die letzten Papiere durchsehen und dann ins Bett gehen. Ihr Blick fiel auf das dunkelblaue Kästchen, sie öffnete es mit steifen Fingern. Als sie das Goldmedaillon sah, das umsichtig auf einem Samtbett platziert war, stiegen ihr die Tränen in die Augen. Vorsichtig nahm sie es in die Hand und las die Inschrift. *Vilhelm 1953.* Das Geburtsjahr ihres Vaters. In dem Medaillon befand sich ein Babyfoto, von dem Rebecka annahm, dass es ihren Vater zeigte. Sie rieb sich die Augen, um die schwarzen Flecke zu vertreiben, die auf ihrer Netzhaut tanzten. Ihre Brust schien zu zerspringen, und sie versuchte, gleichmäßig zu atmen. Sie legte das Medaillon ins Kästchen zurück. Am besten würde sie jetzt schlafen gehen.

Als ihr schlecht wurde und sie zu schwitzen begann, wusste sie, dass irgendetwas nicht in Ordnung war. Sie schaffte es gerade noch, nach ihrem Handy zu greifen und Annas Nummer zu wählen, bevor sie umkippte und im Fallen mit dem Kopf gegen die Tischkante stieß.

Als Rebecka vorsichtig den Kopf bewegte, stöhnte sie vor Schmerzen auf. Ihr Kopf hatte einen heftigen Schlag abbekommen, und im Krankenhaus hatten sie darauf bestanden eine Computertomografie zu machen, um sicherzugehen, dass sie keine inneren Blutungen hatte. Die Wunde an der Stirn, die sie sich bei der Kollision mit der Tischkante zugezogen hatte, war gesäubert und genäht worden.

Sie versuchte, sich an die Ereignisse des gestrigen Abends zu erinnern. Sam und sie hatten sich gestritten. Dann hatten sie sich geküsst. Sie erinnerte sich an alle Gefühle, die dieser Kuss in ihr ausgelöst hatte. Seine warmen Lippen. Rebecka schloss die Augen. Bilder flimmerten vorbei: Dokumente und eine Goldkette. Sie hatte ihren Scoop. Als sie diesen Gedanken zu Ende geführt hatte, kam Anton ins Zimmer. Er sah müde und abgekämpft aus, und seine Haare standen wirr in alle Himmelsrichtungen ab.

„Wie fühlst du dich?“, fragte er und beugte sich über sie.

Rebecka setzte sich auf, obwohl ihr Kopf bei der Bewegung protestierte. Sie streckte die Hand nach Anton aus. Seine warmen Finger umschlossen ihre, und sie lächelte zaghaft. Mit der anderen Hand betastete sie vorsichtig ihren Kopf.

„Du hast einen ganz schönen Stoß abbekommen“, flüsterte er und streichelte ihre Wange.

„Woher weißt du, dass ich hier bin?“, murmelte Rebecka und schloss die Augen. Sie war vollkommen erschöpft.

„Anna hat mich angerufen“, antwortete Anton.

„Sie ist im Krankenwagen mitgefahren. Das war überhaupt nicht nötig. Ich hätte einfach ein Taxi nehmen können“, sagte Rebecka mit belegter Stimme. „Wie spät ist es?“

„Neun. Ich glaube, dass sie dich auf ihrer Morgenrunde noch einmal durchchecken, und wenn alles okay ist, darfst du nach Hause.“

Rebecka spürte, wie der Stress mit einem Schlag zurückkam, und stöhnte auf, als hinter ihren Augenlidern grelle

Punkte explodierten. Sie hatte mehrere Deadlines, die sie nicht verstreichen lassen konnte. In der Redaktion waren sie wahrscheinlich ausgeflippt, als sie nicht zur morgendlichen Besprechung erschienen war. Jetzt fiel ihr auch die E-Mail an Jean Lind wieder ein. Rebecka holte tief Luft, aber bevor sie etwas sagen konnte, kam Anton ihr zuvor.

„Ich habe deine Vorgesetzte angerufen und ihr erzählt, was passiert ist. Ich soll dir ausrichten, dass du dich ausruhen und erst wieder in die Redaktion kommen sollst, wenn es dir besser geht. Dass es genug Kollegen gibt, die für dich einspringen können."

Rebecka wusste, was das bedeutete. Ann-Katrin konnte sie mit Leichtigkeit ersetzen. Sie musste so schnell wie möglich wieder arbeiten. Sie fuhr sich mit der Zunge über ihre ausgetrockneten Lippen und bat um ein Glas Wasser. Anton reichte ihr ein Glas, und Rebecka nahm einen vorsichtigen Schluck.

„Sind die Kinder in der Vorschule?", fragte sie.

„Ja, Anna und David sind heute Nacht bei ihnen geblieben. Ich war die ganze Nacht hier, während du geschlafen hast."

„Aber das war doch nur ein kleiner Stoß. Das hättest du nicht machen müssen!"

„Ich wollte aber."

Rebecka gab ihm das Wasserglas und lehnte sich in die Kissen zurück. Sie fühlte sich total ausgelaugt. Ungefähr wie ein ausgewrungener Putzlappen. Sie dachte wieder an den gestrigen Abend. An Sam und das, was er über Hanna gesagt hatte. Sie glaubte ihm, warum sollte er lügen?

„Ich liebe dich, Rebecka. Ich habe mich wie ein Hornochse benommen", sagte Anton leise. „Ich habe mir heute freigenommen und helfe dir. Maria holt die Kinder ab."

„Maria?", fragte Rebecka und runzelte die Stirn.

Anton sah sie verlegen an. „Äh, ja ... Ich habe ein Kindermädchen engagiert."

„Du hast ein Kindermädchen? Ich dachte, du wärst absolut dagegen?"

„Ja, aber manchmal ist es ganz praktisch ..."

„Dann hast du sicher auch eine Putzfrau?", unterbrach ihn Rebecka. Antons Gesicht nahm plötzlich einen leicht gestressten Ausdruck an.

„Machst du Witze?", fragte sie.

„Äh ... nein. Ich hab eingesehen, dass es unter der Woche schwierig ist, den Tagesablauf zu organisieren, und mir ein bisschen Hilfe geholt", murmelte Anton und griff nach Rebeckas Hand.

Sie konnte ihn kaum ansehen. Jahrelang hatte er darauf bestanden, dass die Kinder ihre Eltern brauchten, aber kaum war er allein mit ihnen, holte er sich fremde Hilfe ins Haus. Als ihr Handy klingelte, sah Rebecka zu ihrer Handtasche, die auf einem der Besucherstühle lag. Sie wollte nachsehen, wer sie da anrief, wusste aber genau, dass Anton wütend werden würde, wenn sie ranging.

„Ich hätte gerne eine Tasse Tee", sagte sie und gab sich Mühe, besonders schwach und hilfebedürftig auszusehen.

Anton stand auf. „Ich schau nach, ob ich irgendwo einen finde", sagte er und ging zur Tür.

Als er sie gerade öffnen wollte, wurde sie von der anderen Seite aufgeschoben, und eine ältere Krankenschwester mit beträchtlicher Leibesfülle kam ins Zimmer.

„Wie geht es uns denn heute?", fragte sie fröhlich und trat an Rebeckas Bett. „Sie sind wach. Das ist gut", fuhr sie fort und stellte sich als Eva vor.

Eva machte sich sofort geschäftig ans Werk, zupfte an Rebeckas Bettdecke herum und maß ihren Blutdruck, während sie gleichzeitig über das herrliche Wetter redete. Dann schüttelte sie Rebeckas Kissen auf und senkte das Kopfende des Bettes, sodass Rebecka wieder lag.

„Wann kann ich nach Hause?“, erkundigte sich Rebecka, als die Krankenschwester ihren Puls fühlte.

„Oh, das weiß ich nicht. Sie müssen auf die Visite warten. Aber Sie müssen sich ausruhen. Ihr Mann sagte, dass Sie ein richtiges Arbeitstier sind. Stress ist nie gut, wissen Sie.“

Als die Krankenschwester wieder verschwunden war, beugte sich Anton zu Rebecka hinunter. „Du musst von jetzt an kürzertreten“, sagte er und griff nach Rebeckas Hand. „Vielleicht solltest du wirklich nur noch Teilzeit arbeiten.“

„Nein, ich hatte nur Pech. Ich hatte einen anstrengenden Tag, und in der letzten Zeit habe ich nicht richtig gegessen. Mein Blutdruck war zu niedrig, deswegen bin ich in Ohnmacht gefallen, und leider stand der Tisch im Weg“, erwiderte Rebecka und funkelte Anton wütend an.

„Ich habe mir solche Sorgen gemacht, als Anna angerufen hat, und habe heute Nacht über alles nachgedacht. Wie dumm ich mich verhalten habe, als ich einfach abgehauen bin und dich mit der ganzen Verantwortung allein gelassen habe. Ich wollte doch nur, dass du begreifst, worum es mir geht“, fuhr Anton fort, als hätte er ihren Einwand gar nicht gehört.

Im selben Moment ging die Tür wieder auf, und eine Ärztin betrat den Raum. Sie gab Rebecka die Hand und sah sie an.

„Ihnen scheint es besser zu gehen“, stellte sie fest und studierte das Krankenblatt. „Wir möchten Sie zur Beobachtung noch ein paar Stunden hierbehalten, aber wenn alles in Ordnung ist, können Sie heute Nachmittag nach Hause.“

Rebecka wusste, dass es ihr gut ging. Sie hatte Kopfschmerzen, aber ansonsten war sie kerngesund. Sie hatte einfach nicht ordentlich gegessen, stand unter Stress und hatte sich in der letzten Zeit vielleicht etwas zu viel zugemutet.

Als die Ärztin gegangen war, gelang es ihr, Anton zu überreden, Tee und Sandwiches zu holen. Sobald er die Tür hinter sich zugeschoben hatte, schälte sie sich aus dem Bett, angelte ihr Handy aus der Handtasche und ignorierte das Pochen in ihrer Stirn. Sowohl Elise als auch Sam hatten mehrfach angerufen. Rebecka hielt die Luft an, als sie die Anrufliste herunterscrollte und sah, dass Jean Lind ebenfalls versucht hatte, sie zu erreichen. Sie hörte ihre Mailbox ab, auf der seine kultivierte Stimme sie darum bat, ihn zurückzurufen. Seine Stimme klang nicht so selbstsicher wie üblich, und er fragte, ob sie sich treffen könnten. Vielleicht in seiner Wohnung am Strandvägen?

Rebecka schickte ihm schnell eine SMS, in der sie ihm mitteilte, dass sie vorbeikommen würde. Danach schrieb sie eine Nachricht an Elise und informierte sie, dass sie in ungefähr einer Stunde in die Redaktion käme.

Rebecka griff nach ihren Sachen, die jemand auf einen Stuhl gelegt hatte, und streifte Hose und Pullover über. Als sie dabei an ihre Kopfwunde geriet, stöhnte sie auf, zog sich aber weiter an. Dabei behielt sie die Tür im Auge und hoffte, dass Anton noch nicht zurückkommen würde. Sie steckte gerade die Füße in ihre schwarzen Ballerinas, als die Tür aufging und Anton mit einem Tablett hereinkam. Er blieb wie angewurzelt stehen und sah sie alarmiert an.

„Du willst gehen?“

„Ich muss. Ich bin da an einer Sache dran, die wirklich nicht warten kann.“

„Verdammt noch mal, Rebecka. Kannst du deinen Job nicht ein einziges Mal vergessen?“ Ein Schatten fiel über Antons Gesicht.

Sein Zorn erschreckte sie. „Du verstehst nicht, es geht um meinen Vater, er –“, setzte sie an, aber Anton ließ sie nicht ausreden.

„Ehrlich gesagt interessiert es mich herzlich wenig, worum es geht. Ich dachte, du hättest verstanden, wie ernst das hier ist. Du hättest sterben können!“

„Jetzt übertreibst du aber“, antwortete Rebecka. „Ich muss jetzt wirklich los. Es dauert nicht lange, versprochen. Können wir bitte später darüber reden?“

Anton schüttelte den Kopf, und Rebecka konnte sehen, wie sich seine Kiefermuskulatur anspannte.

„Dein Job ist mir so was von egal, Rebecka. Und wenn du möchtest, dass wir noch eine gemeinsame Zukunft haben, dann sollte er dir auch egal sein.“ Antons Stimme versagte, und er starrte auf das Tablett.

Rebecka zögerte. Sie konnte nicht bleiben. Sie hatte den Scoop in der Hand. Mit einem letzten Blick auf Anton verließ sie das Zimmer.

***

Als Rebecka die große Wohnung am Strandvägen betrat, erzählte Jean Lind, dass das Haus bereits im Jahr 1895 erbaut worden war. Er sah müde und übernächtigt aus und schien ein wenig nervös zu sein. Nichtsdestotrotz war seine Erscheinung wie üblich gepflegt und elegant, er trug einen Anzug und hatte die Haare zurückgekämmt. Seine sonnengebräunte Haut zeugte davon, dass er einen großen Teil des Jahres im Ausland verbrachte.

Rebecka ignorierte ihre Kopfschmerzen. Bevor sie hergefahren war, hatte sie ein paar Schmerztabletten genommen. In ihrer Tasche lagen Kopien von Papieren, die bewiesen, dass

Ragnar und Vivianne Lind sowie ein Mann namens Nils Svensson, der schon lange verstorben war, zahlreiche Leute betrogen hatten.

Rebecka folgte Jean Lind durch die Zimmerfluchten, bis sie in ein Esszimmer kamen, das dieselbe Größe wie Rebeckas Wohnzimmer hatte. Die Decke muss fast vier Meter hoch sein, dachte sie und betrachtete die Deckenmalereien und den Stuck. In einer Ecke des Esszimmers stand ein cremefarbener Kachelofen mit goldenen, blauen und rosafarbenen Verzierungen. Im angrenzenden Wohnzimmer prunkte ein großer offener Kamin, und auf dem Wohnzimmertisch stand eine runde Vase mit roten Pfingstrosen. Als Jean in die Küche ging, um Kaffee zu holen, blieb Rebeckas Blick am Kristallleuchter an der Decke hängen. Die gesamte Einrichtung strahlte Luxus und Exklusivität aus, von den schweren Samtgardinen bis zu den Perserteppichen. Dass Menschen so raffgierig sein konnten. Dieser Reichtum war auf Kosten des Glücks anderer Familien erworben worden. Sie setzte sich in einen der großen Ledersessel. Sie hatte sich mit Jean Lind verabredet, weil Ragnar Lind sich zurzeit im Ausland aufhielt und erst in ein paar Monaten zurückerwartet wurde. Allerdings war Rebecka sich nicht sicher, ob er seine Heimreise nicht doch früher als geplant würde antreten müssen, um sich den Fragen der Presse zu stellen, sobald seine dunklen Geschäfte ans Tageslicht kamen. Sie legte Aufnahmegerät, Papier und Stift auf dem dunklen Couchtisch bereit und betrachtete das Modell eines großen Holzschiffs, das auf einer der Fensterbänke im Wohnzimmer stand. Im selben Moment kam Jean Lind zurück. Er stellte zwei Kaffeetassen auf die Untersetzer, die auf dem Couchtisch lagen.

„Das ist das Lieblingsschiff meines Vaters“, sagte er, als er Rebeckas Blick folgte. „Es liegt in Puerto Banús“, fuhr er fort, bevor er verlegen verstummte. Seine Wangen überzog eine leichte Röte.

Er setzte sich in den Sessel gegenüber von Rebecka und sah sie direkt an. „Nach dem Anruf Ihrer Kollegin vor einigen Wochen habe ich eigene Nachforschungen angestellt", sagte er und griff nach seiner Kaffeetasse. Nur das leichte Zittern seiner Hände verriet, dass er nicht so gelassen war, wie er schien.

Rebecka schaltete das Aufnahmegerät ein und beugte sich leicht nach vorn. „War Ihnen bekannt, dass diese Kinder durch Drohungen oder Vorspiegelung falscher Tatsachen zur Adoption freigegeben worden sind? Dass man ihre Eltern genötigt hat?", fragte sie.

Jean Lind wurde blass und brauchte einen Moment, bevor er antwortete. „Ich hatte keine Ahnung." Er seufzte tief und fuhr dann fort: „Jetzt weiß ich, dass Sie recht haben."

Rebecka wusste nicht, wie sie darauf reagieren sollte. Sie war davon ausgegangen, dass er Beweise verlangen würde und sie ihm ein Geständnis würde abringen müssen. Sie runzelte die Stirn.

„Ich war eines dieser Kinder", murmelte Jean Lind und schaltete das Aufnahmegerät aus.

Rebecka sah Jean Lind an, der an eines der großen Fenster getreten war und auf den Strandvägen hinuntersah. Sie stand auf und stellte sich neben ihn.

„Was für eine schöne Aussicht", sagte sie und betrachtete die imposanten Hausboote, die am Kai lagen.

„Ich habe früher auch einmal auf einem Hausboot gewohnt. Meine Eltern waren entsetzt, dass ihr Sohn wie ein alter Seemann hausen wollte, und haben monatelang nicht mit mir gesprochen." Er lachte, aber es klang gezwungen.

„Haben Sie die ganze Zeit gewusst, dass Sie adoptiert worden sind?“, fragte Rebecka und sah, wie sich Jean Linds Gesichtsausdruck veränderte. Er wirkte angespannt.

„Ich habe es erst vor ein paar Tagen erfahren. Meine Eltern haben mich mein ganzes Leben lang belogen“, antwortete er und ging zum Sofa zurück. Seine sonst so aufrechte Gestalt schien in sich zusammengesunken zu sein, mit einem Mal wirkte er müde und alt.

„Nach dem Telefonat mit Ihrer Kollegin bin ich in die Wohnung meines Vaters am Karlaplan gefahren, aber ich konnte nichts finden, was die Behauptungen untermauert.“

„Ich kann Ihnen versichern –“, setzte Rebecka an, aber Jean Lind hob die Hand, um sie zum Schweigen zu bringen.

„Also bin ich in das Sommerhaus meiner Eltern auf Dalarö gefahren. Dort habe ich gefunden, wonach ich suchte.“

„Was haben Ihre Eltern gesagt?“

„Sie sind in unserem Haus am Gardasee. Ja, ich weiß, wie das klingt“, sagte er, als er Rebeckas skeptische Miene sah. „All diese Häuser, auf der ganzen Welt verteilt. Aber Sie müssen mir glauben, dass ich keine Ahnung hatte, woher das ganze Geld stammt. Ich dachte, wir hätten etwas Tolles aufgebaut. Ich hatte keinen Grund, an der Geschichte meiner mittellosen Eltern zu zweifeln, die mit einer Erbschaft als Grundstock ihr Hotelimperium errichtet haben.“

Einen Moment verließ Rebecka ihre Rolle als neutrale Journalistin und legte mitfühlend ihre Hand auf seine. Jean Lind war auch ein Opfer. Ein Opfer von raffgierigen Menschen, die nur eines wollten: Geld verdienen.

„Ich habe meine Mutter und meinen Vater zur Rede gestellt. Meine Mutter hat es schließlich zugegeben. Sie ist zusammengebrochen.“

„Ist es in Ordnung, wenn ich das Aufnahmegerät wieder

anschalte? Ich möchte sichergehen, dass mir nichts entgeht", fragte Rebecka und setzte sich aufs Sofa. Jean Lind nickte zustimmend, holte tief Luft und rekapitulierte die Geschichte, die ihm seine Mutter vor ein paar Tagen erzählt hatte.

„Mein Vater hatte die Idee, dass man mit den Kindern, mit denen meine Mutter beruflich zu tun hatte, Geld verdienen könnte. Meinen Eltern ging es finanziell nicht gut, und als meine Mutter erzählte, dass die Listen mit Adoptionsanträgen immer länger wurden, während die Zahl der zu adoptierenden Kinder zurückging, kam meinem Vater der Gedanke, dass man von den kinderlosen Paaren Geld verlangen könnte."

„Aber waren die denn dazu bereit?", fragte Rebecka verwundert.

Jean schüttelte den Kopf und beugte sich im Sofa vor. „Man ließ sie in dem Glauben, dass sie bezahlten, um auf den Wartelisten weiter nach oben zu rutschen. Sie wussten nicht, dass sie in Wirklichkeit dafür bezahlten, dass meine Mutter Kinder fand, deren Eltern aufgrund ihrer Lebensumstände leichte Opfer waren." Er vergrub seinen Kopf in seinen braungebrannten Händen.

Rebecka wartete einen Moment, bevor sie die nächste Frage stellte. „Aber wie sind sie dabei vorgegangen?"

„Sie wissen ja, dass meine Mutter beim Jugendamt gearbeitet hat. Wenn berechtigte Gründe vorlagen, war es ihre Aufgabe, die Kinder in Pflegefamilien unterzubringen. Aber sie überschritt ihre Befugnisse. Sie nutzte die Lage von alleinerziehenden Müttern aus, die nicht über ein soziales Netzwerk verfügten, das sie bei der Kinderbetreuung unterstützte. Außerdem nahm sie alle Meldungen über eine mögliche Kindeswohlgefährdung ernst, egal ob sie sich als begründet herausstellten oder nicht. Auf diese Weise konnte sie noch mehr Kinder von ihren leiblichen Müttern trennen und in eine

Pflegestelle geben. Wenn sie erst einmal in ihrer Pflegefamilie waren, wurde es den Müttern untersagt, sie dort zu besuchen, und meine Mutter redete ihnen ein, dass es den Kindern in ihren neuen Familien viel besser ginge. Außerdem drohte sie den Frauen, sie würde die Kinder in eine neue Familie geben, wenn sie sich weigerten, die Adoptionsfreigabe zu unterschreiben. Eine unbekannte Pflegefamilie war ihr genauso recht wie die, in der sich die Kinder schon längere Zeit befanden, aber für die Mütter hätte das bedeutet, dass ihre Kinder noch einmal alles verlieren würden."

Rebecka fragte sich, ob ihr Vater auf diese Weise von seiner Mutter getrennt worden war. Hatten ihre Großeltern wissentlich dafür bezahlt, dass ihr Adoptivsohn und seine leiblichen Mutter auseinandergerissen worden waren? Als hätte Jean ihre Überlegungen gehört, erklärte er, dass das Geld der Adoptiveltern auf Ragnar Linds Konto überwiesen wurde und die meisten vermutlich gar nicht durchschauten, wofür sie in Wirklichkeit bezahlten. Rebecka atmete erleichtert auf. Sie sah auf ihren Notizblock, der immer noch komplett leer war. Um Jean Lind nicht zu zeigen, wie nahe ihr sein Bericht ging, kritzelte sie ein paar Stichwörter auf ihren Zettel.

„Also unterschrieben die Mütter, um zu verhindern, dass die Kinder in eine neue Pflegefamilie kamen?"

„Richtig. Auch wenn sie ihre Kinder dadurch für immer verloren", antwortete Jean.

Er fing an, von seiner Schwester Clara zu erzählen. „Mutter und Vater überredeten ein alleinstehendes junges Mädchen, das gerade siebzehn geworden war, ihre Tochter zur Adoption freizugeben, und boten sich gleichzeitig als Adoptiveltern an. Sie zahlten ihr Geld, damit sie der Adoption zustimmte. An diesem Punkt kam mein Vater auf die Idee, dass noch mehr kinderlose Paare bereit sein würden, für ein Kind zu bezahlen.

Das war 1959. In dem Jahr war ein neues Adoptionsgesetz in Kraft getreten, das unter anderem vorsah, dass die leiblichen Eltern nach der Adoption keinen Kontakt mehr zu ihrem Kind haben durften."

„Und es dauerte nicht lange, bis sie einen ansehnlichen Batzen Geld erwirtschaftet hatten", warf Rebecka ein.

„Ja, und so ihr erstes Hotel gründen konnten. Das Geld für den Bau des Hotels stammte gänzlich aus diesen Adoptionszahlungen. Nach einer Weile sahen sie ein, wie riskant die ganze Sache war, und 1961 holten sie ein letztes Kind. Mich."

„Wissen Sie, wie viele Familien insgesamt betroffen waren?"

„Fünfzehn."

„In der Zeit zwischen 1959 und 1961 wurden also fünfzehn Familien auf diese Weise auseinandergerissen. Fünfzehn Kinder!" Rebecka war schockiert, und Jean Lind schien es genauso zu gehen. Sie vermutete, dass er die ganze Sache noch nicht verarbeitet hatte.

„Es gab noch eine dritte Person, die an der Sache beteiligt war?"

„Ja, Nils Svensson. Seine Aufgabe war es, nach geeigneten adoptionswilligen Paaren zu suchen. Aber er ist schon vor vielen Jahren an Krebs gestorben", antwortete Jean und reichte Rebecka ein paar Papiere und ein verschlissenes schwarzes Notizbuch.

„Hier sind alle Informationen, die Sie brauchen. Machen Sie damit, was Sie wollen", sagte er und ließ seinen Blick durch den Raum schweifen. „Wie soll ich auf all das hier noch stolz sein? Jetzt, wo ich weiß, wo das ganze Geld herkommt." Er seufzte tief.

„Kennen Sie die Namen Ihrer leiblichen Eltern?"

„Der Name meiner Mutter steht in den Adoptionsunterlagen. Aber sie lebt nicht mehr. Sie ist schon vor mehreren Jahren gestorben."

Rebecka erwiderte nichts, und in dem großen Raum breitete sich Schweigen aus. Sie wollte gerade aufstehen, um zu gehen, als sich ein Schlüssel in der Wohnungstür drehte und Jean Linds Frau kurz darauf das Wohnzimmer betrat. Beunruhigt eilte sie zu ihrem Mann.

„Ich bin so schnell gekommen, wie ich konnte", murmelte sie.

Rebecka betrachtete die beiden. Das Ganze war so tragisch. Alle waren auf irgendeine Art Opfer. Alle Beteiligten hatten eine Geschichte zu erzählen. Sie packte ihre Sachen zusammen.

„Was werden Sie jetzt tun?", fragte sie leise.

Jean Lind sah sie an, und seine dunklen Augen waren fast schwarz. „Ich werde mich ausruhen. Dann sehen wir weiter."

„Sind Sie sich im Klaren darüber, was passiert, wenn ich das hier veröffentliche?"

Er nickte. „Ich will, dass Sie die ganze Sache publik machen. Vielleicht gibt es jemanden, der dadurch seine Angehörigen finden kann."

Bevor Rebecka den Raum verließ, drehte sie sich noch einmal um. „Mein Vater war auch eines der betroffenen Kinder", sagte sie und sah, wie Jean Lind zusammenzuckte. „Ich habe es erst vor Kurzem erfahren."

„Das tut mir leid", antwortete er mit gebrochener Stimme.

Rebecka beeilte sich, die luxuriöse Wohnung zu verlassen. Sie würde diese Geschichte schreiben und nichts auslassen. Die Geschichte ihres Vaters und so vieler anderer sollte gehört werden. Ein paar Minuten später saß Rebecka in einem Taxi und war auf dem Weg in die Redaktion.

An Dich

Es war meine Mutter. Es war meine Mutter, die uns auseinanderriss. Sie hat die Frau vom Jugendamt kontaktiert. Sie hat behauptet, dass Du es nicht gut bei mir hättest. Sie hat mein Vertrauen missbraucht. Und der einzige Grund dafür war, dass sie mich als verheiratete Frau sehen wollte. Sie wollte nicht, dass ich mein Leben wegen Dir vergeude. Wie konnte sie so etwas überhaupt nur denken? Für mich gab es nichts Schöneres, als bei Dir zu sein. Das war das Einzige, was ich wollte. Du warst keine Belastung. Du hast mir das Leben nicht verbaut. Du warst mein Leben.

Als ich schließlich die Wahrheit erfuhr, waren bereits viele Jahre vergangen. Du warst erwachsen, und meine Mutter litt an den Folgen eines Schlaganfalls. Auf dem Sterbebett gestand sie mir, was sie getan hatte. Und als ich die Wahrheit erfahren hatte, verließ ich sie. Ich habe mich von ihr abgewandt und das Krankenhaus verlassen. Ich war nicht an ihrer Seite, als sie starb. Ich hoffe, sie schmort in der Hölle.

Juli

Drei Wochen waren vergangen, seit Rebecka im Krankenhaus gewesen war. Drei Wochen, seit sie mit Jean Lind gesprochen hatte. Rebecka vollendete den letzten Satz des Artikels, der womöglich ihr Leben verändern würde. In den vergangenen drei Wochen hatte sie weitere Betroffene interviewt, die auf Betreiben des Ehepaars Lind als Kinder zur Adoption freigegeben worden waren. Sie hatte mit Behörden und Jugendämtern gesprochen und nachgeforscht, wie so etwas hatte passieren können. Sie hatte sogar versucht, Ragnar und Vivianne Lind zu einer Stellungnahme zu bewegen, war aber abgewiesen worden. Ihr war bewusst, dass sie die Hotelkette der Familie Lind ins Wanken bringen würde, sobald sie ihre Artikel veröffentlichte und die Machenschaften der Gründer ans Licht kamen. In letzter Zeit war sie kaum zum Schlafen oder Essen gekommen. Glücklicherweise war Anton mit den Kindern in den Urlaub gefahren. Zumindest was das anging, musste sie also kein schlechtes Gewissen haben.

Rebecka sah zu Sams leerem Platz hinüber. Er hatte ihr komplett freie Hand gelassen und nicht dieselbe Menge an Artikeln von ihr verlangt wie Ann-Katrin. Sie hatten auch nicht über das gesprochen, was zwischen ihnen vorgefallen war. Sam hatte es versucht, als sie wieder zur Arbeit gekommen war, aber sie hatte ihn gebeten, es fürs Erste auf sich beruhen zu lassen. Hatte gesagt, dass sie Zeit brauche. Zeit, um alles, was in der letzten Zeit passiert war, zu verarbeiten. Er hatte gezögert, weil er der Meinung war, dass sie irgendwann miteinander reden müssten. Ihr war klar, dass er recht hatte. Sie mussten sich aussprechen. Aber jetzt hatte sie nicht die Kraft dafür.

Rebecka las den Text ein letztes Mal durch. Sie war zufrieden. Der Artikel war fantastisch. So etwas hatte sie schreiben wollen, seit sie sich entschieden hatte, Journalistin zu werden. Sie hatte mit ihrer Mutter gesprochen, und sie waren sich einig, dass die Geschichte ihrer Großmutter Sonja und ihres Vaters mit in die Reportage gehörte. In ein paar Tagen würde Ingela von ihrer Reise zurückkommen, und sie hatte Rebecka versprochen, ihr dann mehr über die beiden zu erzählen. Mehr, als aus den Dokumenten hervorging. Rebecka war sich immer noch nicht sicher, ob ihr Vater gewusst hatte, dass er adoptiert worden war, und – falls ja – ob ihn dieses Wissen beeinflusst hatte. Sie rieb sich die Augen und gähnte laut. Sie war völlig erschöpft und wollte nur noch nach Hause und schlafen. Und weil Anton und die Kinder erst am Sonntag zurückkamen, konnte sie sich das ganze Wochenende lang ausruhen. Das hatte sie schon seit ewigen Zeiten nicht mehr gemacht.

Rebecka speicherte das Dokument ab und mailte sämtliche Texte für die Reportage an Elise. Auch wenn Rebecka das meiste allein gemacht hatte, war sie eine große Hilfe gewesen. Jetzt sollte Elise noch einmal alles durchgehen, bevor Sam die Artikel zu lesen bekam. Rebecka streckte die Arme und massierte ihren Nacken. Es war Zeit, nach Hause zu gehen.

***

Anton und Rebecka gingen auf dem Waldweg nebeneinander her, während die Kinder auf ihren Fahrrädern unterwegs waren und Lollo höllisch aufpassen musste, nicht umgefahren zu werden. Es war das erste Mal seit Langem, dass sie sich trafen, und für Rebecka war es ein merkwürdiges Gefühl, neben ihm herzugehen. Obwohl er auf dem Papier immer noch ihr Ehemann war. In den letzten Wochen war so viel passiert. Die ganze Plackerei hatte sich endlich ausgezahlt, und sie stand ganz kurz vor ihrem großen Durchbruch. Wenn sie an die kommende Woche dachte, bekam sie Gänsehaut. Sie sah Anton von der Seite an und wollte gerade etwas sagen, als Trevor direkt vor ihren Füßen eine Vollbremsung machte, sodass sie zur Seite springen musste.

Nach diesem Ausweichmanöver drehte sie sich zu Anton um. „Ich glaube, wir sollten miteinander reden“, sagte sie. Das war der Grund, warum sie den Spaziergang im Judarskogen vorgeschlagen hatte.

„Ich wüsste nicht, worüber wir noch groß reden sollten“, entgegnete Anton.

„Über uns“, sagte Rebecka und blieb stehen. Sie sah ihn an. „Und unsere Zukunft. Es ist Monate her, dass du ausgezogen bist, und wir müssen uns darüber klar werden, wie wir weitermachen wollen.“

„Und du findest, wir sollten das besprechen, wenn die Kinder dabei sind?“

Rebecka trat gegen einen Stein, der den Weg hinunterkullerte. „Okay, es ist vielleicht nicht der beste Zeitpunkt, aber wir müssen reden.“

„Das, was ich zu sagen habe, habe ich dir schon neulich im Krankenhaus gesagt“, antwortete Anton steif. „Ich will mit dir zusammenleben, wenn du weniger arbeitest.“

„Es gibt viele Paare mit Kindern, bei denen beide Vollzeit arbeiten, trotz der Kinder. Ich verstehe nicht, warum wir es anders machen sollen“, entgegnete Rebecka und versuchte nicht zu zeigen, wie sehr sie seine Forderung auf die Palme brachte. Sie vergrub ihre Hände in den Hosentaschen. „Warum ist es dir so wichtig, dass ich bei der Arbeit kürzertrete? Du arbeitest doch selbst rund um die Uhr."

„Dein Arbeitspensum belastet dich zu sehr. Es geht dir nicht gut, wenn du so viel arbeitest." Anton hob einen Stock auf und schleuderte ihn im hohen Bogen davon.

„Wie kommst du denn darauf?", fragte Rebecka und sah Lollo nach, die dem Stock fröhlich bellend hinterherschoss. Auf einmal fühlte sie sich müde. Sie wollte nicht weniger arbeiten. „Ehrlich gesagt verstehe ich nicht, was du gegen meinen Job hast."

Anton warf einen zweiten Stock für Lollo, die begeistert in Richtung See davonraste. „Ich habe nichts gegen deinen Job. Ich bin stolz auf alles, was du erreicht hast. Aber ich mache mir Sorgen, weil die Arbeit für dich an erster Stelle steht und sich das auf alle Menschen in deiner Umgebung auswirkt."

Sie blieben stehen und betrachteten Julia und Trevor, die ein Stück vor ihnen angehalten hatten und auf den See hinunterblickten, wo Lollo im Wasser herumwatete.

„Du hast keine Ahnung, wie meine berufliche Situation momentan aussieht –", setzte Rebecka an, aber Anton unterbrach sie.

„Seit meinem Auszug wird sie sich ja wohl kaum wesentlich verändert haben? Außerdem hattest du seit der Krankenhaus-Episode so gut wie nie Zeit für die Kinder. Hast du überhaupt vor, Urlaub zu nehmen?"

Rebecka seufzte. „Du weißt ganz genau, dass ich bald Urlaub habe. In zwei Wochen. Daran hat sich nichts geändert."

„Ich wünsche mir nur, dass du mehr Zeit mit uns verbringst", sagte Anton verhalten, während sie weitergingen.

Rebecka sah ihn verstohlen an. Zum ersten Mal verstand sie, wovon er redete. Nicht ihre Arbeit war das Problem. Das Problem war, dass sie nicht mehr zu Hause und für ihn verfügbar war. Dass sie selbständiger geworden war und sich eine eigene Identität und Karriere erarbeitet hatte. Sie hatte aufgehört, sein Leben zu leben.

„Du wusstest, wen du heiratest", sagte sie ruhig. „Du wusstest, dass ich Karriere machen wollte."

„Ich dachte, dass du umdenken würdest, sobald wir Kinder hätten. Dass du einsehen würdest, wie wichtig die Familie ist."

„Das sagt der Mann, der seine Familie verlassen hat! Glaubst du, es war leicht, mit allem allein zu sein?"

„Was hätte ich deiner Meinung nach denn tun sollen? Dableiben und zusehen, wie du dich selbst und uns zugrunde richtest?"

„Davonzulaufen löst jedenfalls keine Probleme!" Sie hatten Julia und Trevor fast erreicht. Rebecka packte Anton am Arm. „Lass uns morgen weiterreden. Wir könnten uns morgen früh um neun in der Redaktion treffen und irgendwo frühstücken gehen."

„Hast du überhaupt Zeit dafür?"

„Sei nicht so sarkastisch", fauchte Rebecka gereizter als beabsichtigt. Sie sah, wie sich Antons Gesicht verschloss. „Also, sehen wir uns morgen?"

„Okay", sagte Anton, als sie am Uferrand stehen blieben und zusahen, wie die Kinder Stöckchen für Lollo ins Wasser schleuderten.

Rebecka sah Anton von der Seite an und fühlte … nichts.

***

Am nächsten Morgen war Rebecka noch vor dem gemeinsamen Frühstück mit Anton in der Redaktion. Sie wollte sich vorbereiten, bevor der Tag richtig losging. Als sie das Großraumbüro betrat, kam ihr Sam entgegen. „Wir müssen reden“, sagte er leise und berührte sie am Arm.

„Können wir das nicht später besprechen? Was da zwischen uns passiert ist –“, begann Rebecka und sah sich um.

„Es geht nicht um uns“, erwiderte Sam. „Es geht um dich und Elise. Um eure Reportage.“

Rebecka sah ihn gespannt an und ging ein paar Schritte zur Seite, damit die Kollegen von ihrem Gespräch nichts mitbekamen.

„Hat Elise dir die Texte geschickt? Sie sind doch genial, oder?“, fragte sie. Der Stein war also ins Rollen gebracht. Sie hatten ihre Artikel eingereicht, und sobald sie gegengelesen worden waren, würden sie in einer der kommenden Ausgaben erscheinen. Sie spürte, wie ein Adrenalinstoß durch sie hindurchschoss. „Die Story hat euch gefallen, oder?“, fuhr sie fort, obwohl sie die Antwort bereits kannte. Die Story war ein absoluter Knüller.

Sam seufzte schwer. „Das ist eine unglaubliche Geschichte, wirklich. Der erste Artikel wird Ende dieser Woche erscheinen. Mit Elise als Autorin.“

„Wovon redest du?“

„Sie sagt, dass sie alles allein recherchiert hat“, antwortete Sam. „Ich wollte dich fragen, ob das stimmt. Du warst doch den ganzen Sommer über an dieser Sache dran, oder?“

„Das weißt du doch genau“, zischte Rebecka aufgebracht. Sie spürte, wie sie innerlich erstarrte.

Sam ergriff Rebeckas Hände und drückte sie. „Dann müssen wir jetzt handeln.“

„Kann es nicht sein, dass du da etwas falsch verstanden hast?“, fragte Rebecka, während sie zu ihrem Platz gingen. Rebecka konnte sich nicht vorstellen, dass Elise sie hintergangen hatte. Das konnte sie nicht machen.

„Elise hat alle Artikel in ihrem Namen direkt bei Ann-Katrin eingereicht. Hätte ich sie zuerst gesehen, dann hätte ich eine Chance gehabt, alles zu stoppen.“

„Und Ann-Katrin kann mich nicht ausstehen“, antwortete Rebecka. „Aber ich habe alle Dokumente und Interviewmitschnitte in meinem Rollcontainer.“

„Bist du sicher, dass sie noch dort sind?“, fragte Sam. „Elise behauptet nämlich, dass sie alle Dokumente hat, die wir brauchen, um die Anschuldigungen zu beweisen.“

Rebecka spürte, wie der Knoten in ihrem Magen immer dicker wurde. Bevor sie am Freitag nach Hause gegangen war, hatte sie das ganze Material in den Rollcontainer hinter ihrem Schreibtisch gelegt.

„O Gott, ich muss nachsehen“, stieß sie hervor und hastete durch die Redaktion. Um den Weg abzukürzen, quetschte sie sich an ein paar Schreibtischen vorbei. Elise kann mich nicht ausgebootet haben, dachte sie. Wir sind schließlich ein Team. Ich habe Elise überhaupt erst mitmachen lassen. Das ist mein Scoop. Ihr Herz schlug bis zum Hals, sie hatte das Gefühl, als würde sie durch einen dunklen Tunnel laufen.

Als sie ihren Platz fast erreicht hatte, sah sie, dass die Tür des Rollcontainers nicht ganz geschlossen war. „Bitte, lass das nicht wahr sein“, murmelte sie und schob die Schiebetür mit einem Knall auf.

Der Rollcontainer war leer. Das ganze Material war weg.

Rebecka atmete heftig. Sie sah sich um, stellte ihren Computer an und merkte bestürzt, dass jemand sämtliche Dateien, die mit der Adoptionsreportage zusammenhingen, gelöscht hatte. Warum nur hatte sie Elise ihr Passwort anvertraut? Als sie mit den Recherchen an der Adoptionsreportage begonnen hatten, war es ihr vernünftig erschienen. Jetzt begriff sie, wie naiv das gewesen war.

„Wo ist Elise?", stieß sie zwischen zusammengebissenen Zähnen hervor.

„Sie spricht gerade mit Ann-Katrin", antwortete Cecilia, die Rebecka gegenübersaß, und blickte sie neugierig an. Rebecka ignorierte sie und ging mit entschlossenen Schritten zu Ann-Katrins Büro. Sie konnte sehen, wie Elise und Ann-Kathrin miteinander redeten. Gerade lachten sie über irgendetwas. So falsch.

Vor Ann-Katrins Büro holte Rebecka tief Luft, zählte bis zehn und machte die Tür auf. Ann-Katrin blickte sie erstaunt an, Elise drehte sich um und riss ihre hellblauen Augen weit auf.

„Oh … Hallo … wir sitzen hier und reden ein bisschen", stammelte sie.

„Über die Adoptionsreportage, nehme ich an", knurrte Rebecka und betrat den Raum. „Oder vielleicht über den widerrechtlichen Zugriff auf meinen Computer?" Sie schloss die Tür hinter sich und ging zum Schreibtisch. „Wie kannst du es wagen, die ganze Reportage an dich zu reißen?", fragte sie und versuchte, sich zu beherrschen.

„Ich … Ich …"

„Beruhige dich, Rebecka", sagte Ann-Katrin barsch. „Elise hat mehrere ausgezeichnete Reportagen gemacht, und ich weiß, dass du sie dabei unterstützt hast, aber wenn du glaubst, dass dich das zur Co-Autorin macht, irrst du dich. Das hier ist Elises Verdienst. Ihre harte Arbeit."

„Sag die Wahrheit", forderte Rebecka Elise auf. „Sag, wie es wirklich war. Erzähl Ann-Katrin, wer Tag und Nacht an dieser Story gearbeitet hat."

Elise starrte auf den Boden und murmelte irgendetwas Unverständliches.

„Was hast du gesagt?", fragte Rebecka.

„Ich weiß nicht, wovon du sprichst", antwortete Elise lauter und sah hoch. Sie blickte Rebecka direkt ins Gesicht. „Du warst eine große Hilfe, aber ich war diejenige, die alles zusammengetragen hat."

„Wir müssen nur die Leute anrufen, die ich interviewt habe", zischte Rebecka. „Dann werden wir ja sehen, wer die Interviews geführt hat."

Elise wurde blass, aber Ann-Katrin unterbrach sie. „Nur weil du ein paar Interviews gemacht hast, ist das noch lange nicht deine Reportage. Vielleicht kannst du bei einigen der Artikel als Co-Autorin genannt werden, wenn du dich dann besser fühlst", sagte sie abweisend. „Und jetzt würde ich dich bitten, uns nicht länger zu stören."

Rebecka starrte die beiden Frauen an, bevor sie ohne ein weiteres Wort den Raum verließ. Sie hatte nicht vor aufzugeben. Sie hatte nicht umsonst monatelang bis zum Umfallen an dieser Reportage gearbeitet. Aber ohne die Papiere und die Dateien in ihrem Computer hatte sie keine große Chance. Nicht einmal den USB-Stick mit den aufgezeichneten Interviews hatte sie noch, denn der hatte bei all den anderen Dokumenten im Rollcontainer gelegen. Das Einzige, was sie noch hatte, waren Sonjas Briefe, die sie zu Hause aufbewahrt hatte. Aber die bewiesen nicht mehr, als dass ihr Vater und ihre Großmutter zu den betroffenen Familien gehörten.

Rebecka stürzte aus der Redaktion und hielt sich die Hand vor die Augen, als die Sonne sie blendete.

„Rebecka!", rief Sam, der sie außer Atem einholte und sie am Arm festhielt. „Warte, wir werden das aufklären!"

„Wie denn?", fauchte Rebecka und zog ihren Arm weg. „Elise hat sogar sämtliche Dateien auf meinem Computer gelöscht, die mit der Adoptionsreportage zusammenhingen. Alles, was ich mir erarbeitet habe, ist weg. Einfach alles."

„Wir werden einen Weg finden, Elise zu entlarven", sagte Sam und sah sie entschlossen an. „Ich weiß, dass du hart an dieser Reportage gearbeitet hast. Wir müssen es nur irgendwie beweisen", fuhr er fort und zog Rebecka an sich.

Rebecka lehnte sich an ihn. Ließ zu, dass er sie in die Arme nahm. Sie war kaputt. Wütend, traurig und erschöpft. Seine Hände strichen sanft über ihren Rücken.

„Wir kriegen das schon wieder hin. Du wirst die Anerkennung für deine Leistung bekommen, die dir zusteht. Das verspreche ich dir. Einer der IT-ler ist ein ziemlich guter Freuend von mir, vielleicht kann er die Dateien aus deinem Computer wiederherstellen."

Rebecka sah ihn an.

„Elise ist bodenlos naiv. Auch wenn sie deine Dokumente und Tonbandaufnahmen geklaut hat, kann sie nicht behaupten, sie hätte alles allein recherchiert. Du hast mit den Leuten geredet. Ann-Katrin ist einfach gutgläubig und verdammt dämlich", sagte Sam und strich ihr zärtlich über die Wange.

Rebecka dachte nach. Sam hatte recht. Elise würde damit nie durchkommen. Auch wenn es ihr gelungen war, Ann-Katrin davon zu überzeugen, dass sie die Artikel geschrieben hatte, gab es genug Leute, die beweisen konnten, wie sehr sie sich in die Sache hineingekniet hatte. Alle, mit denen sie gesprochen hatte. Wenn die IT-Abteilung die Dateien auf ihrem Computer wiederherstellen konnte, hatte sie vielleicht eine Chance. Sie seufzte. „Du hast recht", sagte sie schließlich.

Sam beugte sich vor und küsste sie auf die Stirn. „Wir kriegen das wieder hin", murmelte er.

„Also war es nicht die Arbeit, die dich von zu Hause ferngehalten hat", sagte plötzlich jemand hinter ihnen.

Rebecka drehte sich um und erblickte Anton, der ein Stück entfernt von ihnen stand.

„Es ist nicht so, wie du denkst", brachte sie heraus und machte einen Schritt auf ihn zu.

„Ich habe genug gesehen. Und ich dachte, wir könnten unsere Probleme lösen. Stattdessen hast du mich die ganze Zeit betrogen", zischte er, und Rebecka konnte den Schmerz und die Enttäuschung in seinen Augen sehen.

„Bitte, Anton", sagte sie flehend und ging einen weiteren Schritt auf ihn zu.

Anton rührte sich nicht. „Sag, dass er dir nichts bedeutet. Sag, dass du nicht in ihn verliebt bist", bat er leise.

Rebecka sah, dass er ihr glauben wollte. Dass er glauben wollte, dass Sam für sie ein Niemand war. Sie blickte Sam an, der die Hände in die Taschen geschoben hatte. *Sie liebte Sam.* Hatte ihn immer geliebt. Die Einsicht traf sie mit voller Wucht, und sie sah wieder zu Anton hinüber. Sah in seine verzweifelten Augen.

„Ich …", begann sie und verstummte. Bevor sie noch etwas sagen konnte, drehte sich Anton um und ging. Rebecka wollte ihm hinterherlaufen, aber sie konnte es nicht. Sie hatte keine Zeit. Sie musste ihren Job und ihre Reportage retten.

„Wirfst du mich raus?" Rebecka blickte Ann-Katrin, die sie mit ausdrucksloser Miene ansah, misstrauisch an. Ann-Katrin hatte sie direkt nach der morgendlichen Besprechung in ihr Büro zitiert.

„Wir werfen dich nicht raus, du wirst in ein anderes Ressort versetzt. Ich glaube, Auto & Motor wäre nach all dem, was passiert ist, das Richtige für dich. In den letzten Wochen hat es dir deutlich an Enthusiasmus und Interesse für deinen Aufgabenbereich gefehlt. Außerdem versuchst du, die Lorbeeren für eine Reportage einzustreichen, an der Elise hart gearbeitet hat. Ich sollte dich eigentlich entlassen, aber du kriegst eine zweite Chance."

Rebecka wollte etwas erwidern, überlegt es sich dann aber anders. Sie war sprachlos, die Ereignisse des Tages waren einfach zu viel für sie. Zuerst erntete Elise die Früchte für ihre gemeinsame Arbeit, dann sah Anton sie zusammen mit Sam und zu guter Letzt wurde sie versetzt.

„Aber Sam ist zufrieden."

„Sam ist gerade erst zum Reportage-Leiter ernannt worden, die Chefredakteurin bin ich", entgegnete Ann-Katrin.

Rebecka kniff die Augen fest zusammen, bevor sie Ann-Katrin wieder ansah. Sie wünschte sich, dass Margareta noch das Sagen hätte. Was hatten sich die Vorstandsmitglieder dabei gedacht, als sie Ann-Katrin zu Margaretas Nachfolgerin bestimmt hatten?

„Das kannst du nicht machen", sagte sie mit unterdrückter Wut. „Ich bin seit zwei Jahren in der Feature-Redaktion, und ich habe immer gute Arbeit geleistet."

„Aber jetzt wirst du bei Auto & Motor gebraucht. Wenn es dir da nicht gefällt, steht es dir jederzeit frei, zu gehen", antwortete Ann-Katrin und sah Rebecka herausfordernd an.

Allmählich begriff Rebecka, dass es genau das war, was Ann-Katrin bezwecken wollte. Sie wollte erreichen, dass Rebecka freiwillig kündigte. Deshalb versetzte sie sie in ein Ressort, in dem sie sich unmöglich beweisen konnte. Sie würde nicht eine Woche bei Auto & Motor überstehen.

„Und die Chefetage ist ganz auf meiner Seite", fuhr Ann-Katrin zufrieden fort.

Wenn Rebecka nur ein kleines bisschen aufmerksamer gewesen wäre, hätte sie gesehen, wie Ann-Katrins Blick flackerte, und begriffen, dass sie log, aber sie war so aufgebracht, dass sie nichts anderes sah als das höhnische Lächeln, mit dem Ann-Katrin sie bedachte.

„Du wirst Probleme mit der Gewerkschaft bekommen", erwiderte sie, aber die Überzeugungskraft in ihrer Stimme war verschwunden.

„Ich habe mit der Gewerkschaft bereits eine Übereinkunft getroffen", sagte Ann Katrin kalt.

Rebecka zuckte zusammen. Sie verstand gar nichts mehr. Die ganze Situation war einfach absurd.

„Wann soll ich bei Auto & Motor anfangen?", fragte sie schließlich resigniert.

„Morgen, du kannst also direkt deine Sachen packen." Ann-Katrin stand auf. „Wenn du gute Arbeit leistest, kannst du vielleicht ins Feature zurückkommen." Sie lächelte Rebecka an. Beide wussten, dass das niemals passieren würde.

„Das wird dir noch leid tun."

„Da irrst du dich. Ich könnte mir nicht sicherer sein", zischte Ann-Katrin und funkelte sie an.

Rebecka wich ihrem Blick aus. Sie konnte nicht fassen, dass dieses Gespräch wirklich stattfand.

„Wie gesagt, du bist nicht die Einzige, mit der ich sprechen muss. Wenn du also keine weiteren Fragen hast …"

Rebecka spürte, wie ihr die Tränen in die Augen schossen, und wischte sich ärgerlich übers Gesicht.

„Lass uns die Sache klären", bat sie schließlich und versuchte, ihre Stimme ruhig klingen zu lassen.

„Ich habe nichts mehr hinzuzufügen", antwortete Ann-Katrin und sah verächtlich auf Rebeckas Tränen. „So hast du außerdem auch mehr Zeit für deine Familie. Ich habe bemerkt, dass du in letzter Zeit Probleme hattest, deine Arbeit und dein Privatleben unter einen Hut zu bekommen." Sie verließ ihr Büro.

Rebecka sah Ann-Katrin hinterher, die mit raschen Schritten verschwand, und stand auf. Mit hocherhobenem Kopf durchquerte sie die Feature-Redaktion und hielt den Blick unverwandt geradeaus gerichtet. Das war der Gipfel der Erniedrigung. Da die Bürotür die ganze Zeit offen gestanden hatte, war den meisten Kollegen ihr Gespräch wohl kaum entgangen. Trotzdem wagte niemand, etwas zu sagen. Stattdessen saßen alle über ihre Computer gebeugt und taten so, als hätten sie keine Ahnung, was passiert war. Und das wollten Journalisten sein. Journalisten, die sich für Recht und Gerechtigkeit stark machen sollten! Alles nur leeres Gerede, dachte Rebecka wütend und fing an, ihre Sachen zusammenzupacken, die auf ihrem Schreibtisch lagen. Da sie alles ordentlich sortiert hatte, war sie nach einer Viertelstunde fertig. Sie sah zu Elise hinüber, die sich lachend mit ein paar Kollegen unterhielt. Für einen kurzen Moment trafen sich ihre Blicke, Elise errötete und drehte sich um. Rebecka wollte nur noch nach Hause. Sie hatte nicht einmal mehr die Kraft, Elise zur Rede zu stellen. Nicht jetzt.

„Ich habe meinen Job verloren, und ich habe Anton tief verletzt. Alles an einem Tag“, platzte Rebecka heraus und stürzte in den Flur, als Anna die Tür öffnete. Auf dem Heimweg hatte sie ein Wolkenbruch überrascht, die Haare hingen ihr tropfnass ins Gesicht, ihre Sachen klebten auf der Haut.

Anna machte einen Schritt zur Seite und starrte Rebecka an, die wild gestikulierte.

„Verstehst du? Alles, wofür ich gekämpft habe, ist innerhalb von ein paar Stunden verschwunden. Ich habe nichts mehr. Anton ist wütend und verletzt, mein Job ist weg, Elise hat mir meine Reportage geklaut, und Sam …“ Rebecka stockte, bevor sie sagte: „Ich habe alles verloren.“

Sie sah Anna verzweifelt an. Was sollte sie bloß tun? Was würde jetzt aus ihrem Leben werden?

„Das hast du dir selbst eingebrockt!“

Annas harter Tonfall überraschte sie. „Was willst du damit sagen?“

„Du bist selbst schuld. Du hast dich dafür entschieden, deiner Arbeit gegenüber deiner Familie den Vorzug zu geben“, sagte Anna kühl. Erst jetzt bemerkte Rebecka ihre geröteten Augen.

„Hast du geweint?“, fragte sie zögernd.

„Spielt das eine Rolle? Interessiert es dich wirklich, wie es mir geht, oder dreht sich wie üblich alles nur um dich, dich und dich? Dass ich seit Wochen versucht habe, dich zu erreichen, scheint dir völlig egal zu sein. Wie immer kreist alles nur um Rebecka und ihre Probleme!“

Rebecka wich auf die Treppe zurück. So hatte sie ihre sonst so ausgeglichene und gefasste Freundin noch nie erlebt.

„Das ist nicht wahr“, begann sie, verstummte aber, als sie Annas skeptische Miene sah. Erinnerte sich an all die verpassten Anrufe und Nachrichten der letzten Zeit, auf die sie nicht geantwortet hatte. In einer der Nachrichten hatte Anna etwas von einem Arztbesuch geschrieben, aber Rebecka hatte bis über beide Ohren in Arbeit gesteckt. Sie spürte, wie sich ihr schlechtes Gewissen regte. „Ich wollte dich anrufen, aber irgendwie bin ich nie dazu gekommen. Du bist mir wichtig. Das weißt du“, beteuerte sie, während ihr das Herz bis zum Hals schlug.

„Ach ja? Bin ich das? In Anbetracht der Tatsache, dass du dich seit fast einem Monat nicht mehr bei mir gemeldet hast, fällt es mir schwer, das zu glauben. Du hast dich nicht ein einziges Mal erkundigt, wie es mir geht.“

„Ich hatte so viel zu tun. Eine große Reportage, die ich –“

„Sehe ich so aus, als ob mich das interessiert?", schrie Anna so laut, dass Rebecka zusammenzuckte. „Ich habe meine eigenen Probleme. Zum Beispiel hat mich der Rektor vor den Sommerferien verwarnt, weil ich vor den Schülern zu oft in Tränen ausgebrochen bin. Wo warst du, als ich jemanden zum Reden gebraucht habe? Aber jetzt erwartest du, dass sich die gutmütige Anna wieder ganz selbstverständlich deine Probleme anhört, oder irre ich mich da?"

„Entschuldige ... ich hatte keine Ahnung ...", stammelte Rebecka und sah Anna entsetzt an.

„Natürlich nicht, woher solltest du auch? Du setzt einfach voraus, dass ich immer zu Hause bin und dir jederzeit als Kummerkasten zur Verfügung stehe. Wie es anderen Menschen geht, kümmert dich nicht, genauso wie es dich nicht interessiert, dass deine Kinder dich vermissen. Du hast zwei wundervolle Kinder, und du hast keine Ahnung, wie sehr sie sich nach ihrer Mutter sehnen. Jedes Mal, wenn ich auf Julia und Trevor aufpasse, fragen sie mich, ob du bald weniger arbeiten wirst. Manchmal fragen sie sogar, ob du sie nicht mehr lieb hast, ob sie etwas falsch gemacht haben."

Rebecka starrte Anna an. Öffnete den Mund und schloss ihn wieder. Sie war blass geworden.

„Und Anton. Du hast den wunderbarsten Mann der Welt, der dich wirklich liebt und der um euch kämpft, aber auch er ist dir herzlich egal. Für dich ist es ganz selbstverständlich, dass alle für dich da sind und dein Chaos beseitigen, wenn du zwischendurch mal die Güte hast aufzutauchen, nur um wieder zu verschwinden, wenn es dir in den Kram passt."

„Aber ... du weißt doch ganz genau, wie wichtig meine Arbeit immer für mich gewesen ist. Mein Vater –", versuchte Rebecka sich zu rechtfertigen, aber Anna fiel ihr ins Wort.

„Was ist mit deinem Vater? Er hat sich das Leben genommen. Und? Natürlich war es ein Trauma für dich und deine Mutter, ihn zu finden, aber das ist noch lange kein Grund, sein Leben zu leben und deine eigenen Träume zu vernachlässigen!“

„Warum sagst du das?“, fragte Rebecka gepresst. Sie wollte nichts mehr hören. Sie wollte sich nicht anmerken lassen, wie sehr Annas Worte sie verletzten. Wie sie den Schutzpanzer durchdrangen, den sie sich zugelegt hatte.

„Du verwirklichst ja nicht einmal deinen eigenen Traum. Dein Vater war derjenige, der sein Leben lang ein erfolgreicher Journalist werden wollte. Soweit ich weiß, war dein Traum das Tanzen“, fuhr Anna fort. „Und dann dein ständiges Gejammer darüber, wie schlecht alle in Bromma dich behandelt haben. Du warst es doch, die alle von sich gestoßen hat. Du wolltest nicht, dass jemand mitbekam, wie es dir ging, wie du wohntest. Da kam ich ganz gelegen. Die einsame Anna, die keine Freunde hatte und die dich stützen und aufbauen konnte.“

„Das ist nicht wahr. Hör auf damit, Anna. Es ist nicht nett –“

„Stina und alle anderen haben versucht, für dich da zu sein, aber du hast sie zurückgewiesen. Du weist alle Menschen in deinem Leben zurück. Anton, die Kinder, mich …“

Rebecka blickte auf. Sie hatte genug. Sie wollte nichts mehr hören, konnte die Vorwürfe nicht mehr ertragen, die Anna ihr an den Kopf warf.

Rebecka setzte zu einer Verteidigungsrede an. „Seit wann bist du Expertin für Lebensfragen? Oder wie man sich um seine Kinder kümmert? Du hast ja nicht einmal –“

„Glaubst du, ich weiß nicht, dass ich keine Kinder habe?“, schrie Anna. „Wenn du dir auch nur einmal die Mühe gemacht hättest zu fragen, dann wüsstest du, dass wir es nicht länger versuchen. Dass ich nie Kinder bekommen werde. Dann wüsstest du, dass ich alles dafür geben würde, an deiner Stelle zu sein. Mit zwei tollen Kindern, die dich vergöttern. Aber dir, dir ist das alles völlig egal. Du glaubst, dass sie immer da sein werden. Aber sieh doch mal den Tatsachen ins Auge. Du hast verloren. Du hast deine Familie verloren, deine Freunde und deinen Job, und das ist ganz allein deine Schuld!"

Weiter kam Anna nicht, denn Rebecka unterbrach sie. Sie konnte die Wut, die in ihr aufstieg, nicht länger unterdrücken.

„Das sagt die Richtige! Du traust dich ja noch nicht einmal zu leben. Während das Leben draußen an dir vorbeizieht, sitzt du in deiner kleinen Blase und denkst einzig und allein ans Kinderkriegen. Du bist einfach stehen geblieben und hast dein Leben auf Eis gelegt!", schrie Rebecka.

Anna sah sie schockiert an.

„Ich glaube, es ist besser, wenn du jetzt gehst", murmelte sie und machte einen Schritt rückwärts.

„Entschuldige, Anna ... ich wollte nicht ...", stammelte Rebecka, aber Anna hatte die Haustür schon geschlossen.

Rebecka starrte auf das dunkle Holz, bevor sie sich umdrehte und nach Hause ging. Dort ließ sie sich im Wohnzimmer aufs Sofa fallen, starrte an die Decke und versuchte, die Vorwürfe, die Anna gegen sie erhoben hatte, zu verarbeiten. Im nächsten Moment brach sie in Tränen aus.

***

Am nächsten Tag fühlte sich Rebecka immer noch wie gelähmt. Wie hatte alles nur so schieflaufen können?

Sie straffte den Rücken. Sie würde sich nicht unterkriegen lassen. Sie *durfte* sich nicht unterkriegen lassen. Sie zog einen schwarzen seidenen Hosenanzug an und legte ein breites

Goldarmband um. Schminkte sich sorgfältig und zupfte ihre Haare zurecht. Holte ihre schwarzen Lieblingspumps und eine Strickjacke, die zum Anzug passte, aus dem Schrank. Bevor sie das Haus verließ, griff sie nach ihrer Handtasche und ihrer Sonnenbrille. Auf der Straße warf sie nicht einmal einen Blick auf Annas Haus.

Etwas später betrat Rebecka die Redaktion.

„Go girl, ich wusste, dass du nicht aufgibst!“, rief ihr Fredrik zu und ließ seinen Blick anerkennend über Rebeckas Outfit gleiten. „Für den Kampf gekleidet“, sagte er und lächelte aufmunternd.

„Wissen alle, was passiert ist?“, fragte sie.

Fredrik gestikulierte dramatisch mit den Armen. „Yes, der Streit zwischen dir und dem Boss war gestern kaum zu überhören. Es gibt sogar schon die ersten Wetten, ob du die Sache wieder geradebiegen wirst oder nicht. Ich hab natürlich auf dich gesetzt.“

„Wetten?“, sagte Rebecka erstaunt, bevor sie den Mund zu einem Grinsen verzog. „Ich nehme an, dass du derjenige bist, der die Wetten annimmt?“

Fredrik riss die Augen auf. „Ich? Das würde mir *nie* in den Sinn kommen.“

„Na klar“, antwortete Rebecka und sah in Richtung der Redaktionsräume. Sie zögerte.

„Du wirst das Kind schon schaukeln“, sagte Fredrik zuversichtlich, bevor er ans Telefon gehen musste.

Rebecka holte tief Luft und setzte sich in Bewegung.

„Wir haben etwas“, sagte Sam leise, als sie sich im Flur begegneten. Rebecka widerstand dem Impuls, sich in seine Arme zu werfen und ihr Gesicht in seinem Hemd zu vergraben. Stattdessen versuchte sie, so neutral wie möglich auszusehen.

„Was habt ihr gefunden?“, fragte sie und sah sich um, um

sich zu vergewissern, dass niemand hörte, worüber sie sprachen. „Hat sie es zugegeben?“

„Besser. Wir konnten sämtliche Dateien aus deinem Computer wiederherstellen. Außerdem war sie nicht besonders clever. Dein ganzes Material lag in ihrem Schrank.“

„Hast du etwa ihren Schrank aufgebrochen?“ Rebecka sah Sam verblüfft an. Sie hatte ganz vergessen, wie skrupellos er sein konnte.

„Das war kinderleicht. Ich habe alle Beweise, die du brauchst. Der nächste Schritt ist, Elise damit zu konfrontieren.“

„Ich kann mir kaum denken, dass Elise freiwillig mit mir spricht“, antwortete Rebecka und blickte zur Feature-Redaktion hinüber. „Weißt du schon, dass Ann-Katrin mich versetzt hat?“

„Ja, sie hat es mir erzählt“, erwiderte Sam leise. „Aber bevor der Tag zu Ende ist, bist du wieder an deinem Platz.“

Rebecka konnte nur hoffen, dass er damit recht hatte.

„Du, wegen gestern. Es tut mir leid, wenn ich dich in eine unangenehme Situation gebracht habe“, sagte Sam plötzlich.

Rebecka sah ihn an. Lieber, wunderbarer Sam. „Kein Problem. Wir werden die Dinge sicher nach und nach klären“, log sie.

„Ich muss dir etwas erzählen. Ich habe gesagt –“

In diesem Moment sah Rebecka Elise, die gerade aus der Rezeption kam, und sie hörte Sam nicht mehr. Elise wurde blass, als sie Sam und Rebecka entdeckte, ging aber entschlossen weiter.

Rebecka nagelte Elise mit ihrem Blick fest. „Wir beide müssen uns unterhalten“, zischte sie leise.

Elise sah sich nach einer Fluchtmöglichkeit um, aber Sam verstellte ihr den Weg.

„Ich glaube, du und Rebecka solltet miteinander reden", sagte er. „Ann-Katrin ist heute nicht im Haus, du brauchst also keine Hilfe von ihr zu erwarten."

Rebecka blickte Sam erstaunt an. Sie war sich hundertprozentig sicher, dass sie Ann-Katrin bei den Kaffeeautomaten gesehen hatte, als sie in die Redaktion gekommen war.

Rebecka und Elise gingen in einen der Konferenzräume und machten die Tür hinter sich zu. Elise klammerte sich am Tisch fest. Sie sah Rebecka verzweifelt an.

„Es tut mir leid", sagte sie nervös. „Ich weiß nicht, was in mich gefahren ist. Ich habe Morgenluft gewittert … ich konnte die ganze Nacht nicht schlafen."

Rebecka starrte ihre Kollegin überrascht an. Eine Entschuldigung war das Letzte, was sie erwartet hatte.

„Ich habe vor ein paar Tagen gehört, dass wir in der Feature-Redaktion ein Mitarbeiter zu viel sind. Und weil ich als Letzte gekommen bin – also vor Sam, aber er hat ja jetzt eine leitende Funktion –, wusste ich genau, dass ich es bin, die gehen muss. Mein Freund und ich haben gerade erst eine Wohnung gekauft, und ich habe uns schon auf der Straße stehen sehen, wenn ich meinen Job verliere. Da habe ich Panik gekriegt. Ich habe nächtelang wach gelegen und ein schlechtes Gewissen gehabt. Du warst immer nett zu mir, und ich bin dir in den Rücken gefallen. Ich weiß nicht, was ich sagen soll. Ich kann verstehen, dass du wütend bist, und …"

Das war mehr, als Rebecka verarbeiten konnte. Elise entschuldigte sich. Gab zu, dass sie einen Fehler gemacht hatte. Alles, was sie sich zurechtgelegt hatte, war wie weggeblasen.

„Mir fehlen die Worte. Ist dir klar, dass du jetzt wahrscheinlich gefeuert wirst?"

Elise sah aus, als sei sie kurz davor, in Tränen auszubrechen. „Ich weiß, aber ich bin mir nicht sicher, ob ich überhaupt noch lange weitergemacht hätte. Ehrlich gesagt macht mich dieser Job fertig. Mein Freund hat schon gesagt, dass er nicht damit klarkommt, dass ich rund um die Uhr arbeite, und ich bin ziemlich ausgepowert. Ich habe schon seit Wochen Schlafstörungen."

Rebecka war sprachlos. Elise hatte nie den Eindruck gemacht, überarbeitet zu sein, geschweige denn angedeutet, dass ihr die Arbeitsbelastung zu viel wurde. Jeder in der Redaktion musste ein hohes Arbeitspensum bewältigen, um das Tempo, das die Chefetage von ihren Mitarbeitern verlangte, einhalten zu können. Sie selbst fühlte sich auch ausgelaugt und erschöpft.

Elise fing an zu weinen. „Kannst du mir verzeihen? Ich werde sofort mit Ann-Katrin sprechen. Ich weiß, dass sie da ist. Ich habe nur nichts gesagt, weil ich sowieso mit dir reden wollte."

„Ich muss das hier erst einmal verdauen", sagte Rebecka sachte. „Du bist eine tolle Journalistin und eine sehr gute Kollegin. Darum hat mich das, was du getan hast, auch so schockiert."

Elises Augen glänzten, sie wischte sich mit dem Arm über das Gesicht.

„Ich bin stinksauer auf dich. Oder eher traurig und enttäuscht", fügte Rebecka hinzu, bevor sie beide eine ganze Weile schwiegen.

„Kommst du mit zu Ann-Katrin?", fragte Elise und sah Rebecka flehend an, aber die schüttelte den Kopf.

„Da musst du schon allein durch. Ann-Katrin und ich haben keinen besonders guten Draht zueinander, und wenn ich mitkomme, wird sie nur glauben, dass ich dich dazu gezwungen hätte."

Elise zögerte. „Du hasst mich, oder?"

Rebecka sah Elise an. Die hübsche, lebenslustige Elise, die jetzt nur noch ängstlich und bedrückt aussah. Sie hasste sie nicht. Aber es würde ihr schwerfallen, Elise zu verzeihen. Man hinterging seine Kollegen nicht so, wie Elise es getan hatte.

Rebecka seufzte tief. „Ich hasse dich nicht, aber es wird wohl eine Weile dauern, bis ich die ganze Sache verdaut habe", sagte sie. „Du, ich muss jetzt zur Redaktionsbesprechung."

Elise blickte noch unglücklicher drein. „Ich bringe das in Ordnung, versprochen."

Der Rest des Tages verging wie im Flug. Gegen ihren Willen hatte Rebecka im Ressort Auto & Motor eine Menge Spaß. Dort herrschte eine ganz andere Atmosphäre als in der Feature-Redaktion, es ging deutlich entspannter zu. Nachdem Elise ihren Fehler zugegeben und sich bei ihr entschuldigt hatte, ließ der bohrende Schmerz in ihrem Magen ein wenig nach. Gleichzeitig kreisten ihre Gedanken immer wieder um Anton, Sam und Anna, auch wenn sie sich alle Mühe gab, sie aus ihrem Hinterkopf zu verbannen. Gerade war das Einzige, was sie wollte, in Ann-Katrins Büro gerufen zu werden und die Anerkennung zu bekommen, die sie verdiente. Bis es so weit war, hatte sie vor, den Tag bei den Kollegen von Auto & Motor zu genießen. Zum ersten Mal seit Langem konnte sie bei der Arbeit aufatmen.

Rebecka hatte gesehen, wie Elise und Sam vor der Mittagspause in Ann-Katrins Büro gegangen waren, aber weil sie zu einer Pressekonferenz geschickt worden war, hatte sie danach nichts mehr mitbekommen. Deswegen war es eine echte Erleichterung, als Ann-Katrin sie am Ende des Tages zu sich rief.

„Machst du bitte die Tür hinter dir zu?", sagte Ann-Katrin und winkte sie herein. Rebecka kam ihrer Bitte nach und betrat das Büro.

„Wie läuft es bei Auto & Motor?"

„Gut, ich habe meinen ersten Artikel eingereicht", antwortete Rebecka. Sie blieb mitten im Raum stehen und setzte sich erst, als Ann-Katrin auf einen der Besucherstühle zeigte, schlug die Beine übereinander und legte die Hände in den Schoß.

„Es sieht ganz so aus, als hättest du recht gehabt", sagte Ann-Katrin und fixierte Rebecka mit ihrem Blick. „Elise und Sam waren bei mir und haben mir alles erzählt. Sie musste natürlich sofort ihre Sachen packen. Glaubwürdigkeit ist das A und O im Journalismus."

Rebecka schwieg und versuchte, die Information zu verdauen. Natürlich hatte sie geahnt, dass Elise entlassen werden würde, aber sie hatte nicht damit gerechnet, dass sie sofort gehen müsste. Obwohl sie immer noch wütend war, tat sie ihr leid. Sie hatte Elise wirklich gemocht.

„Das ist eine gute Reportage. Wir haben beschlossen, dass sie schon morgen erscheinen wird. Als Aufmacher auf der ersten Seite plus zwei Doppelseiten." Ann-Katrin lehnte sich in ihrem Bürostuhl zurück und verschränkte die Hände über dem Bauch. „Seit du beim Telegrafen angefangen hast, habe ich mit dir meine Probleme", sagte sie.

Was sollte sie darauf entgegnen? Du bist eine Scheißchefin und ich kann dich auch nicht leiden, dachte Rebecka, aber bevor sie etwas sagen konnte, redete Ann-Katrin auch schon weiter.

„Trotzdem muss ich zugeben, dass du verdammt gut bist. Du hast den nötigen Biss und die richtige Einstellung!"

„Danke", antwortete Rebecka, ohne zu verraten, was sie wirklich von Ann-Katrin hielt.

„Ich war diejenige, die gesagt hat, dass du als Reportage-Leiterin nicht geeignet wärst. Ich dachte, dass du damit überfordert wärst, aber jetzt würde ich gerne wissen, ob du immer noch Interesse an der Stelle hast?“

„Und was ist mit Sam?“

„Sam geht zurück nach New York. Er wird von dort aus weiter für uns arbeiten, aber er hat ein anderes Angebot bekommen, das er nicht ablehnen konnte.“

Sam wollte zurück nach New York? Rebecka spürte, wie ihr schwindelig wurde. Die Geschichte wiederholte sich. Sam würde sie ein zweites Mal verlassen.

„Wann hört er auf?“, presste sie mühsam hervor.

„Zum Ende des Sommers. Er wird dir alles übergeben, aber das wird kein Problem sein. Du kennst dich ja mit den meisten Dingen aus.“

„Ich weiß nicht, was ich sagen soll“, erwiderte Rebecka. Sie würde Sam verlieren. Sie dachte über Ann-Katrins Angebot nach. Noch vor ein paar Tagen wäre sie überglücklich gewesen und hätte ohne Umschweife Ja gesagt. Aber jetzt war sie sich gar nicht mehr so sicher. „Kann ich darüber nachdenken?“

„Du hast das Wochenende. Danach geht das Angebot an jemand anderen!“, entgegnete Ann-Katrin und wandte ihre Aufmerksamkeit wieder ihrem Computer zu.

Rebecka stand auf und ging mit weichen Knien aus dem Büro. Sie hatte alles erreicht, was sie sich gewünscht hatte. Ihre Reportage würde morgen erscheinen und vermutlich für ziemlich viel Wirbel sorgen. Außerdem hatte man ihr die Leitung des Reportage-Ressorts angeboten, die Position, um die sie so gekämpft hatte. Warum fühlte es sich nicht richtig an? Warum sprudelte sie nicht über vor Glück? Und warum hatte Sam ihr nichts von seinen New-York-Plänen gesagt?

***

Der Schokoladentrüffel zerging ihr auf der Zunge. Noch bevor sie ihn aufgegessen hatte, steckte Rebecka schon den nächsten in den Mund. Genoss den bittersüßen Geschmack. Sie war es leid, ständig um alles zu kämpfen. Um ihren Job, um ihre Rückkehr nach Bromma oder gegen Anton. Rebecka stopfte sich zwei weitere dunkle Schokoladentrüffel in den Mund, kaute und spürte, wie die samtige Masse langsam ihre Kehle hinunterglitt. Die Trüffel schmeckten himmlisch. Sie dachte an all die Dinge, die in der letzten Zeit passiert waren. An Anna, an die furchtbaren Sachen, die sie ihr an den Kopf geworfen hatte. Ihre Worte klangen Rebecka immer noch in den Ohren: Dass es ihre Schuld war, dass Anton sie verlassen hatte und die Kinder mit allen anderen Menschen lieber zusammen waren als mit ihr. Antons Gesicht flimmerte an ihrem inneren Auge vorbei, sein verletzter Blick, als er Sam entdeckte. Sam, den sie ihn immer noch liebte. Das hatte sie endlich eingesehen. Sam, der nach New York zurückgehen würde.

Heute war die erste Reportage erschienen, und sie hatte schon einige Reaktionen hervorgerufen. Viele Leute hatten sich gemeldet, aber sie hatte weder ihre E-Mails beantwortet noch war sie ans Telefon gegangen. Sie wollte mit niemandem sprechen. Rebecka ging davon aus, dass Jean Linds Familie gerade massiven Angriffen ausgesetzt war. Aber auch alle anderen, die Menschen, die sie interviewt hatte und die konkrete Namen genannt hatten, wurden vermutlich von den Medien belagert. Sie hatte keine Kraft, sich mit diesem Presserummel zu befassen. Sie war den ganzen Tag lang ruhelos durch das leere Haus gewandert. Hatte im Wintergarten aus dem Fenster gestarrt und zugesehen, wie die Nachbarn das schöne Wetter draußen an der frischen Luft genossen. Sie hatte sogar Anna und David gesehen, die mit dem Auto weggefahren waren.

Rebecka dachte an ihren Vater. Das Bild von ihm im Wohnzimmer mit der Schlinge um den Hals war immer noch kristallklar. Sie schluchzte auf und trank aus einem Wasserglas ein paar große Schlucke Rotwein. Sie wollte sich nicht erinnern. Sie wollte dieses Bild von ihm auslöschen. Wie er an der Decke hing, den Nacken in einem unnatürlichen Winkel. Seine letzten Worte lasteten auf ihr. „Bitte, bleib zu Hause. Wir zwei können uns doch einen gemütlichen Abend zusammen machen." Aber sie war wütend gewesen. Wütend, weil sie wegen ihm aus Bromma hatten wegziehen müssen. Wütend, weil er seine Spielsucht nicht unter Kontrolle hatte. Wütend, weil er von seinem Chef gefeuert worden war. Wütend, weil er sich so sehr verändert hatte. In ein paar Monaten hatte sich ihr lebenslustiger und ehrgeiziger Papa in einen alten Langweiler verwandelt, der den ganzen Tag auf dem Sofa lag oder sein Geld bei Pferderennen verprasste, immer in der Hoffnung, das verlorene Geld wieder zurückzugewinnen.

Rebecka riss eine Packung Kekse auf und stopfte sie sich in den Mund. Ihr Vater hatte ihr das Herz gebrochen, aber trotzdem hatte sie alles getan, damit er stolz auf sie war. Obwohl er nicht mehr lebte. Aber warum war sie nicht glücklich? Jetzt, wo sie alles erreicht hatte, was er immer gewollt hatte: eine verantwortungsvolle Position bei seiner ehemaligen Zeitung und eine große Enthüllungsstory.

Als ihr Handy klingelte, stellte sie es aus. Sie war sich sicher, dass der Anrufer niemand war, mit dem sie sprechen wollte. Sie hatten sie verlassen. Alle hatten sie verlassen. Zum ersten Mal seit Langem vermisste sie die Kinder. Sie vermisste sie so sehr, dass es wehtat. Hasste es, dass sie nicht in ihrer Nähe waren. Obwohl Julia ständig über irgendetwas quengelte,

Trevor tausend Fragen stellte und beide wie Kletten an ihr hingen, sobald sie auftauchte. Jetzt vermisste sie ihre klebrigen Hände, die sich in ihre schoben, und ihr fröhliches Geplapper, bei dem sie jedes Mal am liebsten vor Wut aufschreien würde, weil es sie nervte.

Rebecka setzte sich mit einem Ruck auf, als die Übelkeit sie überkam. Im letzten Moment griff sie nach der Vase, die auf dem Couchtisch stand, und übergab sich. Danach schob sie sie angewidert zur Seite, legte sich aufs Sofa und starrte an die Decke.

Rebecka schlief tief und fest, als ihr eine Hand liebevoll über die zerzausten Haare strich und eine Decke über ihren mageren Körper breitete. Die Vase mit dem Erbrochenen und all die Leckereien, die die Übelkeit verursacht hatten, verschwanden. Die Vase wurde gereinigt und an ihren Platz zurückgestellt. Sämtliche Süßigkeiten wanderten in die Mülltonne. Das Bett wurde frisch bezogen, die dreckige Bettwäsche kam in die Waschmaschine. Das alles geschah, während Rebecka auf dem Sofa wie ein Stein schlief. In den frühen Morgenstunden war das Haus von oben bis unten blitzblank, und in der Luft hing ein leichter Zitronenduft.

Als Rebecka aufwachte, schien ihr die Sonne ins Gesicht. Ihr Kopf dröhnte, ihr Mund war ausgetrocknet. Sie stöhnte und griff sich an die Stirn, hinter der es schmerzhaft pochte. Mühsam setzte sie sich auf. Verwundert registrierte sie die Decke, die über ihren Beinen lag. Hatte sie sich zugedeckt? Jetzt sah sie auch, dass alle Süßigkeiten und Kekse verschwunden waren. Die Vase, hatte sie sich nicht in die Vase übergeben? Wie armselig. Angeekelt verzog sie das Gesicht. Ihr Magen knurrte. Auf zittrigen Beinen wankte sie in die Küche, sie trug immer noch den Hosenanzug von gestern. Verwirrt blickte sie sich in der aufgeräumten Küche um. Hatte sie die wirklich so hinterlassen? Ihr Körper schrie nach Zucker, aber sie fand nicht den kleinsten Kekskrümel. Ihr Blick fiel auf die grüne Mülltonne am Gartentor, und sie ging in den Flur. Wenn sie nichts in den Magen bekam, würde sie ohnmächtig werden.

Rebecka schlüpfte in ein paar Holzpantinen und ging nach draußen. Es war früh am Morgen, die Nachbarn lagen noch in ihren Betten und schliefen. Sie lief die Treppe hinunter, ging zu den Mülltonnen und fing an, in den Abfällen zu wühlen. Sie riss den obersten Plastiksack mit einem Ruck auf. Nur leere Verpackungen. Die nächste Tüte lieferte dasselbe Resultat. Rebecka war verzweifelt. Sie brauchte etwas zu essen. Jetzt.

„Rebecka?"

Beim Klang der Stimme erstarrte Rebecka. Als sie sich umdrehte und in Matildas und Stinas schockierte Gesichter blickte, zuckte sie zusammen. Rebecka kniff die Augen fest zu. Bitte, mach, dass das nur ein Albtraum ist, dachte sie und blinzelte. Matilda und Stina waren immer noch da.

„Ist alles in Ordnung?", fragte Stina vorsichtig.

Rebecka sah an ihrer Kleidung herunter, die mit Fettflecken und eingetrockneten Essensresten übersät war.

„Ich habe meinen Ehering verloren", antwortete sie in dem verzweifelten Versuch, die Situation zu retten.

„O nein!", rief Stina mitfühlend. „Brauchst du Hilfe?" Sie stockte und blickte angewidert auf die Mülltüten, die um Rebecka herum auf dem Boden lagen.

„Bist du sicher, dass der Ring irgendwo im Müll liegt?", fragte Matilda und sah entsetzt hoch.

„Ich glaube schon … oder … vielleicht ist er auch woanders. Ich denke, ich räume hier auf und suche dann im Haus weiter. Aber da habe ich natürlich schon nachgesehen." Rebecka versteckte ihre linke Hand hinter dem Rücken. „Ich will euch nicht aufhalten."

„Bist du sicher, dass du in Ordnung bist?", fragte Stina und fuhr sich nervös durch die Haare.

Rebecka blickte in Stinas besorgtes Gesicht.

„Mir geht es gut. Das Leben könnte nicht besser sein. Es ist wirklich herrlich. Aber den Ring würde ich gerne finden", antwortete sie fröhlich. Im selben Moment spürte sie, dass sie aufstoßen musste, und legte die Hand vor den Mund. Zu spät bemerkte sie ihren Fehler. Ihr Ehering blitzte verräterisch auf.

„Hoppla … da ist er ja." Verlegen drehte Rebecka an dem Ring. Verdammt, sie hätte sich eine bessere Ausrede ausdenken sollen. Aus den Augenwinkeln sah sie zu Stina hinüber, die sich Mühe gab, ein Lächeln zu unterdrücken.

„Frag besser nicht. Glaub mir, du willst es gar nicht wissen", sagte sie und lachte resigniert.

„Nein, das möchte ich wohl eher nicht", erwiderte Stina, obwohl sie ziemlich neugierig aussah.

„Also … ich muss noch etwas erledigen", murmelte Rebecka entschuldigend und sah in Richtung Haus.

„Natürlich. Wir bleiben in Kontakt. Melde dich, wenn du jemanden zum Reden brauchst", antwortete Stina und folgte Matilda, die schon weitergegangen war. Rebecka klopfte sich den Dreck von der Hose. Sie sah Stina und Matilda nach. Was für eine superpeinliche Situation, dachte sie und betrachtete das Chaos um sich herum.

„Das war doch eine nette Begegnung", sagte plötzlich eine Stimme hinter ihr.

Rebecka fuhr herum und sah ihre Mutter erstaunt an.

„Also du bist mein heimlicher Samariter?"

„Ich habe ein bisschen aufgeräumt, falls du das meinst. Aber ich hatte keine Ahnung, dass du auf die Idee kommen würdest, im Müll zu wühlen“, erwiderte Ingela. In der Hand hielt sie eine Supermarkttüte. „Ich habe Frühstück geholt.“

Rebecka lachte hilflos. „Ich bin total verrückt.“

„Du bist nicht verrückt. Die Wirklichkeit hat dich eingeholt“, antwortete Ingela. „Endlich, sollte ich vielleicht hinzufügen. Weiß du was, ich finde, wir sollten ins Haus gehen und uns mit einer Tasse Tee und ein paar Broten stärken.“

„Ich beseitige nur noch schnell dieses Chaos. Es ist nicht nötig, dass die gesamte Nachbarschaft erfährt, was für eine Versagerin ich bin.“

„Du bist keine Versagerin. Du steckst in einer Lebenskrise, aber die werden wir bewältigen. Gemeinsam.“

Rebecka sah ihre Mutter an. Sie war braungebrannt und sah glücklich aus. Plötzlich begriff Rebecka, wie sehr sie sie vermisst hatte.

Rebecka zog die Schuhe aus und betrat den engen Flur. Ein leichter Geruch von alten Möbeln schlug ihr entgegen, sie blickte sich um. Alles sah noch genauso aus wie früher, von den pastellfarbenen Flickenteppichen bis hin zu den Bildern an der Wand. Als Ingela sie gebeten hatte, mit in ihre Wohnung zu kommen, hatte sie zunächst gezögert. Sie wollte nicht nach Vällingby fahren, aber genauso wenig wollte sie zu Hause bleiben.

„Ich war lange nicht mehr hier“, sagte Rebecka und ging in die Küche, wo sie sich an den kleinen Klapptisch am Fenster setzte. Ihre Mutter kramte etwas Gebäck aus dem Schrank.

„Du wolltest nicht herkommen.“

„Ich verstehe nicht, wie du all die Jahre weiter hier wohnen bleiben konntest. In derselben Wohnung.“

„Am Anfang wollte ich mit dir umziehen. Aber in Vällingby konnte ich keine passende Wohnung finden, und ich wollte nicht schon wieder in einen anderen Stadtteil ziehen."

„Als wir damals hierhergezogen sind, hatte ich das Gefühl, mein Leben verloren zu haben. Es kommt mir heute noch so vor", murmelte Rebecka.

„Ich weiß, dass du so empfindest. Aber du hattest schließlich immer noch deine Freunde. Wir haben alles dafür getan, damit du weiter auf deine alte Schule gehen konntest", sagte Ingela sanft und goss Kaffee in ein paar geblümte Tassen.

„Aber alles wurde plötzlich so anders", antwortete Rebecka. Sie wurde rot, als sie an die morgendliche Begegnung mit Stina und Matilda dachte. „Alle haben mich von einem auf den anderen Tag links liegen lassen. Stina, Matilda. Nachdem Papa nicht mehr da war, wollte ich nicht mehr zurück. In den Augen meiner Freunde war ich nichts mehr wert."

„Das ist nicht wahr", sagte Ingela und schob eine Platte mit Zimtschnecken über den Tisch. Rebecka zögerte, bevor sie eine nahm und hineinbiss. Einen Moment genoss sie einfach den Geschmack von Butter, Zimt und Teig.

„Doch, natürlich. Keiner hat sich mehr um mich gekümmert. Ich war ihnen völlig egal. Ich habe euch das nie erzählt, aber es war furchtbar."

Es war wirklich furchtbar gewesen. Obwohl sie vorher zum harten Kern der Clique gehört hatte, war sie zu einer Außenseiterin geworden.

„Du warst diejenige, die sich von ihnen zurückgezogen hat. Du wolltest nicht mehr mit ihnen spielen, dich nicht mehr mit ihnen treffen. Und du hast dich geweigert, mit mir oder Papa zu sprechen."

Rebecka wurde blass. „Aber ... so war das nicht ... sie wollten nicht mehr mit mir zusammen sein. In den Pausen habe ich allein auf dem Schulhof gestanden, und nachmittags nach der Schule war ich auch allein."

„Nachdem wir umgezogen waren, hat mich Stinas Mutter angerufen. Sie hat sich nach dir erkundigt und erzählt, dass Stina traurig sei, weil du nicht mehr mit ihr spielen wolltest."

Wovon redete ihre Mutter da? Die anderen hatten sie ausgestoßen. Als sie nach dem Umzug in die Schule gekommen war, hatten sie hinter ihrem Rücken gelacht und geflüstert. Mit zitternden Händen griff Rebecka nach ihrer Kaffeetasse. Ihre Finger schlossen sich um das warme Porzellan.

„Das ist nicht wahr", sagte sie leise. Sie konnte sich noch genau an alles erinnern. Wie allein sie sich gefühlt hatte. Wie peinlich ihr alles gewesen war. Alle wussten, was passiert war. Wirklich alle. Dass ihr Vater das ganze Geld der Familie beim Pferderennen verspielt hatte. Dass der Gerichtsvollzieher bei ihnen vor der Tür gestanden hatte.

„Doch, Rebecka, es ist wahr", sagte ihr Mutter und legte ihre schmalen Hände über Rebeckas. „Du wolltest nicht mehr mit ihnen zusammen sein. Du wolltest nicht, dass sie zu uns nach Hause in unsere neue Wohnung kommen. Du hast dich geweigert, zu Stinas Geburtstagsfeier zu gehen."

In der kleinen Küche wurde es still. Das einzige Geräusch war das hartnäckige Ticken des Sekundenzeigers der Wanduhr. Rebeckas Puls raste, in ihren Ohren rauschte es. In einem Winkel ihres Gedächtnisses tauchte eine schwache Erinnerung auf. Sie waren gerade umgezogen. Stina wollte sich nach der Schule mit ihr verabreden, aber Rebecka lehnte ab. War ich diejenige? Bin ich den anderen aus dem Weg gegangen? Haben sie es versucht?

Rebecka blickte aus dem Küchenfenster auf die U-Bahn-Gleise, auf die Autos, die sich über die angrenzende Straße schoben, und die Menschen, die auf dem Gehweg entlanghasteten. Auf diesem Platz hatte sie so oft gesessen und darauf gewartet, dass ihr Vater oder ihre Mutter nach Hause kommen würden.

„Ich habe sie getroffen. Sonja", sagte Ingela und nippte an ihrem Kaffee.

„Du hast meine Großmutter getroffen?"

„Ja, zwei Mal. Im letzten Jahr, ein paar Monate, bevor sie gestorben ist. Die andere Begegnung liegt schon viele Jahre zurück. Eines Tages stand sie bei uns vor der Tür, dein Vater war gerade gestorben. Ich glaube, die Nachricht hat ihr einen Schock versetzt. So viele Jahre hatte sie nach ihm gesucht, und als sie ihn endlich gefunden hatte, kam sie zu spät."

„Du hast ‚gestorben' gesagt."

Ingela sah sie erstaunt an, schließlich lächelte sie. „Vielleicht wird es auch für mich Zeit, mir nicht länger etwas vorzumachen und den Tatsachen ins Auge zu sehen, statt sie vor unangenehmen Dingen zu verschließen." Sie griff wieder nach Rebeckas Hand.

„Sonja hat mir alles über die Adoptionen und deinen Vater erzählt. Wir haben uns lange unterhalten."

„Aber warum hast du mir nie etwas davon gesagt?"

„Sonja wollte es nicht, nachdem ich ihr deine Situation geschildert hatte."

„Meine Situation?"

„Du warst beruflich viel zu sehr eingespannt. Deine Gedanken kreisten nur um deine Arbeit. Wir glaubten nicht, dass du bereit dafür warst, und fanden, dass es besser sei, wenn du nach und nach selbst alles aufdeckst. Außerdem wollte Sonja dir alle nötigen Informationen geben, damit du deine Träume verwirklichen kannst. Ihr war bewusst, dass ihr Schicksal und das so vieler anderer einen Skandal verursachen würde, sobald alles ans Tageslicht käme. Sie wollte, dass du darüber schreibst, um ihnen wenigstens im Nachhinein Gerechtigkeit widerfahren zu lassen. Aber erst nach ihrem Tod."

„Du warst also von Anfang an in die ganze Sache eingeweiht?"

„Ja, aber Sonja hat das meiste in die Wege geleitet."

Rebecka wusste nicht, ob sie wütend darüber sein sollte, dass ihre Mutter und ihre Großmutter alles hinter ihrem Rücken arrangiert hatten. Sie hatte ja schon lange geahnt, dass Ingela ihr Informationen vorenthielt. Vielleicht hatte Sonja recht gehabt, und es war besser für sie gewesen, die Zusammenhänge erst allmählich zu verstehen. Sie dachte an ihren Vater, und ein Schatten legte sich über ihr Gesicht.

„Dich trifft keine Schuld", sagte ihre Mutter leise.

„Doch", erwiderte Rebecka und zog ihre Hand zurück. „Du weißt ganz genau, dass Papa mich gebeten hatte, zu Hause zu bleiben."

„Er hätte es trotzdem getan."

„Ich hätte es verhindern können. Er könnte noch am Leben sein."

„Sieh mich an", sagte Ingela energisch. „Wir hätten nichts tun können. Er litt unter Depressionen, starken Depressionen. Er hatte seine eigenen Probleme. Das, was ihm als Kind widerfahren ist, hat sein ganzes Leben geprägt. Er wollte ein berühmter Journalist werden, damit seine leibliche Mutter auf ihn aufmerksam werden würde. Er hat geglaubt, dass sie ihn verlassen hat. Deshalb wollte er sich einen Namen machen. Er dachte, wenn ihm das gelänge, würde sie zurückkommen und sich zu erkennen geben."

Rebecka schluchzte auf und brach in Tränen aus. Ingela nahm sie in die Arme. Rebecka legte den Kopf an die Brust ihrer Mutter, lauschte ihrem rhythmischen Herzschlag und weinte, als würde ihr Herz brechen.

***

Das Fahrrad war völlig verdreckt und mit Lehm verkrustet, aber Rebecka war fest entschlossen, sich durch ein bisschen Dreck nicht von ihrem Vorhaben abbringen zu lassen. Sie würde mit dem Fahrrad zur Arbeit fahren. Mit einem Lappen entfernte sie den gröbsten Schmutz, befestigte zwei Satteltaschen am Gepäckträger und schob das Fahrrad aus der Garage. Ihr war schleierhaft, warum sie bis Juli gewartet hatte, um ihr Fahrrad aus der Versenkung zu holen. Vermutlich hatte sie einfach keine Zeit gehabt. Ehrlich gesagt hatte sie für viele Dinge keine Zeit gehabt, das hatte sie am vergangenen Wochenende bei ihrer Mutter zu Hause erkannt.

Rebecka schob ihr Fahrrad durch das Gartentor auf die Straße, stieg auf und fuhr los.

Im Stadtzentrum stieg sie ab, kettete das Fahrrad fest, nahm die Taschen ab und betrat das Redaktionsgebäude.

„Was für eine Story!", rief Fredrik, als er sie sah. Auch andere Kollegen blieben stehen und lächelten ihr aufmunternd zu. Als sie zu ihrem Platz ging, standen viele Mitarbeiter auf und gratulierten ihr zu dem Artikel. Rebecka sah zu Sams Platz hinüber, aber sein Schreibtisch war leer. Vielleicht war das auch ganz gut so. Sie wusste immer noch nicht, wie sie sich ihm gegenüber verhalten sollte. Der Schock darüber, dass er sie wieder verlassen würde, hatte sich in Wut verwandelt. Glaubte er wirklich, er könnte einfach in ihr Leben hineinmarschieren, um dann von jetzt auf gleich wieder daraus zu verschwinden?

Sie wandte den Blick von Sams Platz ab und sah aus den Augenwinkeln zu Ann-Katrins Büro. Sie versuchte, sich zu motivieren. Sie konnte es genauso gut gleich hinter sich bringen.

Rebecka spürte, wie ihr Magen nervös flatterte, als sie an Ann-Katrins Tür klopfte.

„Hast du am Wochenende über mein Angebot nachgedacht?“ Kein „Hallo“, kein „Wie geht's dir?“, wie üblich kam ihre Vorgesetzte ohne Umschweife zur Sache. Ann-Katrin ging durch das Zimmer, setzte sich hinter ihren Schreibtisch und zeigte auf einen der Besucherstühle.

„Ich habe mich entschieden“, antwortete Rebecka und setzte sich. Sie legte die Hände in den Schoß, damit Ann-Katrin nicht sah, wie sie zitterten. „Ich habe mich entschieden, aufzuhören.“

Ann-Katrin blickte Rebecka verblüfft an, bevor sie die Lippen zu einem schmalen Strich zusammenkniff und ihr Gesicht rot anlief.

„Du willst aufhören?“

„Ja, ich will aufhören!“ Ann-Katrins Reaktion erschreckte sie nicht, sie machte sie wütend. „Und zwar so schnell wie möglich.“

„Aber dir ist doch wohl klar, dass das nicht geht. Ich habe dir ein verdammt gutes Angebot gemacht, und wenn es am Gehalt liegt –“

„Darum geht es nicht. Ich habe mich entschieden, dass ich so nicht mehr arbeiten möchte“, schnitt ihr Rebecka das Wort ab.

„Und was willst du stattdessen machen? Ein Geschäft eröffnen oder ein kleines Gartencafé?“, fragte Ann-Katrin ironisch. „Du wirst den Journalismus vermissen, und glaub ja nicht, dass du dann wieder hier angekrochen kommen kannst.“

„Ich werde nicht wieder angekrochen kommen. Mit dem Journalismus bin ich durch … zumindest vorerst.“ In dem Moment, in dem Rebecka die Worte aussprach, wusste sie, dass es die Wahrheit war. Sie konnte und sie wollte nicht mehr kämpfen. Natürlich liebte sie es, Menschen zu treffen und sie dazu zu bewegen, ihre Geschichte zu erzählen. Aber sie liebte es nicht genug. Hatte es vielleicht nie getan. Es war vielmehr eine fixe Idee gewesen, etwas, was sie mit aller Macht hatte durchsetzen wollen. Und irgendwo auf dem Weg war ihr die Freude daran abhandengekommen.

„Ich brauche eine Pause. Ich muss mir darüber klar werden, was ich in meinem Leben wirklich machen möchte“, sagte Rebecka. Sie hatte keine Kraft mehr, um mit Ann-Katrin zu streiten, die ständigen Konflikte der letzten zwei Jahre forderten ihren Tribut.

Ann-Katrin seufzte und lehnte sich in ihrem Bürostuhl zurück. „Ich hatte mit deiner Einstellung immer meine Probleme, aber du bist eine verdammt gute Journalistin. Es wäre schade, wenn du der Branche den Rücken kehren würdest.“

„Ich weiß, aber gerade möchte ich nicht bleiben.“

„Du hast kein anderes Angebot bekommen?“, fragte Ann-Katrin misstrauisch.

„Nein, bislang noch nicht. Bei dieser Sache geht es nur um mich“, erwiderte Rebecka und machte Anstalten aufzustehen.

Ann-Katrin hielt sie mit einer Geste zurück. „Wann willst du aufhören?“, fragte sie grimmig.

„So schnell wie möglich. Ehrlich gesagt mache ich nicht besonders viel bei Auto & Motor. Die Kollegen da kommen ganz gut ohne mich zurecht.“

„Erst Sam, dann Elise und jetzt du“, seufzte Ann-Katrin.

„Vielleicht solltest du in Betracht ziehen, Elise zurückzuholen.“

„Elise?“, fragte Ann-Katrin verwundert, bevor sie eine Schublade aufzog und eine Whiskeyflasche auf den Tisch stellte. Auch wenn die Flasche Rebecka verblüffte, sagte sie nichts, sondern nahm das Glas an, das Ann-Katrin ihr entgegenhielt. Verstohlen warf sie einen Blick auf die Uhr und ignorierte die Tatsache, dass sie gerade Whiskey zum Frühstück trank.

„Elise ist zwar noch ein bisschen unreif, aber sie hat den nötigen Biss. Sie wird es weit bringen“, murmelte Ann-Katrin, bevor sie ihr Glas hob und Rebecka zuprostete. „Zum Wohl, wahrscheinlich ist es die richtige Entscheidung, dass du an dich selbst denkst. In unserer Branche weht ein rauer Wind.“ Sie wies mit einer weit ausholenden Geste über die Redaktion. „Auch wir müssen uns die Frage stellen, wie lange wir noch überleben werden.“

Rebecka nahm einen großen Schluck von ihrem Whiskey und hustete. „Ihr werdet überleben. Unabhängiger Journalismus wird immer gefragt sein. Besonders jetzt“, antwortete sie und stellte ihr Glas auf den Schreibtisch. „Wann kann ich aufhören?“

Ann-Katrin zögerte einen kurzen Moment. „Gib mir einen Monat, dann kannst du gehen. Es macht keinen Sinn, Mitarbeiter zu halten, die nicht arbeiten wollen. Dann wird nie etwas fertig.“

„In dem Fall sind es für mich noch zwei Wochen. Danach habe ich Urlaub.“

Rebecka ging zur Tür, dort drehte sie sich noch einmal um und sah Ann-Katrin an, die in Gedanken versunken am Schreibtisch saß. Sie öffnete die Tür und verließ das Büro. An ihrem Platz ließ sie den Blick über das Großraumbüro schweifen. Zwei Jahre. Zwei Jahre hatte sie hier gearbeitet und wie eine Verrückte gekämpft, um ihre Ziele zu erreichen. Anton hatte recht gehabt, das erkannte sie jetzt. Sie hatte die Arbeit zu ihrem Lebensmittelpunkt gemacht, alles andere war unwichtig gewesen. Zum ersten Mal seit sehr langer Zeit lehnte sich Rebecka in ihrem Stuhl zurück und entspannte sich. Sie würde sicher einiges vermissen. Das Tempo und den Adrenalinkick, den sie jedes Mal spürte, wenn sie eine heiße Spur verfolgte. Aber sie hatte andere Träume, die sie leben und verwirklichen wollte. Ihre Träume. Aus den Augenwinkeln sah Rebecka zu Sams leerem Platz hinüber. Sie würde ihm so gerne erklären, was sie fühlte. Andererseits war es vielleicht am besten, die Sache auf sich beruhen zu lassen.

Der Motor lief noch, als sie ihn auf dem Bürgersteig entdeckte. Rebecka ließ das Lenkrad los und zog den Autoschlüssel aus dem Schloss. Sie stieg aus und ließ die Tür mit einem Knall zufallen. Anton blickte sich überrascht um, aber als er Rebecka sah, verhärtete sich sein Gesicht. Rebecka blieb auf dem Gehweg stehen. Ihr Mund war ausgetrocknet, und ihr Blick flackerte. Obwohl sie sich zurechtgelegt hatte, was sie sagen wollte, war sie nervös.

„Ich nehme an, dass du hier bist, um mit mir zu sprechen", sagte Anton, als er sie erreicht hatte. Rebecka straffte den Rücken. Sie durfte jetzt keinen Rückzieher machen.

„Ich habe dir etwas zu sagen", verkündete sie und gab sich Mühe, ihre Stimme fest klingen zu lassen.

Anton nickte kurz. „Es ist wohl am besten, wenn wir reingehen."

Während Anton Kaffee kochte, versuchte Rebecka sich daran zu erinnern, was sie sagen wollte, aber es schien, als ob ihr Gehirn die Zusammenarbeit verweigerte und nur einzelne Wörter und unzusammenhängende Sätze freigab. Sie setzte sich auf das große Ledersofa und tat ihr Bestes, um sich zu entspannen. Es würde schon gut gehen, redete sie sich ein. Sie musste nur die Ruhe behalten und ihre Worte sorgfältig wählen. Trotzdem war ihr erster Satz, nachdem Anton ihnen Kaffee eingeschenkt hatte: „Ich will die Scheidung." Sie brach entsetzt ab und warf Anton, der wortlos in einem Sessel gegenüber vom Sofa Platz genommen und sich zurückgelehnt hatte, einen hastigen Blick zu.

„Also ich bin der Meinung, dass wir uns scheiden lassen sollten“, setzte sie erneut an. „Wir haben uns auseinandergelebt, und ich glaube, dass es für uns beide besser ist, wenn wir getrennte Wege gehen.“ Rebecka verstummte. Wusste nicht, wie sie weitermachen sollte.

„Ich bin einverstanden.“ Nur drei Wörter. Drei Wörter, auf die sie nicht vorbereitet gewesen war. Verblüfft starrte sie Anton an.

„Du bist einverstanden?“

Anton nickte und beugte sich vor. Rebecka sah in seine dunkelblauen Augen. Sie sahen traurig aus. Traurig, aber entschlossen. „Es tut mir alles so furchtbar leid. Ich wollte dich wirklich nicht verletzen“, sagte sie leise.

„Bist du mit ihm zusammen?“

Rebecka wollte die Hand ausstrecken und seine stoppelige Wange mit dem Dreitagebart streicheln, aber sie konnte es nicht.

„Ich bin nicht mit Sam zusammen. Er geht wieder zurück nach New York. Er ist nicht der Grund, warum ich mich scheiden lassen möchte. Ich möchte mich scheiden lassen, weil ich nie die Frau sein kann, die du dir wünschst“, antwortete sie und sah, wie Antons Schultern zusammensackten. Als er zu weinen anfing, füllten sich auch ihre Augen mit Tränen. Vierzehn Jahre lang waren sie ein Paar gewesen. Vierzehn Jahre, an die sie sich mit Freuden zurückerinnern würde. Aber es war an der Zeit, einen neuen Lebensabschnitt zu beginnen.

An Dich

Es hat viele Jahre gedauert, bis ich Dich gefunden habe. Als ich endlich wusste, wo Du warst, bin ich sofort zu Dir geeilt. Ich wollte Dich so schnell wie möglich treffen. Dir unsere Geschichte erzählen. Dir von uns erzählen und warum ich Dich im Stich ließ. Warum ich die Adoptionsunterlagen unterschrieben habe. Ein kleines Mädchen hat mir die Tür geöffnet. Dein Mädchen. Sie war so süß, wie sie da im Flur stand. Sie sah aus wie Du.

Als ich nach Dir fragte, fing das Mädchen an zu weinen, und die Mutter kam an die Tür. Sie erzählte mir, dass Du tot warst. Dass Du erst kürzlich gestorben warst und dass die Beerdigung am selben Tag stattgefunden hatte. Ich war zu spät gekommen. Nach all den vielen Jahren war ich zu spät gekommen!

August

Es war Rebeckas letzter Arbeitstag, und sie hatte sich gerade vom gesamten Team verabschiedet. Sie war erstaunt, wie viele Mitarbeiter zu ihrem Ausstand gekommen waren. Einige Kolleginnen und Kollegen hatten sogar Reden gehalten. Sie war ehrlich gerührt, und als sie alle umarmt hatte und mit einem Karton mit ihren persönlichen Gegenständen unter dem Arm die Redaktion zum letzten Mal verließ, überkam sie ein Gefühl von Wehmut. Sie trat in den Sonnenschein hinaus und stellte sich an den Straßenrand, um auf ein Taxi zu warten, das sie nach Hause nach Bromma brachte. Den Karton stellte sie neben sich auf den Bürgersteig.

„Also du gehst jetzt?“, fragte eine Stimme hinter ihr. Sie drehte sich um und entdeckte Sam, der ein paar Meter entfernt von ihr stand. Dass er nicht zu ihrer Abschiedsfeier gekommen war, hatte sie verletzt.

„Es ist Zeit, neue Wege zu gehen. Ich möchte andere Dinge im Leben tun“, antwortete Rebecka und versuchte, unbekümmert zu wirken. „Du fliegst nächste Woche zurück nach New York, oder?“, erkundigte sie sich, obwohl sie die Antwort bereits kannte. Es gab ihr ein gutes Gefühl, dass sie die Zeitung vor ihm verließ. An seinem leeren Platz vorbeizugehen und zu wissen, dass er nie wieder zurückkommen würde, wäre unerträglich gewesen.

Sam kam auf sie zu und blieb vor ihr stehen. Rebecka bereute, dass sie den Karton abgestellt hatte. Jetzt stand Sam viel zu nahe vor ihr. Sie brauchte nur den Arm auszustrecken, um sein Gesicht zu berühren, seine Bartstoppeln und die kleinen Sorgenfalten auf der Stirn.

„Ich vermisse New York", sagte er langsam.

Rebecka nickte und versuchte, sich nicht anmerken zu lassen, dass sie den Tränen nahe war.

„Hat sich alles geklärt?", fragte Sam.

„Was meinst du?"

„Mit deinem Mann. Mit Anton?"

Rebecka zögerte. „Zwischen uns ist alles in Ordnung", sagte sie schließlich.

„Bist du glücklich?" Sams Gesicht war jetzt so nahe an ihrem, dass sie fast seinen warmen Atem spüren konnte.

Rebecka nickte und rang sich ein Lächeln ab. Sie wollte nicht, dass er erfuhr, dass sie sich von Anton getrennt hatte, ohne die geringste Ahnung, was sie mit ihrem Leben anfangen sollte.

„Das freut mich." Sam schien noch etwas hinzufügen zu wollen, aber stattdessen fuhr er sich mit der Hand durch die Haare und deutete auf das Taxi, das gerade am Straßenrand hielt. „Deine Fahrgelegenheit!"

„Es war schön, dich noch einmal zu sehen. Viel Glück in New York", brachte Rebecka heraus, aber ihre Stimme versagte. Sie sah, wie Sam die Kiefer aufeinanderpresste, bevor er sich hinunterbeugte und Rebeckas Karton aufhob. Sie gingen zusammen zum Taxi, und Sam stellte den Karton auf den Rücksitz.

„Mach's gut, Rebecka", sagte er und küsste sie leicht auf die Wange.

„Mach's gut, Sam."

Hastig stieg sie ins Auto und nannte dem Taxifahrer ihre Adresse. Sie drehte sich nicht um, als das Taxi losfuhr. Sah nicht, dass Sam stehen blieb, bis das Taxi um die Ecke gebogen war, und erst dann, die Hände tief in den Hosentaschen vergraben, das Redaktionsgebäude betrat.

Der Blumenstrauß war so groß, dass er fast ihr ganzes Gesicht verdeckte. Worüber Rebecka eigentlich ganz froh war, denn auf diese Weise musste sie Anna nicht sofort ins Gesicht sehen. Sie hielt ihrer Freundin die Blumen entgegen.

„Ich weiß, dass ich mich in der letzten Zeit wie ein Idiot aufgeführt habe und dass du eigentlich nicht mit mir reden möchtest. Aber du bist meine allerbeste Freundin. Ich gelobe Besserung und hoffe aus tiefstem Herzen, dass du mir verzeihen kannst", sagte Rebecka, ließ den Blumenstrauß sinken und sah Anna in die Augen. Sie merkte, dass Anna zögerte, bevor sie die Blumen entgegennahm.

„Mir tut es auch leid", murmelte Anna. „Ich war wütend und aufgebracht, aber das gibt mir nicht das Recht, dich so anzufahren, wie ich es getan habe."

„Aber deine Vorwürfe waren berechtigt. Ich habe alle Menschen in meiner Umgebung vernachlässigt."

Anna deutete in den Garten. „Wollen wir uns einen Augenblick setzen?"

Ein paar Minuten später saßen sie in der Hollywoodschaukel, schwangen langsam hin und her und genossen die letzten Strahlen der Abendsonne.

„Wie geht es euch?", erkundigte sich Rebecka vorsichtig. Sie hatte Angst, Anna mit ihrer Frage zu verletzen oder zu verärgern.

„Wir haben einen Adoptionsantrag gestellt und stehen jetzt auf der Warteliste. Nach unserem Streit habe ich mit David gesprochen, und statt mir recht zu geben, hat er eingeräumt, dass an dem, was du gesagt hast, durchaus etwas dran sei."

„Ich … aber ich hab doch nur lauter dummes Zeug geredet, weil ich so wütend war."

Anna schüttelte den Kopf. „Du hast gesagt, ich würde mein Leben an mir vorbeiziehen lassen, während ich darauf warte, schwanger zu werden."

„Damit wollte ich nicht sagen … also, ich habe nicht gemeint … natürlich sollst du …"

Anna unterbrach sie. „Du hattest recht. Seit wir mit den Invitro-Behandlungen angefangen haben, habe ich mich nur noch an diese eine Hoffnung geklammert und darüber vergessen, dass es auch noch andere wichtige Dinge im Leben gibt. David und ich waren kurz davor, uns zu trennen, weil ich nur noch daran denken konnte, schwanger zu werden. Die vielen Dinge, die uns verbinden, habe ich gar nicht mehr gesehen."

Rebecka griff nach Annas Hand. „Man muss sich auch nach etwas sehnen dürfen!"

„Aber nicht so, dass man deswegen alles andere zerstört."

„Du hast recht. Das war genau das, was ich gemacht habe. Ich habe alles andere um mich herum vergessen. Anton und du, ihr hattet beide recht. Und als ich begriffen habe, dass Sam … Sam und ich …" Rebecka verstummte hilflos.

„Du liebst Sam immer noch, oder?"

Konnte sie die Wahrheit sagen? Konnte sie Anna alles erzählen, ohne dass sie wütend werden würde? Sie holte Luft: „Ja, ich liebe Sam immer noch. Ich liebe auch Anton, aber auf eine andere Art. Er war ein Traum. Er stand für die Dinge, die ich wollte: Geborgenheit und Stabilität. Zumindest waren das die Dinge, von denen ich glaubte, dass ich sie wollte." Gedankenverloren blickte sie in den Garten. „Ich bereue die Jahre mit Anton nicht. Wir hatten eine tolle Zeit. Er war ein fantastischer Freund und ein fantastischer Mann. Aber ab irgendeinem Punkt haben wir uns in verschiedene Richtungen entwickelt. Wir sind nicht mehr dieselben, die wir einmal waren. Und Sam ... ich begreife jetzt, dass ich ihn nie vergessen habe."

„Hast du ihm das gesagt?", fragte Anna.

Rebecka schüttelte den Kopf. „Nein, er ist nach New York zurückgegangen. Ich konnte ihn nicht bitten zu bleiben. Nicht bei meiner momentanen Situation. Nicht jetzt, wo ich mitten in der Scheidung stecke."

Sie dachte daran, wie Sam und sie sich geküsst hatten. Dachte an seine rücksichtsvolle Art, die ihr bewusst gemacht hatte, wie sehr sie ihn liebte. An den Abschied draußen vor der Redaktion. Während der gesamten Taxifahrt nach Bromma hatte sie ununterbrochen geweint, während der Taxifahrer ihr mitfühlende Blicke zugeworfen hatte. Sie hätte Sam so gerne gebeten zu bleiben, aber seine Entscheidung, nach New York zurückzugehen, schien ein für alle Mal festzustehen. Und sie wollte ihn nicht in ihr chaotisches Leben ziehen. Also hatte sie ihn gehen lassen. Zum zweiten Mal.

„Und du und Anton? Habt ihr miteinander geredet?"

Rebecka zuckte zusammen. „Wir hatten ein klärendes Gespräch und haben einen Schlussstrich gezogen, oder wie man das auch immer nennen soll", sie lachte hilflos. „Vor ein paar Tagen haben wir uns noch einmal getroffen. Merkwürdigerweise war er viel ruhiger, als ich erwartet hatte. Er war auch der Meinung, dass wir uns auseinandergelebt haben. Wir haben die Scheidung eingereicht."

Anna umarmte Rebecka. „Ich glaube, du tust das Richtige."

Rebecka holte Luft. „Wie fühlt es sich an, dass die Schule bald wieder losgeht?", fragte sie, um nicht länger über ihre Probleme reden zu müssen.

„Ganz gut, ich werde vor den Schülern jedenfalls nicht wieder in Tränen ausbrechen."

„Das klingt vernünftig."

„Ich weiß, dass du mich für einen Loser hältst, weil ich nicht auf eine große Karriere gesetzt habe. Aber ich liebe meinen Beruf", sagte Anna und beugte sich vor, um ein bisschen Unkraut aus der Rasenfläche zu zupfen.

„Ja, vielleicht habe ich das wirklich gedacht. Entschuldige", gestand Rebecka. „Ich verstehe nicht, wie ich so dumm und ichbezogen sein konnte." Sie lachte.

Anna stand auf. „Ich möchte dir etwas zeigen."

Rebecka folgte ihr ins Haus und ging hinter ihr die Treppe ins Obergeschoss hinauf.

„Du hast das Zimmer neu gestrichen", sagte sie verblüfft, als sie die hellen Wände sah. Nicht nur die Kindertapete war verschwunden, auch von der Babyausstattung war keine Spur mehr zu sehen.

„Ich bin noch nicht fertig, aber bis auf Weiteres werde ich diesen Raum als Atelier nutzen. Auch wenn wir auf der Warteliste stehen, kann es Jahre dauern, bis wir ein Kind adoptieren können. Und bis es so weit ist, werde ich mein Leben leben. Wenn wir Eltern werden, können wir wieder neu tapezieren."

***

Zwei Wochen später betraten Ingela und Rebecka die Kanzlei von Arvid Ström, der sie in seinem dunklen Büro empfing.

„Sie haben sicherlich alles gefunden, nehme ich an", sagte er und schlug mit langsamen Bewegungen einen grünen Aktenordner auf. „Dann können wir diese Angelegenheit zu einem Abschluss bringen."

Rebecka schielte zu ihrer Mutter hinüber, die neben ihr in einem der Besucherstühle Platz genommen hatte.

„Sie haben alle Briefe erhalten?", erkundigte sich der Notar und sah Rebecka an, die bestätigend nickte.

„Sehr gut. Dann lassen Sie mich mal nachsehen, wo ich das betreffende Dokument habe." Er vertiefte sich wieder in den Aktenordner.

Rebecka überkam das gleiche merkwürdige Gefühl wie beim ersten Mal. Sie war hergekommen, um mehr über ihre Großmutter Sonja zu erfahren, sofern es da noch etwas zu erfahren gab. Nach dem Notartermin wollte sie die Kinder bei Anton abholen und mit ihnen irgendwo ein Eis essen gehen. Bei der Hitze, die seit Tagen wie eine Dunstglocke über der Stadt hing, konnten sie eine kleine Abkühlung gut gebrauchen. Allerdings hoffte Rebecka, dass das schöne Sommerwetter weiter anhielt, denn sie wollte mit Julia und Trevor zwei Wochen draußen in den Schären verbringen.

Das Haus sollte im Herbst verkauft werden. Rebecka hatte nicht genug Geld, um Anton auszuzahlen. Trotz all der Dinge, die zwischen ihnen vorgefallen waren, hatten sie sich im Guten getrennt. Der Kontakt zwischen ihnen war sogar besser als vor der Scheidung.

„Ah, hier ist es ja", sagte Arvid Ström und legte ein paar Papiere vor sich auf den Schreibtisch. Er rückte seine Brille zurecht und las laut vor.

Als er zum Ende der Ausführungen gekommen war, musste Rebecka sich zusammenreißen, um den Notar nicht mit offenem Mund anzustarren. Ein Haus? Hatte sie wirklich ein Haus geerbt?

„Und da besteht kein Zweifel? Ich habe ein Haus geerbt?"

Arvid Ström blickte von seinen Papieren auf. „Ja, so ist es. Ein Haus im Glückspfad im Stockholmer Stadtteil Bromma."

Rebecka sah ihre Mutter an, die nickte. „Es stimmt. Deine Großmutter hat es mir vor ihrem Tod erzählt. Sie wollte, dass du das Haus erbst, da dein Vater ja nicht mehr am Leben ist."

„Ein Haus!" Rebecka konnte es immer noch nicht fassen.

„Sie können damit machen, was Sie wollen. Wenn Sie vorhaben, es zu verkaufen, werden Sie mit Sicherheit einen hohen Preis erzielen“, warf der Notar ein.

Als Rebecka nichts erwiderte, fuhr er fort: „Ihre Großmutter hat Ihnen einen letzten Brief hinterlassen. Ich denke, der Inhalt wird Ihnen Ihre Entscheidung erleichtern.“

Rebecka nahm den Umschlag entgegen und öffnete ihn mit zitternden Fingern.

Liebe Rebecka,
Dies wird mein letzter Brief sein, und ich schreibe ihn an Dich. Ich hoffe, dass Du Deine Träume und Ziele verwirklichen konntest und dass meine Briefe Dir dabei geholfen haben, die Geschichte von Deinem Vater und mir zu verstehen. Vermutlich wirst Du Dich über mein letztes Geschenk wundern, aber ich möchte, dass Du das Haus bekommst, in dem Vilhelm gewohnt hat. Das Haus, in dem er seine ersten Lebensjahre verbracht hat. Die besten Jahre in meinem Leben. Vielleicht kehren mit Deiner Familie wieder das Lachen und die Freude in den Glückspfad zurück. Wenn Du das Haus nicht haben möchtest, verkauf es. Im Grunde genommen ist es nur ein altes Haus.

Mein Vater hat es kurz vor seinem Tod für mich gekauft. Ein Geschenk, damit ich immer ein Zuhause haben sollte. Jetzt ist es mein Geschenk an Dich. Lebe Dein Leben so, wie Du es für richtig hältst, aber tue das, was DU willst. Folge Deinem Herzen. Denn wenn Du so alt bist wie ich, willst Du nicht eines Tages dasitzen und darüber nachgrübeln, warum Du nicht auf Dein Herz gehört hast.

Deine Großmutter Sonja

Rebecka ließ den Brief sinken und sah den Notar an, der sich zufrieden in seinem Sessel zurückgelehnt hatte.

„Haben Sie die Schlüssel zum Haus?“ Aber noch bevor sie die Frage ganz ausgesprochen hatte, griff sie sich an ihre Kette. „Der Schlüssel an meiner Kette. Er ist für das Haus, oder?“

Arvid Ström gluckste vergnügt. „Ich würde wohl meinen, dass er ein bisschen klein ist. Aber Sie haben recht, es handelt sich um eine Miniaturnachbildung von diesem Exemplar“, antwortete er und legte einen glänzenden Schlüssel auf den Schreibtisch.

Anna und Rebecka sahen an der ockergelben Hausfassade mit roten Giebeln empor. Obwohl Rebecka im Laufe der Jahre immer wieder an diesem Haus vorbeigegangen war, wäre sie niemals auf die Idee gekommen, dass es ihrer Großmutter gehören könnte.

„Sollen wir reingehen?“, fragte Anna.

Rebeckas Finger krampften sich um den Schlüssel. Sie war nervös und hatte Anna gebeten, als Unterstützung mitzukommen. Obwohl das Haus seit einem halben Jahr leer stand, war es in einem erstaunlich guten Zustand, auch wenn das Gras im Vorgarten zu lang war und in den Beeten das Unkraut wucherte. Der letzte Anstrich schien noch nicht lange her zu sein, und der Schlüssel glitt ohne Probleme ins Schloss. Mit steifen Bewegungen öffnete Rebecka die Haustür. Sie hatte keine Ahnung, was sie erwartet hatte. Auf jeden Fall einen verwohnteren Eindruck, als die Einrichtung tatsächlich machte. Das Haus war innen genauso gepflegt wie von außen.

„Was für ein Haus“, sagte Anna beeindruckt und fuhr mit der Hand über die Flurkommode, wobei ein paar Staubflusen zu Boden segelten.

Rebecka antwortete nicht. Hier hatte ihr Vater also seine

ersten Lebensjahre verbracht. Hier waren seine Wurzeln. Sie ging die Treppe hoch in die obere Etage und ließ ihre Hand dabei über das Holzgeländer gleiten. Auch das Obergeschoss war behaglich und geschmackvoll eingerichtet, stellte sie fest. Nicht ihr Stil, aber gemütlich. Man fühlt sich in eine andere Zeit versetzt, dachte sie. Rebecka ging an einem Schlafzimmer vorbei, von dem sie annahm, dass es das ihrer Großmutter gewesen war. In der Mitte stand ein großes Bett, und es gab einen Balkon. Sie blieb vor dem nächsten Zimmer stehen und stieß die Tür auf. Rebecka schnappte nach Luft. Sonja hatte alles aufgehoben. Es sah aus, als ob er jeden Moment nach Hause kommen würde. Von dem kleinen Bett, auf dem sich die Kuscheltiere aneinanderreihten, bis hin zu den Spielsachen und Büchern, die ordentlich in den Regalen standen. Es war ganz eindeutig das Zimmer eines kleinen Jungen. Ein Kinderzimmer, in dem viele Jahre nicht gespielt worden war, das aber nie die Hoffnung aufgegeben hatte, sein kleiner Bewohner würde eines Tages zurückkommen. Rebecka nahm einen kleinen flauschigen Stoffbären vom Bett, drückte ihn an die Brust und setzte sich hin. Sie sah sich um. Sie würde nie wissen, wie es sich anfühlte, ein Kind zu verlieren. Aber allein der Gedanke, jemand könnte ihr Julia und Trevor wegnehmen, machte ihr Angst.

„Oh“, sagte Anna und kam ins Zimmer. Als sie sich neben Rebecka aufs Bett setzte, knarrte das alte Gestell. „Wie es aussieht, war ich nicht die Einzige, die ein Kinderzimmer ohne Kind hatte“, murmelte sie, bevor sie erschrocken die Hand vor den Mund legte. „Entschuldige, das war taktlos.“

Rebecka lächelte sie an. „Schon in Ordnung. Ich habe genug gesehen. Was hältst du von einer Tasse Kaffee und einem Stück Kuchen?“, fragte sie, stand auf und verließ mit entschlossenen Schritten das Haus.

Rebecka und Anna ergatterten im Gateau den letzten Tisch im Freien. Während Anna ins Café ging, um zu bestellen, lehnte sich Rebecka zurück und schloss hinter ihrer Sonnenbrille die Augen. Der Gang durch das Haus hatte sie aufgewühlt. Sie hatte nicht damit gerechnete, dass diese Erbschaft so viele Emotionen in ihr auslösen würde. Als Anna zwei Becher auf den Tisch stellte, stieg ihr Kaffeeduft in die Nase. Im selben Moment erklang eine bekannte Stimme.

„Hallo, wie schön, dass ich euch zwei hier treffe!"

Rebecka und Anna drehten sich zu Stina um, die ein grünes Kleid und braune Ballerinas mit großen runden Goldschnallen trug und auf ihren Tisch zusteuerte. Unter ihrem Kleid zeichnete sich bereits ihr Babybauch ab.

„Ich war gerade im Laden. Wir schließen ja Ende August, und der Ausverkauf ist in vollem Gange. Das Lager muss leer werden", erzählte sie lachend. „Darf ich mich zu euch setzen?" Stina zeigte auf den freien Stuhl, und Rebecka nickte.

„Was machst du, wenn der Laden zu ist?"

„Ich habe einen Job in der City gekriegt. In einem kleineren Laden am Karlavägen. Es dauert ja gar nicht mehr lange, bis ich in Mutterschutz gehe, aber sie meinten, ich kann so viel arbeiten, wie ich schaffe und will."

Rebecka betrachtete ihre ehemalige Freundin. Wie hatte sie sich nur so irren können. In so vielen Dingen. Sie hatte ihre eigene Wirklichkeit geschaffen, die einzig und allein nach ihren Vorstellungen geformt war.

„Du, die Sache neulich …", setzte sie verlegen an, aber Stina machte eine beschwichtigende Geste.

„Das habe ich längst vergessen", antwortete sie. „Ist alles in Ordnung?"

„Ja. In der letzten Zeit ist viel passiert. Unter anderem habe ich gekündigt."

„Sag bloß! Ich habe die Artikel über die Adoptionen und die Familie Lind gelesen. Was für eine Story. Fängst du bei einer anderen Zeitung an?"

„Ehrlich gesagt habe ich keine Ahnung, was ich als Nächstes machen möchte. Etliche Zeitungen haben sich bei mir gemeldet und mir ein Angebot gemacht, aber ich weiß nicht. Wir werden sehen."

In den letzten Tagen hatte sie viel darüber nachgedacht, in welche Richtung ihr Leben verlaufen sollte. Aber sie wollte es ruhig angehen lassen und nichts überstürzen. Sich ausruhen und Zeit mit den Kindern verbringen. Sie hatte sie sowieso schon viel zu sehr vernachlässigt. Sie wollte nicht riskieren, sie zu verlieren. Das Leben war zu kostbar und zu kurz, um es nicht mit den Menschen zu verbringen, die man liebte, dachte sie.

Was das Haus ihrer Großmutter betraf, hatte sie eine Entscheidung getroffen: Sie würde es verkaufen. Das hatte sie schon beschlossen, bevor sie es sich angesehen hatte. Sie wünschte sich, dass in Zukunft eine neue Familie das Haus mit Wärme und Lachen erfüllte. Sie wollte mit ihrer Vergangenheit abschließen. Mit dem Geld aus dem Verkauf würde sie Anton auszahlen, und mit dem Rest konnte sie ihr neues Leben aufbauen. Ein Leben, in dem sie ihre eigenen Träume und ihr eigenes Glück verfolgte. Rebecka spürte, wie sie jemand am Arm berührte.

„Geht es dir gut?", fragte Anna vorsichtig.

Rebecka sah ihre Freundinnen an und lächelte. Es könnte ihr nicht besser gehen. Sie war frei, und sie würde endlich anfangen, ihr Leben zu leben. So, wie sie es wollte!

März

Sechs Monate später

Sie joggte nicht. Stattdessen machten sie und Lollo einen gemächlichen Spaziergang. Als sie den See erreichten, verließ Rebecka den Pfad, kletterte die Uferböschung hinunter und setzte sich auf einen Baumstumpf. Langsam atmete sie die kalte Luft durch die Nase ein und atmete sie genauso langsam wieder aus. Zum ersten Mal genoss sie die Stille hier draußen. Zum ersten Mal nahm sie den See und die umgebende Natur wirklich wahr. Seit sie zwölf Jahre alt war, hatte sie ihre innersten Gefühle nicht mehr an die Oberfläche kommen lassen. Hatte vergessen, wer sie war. Komplett. Jetzt endlich nahm der Druck auf ihrer Brust ab. Der Knoten war geplatzt. Vor ein paar Tagen war die Scheidung von Anton rechtskräftig geworden. Das Haus ihrer Großmutter war verkauft, und sie hatte Anton mit dem Geld ausgezahlt. Jetzt konnte sie mit den Kindern in dem Haus wohnen bleiben, in dem sie sich zu Hause fühlte. Unter ihren Freunden. Außerdem würde sie in einigen Tagen ihre neue Stelle als Redaktionsleiterin bei einer Zeitschrift antreten, die für ihre tiefgründigen Reportagen und Personenporträts bekannt war. Als sie die Redaktionsräume zum ersten Mal betreten hatte, hatte sie sofort eine tiefe, innere Ruhe gespürt. Dort herrschte eine angenehme Arbeitsatmosphäre, die nicht im Entferntesten mit der hektischen Betriebsamkeit einer Tageszeitung zu vergleichen war.

Rebecka konnte immer noch nicht richtig glauben, wie gut sich die Dinge entwickelt hatten. Sie und Anton pflegten einen freundschaftlichen Umgang und verbrachten gemeinsam Zeit mit den Kindern. Bei ihrem letzten Treffen hatte Anton verlegen gemurmelt, dass er jemanden kennengelernt habe. Als Rebecka sich eingestehen musste, dass sie nichts als Freude für ihn empfand, wusste sie, dass sie alles richtig gemacht hatten.

Sie stand auf und machte sich mit Lollo, die fröhlich vor ihr herlief, auf den Heimweg. Als sie in ihre Straße einbog, sah sie, dass ein Auto in ihrer Einfahrt stand. Ein schwarzer Sportwagen. Rebecka ging schneller, blieb aber am Gartentor wie angewurzelt stehen. Lollo hingegen bellte begeistert und stürzte schwanzwedelnd auf ihren Besucher zu. Rebecka ging ihr langsam nach. Ging langsam auf Sam zu, der am Treppengeländer lehnte. Ihre Blicke trafen sich, und sie schnappte nach Luft.

„Hallo“, sagte er und lächelte zaghaft, als sie ihn erreichte. Er schob die Hände in die Hosentaschen und sah sie an.

„Hallo, ich dachte, du bist in New York“, brachte Rebecka heraus und fuhr sich mit der Zunge nervös über die kalten Lippen.

„Das war ich auch, aber Anna hat mich angerufen.“

„Anna? Warum? Ich meine, was hat sie gesagt?“

„Dass du mich liebst und dass ich zurückkommen und die Sache dieses Mal nicht wieder vergeigen soll.“

Sam kam auf sie zu. In seinen Mundwinkeln spielte ein Lächeln, seine Augen funkelten. Als sie nur noch ein paar Zentimeter voneinander entfernt waren, blieb er stehen. Rebecka blickte vorsichtig zu ihm hoch.

„Was meinst du mit ‚die Sache dieses Mal nicht wieder vergeigen'?", fragte sie. Ihr Körper war wie elektrisiert. Sie hatte das Gefühl, dass sich sogar ihre Nackenhaare aufstellten.

„Ich weiß, dass du gerade erst deine Scheidung hinter dir hast, aber ich wollte dich trotzdem fragen, ob du dir vorstellen kannst, mit mir neu anzufangen und uns eine zweite Chance zu geben?"

„Willst du heiraten?", fragte Rebecka nervös.

„Na ja, wir können ja erst einmal mit einem Date anfangen", erwiderte Sam, und seine dunklen Augen sahen sie durchdringend an. „Ich liebe dich, Rebecka. Ich will mit dir zusammen sein, ich will ein Teil deiner Familie sein. Glaubst du, dass wir noch einmal ganz von vorn anfangen können?"

Rebecka sah Sam an. Er war alles, was sie wollte. Alles, was sie je gewollt hatte. Sie liebte ihn. „Ich glaube, das können wir", flüsterte sie.

Im selben Moment zog er sie an sich, und Rebecka spürte seine weichen Lippen auf ihren. Endlich war alles so, wie es sein sollte.

Danksagung

Triff das Glück auf halbem Weg ist Fiktion, alle Personen und Ereignisse sind frei erfunden. Einige Schauplätze, Straßen und Gebäude gibt es wirklich, andere wurden abgewandelt oder sind der Fantasie der Autorin entsprungen, um in die Handlung zu passen.

Es gibt viele Menschen, die mich beim Schreiben dieses Romans unterstützt haben und die für mich in vielen Phasen unersetzlich waren. Ich bedanke mich bei:

Meinem Patrik: Du hast mich immer bestärkt und an mich geglaubt. Du hast mir gezeigt, dass alles möglich ist, solange man es wagt und an sich selbst glaubt. Außerdem warst Du immer da, wenn ich Urlaube abbrechen oder an den Wochenenden schreiben musste, damit *Triff das Glück auf halbem Weg* rechtzeitig fertig wurde.

Alexander, Vilhelm und Isabelle: Ihr glaubt felsenfest an eure Mama und feuert mich an, wenn ich schreibe. Ich liebe euch über alles.

Meiner Lektorin Maria Thufvesson: Du hast mich unermüdlich unterstützt und ermuntert und warst jederzeit mit Tipps und konstruktivem Feedback zur Stelle. Keine Frage war Dir zu viel, und ich bin überglücklich, dass Du mein Buch als Lektorin betreut hast.

Meiner wunderbaren Freundin Vanessa Olsson Minguez für die vielen Stunden, in denen wir über unsere Zukunftsträume geredet und uns in unseren Zielen bestärkt haben.

Gabriella Ullberg Westin für die vielen Gelegenheiten, bei denen wir in den letzten Jahren über das Schreiben und unsere Bücher diskutiert haben.

Cecilia Lindgren, die meine Fragen zu Adoptionsverfahren in den Fünfzigerjahren beantwortet und ausgewählte Passagen aus meinem Buch gelesen hat. Jegliche Fehler sind meine eigenen.

Suzen Schultz, die mir wertvolles Input zu Rebeckas Scoop geliefert hat.

Ingalill Olsson von der Fertilitätsklinik IVF-kliniken in Stockholm, die mich herumgeführt und mir die Abläufe von In-vitro-Behandlungen erklärt hat.

Meinen Eltern, Birgitta und Martin, für eure Unterstützung und euren Zuspruch und dafür, dass ihr immer als Babysitter eingesprungen seid, wenn mal wieder – wie so oft – eine Krise ausgebrochen war.

Ein besonders herzliches Dankeschön geht an HarperCollins*Nordic* und meine Verlegerin Anna Svedbom, die an mich und mein Buch geglaubt hat. Außerdem möchte ich mich bei Emilia Holmquist bedanken, die das fertige Manuskript unter die Lupe genommen und Korrektur gelesen hat, und bei allen anderen aus dem HarperCollins*Nordic*-Team, die an der Entstehung von *Triff das Glück auf halbem Weg* beteiligt waren.

Zu guter Letzt möchte ich mich bei all meinen Freunden bedanken, die mich unterstützt und ermuntert haben.

Stockholm im Oktober 2015
Jenny Fagerlund

Deutsche Erstveröffentlichung

Ava Miles

Zwischen Himmel und Glück

Verdammtes Herz! Jill sollte Brian auf keinen Fall eine zweite Chance geben. Dass er sie damals verließ, um in New York eine Karriere als Sternekoch anzustreben, hat sie sehr verletzt. Doch nun ist er zurück im beschaulichen Dare Valley, flirtet mit ihr und erweckt ihre Sehnsucht. Ein Kuss – und plötzlich ist alles möglich! Bis Brians Exfreundin auftaucht. Jills schlimmste Befürchtungen scheinen wahr zu werden: Sie kann Brian nicht vertrauen. Oder ist ihre Liebe diesmal stark genug?

ISBN: 978-3-95649-677-6
9,99 € (D)

Julia Williams

Vier Freundinnen und eine Hochzeit

Deutsche Erstveröffentlichung

Beste Freundinnen für immer und natürlich würde jede Brautjungfer auf den Hochzeiten der anderen sein. Das haben Sarah, Dorrie, Beth und Caz sich geschworen – mit acht Jahren. Doch das Leben wollte es anders. Jetzt sind sie erwachsen und schon lange nicht mehr so unzertrennlich wie damals. Trotzdem wünscht Dorrie sich zu ihrer Märchenhochzeit nichts mehr, als dass sie ihre letzte Chance wahrnehmen und ihren Schwur von damals Wirklichkeit werden lassen ...

ISBN: 978-3-95649-664-6

9,99 € (D)

SUSAN
MALLERY
Der
Für-immer-
Mann
Roman
mtb
New York Times
Bestseller Autoren

Deutsche Erstveröffentlichung

Katy Colins

Nächster Halt: Thailand

Georgia Green hat zwar keinen Verlobten mehr, dafür aber einen triftigen Grund, um nun ihrem Fernweh nachzugeben. Nachdem ihre Hochzeit geplatzt ist, verkauft sie ihr Haus, kündigt ihren Job und schnallt sich zum ersten Mal im Leben einen Rucksack um. In Thailand findet sie allerdings statt der erhofften Erkenntnis zunächst nur Mehrbettzimmer, Ungeziefer und extrascharfes Essen – aber auch ein paar unwiderstehliche Reisebegleiter. Und vor allem lernt Georgia, auf wie vielen Wegen das Glück zu erreichen ist.

ISBN: 978-3-95649-693-6
9,99 € (D)